Diogenes Taschenbuch 22840

detebe

Jack Ritchie

Der Sparschwein-Killer

Geschichten

Aus dem Amerikanischen von Jobst-Christian Rojahn

Diogenes

Nachweis am Schluß des Bandes
Die Erzählung ›Eine Schwäche für Tess‹
wurde von Elfriede Riegler,
›Der Talentsucher‹
von Eva Rottenberg übersetzt
Umschlagzeichnung von
Tomi Ungerer

Deutsche Erstausgabe

80/95/24/1
ISBN 3 257 22840 6

Inhalt

Das Zyanid-Spielchen 7
Play a Game of Cyanid

Kugelsicher 22
Bullet Proof

Eine Schwäche für Tess 32
A Torch for Tess

Ich hoffe, du erlebst das noch 51
You Should Live so Long

Zweiundzwanzig Stockwerke hinauf, zweiundzwanzig hinunter 63
22 Stories Up – 22 Down

Recht und Unrecht 78
Rights and Wrongs

Auf Ben muß man aufpassen 88
You Got to Watch Ben

In genau zehn Minuten 93
Ten Minutes from Now

Unter einer kalten Sonne 119
Under a Cold Sun

Verregneter Nachmittag 130
Rainy Afternoon

Bruchfeste Mildred 136
Too Solid Mildred

Diese Russin! 158
That Russian!

Warte auf mich 171
Wait for Me

Vier für ein Alibi 177
Four on an Alibi

Tote Bullen sind Mord 196
Dead Cops Are Murder

Der Papierkorb 212
The Wastebasket

Adieu, süßes Geld! 219
Good-Bye, Sweet Money

Alles neu macht der Mai 224
The Violent Business

Der Sparschwein-Killer 241
Piggy Bank Killer

Fair play 267
Fair Play

Mein Spiel – meine Regeln 277
My Game, My Rules

Wohin der Finger zeigt 289
Where the Finger Points

Mann an kurzer Leine 317
Man on a Leash

Der Talentsucher 345
Talent Scout

Das Zyanid-Spielchen

Also los, Kinder«, befahl Miss Wicker, »nun sagt dem Kommissar schon, wo ihr das Zyanid versteckt habt.«

Aber Ronnie und Gertrude lächelten nur zu mir herauf und schwiegen.

Ich hielt eines der Zyanidkügelchen zwischen Daumen und Zeigefinger. Es war von weißlicher Farbe und hatte einen Durchmesser von ungefähr zwei Zentimetern. »Die sehen alle so aus, Kinder, aber es sind keine Bonbons. Das sind ganz und gar keine Bonbons, und sie sind nicht zum Essen gedacht.«

»Ronnie und Gertrude sind unartige, böse Kinder«, erklärte Miss Wicker mit Nachdruck.

Die Mutter der beiden, Mrs. Randall, errötete, sagte aber nichts.

Ursprünglich waren es neun Kugeln gewesen. Vier hatten wir draußen auf dem Grundstück gefunden, und eine weitere war in einer Spielzeugeisenbahn hier im Zimmer versteckt gewesen. Der Verbleib der restlichen vier Kugeln war noch nicht geklärt.

»Bist du ganz wirklich ein Kommissar?« fragte Ronnie. Er war sieben Jahre alt und jünger als seine Schwester.

»Ja. Also, Ronnie, wo habt ihr denn nun das Gift versteckt?«

»Wo ist denn dein Partner?«

»Ich habe keinen.«

»Warum nicht?«

»Ich bin Lieutenant bei der Kripo. Lieutenants haben keine Partner.«

»Warum nicht?«

Ich fühlte mich versucht, ihn an seinem Hälschen zu würgen. »Weil sie ganz gemeine Leute sind und niemand mit ihnen zusammenarbeiten möchte.«

Wir befanden uns im Spielzimmer der Kinder. Es war der bei weitem düsterste und abgelegenste Raum des großen viktorianischen Hauses.

Ich wandte mich der Mutter zu. »Können Sie nicht mal ein Machtwort sprechen?«

Mrs. Randall war eine blasse, verängstigte Frau. »Ich bin sicher, sie werden es Ihnen schon noch sagen, Lieutenant. Im Augenblick sind sie aber noch bockig, und niemand kann sie zu irgend etwas bewegen.«

»Schlechtes Blut«, sagte Miss Wicker. »Ihr Vater war Vertreter.«

Gertrude war fast neun. In ihren blauen Augen tanzte das Zündflämmchen des Übermuts. »Wir kriegen hier nur Wasser und Brot.«

Miss Wicker funkelte sie böse an. »Ich gebe dir und deiner Mutter ein Dach über dem Kopf. Du solltest dankbar sein.«

»Das Brot ist schimmelig«, sagte Ronnie. »Und im Wasser ist manchmal Salz.«

Meine Leute waren draußen und durchforsteten das ganze Grundstück noch einmal. Sie hatten auch schon das Haus durchsucht, aber ohne Erfolg.

Ich zwang mich zu einem Lächeln. »Na, nun kommt schon, Kinderchen, wir spielen dieses Spiel jetzt schon seit zwei Stunden.«

»Wozu sind die gut?« wollte Ronnie wissen.

»Man macht damit Schmuckstücke sauber. Es mag komisch klingen, daß man dazu Zyanid verwendet, aber es ist so.«

»Wir haben keinen Schmuck«, sagte Gertrude. »Aber Tante Agnes, die hat welchen.«

Miss Wickers Augen verengten sich. »Hast du mal wieder rumspioniert?«

Mir wurde klar, daß ich einen taktischen Fehler begangen hatte, aber ich wollte nicht den ganzen Haushalt in Unruhe versetzen, solange es sich irgendwie vermeiden ließ. Zunächst hatte ich nur das Absuchen des Grundstücks angeordnet, doch die Kinder hatten uns ganz offensichtlich von den Fenstern aus beobachtet und waren zu dem Schluß gelangt, daß wir da wohl ein wunderbares neues Spiel spielten.

Mein Lächeln fing an, mir Schmerzen zu bereiten. »Es war wirklich schlau von euch, eine der Kugeln in der Spielzeugeisenbahn zu verstecken. Wer von euch hat das gemacht?«

»Das kriegst du nie und nimmer raus«, sagte Ronnie selbstgefällig. »Wir haben nämlich alle Fingerabdrücke weggewischt.«

Ich seufzte. »Ich glaube, die Zeit ist reif für eine ordentliche Tracht Prügel.«

Miss Wicker stimmte mir begeistert zu, aber in Mrs. Randalls Gesichtsausdruck spiegelte sich eine für sie höchst untypische Entschiedenheit. »Nein«, sagte sie, »Sie rühren die Kinder nicht an!«

Ich rieb mir den Nacken. »Wir müssen sie durchsuchen.«

Ronnie grinste breit. »Ich bin sauber.«

Ich fragte mich gereizt, warum ihm seine Mutter nicht mal die Haare schnitt. Es sah aus, als trüge er einen gekämmten Helm.

»Ich werde warten, bis eine Polizistin da ist«, sagte Gertrude sittsam. Sie war blond, hatte ein durchtriebenes Lächeln und würde im Laufe ihres Lebens zweifellos eine Menge Unruhe stiften.

»Ich werde Ronnie durchsuchen«, sagte ich. »Und dich untersucht deine Mutter.«

Wir fanden nichts.

»Warum durchsuchen Sie nicht Tante Agnes?« fragte Ronnie.

Miss Wicker wurde böse. »Ich habe die Kugeln nicht.«

»Ich würde niemandem trauen, wenn ich Polizist wäre«, sagte Ronnie.

Ich fühlte mich versucht, dem Jungen höchstpersönlich einen Haarschnitt zu verpassen. Ich beobachtete sein Grinsen und hatte schlagartig eine Idee. Kleine Jungs sind ganz einfach nicht in der Lage, ihr Haar in gekämmtem Zustand zu erhalten. Jedenfalls nicht zwei Stunden lang.

»Ronnie«, sagte ich mit fester Stimme, »komm mal hierher!« Und als er zögerte, fügte ich hinzu: »Sofort. Und bring deinen Kopf mit.«

Ich fand ein weiteres Kügelchen.

Der kleine Teufel hatte es sich mit Klebeband auf den Schädel gepappt und dann das Haar darübergekämmt.

Ich zwang mich zu einem Strahlen. »Das war sehr pfiffig von dir, Ronnie. Jetzt erzähl dem Onkel James mal, wo die anderen Kugeln sind.«

»Du bist nicht mein Onkel.«

Ich lenkte vom Thema ab. »Was würdet ihr beide von einem Eis halten?«

Sie berieten sich mit Blicken und waren sich einig. Sie würden gerne eins essen.

»Gut. Ich sorge dafür, daß ihr soviel Eis bekommt, wie ihr mögt, sobald ihr mir gesagt habt, wo das restliche Zyanid ist.«

Sie lehnten das Angebot ab.

»Ich gebe euch einen Dollar«, sagte ich verzweifelt.

Ronnie war nicht ins Wanken zu bringen. »Nicht für 'ne Million Dollar.«

»Okay, zwei Dollar für jeden. Das ist fast eine Million.«

»Nee, stimmt nicht. Ich kann bis hundert zählen, und ich weiß es.«

Ich ertappte mich dabei, daß ich auf und ab ging. Das Grundstück, auf dem das Haus stand, war sehr weitläufig. Wir wußten, daß die Kugeln in der Nähe des Pförtnerhäuschens über die Mauer geworfen worden waren, aber die Kinder hatten, als wir eintrafen, dort in der Nähe gespielt. Jetzt konnte das Gift überall sein – und es konnte Wochen dauern, bis wir alles gefunden hatten.

»Sind Sie sicher, daß es neun Kugeln waren?« fragte Miss Wicker.

»Absolut.«

Miss Wicker dachte nach und runzelte die Stirn. »Aus welchem Grund stiehlt man so etwas?«

»Der Dieb wußte nicht, was er da mitgehen ließ. Er leerte schlicht den Safe des Juweliers und packte alles in eine Tasche. Später, als er mit seinem Auto vor Ihrem Grundstück anhielt, um seine Beute genauer zu untersuchen, entdeckte er dann die Kugeln. Er bekam einen Wutanfall und schmiß sie über Ihre Mauer.«

Mrs. Randall war schockiert. »Auf dieses Grundstück? Was für ein schrecklicher Mensch!«

»Er wußte nicht, was es war. Als wir ihn schnappten, hatte er noch den gesamten Inhalt des Safes bei sich, nur die Kugeln nicht. Aber er konnte sich noch daran erinnern, wo er sie weggeschmissen hatte.«

Gertrude sah mich an. »Würdest du uns eine Geschichte vorlesen, Onkel James?«

»Ich bin nicht dein Onkel James«, schnauzte ich sie an. Aber dann kriegte ich mich wieder ein und lächelte. »Was soll ich euch denn vorlesen?«

Die Kinder einigten sich auf *Lennie, die Giraffe mit dem kurzen Hals*. Glücklicherweise war auch die Geschichte kurz. Ich schloß das Buch. »Und jetzt sagt mir, Kinder, wo die Zyanidkugeln sind.«

Ronnie blinzelte. »Wir haben nichts versprochen.«

Ich hatte den Kreuzzug der Kinder immer als eine große Tragödie angesehen. Jetzt war ich mir da nicht mehr so sicher. »Wißt ihr, Kinder, was eine stillschweigende Übereinkunft ist?«

Sie wußten es nicht.

»Eine stillschweigende Übereinkunft ist eine, bei der sich zwei Parteien über etwas verständigen, ohne es in Worte zu fassen oder schriftlich festzuhalten. Warum, glaubt ihr wohl, habe ich euch diese saublö… diese Geschichte vorgelesen?«

Ronnie griente. »Du dachtest, wir würden dir dann sagen, wo das Gift ist.«

Ich nickte. »Genau. Hätte ich euch die Geschichte wohl vorgelesen, wenn ich nicht erwartet hätte, daß ihr dann genau dies tut?«

»Wahrscheinlich nicht.«

»Aber ihr habt mich lesen lassen, nicht wahr? Ihr habt mich nicht unterbrochen?«

Das gab er zu.

»Weil ihr mich also die Geschichte habt lesen lassen, sind wir zu einer gegenseitigen Abmachung, zu der stillschweigenden Übereinkunft gelangt, daß ihr mir sagt, wo die Kugeln sind. Würde euer Gewissen euch nicht plagen, wenn ihr mir verschweigt, wo sie sind?«

»Nee.«

»Ronnie«, sagte seine Mutter, »ich glaube, du bist nicht nett. Du solltest Onkel James jetzt wirklich sagen, wo sie sind.«

Ronnie war nicht dieser Ansicht.

»Wenigstens eine«, redete ihm Mrs. Randall schmeichelnd zu. »Nur, wo ein einziges, klitzekleines Kügelchen steckt. Das ist doch wirklich nicht so schlimm, oder?«

Die Kinder berieten sich flüsternd, und dann verkündete Ronnie laut: »Okay. Nur eine. Ich hab sie aufs Dach geworfen. Vielleicht liegt sie in der Dachrinne.«

Ich ging nach draußen, wo Sergeant Davies die Suche überwachte.

Er kratzte sich am Kopf. »Wir haben keine einzige mehr entdeckt.«

»Ist Ihnen schon mal in den Sinn gekommen aufzublicken?«

»Aufzublicken?«

»Ja«, fuhr ich ihn an. »Zum Dach. Das Dach und die Dachrinnen. Überprüfen Sie auch den Schornstein.«

Sein Kopf mußte ihm erneut gejuckt haben. »Daran hab ich überhaupt nicht gedacht.«

»Natürlich nicht«, sagte ich gereizt. »Sie sind auch bloß ein Erwachsener.«

Ich ging wieder ins Haus und rieb mir die Hände. »Na, Kinder, soll ich euch noch eine Geschichte vorlesen?«

»Nein«, sagte Ronnie entschieden. »Wir wollen keine stillschweigende Übereinkunft mehr.«

»Es ist jetzt Zeit für euer Mittagsschläfchen«, sagte Mrs. Randall.

Ich funkelte sie an. »Hier schließt keiner ein Auge, bevor ich nicht den Rest des Zyanids habe.«

Aber Mrs. Randall war unnachgiebig. »Die Kinder sind müde. Sie machen jetzt ihren Mittagsschlaf.«

Miss Wicker verließ das Zimmer, ich blieb jedoch. Ich fand einen Erwachsenenstuhl und setzte mich.

Mrs. Randall zog eine Schlafcouch auseinander, und die Kinder legten sich hin. Sie las ihnen noch eine Geschichte vor – *Stanley, der Kombiwagen* – und ließ dann die Jalousien herunter.

Sie ging auf Zehenspitzen durchs Zimmer und setzte sich neben mich. »Sind sie nicht süß?«

Sergeant Davies kam herein. Er bemerkte, wie die Kinder gerade in den Schlaf hinüberglitten und senkte die Stimme zu einem Flüstern. »Ich habe eine weitere Kugel gefunden. Sie lag in der Dachrinne.«

»Na, ich gratuliere. Haben Sie auch den Schornstein untersucht?«

»Muß ich?«

»Machen Sie, daß Sie wieder raufkommen!«

»Mein Anzug wird ganz schmutzig.«

»Davies«, sagte ich geduldig, »*Sie* sind schließlich Sergeant. Sie haben einen höheren Rang als alle anderen da draußen.«

Sein Gesichtsausdruck hellte sich auf. »Das stimmt. Ich werde Travers durch den Schornstein runterschicken.«

Als er wieder fort war, wandte ich mich Mrs. Randall zu. »Ihr Mann …?«

»Er ist vor zwei Jahren gestorben.« Mrs. Randall seufzte. »Er hat uns keinen Pfennig hinterlassen, und da sind wir zu meiner Tante gezogen, um bei ihr zu leben.«

Ich dachte an Miss Wicker und die Grundstimmung in diesem Haus. »Sie konnten nicht woanders hin?«

»Nein. Tante Agnes ist meine einzige Verwandte. Und dann ist sie ja ebenfalls ganz allein auf der Welt, und da dachte ich...« Sie zögerte. »Nun ja, ich hatte zunächst daran gedacht, arbeiten zu gehen, mich dann aber dagegen entschieden. Ich finde, eine Mutter sollte bei ihren Kindern sein, welche Schwierigkeiten sich auch immer daraus ergeben.«

Es war still im Zimmer, und nach einer Weile nickte ich selber ein.

»Kugel.«

Ich setzte mich auf. »Haben Sie gerade eben jemanden ›Kugel‹ sagen hören?«

»Das war Ronnie. Zum Mittagessen gab es Cottage Cheese mit Schnittlauch. Wenn er das gegessen hat, spricht er immer im Schlaf.«

Ich stand von meinem Stuhl auf und trat zur Schlafcouch. Ronnies Augen waren geschlossen, und er atmete gleichmäßig.

»Wecken Sie ihn nicht auf«, flüsterte Mrs. Randall.

»Das wäre das letzte, woran ich gedacht hätte.« Ich kniete neben Ronnie nieder und wartete. Er sagte aber nichts mehr.

Ich half deshalb leise nach. »Du hast von einer Kugel gesprochen, Ronnie.«

Aber Ronnie schlief. Offensichtlich hatte er nicht genug Cottage Cheese mit Schnittlauch gegessen, um noch mehr sagen zu können.

»Ronnie, flüsterte ich, »wenn du aufwachst, wirst du mir sagen, wo die Kugeln sind, verstehst du mich? Wenn du aufwachst, wirst du mir sagen, wo die Kugeln sind. Wenn du...«

»Was um Himmels willen machen Sie denn nun schon wieder?« wollte Mrs. Randall wissen.

»Ich versuche es mit posthypnotischer Suggestion.« Ich beugte mich noch tiefer zu Ronnie hinab. »Wenn du aufwachst, wirst du...«

»Hören Sie auf!« befahl Mrs. Randall. »Ich lasse nicht zu, daß Sie da mit Ronnies kleinem Köpfchen herumexperimentieren.«

Ich seufzte und erhob mich. Vielleicht hätte es ja sowieso nicht funktioniert.

Nach einer halben Stunde regten sich die Kinder.

»Kinder«, sagte ich streng, »mir reicht's jetzt!«

»Lassen Sie sie erst ihre Vollkornkekse essen und ihre Milch trinken«, sagte Mrs. Randall. »Mögen Sie auch eine Milch, Lieutenant?«

Ich dachte nicht an Milch, als ich antwortete: »Ungefähr drei Finger.«

Ich wartete ungeduldig, während sich die Kinder ihrer Freßorgie hingaben.

Diese beiden restlichen Kugeln mußten irgendwo sein. Wir hatten das Anwesen abgesucht. Das Haus war durchsucht worden. Die Kinder ebenfalls. Ich war sogar bereit, mich selbst zu untersuchen, wenn das...

Der Gedanke, der mich durchzuckte, war erschreckend.

Mrs. Randall war beunruhigt. »Ist Ihnen nicht gut, Lieutenant?«

Eins war sicher: Ich schwitzte. Diese kleinen Ungeheuer konnten doch wohl kaum die Frechheit, die schamlose

Unverfrorenheit, die teuflische Phantasie besessen haben, mir…

Aber sie hatten.

Ich fand ein weiteres Kügelchen.

Es steckte im Aufschlag meiner Hose.

Ich erholte mich nur langsam davon. Immerhin mußte jetzt nur noch eine Kugel gefunden werden. Ich gedachte, das Problem mit Hilfe eines vorsichtigen Ausschlußverfahrens zu lösen.

Ich lächelte. »Euer kleines Spielchen ist jetzt zu Ende, Kinder. Ich weiß, wo die letzte Kugel ist.«

Sie waren verunsichert.

»O ja«, sagte ich fast ausgelassen, »sie befindet sich draußen auf dem Grundstück.«

Ronnie lachte mit der Freude dessen, der es besser weiß. »O nein, tut sie nicht. Sie ist im Haus.«

Gertrude bedachte ihn mit einem Blick bitterböser Mißbilligung.

Ich hatte den kleinen Racker ausgetrickst. »Ein Versprecher«, sagte ich schnell. »Eigentlich wollte ich sagen, daß ich weiß, daß sich die Kugel im Haus befindet, und zwar« – ich unterteilte das Haus in zwei Ebenen – »ist sie auf dieser Etage.«

Aber diesmal fielen sie nicht drauf rein. Ihr Schweigen konnte einen zur Raserei bringen.

Mrs. Randall lächelte. »Es sind so intelligente Kinder!«

Ich funkelte sie an. »Auf wessen Seite stehen Sie eigentlich?«

»Auf der des Gesetzes natürlich«, sagte sie schnell. »Aber können wir nicht Sportsleute sein?«

Wie auch immer – ich hatte herausgefunden, daß sich die letzte Kugel im Haus befand. Ich mußte den Suchtrupp hereinholen und eine erneute Durchsuchung aller Räume anordnen.

Gertrude schien meine Gedanken gelesen zu haben. »Sie werden sie nie finden.«

Das Gefühl hatte ich auch.

»Wir wollen marschieren«, sagte Ronnie.

Ich sah Mrs. Randall an.

»Ich spiele manchmal auf dem Klavier«, erläuterte sie. »Und die Kinder marschieren dann im Kreis herum. Dabei tragen sie Papierhütchen, blasen in Trompeten und schlagen Trommeln.«

Ich mobilisierte den letzten Rest meiner Courage. »Ich mache mit.«

Die Kinder betrachteten mich mit berechtigtem Argwohn.

Um ehrlich zu sein: Ich hatte gehofft, sie in eine weitere stillschweigende Übereinkunft hineinlocken zu können, aber ich vermochte wohl zu sehen, daß daraus diesmal nichts werden würde. Andererseits hatte ich mich nun mal darauf eingelassen, und es würde die Kinder möglicherweise gegen mich einnehmen, wenn ich jetzt einen Rückzieher machte. Ich brachte ein Lächeln zustande. »Das ist umsonst. Ich wollte schon immer mal im Kreis rumlaufen.«

»Wir müssen die Tür zumachen und unten einen Teppich davorlegen«, sagte Gertrude. »Tante Agnes mag nicht, wenn wir Lärm machen. Wir stopfen auch immer das Schlüsselloch zu.«

Als dies alles getan war, spielte Mrs. Randall auf dem Klavier. Die Kinder und ich marschierten los. Wirklich eine blöde Sache.

Die Tür ging auf, und Davies wäre fast über den Teppich

gefallen. Als er mich sah, blieb er wie angewurzelt stehen. Ich hörte auf, in meine Blechtrompete zu blasen, und versteckte sie hinter meinem Rücken. »Na? Was zum Henker wollen Sie?«

Er schluckte. »Travers hat im Schornstein nichts gefunden.«

»Natürlich nicht!« brauste ich auf. »Die letzte Kugel ist irgendwo im Haus.«

»Die letzte Kugel? Dann haben Sie also noch eine gefunden? Wo war sie denn?«

Ich errötete. »Das tut nichts zur Sache.«

»Ich hole die Jungs her«, sagte Davies eifrig, »und diesmal zerlegen wir das Haus wirklich in seine Einzelteile.«

»Nein«, sagte ich, »ich kümmere mich selbst darum.« Ich war nicht eben bester Laune. »Was stehen Sie da rum und glotzen? Machen Sie, daß Sie wieder rauskommen und weitersuchen!«

»Aber Sie sagten doch gerade, die Kugel befände sich hier im Haus.«

»Ist mir völlig wurscht, was ich gerade gesagt hab. Raus mit Ihnen!« Mir kam ein anderer Gedanke. »Davies!«

Er war schon fast aus der Tür, blieb aber stehen.

»Davies, wenn Sie auch nur ein Sterbenswörtchen von dem...«

Er schüttelte beinahe kummervoll den Kopf. »Ich werd keiner Seele erzählen, was ich gerade gesehen hab. Das würde mir eh keiner glauben.«

Als er fort war, schoben wir den Teppich wieder vor die Tür und marschierten weiter.

Nach einer Weile hörte Mrs. Randall zu spielen auf. »Ich denke, das ist genug für heute, Kinder. Der Lieutenant ist ja ganz außer Atem.«

Ich setzte mich dankbar hin und dachte über meinen nächsten Schritt nach.

Der Schrei, der von oben herabtönte, durchdrang unser ganzes schallisoliertes Zimmer.

Mrs. Randall hob eine Hand zum Mund. »Das ist Tante Agnes. Sie muß in ihrem Zimmer sein, da bin ich sicher. Es ist das erste oben an der Treppe.«

Ich riß die Tür auf und eilte in den zweiten Stock hinauf.

Miss Wicker lag röchelnd auf dem dicken Teppich, und ihre Augen waren vor Schmerz und Todesangst weit aufgerissen.

Ich beugte mich kurz über sie und ging dann zum Telefon. Ich beorderte einen Krankenwagen herbei, aber Miss Wicker war tot, bevor ich das Gespräch beendet hatte.

Ich legte auf und sah zu ihr hinab. Nur ein kleines Stückchen von ihren Fingerspitzen entfernt lag eine Teetasse.

Meine Augen wanderten zu dem Beistelltischchen – zu dem silbernen Teegeschirr, zu den dünngeschnittenen Zitronenscheiben auf einer Untertasse und zu der Zuckerdose.

Die Zuckerdose.

Mrs. Randall stand mit ihren beiden Kindern in der Tür.

Gertrude blickte zu ihrer Mutter auf. »Jetzt müssen wir nicht mehr den Teppich vor die Tür legen, nicht wahr, Mammilein?«

Wir hatten nach einer Kugel gesucht, aber es war keine Kugel mehr.

Jemand hatte sie zu Pulver zerstoßen und…

Gertrude?

Oder war es Ronnie gewesen?

Er hatte so ein seltsames Grinsen im Gesicht.
Oder Mrs. Randall?
Sie hatte so etwas in ihren Augen…
Oder alle drei zusammen?
In meiner Müdigkeit hatte ich das Gefühl, daß ich es wohl nie erfahren würde.

Kugelsicher

Als er zu Charlies Haustür hereinkam, ließ er uns wissen, daß sein Name Brice sei. Ich nehme an, er tat dies, weil es für die Polizisten draußen eh kein Geheimnis war. Sie waren dreißig Sekunden später zur Stelle und warteten nun darauf, daß er einen Ausbruchsversuch unternahm.

Er bemühte sich, uns drei im Auge zu behalten und gleichzeitig aus dem Fenster zu schauen. Schließlich schob er die 45er in seine Gesäßtasche und nestelte eine Zigarette aus der Brusttasche seines Hemdes. Seine Hand zitterte, als er sich die Zigarette ansteckte, wurde aber wieder ruhig, als er bemerkte, daß wir ihn beobachteten.

Charlie und ich saßen auf dem Sofa, und Charlies Gesicht war vor Angst ganz aufgedunsen. Seine Frau Deva saß in einem der Sessel. Der Blick ihrer grünen Augen begegnete ganz kurz dem meinen, und ich fragte mich, woran sie jetzt wohl dachte.

Brice sah Charlie forschend an. »Sind Sie der Besitzer dieses Hauses?«

Charlie fuhr sich mit der Zunge über die Lippen. »Ja, Sir.«

Ein paar der Polizisten draußen spielten mit einem Lautsprecher herum und versuchten, ihn in Gang zu bringen. Nach den Geräuschen zu urteilen, die das Gerät von sich gab, bereitete es ihnen einige Schwierigkeiten.

Brice kniff über der Zigarette in seinem Mund die

Augen zusammen. »Zweihundertfünfzig Pfund, und die schweißnaß.«

Charlies Augen schwammen, und er mußte blinzeln. Dann sah er weg.

Brice trat zu mir. »Ich wette, Sie haben ihn für einen Mann gehalten. Dick genug ist er ja.«

Ich schlug die Beine übereinander. »Mich dürfen Sie das nicht fragen.«

»Und welche Rolle spielen Sie hier, Mister?« verlangte Brice zu wissen.

»Freund der Familie.«

Er sah Deva an, dann wieder mich. »Ist das hier Ihr zweites Zuhause?«

»Ich war schon seit sechs Monaten nicht mehr hier«, sagte ich. »Bin erst fünf Minuten, bevor die Polypen Sie hier reingescheucht haben, eingetrudelt.« Ich blickte zu Charlie hinüber, aber der hörte nicht zu.

Mein Blick wanderte zu der Leinentasche, die in einer Ecke des Zimmers lag. »Sind die deshalb hinter Ihnen her?«

Er nickte. »Fünftausend, schätze ich. Es war eine kleine Bank, da kann man nicht allzuviel erwarten.«

»Weinen Sie nicht deswegen«, sagte ich. »Weinen Sie lieber, weil Sie nicht dazu kommen werden, das Geld auszugeben.«

Er blies Rauch aus dem Mundwinkel. »Da wäre ich mal nicht so sicher, Mister. Ganz und gar nicht.«

Ich besah mir Brice erneut. Wir hätten ihn packen können, Charlie und ich. Er war nicht gerade sehr vorsichtig. Aber Charlie war in seinem augenblicklichen Zustand zu absolut gar nichts zu gebrauchen, und allein würde ich es nicht versuchen.

Deva streckte ihre schlanken Beine aus. »Sie könnten uns ruhig mitteilen, was Sie vorhaben«, sagte sie zu Brice.

Brices Blick streifte über die Konturen ihres Körpers. »Wenn's schön dunkel ist, dürfen Sie mich hier rausbringen. Es ist schon lange her, daß ich in so netter Gesellschaft war.«

Er grinste, als er sich wieder Charlie zuwandte. »Ist sie nette Gesellschaft, Mister?«

Charlie wußte nicht, ob eine Antwort von ihm erwartet wurde. Er schluckte schwer.

Brice fuhr zusammen, als draußen der Lautsprecher ein paarmal aufkreischte. Er zog ein Taschentuch heraus und wischte sich das Gesicht ab.

Aber draußen waren auch noch andere Geräusche zu hören. Stimmen, die nicht genau zu verstehen waren, das Klappen von Autotüren, das Geräusch von Motoren.

»Das bringt doch alles nichts, Brice«, sagte ich. »Schreiben Sie's ab und geben Sie auf. Dann haben Sie wenigstens die Gelegenheit, sich fürs nächste Mal was Besseres auszudenken.«

Im Zimmer war es immer dunkler geworden, aber plötzlich drangen Lichtstrahlen durch die Fenster herein.

Brice fluchte und war mit einem Satz am Fenster. Er kniete sich hin, und ich dachte schon, er wolle schießen.

Dann richtete er sich jedoch langsam wieder auf, und als er sich umdrehte, war etwas in seinem Blick, was ich nicht ganz entziffern konnte.

»Die Scheißkerle«, sagte er leise. »Diese verdammten Scheißkerle.«

»Suchscheinwerfer«, sagte ich. »Haben Sie geglaubt, die lassen zu, daß es dunkel für Sie wird?«

Er sah mich ein paar Sekunden lang an und lächelte dann

schwach. »Klar doch«, sagte er. »Die machen mir zu schaffen, nicht wahr, du schlaues Kerlchen? Die Suchscheinwerfer.«

Wieder knisterte der Lautsprecher, aber jetzt funktionierte er.

»Brice«, dröhnte er mit metallisch lauter Stimme, »hier ist Lieutenant Jim Neilson. Sie wissen, daß Sie umzingelt sind und nicht den Hauch einer Chance haben durchzukommen. Benutzen Sie Ihren Kopf, Brice. Werfen Sie Ihre Pistole aus dem Fenster, und kommen Sie mit erhobenen Händen raus.«

Brice sah Deva an. »Hierher, hübsche Maid. Ich möchte, daß Sie mal ein bißchen was für mich reden.«

Deva zögerte, sah mich an.

»Kommen Sie her!« befahl Brice scharf.

Deva zuckte die Achseln und stand auf.

»Sagen Sie denen, ich möchte, daß Neilson zur Haustür kommt, allein. Sagen Sie ihnen, daß er unbewaffnet kommen und seine Hände so halten soll, daß ich sie sehen kann.«

Deva stand als dunkle Silhouette im Licht und tat, was er ihr aufgetragen hatte.

Wir warteten fünf Minuten. Dann hörte ich Schritte den Kiesweg entlangkommen und die drei Stufen zur Haustür heraufsteigen.

Brice ließ Neilson ein und stieß die Tür mit der Spitze seines Schuhs wieder zu.

Jim Neilson war ein Mann mittleren Alters, trug Polizeiuniform und hatte kalte graue Augen. Er sah sich im Zimmer um. »Alles in Ordnung, Leute?«

»Es geht ihnen richtig gut«, sagte Brice. »Sie haben es warm und sind gesund.«

Neilson trat vor ihn. »Sind Sie dem Entschluß nähergekommen, vernünftig zu sein?«

Brice lächelte verkniffen. »Ich will, daß die Lichter um sieben Uhr dreißig aus sind. Daß ein Wagen draußen bereitsteht. Ein schneller Wagen, vollgetankt.«

Neilson schüttelte den Kopf, wußte aber, daß das noch nicht alles war. Brice benutzte die 45er als Zeigestock. »Die nehme ich mit.«

Neilson sah ihm in die Augen. »Es wird nicht klappen, Brice.«

Brice lächelte noch immer. »Sie wird meine Pistole im Rücken haben. Mein Finger braucht bloß zu zucken, und schon war's das. Ich kann zucken, Neilson, selbst mit einer Kugel im Kopf.«

Neilsons Blick wanderte zu seiner Armbanduhr. »Es wird sieben Uhr dreißig werden, und nichts wird passieren.« Er lehnte sich auf den Zehen leicht nach vorn.

Die 45er kam hoch. »Ich hab eine, Neilson, also keine Mätzchen.«

Neilsons Lippen öffneten sich, und er seufzte. »Solange Sie sich da sicher sind, werde ich nicht…«

»Sie können sich drauf verlassen«, sagte Brice.

Neilson zuckte die Achseln und ging zur Tür. »Ich gebe Ihnen bis acht, Brice. Denken Sie daran.«

Ich wartete, bis Neilson fort war, und sagte dann: »Ich denke gerade so… mal angenommen, Sie kriegen eine Kugel in den Kopf geschossen und leben noch.«

Brice wartete ab.

»Was ich meine, ist, daß Sie siebzig werden könnten, aber dabei vielleicht blind sind. Oder gelähmt. Schon jemals daran gedacht, Brice?«

Er antwortete nicht. Ich fuhr deshalb fort: »Ich frage

mich, wie viele Polizisten wohl da draußen sind. Es könnten fünfzig oder mehr sein, und viele von ihnen noch jung. Sie wissen, was ich meine, Brice. Jung und unbesonnen. Die kriegen zwar den Befehl, Sie durchzulassen, aber unter so vielen ist immer einer, der denkt, man müßte es einfach riskieren. Vielleicht weiß er nicht, daß ein Mann mit einer Kugel im Kopf noch zucken kann.«

»Die Scheinwerfer werden aus sein«, sagte Brice. »Niemand wird riskieren, im Dunkeln auf mich zu feuern.«

»Es braucht nur die winzigste Bewegung eines Fingers, und sie gehen wieder an«, sagte ich. »Dann stehen Sie da, wie auf einer Bühne, Brice. Wenn Sie Deva erschießen, nieten die Sie innerhalb von zwei Sekunden um. Tun Sie's nicht, wissen die anderen, daß Sie bluffen.«

Brice kam einen Schritt näher. »Halten Sie den Mund!«

Ich blickte auf meine Hände hinab und hielt den Mund.

Brice fing an, im Zimmer auf und ab zu gehen, hütete sich dabei aber, den Fenstern zu nahe zu kommen. Sein Blick suchte und fand alle halbe Minute die elektrische Uhr. Als es schließlich Viertel nach sieben war, schien er zu einem Entschluß gelangt zu sein.

Brice sagte: »Wenn ich einen von Ihnen hier drin umbrächte, dann wüßten sie, daß es mir ernst ist.«

Er warf Charlie einen langen Blick zu und grinste dann Deva an. »Ein Baby wie du will doch mehr als nur den da. Was hat dich zu ihm hingezogen? Das Geld?«

Deva antwortete nicht.

Brice fuhr sich mit einer Hand durchs Haar. Dann zog er eine neue Zigarette aus der Brusttasche hervor, und seine Hand tastete nun alle übrigen Taschen auf der Suche nach Streichhölzern ab.

»Sie finden welche in der Schublade des Schreibtisches da drüben«, sagte ich.

Brice ging zum Schreibtisch und stopfte sich ein paar Streichholzbriefchen in die Tasche.

Er sah mich nachdenklich an, dann grinste er. »Reden wir nicht darüber, wie man mir in den Kopf schießt, sondern reden wir lieber mal darüber, wie gut Sie sich hier im Haus auskennen, und das, obwohl Sie doch sechs Monate nicht mehr hier waren. Vielleicht wissen Sie ja auch, wo sie ihre Nylonstrümpfe aufbewahrt?«

Charlie starrte unbewegt vor sich hin, hörte jetzt aber zu.

Brice wandte sich an Deva: »Es wäre ein furchtbarer Schlag für Sie, wenn ich Ihrem Mann eine Kugel in den Kopf jagen würde.« Das war zur Hälfte eine Frage.

In Devas Augen las ich eben das, woran auch ich dachte.

Ich blickte sie an, und es war sehr still im Zimmer. Meine Lippen fühlten sich trocken an. »Das stimmt, Brice«, sagte ich zu ihm. »Sie würden dann wissen, daß es Ihnen ernst ist.«

Brice beobachtete Deva.

Erneut trat Stille ein, und sie sah nach der Uhr. »Es ist nach halb acht, Brice, und die Scheinwerfer sind noch an.«

Er starrte auf die Uhr.

Devas Stimme war leise, aber klar. »Zeigen Sie denen, daß Sie's ernst meinen, Brice. Nur eine Kugel. Das ist alles, was es braucht.«

Brice lächelte über das Geheimnis, das Deva und ich teilten und das nun gar nicht mehr so geheim war.

»Ich kann Ihnen zu weit mehr Geld verhelfen, Brice«, sagte Deva. »Zu sehr viel mehr als diesen fünftausend Dollar.«

Brice sah sie eine halbe Minute lang forschend an und schüttelte dann langsam den Kopf. Und er hörte nicht auf zu lächeln.

Devas Gesicht wurde hart. »Es ist die einzige Möglichkeit, hier rauszukommen.«

Brice sah erneut auf die Uhr.

Er war am Ende. Ich wußte es. Er stand im Begriff aufzugeben.

Ich erhob mich.

Brice drehte sich um. »Hinsetzen!«

»Ich bleibe stehen«, sagte ich.

Er sah mich neugierig an und zuckte dann die Achseln. »Bitte, wie Sie wollen, Mister.«

Ich ging auf ihn zu. »Geben Sie mir die Kanone, Brice.«

Seine Augen verengten sich. »Noch einen Schritt, und ich puste Ihnen die Birne weg.«

Und wie du das tun wirst, dachte ich. Dennoch zögerte ich. Ich konnte spüren, wie sich Charlies Blicke in mich hineinbohrten.

Brice sah mir tief in die Augen. »Klar doch«, sagte er dann leise. »Sie können die Kanone haben.«

Er reichte sie mir, und in seinem Gesicht war ein Lachen. »Gehen wir jetzt raus? Haben Sie das vor, Mister?«

»Haben Sie das gedacht, Brice?« fragte ich ruhig zurück.

Er zuckte die Achseln. »Ich lasse mich überraschen.«

Ich sah Deva an. »So ist es passiert, Liebling: Charlie und ich haben versucht, Brice die Pistole zu entwinden. Dabei hat er Charlie erschossen und ist auch selbst bei dem Handgemenge umgekommen.«

Devas Augen funkelten. »Ja, so ist es passiert. Das ist ja viel besser als unsere Methode, viel besser. Herzlichen Dank, daß Sie vorbeigekommen sind, Mr. Brice.«

Die Angst hatte Charlies Körper all seiner Knochen beraubt. Er wollte nicht glauben, was da vor sich ging.

»Machen Sie's ordentlich«, sagte Brice, und da war etwas in seinem Gesichtsausdruck, was ich nicht zu entschlüsseln vermochte.

»Machen Sie's ordentlich«, sagte er noch einmal. »Charlie zuerst, das sind Sie mir schuldig.«

»Ja, das bin ich Ihnen schuldig«, stimmte ich ihm zu.

Ich trat ein wenig von ihm zurück und zielte dann blitzschnell auf Charlie. Die Kugel fuhr genau da in seine Brust, wo ich es haben wollte. Er war tot, noch bevor er auf dem Fußboden angekommen war.

Ich drehte mich schnell zurück, war auf alles vorbereitet, was Brice möglicherweise versuchen würde – aber er stand einfach nur da und wartete auf den Schuß.

Ich drückte den Abzug.

Nichts geschah.

Ich konnte draußen Schritte hören, die schnell auf das Haus zukamen.

Brice lächelte. »Neilson wußte, daß ich nur noch eine übrig hatte. Er wußte, daß es da nur noch eine gab. Aber er machte sich deinetwegen Sorgen, Baby. Ich frage mich, was er wohl in diesem Moment denkt.«

»Brice!« Devas Gesicht war kreidebleich, ihre Worte kamen schnell und drängend. »Ich kann Ihnen Geld beschaffen. Jede Menge, Brice. Mit Geld läßt sich viel kaufen. Es kann Sie auch aus dem Gefängnis rausholen. Ich hatte mit all dem nichts zu tun. Verstehen Sie, Brice? Absolut gar nichts!«

»Ich könnte mich dieser Sicht der Dinge durchaus anschließen, Baby. Sag schnell, wie soll das Geschäft aussehen?«

»Ich werde Sie erwarten, wenn Sie rauskommen. Sie können dann alles haben, was Sie wollen. Es ist viel Geld da. Das können Sie ja sehen, schauen Sie sich um. Dieses Haus, das Auto, Aktien und Wertpapiere. Das gehört alles mir.«

»Uns.«

»Uns«, stimmte sie zu.

»Also abgemacht. Und« – seine Augen hörten auf zu lächeln – »keine faulen Tricks, Baby. Ich hab Freunde, falls du weißt, was ich meine.«

Ich versetzte ihr einen Schlag mit dem Griff der Pistole – einen Schlag nur, dann waren Neilson und seine Leute im Haus und hatten sich schon auf mich gestürzt, bevor ich noch mehr tun konnte.

Brice stand da und sah mich an. Er lächelte.

Eine Schwäche für Tess

Steve Kaiser lächelte uns jetzt an, wie er immer lächelte, wenn wir kamen, um ihn zu verhören. »Ihr belästigt mich schon wieder«, sagte er.

Er hing schlaff in einem Armstuhl, den ersten Drink des Tages in der Hand. Er war ein großer, starker Mann in Hemdsärmeln, und seine Augen lachten über all die kleinen Leute auf der Welt, vor allem aber über mich. »Warum zum Teufel kommt ihr Burschen jedesmal zu mir«, klagte er mit einem Grinsen, »ich könnte ja unschuldig sein.«

Kaiser war ein zu wichtiger Mann geworden, um sich selbst noch die Hände schmutzig zu machen. Er drückte auf einen Knopf, und die Arbeit wurde erledigt. Der kleine Rowdy Vasco warf in einem schmutzigen Gäßchen einen letzten Blick auf das Leben, und dann verließ er es, vom Kinn bis zur Gürtelschnalle von .45-Kugeln durchbohrt.

»Vasco hat Kokain verteilt, und zwar dort, wo er nichts zu suchen hatte«, sagte ich. »Er hat seinen eigenen Stand aufgemacht. Wir wissen, daß du freie Unternehmer nicht magst.«

Kaiser schnalzte traurig mit der Zunge. »Stellt euch vor«, sagte er. »Kokain. Ein schmutziges Geschäft.«

Berg prüfte die Spitze seines Kugelschreibers; er war bereit. »Wie sieht's aus?« fragte er. »Was für ein hübsches Alibi hast du dir für gestern abend anfertigen lassen?«

»Nur das Übliche«, sagte Kaiser. Er nippte genüßlich an

seinem Bourbon. »Ich hatte gestern abend Leute zum Pokern bei mir. Spielte bis zwei Uhr früh mit Benson, meinem Anwalt, Hilliard, meinem Arzt, Durbin, meinem Bankier, und Richter Moore.«

»Ihr Richter?« fragte Berg.

»Nennen wir ihn den größten aller Juristen. Das klingt gut.«

»Und was war danach?« fragte ich. Gleich darauf wünschte ich, ich hätte, verdammt noch mal, den Mund gehalten.

Tess Paterson saß auf der Armlehne von Kaisers Sessel und sah mich aus ihren seltsamen grauen Augen an. Eine Locke ihres karamelfarbenen Haars baumelte ihr über der Stirn.

Kaiser fuhr mit der Hand langsam ihre Hüfte entlang und lächelte mich an. »Sag es Ryan, Baby«, sagte er. »Es wird ihn erregen.«

Sie tätschelte ihm geistesabwesend den Kopf. »Ich werd's vor Gericht bezeugen, wenn es sein muß.« Ihre Stimme war ausdruckslos.

»Danke«, sagte Kaiser. »Er kratzte sich an einer Braue und grinste. »Aber ich gehe wohl zu schnell im Drehbuch vor. Um welche Zeit hat uns der arme Vasco verlassen?«

»So gegen zehn«, sagte Berg. »Ist alles plangemäß verlaufen?«

»Zehn ist eine gute Zeit«, sagte Kaiser. »Nicht zu früh. Und auch nicht zu spät.« Er wandte mir sein Grinsen zu. »Warum interessiert Sie das, was nach zehn passiert ist?«

Tess stand auf und dehnte ihren langen, schlanken Körper. »Möchte jemand einen Drink?«

»Nur keine Umstände«, sagte ich. »Wir sind nicht Ihrer Gesellschaft wegen hier.«

»Baby meint es nur gut«, sagte Kaiser. »Sie würden sich wundern, wenn Sie wüßten, wie nützlich sie ist.«

Ich klopfte eine Zigarette gegen den Cocktailtisch. »Für zwanzig Dollar pro Nacht bekommt man schon ein paar halbwegs anständige Weiber. Wieviel kostet sie dich?«

Tess' Augen funkelten, aber sie sagte nichts.

»Sie ist teuer, aber jeden Pfennig wert«, gab Kaiser liebenswürdig zu. »Nicht jeder Mann könnte sie sich leisten.«

Tess drehte uns den Rücken zu und ging hinüber zu der kleinen Eckbar.

Kaisers dunkle Augen funkelten. »Sie machen mir richtig Freude, Ryan. Ich hab's überall rumerzählt, und meine Jungs tun das gleiche. Jeder weiß, daß Sie eine Schwäche für Tess haben.«

Ich knipste das Feuerzeug an und hielt es an meine Zigarette. »Ich kann vergessen, daß ich Polizist bin«, sagte ich. »Ich kann es leicht vergessen.«

Kaiser ließ die Eiswürfel in seinem Glas klirren. »Tun Sie's nicht meinetwegen. Ich habe Kopfschmerzen und bin nicht in Form. Übrigens glaube ich nicht, daß Berg einfach dasitzen und zuschauen würde.«

»Wenn ihr beide mit der Diskussion über eure Schlägerei fertig seid«, sagte Berg, »können wir auf das zurückkommen, weshalb wir hier sind.« Er blätterte rasch eine Seite seines Notizblocks um. »Die Pistole, mit der Vasco getötet wurde, hat vor drei Monaten das gleiche mit Bannion getan. Sie hat letztes Jahr auch Waldek erledigt. Das haben die ballistischen Untersuchungen ergeben.«

»Erstaunlich«, sagte Kaiser. »Genauso gut wie eine Unterschrift.«

Wir stellten noch etwa fünfzehn Minuten lang Fragen,

aber es waren Routinefragen, die uns nicht weiterbrachten. Das war immer so mit Kaiser, aber wir mußten die Fragen trotzdem stellen. Um Viertel vor elf gingen wir wieder weg.

Im Auto sagte Berg: »Mußt du denn jedesmal einen Witz über die Kleine machen?«

»Meinst du, ich habe ihre Gefühle verletzt?«

»Sie ist kein braves kleines Mädchen. Na und wenn schon! Wir wissen es, und sie weiß es. Wozu die ganze Aufregung?«

Er zündete sich eine Zigarette an und stieß Rauchwölkchen aus. »Ich glaube, wir sollten jetzt lieber zu Willie gehen. Er sagte, er würde gegen elf da sein.«

Ich fädelte das Auto vorsichtig in den Verkehr ein. »Was nützt uns das alles, abgesehen davon, daß es eine gute Übung ist? Kaiser ist so besorgt, daß er lacht.«

»Als ich jung war, war ich auch ungeduldig«, sagte Berg. »Aber ich habe sie kommen und gehen sehen. Manche waren größer als Kaiser.« Berg sah mich ernst an. »Ich denke, für mich ist es leichter, zu warten«, sagte er. »Ich habe nur einen einzigen Grund, ihn zu hassen.«

Er trommelte mit den Fingern müßig auf sein Knie und sagte dann: »Weißt du, die Dame da könnte ihre Schuhe jederzeit unter mein Bett stellen. Ich bin zwar nicht mehr der Jüngste, aber ich würd's probieren.«

Ich bremste ziemlich brüsk, als die Ampel vor mir auf Rot sprang. »Warum zum Teufel hältst du nicht den Mund, Berg?«

Willie Shank ist ein kleiner blonder Mann, der sich sein Brot – und die Butter darauf – damit verdient, Leute aufzusuchen, während sie im Kino sind.

Ab und zu wird Willie erwischt. Aber er betrachtet das als eines seiner Geschäftsrisiken und ist von Natur aus nicht nachtragend. Er haßt Polizisten nicht.

Willie hat auch eine Teilzeitbeschäftigung: Er sammelt Informationen und verkauft sie.

Wir fanden ihn in seiner Stammkneipe, wo er zufrieden über ein Glas Bier gebeugt dasaß. Er deutete auf zwei Plätze. »Macht mir ein Angebot.«

Berg setzte sich. »Wo sonst kannst du's loswerden? Fünf Dollar, wenn ich glaube, daß es das wert ist.«

»Laß uns darüber diskutieren.«

Berg schüttelte den Kopf. »Würde nichts nützen.«

Willie seufzte. Er hob sein Glas in unsere Richtung und leerte es. »Gestern nachmittag bin ich zufällig auf Pinky Newton gestoßen, der einen Koffer die Hauptstraße hinuntertrug. Ich frage mich, warum er in der Stadt ist, wo ich doch seinen Ruf kenne und so, also behalte ich ihn im Auge. Er hat sich im ›Holton‹ eingetragen.«

»Ist das ein schweres Verbrechen?« fragte Berg.

»Ich komme gleich darauf zu sprechen«, sagte Willie. »Er trägt sich nur ein, versteht ihr? Und läßt sich den Koffer ins Zimmer hinaufbringen. Dann verläßt er den Laden. Ich hatte nichts anderes zu tun, also hab ich ihn begleitet. Ich bin immer ungefähr einen Block hinter ihm geblieben.«

»Magst du die Art, wie er geht?« fragte ich ihn.

Willie sah mich vorwurfsvoll an. »Er ging zu Steven Kaiser hinauf und blieb etwa eine Stunde dort.«

»Und als er herauskam?« fragte Berg.

Willie öffnete den Mund, dann zögerte er. »Nichts. Ich habe ihn aus den Augen verloren.«

Berg wandte sich zu mir und hob die Schultern. »Pinky

ist also in der Stadt. Er will weg von seiner Schwiegermutter.«

»Nun sei doch nicht so, Berg«, sagte Willie. »Wir alle wissen, wie Pinky das Geld für seine Dacron-Anzüge verdient. Und ich habe gehört, daß Vasco gestern abend sein Fett abgekriegt hat.«

»Glaubst du, das ist fünf Dollar wert, Willie?« fragte ich.

Er schloß die Augen. »Ich bin froh, daß das nur eine Nebenbeschäftigung ist. Sonst müßte ich verhungern.« Er hob die Brauen. »Ich möchte betonen, daß Pinky auch in der Stadt war, als Bannion versuchte, die .45-Kugeln zu fressen.«

Er faltete die Hände. »Ich dachte, es sei zehn wert.«

»Pinky ist inzwischen wahrscheinlich schon wieder zu Hause«, sagte ich.

Willie steckte die Fünfdollarnote, die ihm Berg gegeben hatte, in die Brieftasche. »Das hier ist gratis«, sagte er dann. »Er war vor einer halben Stunde immer noch in seinem Hotel. Sieht aus, als hätte er sich betrunken und vergessen wegzugehen.«

Im Anmeldebuch des Hotel ›Holton‹ war, wie wir herausfanden, kein Pinky Newton eingetragen. Aber ein Boy identifizierte ihn anhand der Personenbeschreibung, und das brachte wiederum den Empfangsdiener darauf, daß ein Mr. Morgan auf Nummer 1214 der Mann sein mußte, den wir suchten.

Berg und ich fuhren mit dem Aufzug in den zwölften Stock und klopften an die Tür von Nummer 1214.

»Wer zum Teufel ist da?« wollte Pinkys gereizte Stimme wissen.

»Die Polizei«, sagte Berg. »Wir möchten ein paar Worte mit dir reden.«

Wir hörten das Krachen von Sprungfedern, und dann öffnete Pinky die Tür. Er war klein und leicht übergewichtig. Karottengelbes Haar umstand in wirren Strähnen die fliehende Stirn.

Er sah uns aus blutunterlaufenen Augen an. »Dachte, ich hätte Ihre Stimme erkannt, Berg. Wie ich sehe, arbeiten Sie immer noch, Ryan.«

»Dürfen wir reinkommen?« fragte Berg.

»Setzen Sie sich irgendwo hin«, sagte Pinky.

Wir folgten Pinky ins Zimmer. Er ging zu dem ungemachten Bett und setzte sich darauf. Dabei rieb er sich behutsam den Kopf.

»Willst du uns nicht erzählen, was du gestern abend gemacht hast?« fragte Berg.

»Wenn ich so aussehe, wie ich mich fühle, müßten Sie die Antwort eigentlich erraten«, sagte Pinky. »Ich saß hier in diesem Zimmer und trank ruhig vor mich hin. Ich hab um acht angefangen, und das letzte, woran ich mich erinnern kann, ist, daß es zwölf war.«

»Hast du jemanden, der das bestätigt?« fragte Berg.

»Ich werd mich umsehen«, sagte Pinky. »Brauche ich denn jemanden?«

»Kennst du Vasco?« fragte ich.

»Nie von ihm gehört«, sagte Pinky. Ein Schmunzeln umspielte seine Lippen. »Ich habe von Ihnen gehört, Ryan. Kaiser hat über Sie gesprochen.«

Ich trat ganz nahe an ihn heran, und das Schmunzeln verschwand.

Berg legte eine Hand auf meine Schulter und stieß mich weg. »Du warst bei Kaiser?« fragte er. Pinky dachte nach. »Gut«, sagte er dann. »Ich war gestern nachmittag bei ihm. Wir haben über alte Zeiten gesprochen. Ist das verboten?«

»Dürfen wir dein Zimmer durchsuchen?« fragte Berg.

»Habe ich denn eine andere Wahl?« fragte Pinky. »Fühlen Sie sich wie zu Hause.«

Berg und ich kämmten das Zimmer durch, während Pinky an einer Zigarette zog. Wir fanden nichts Interessantes. Ich durchsuchte Pinkys Mantel, der auf dem Bett lag, und griff dann Pinky von oben bis unten ab.

Er ließ es sich geduldig gefallen. »Seht ihr«, sagte er. »Sauber.«

»Das ist ja gerade das, was stinkt, Pinky«, sagte ich. »Wie ich höre, fühlst du dich nackt ohne Pistole.«

»Ich hab sie zu Hause gelassen«, sagte Pinky. »Dachte nicht, daß ich sie in dieser Stadt brauchen würde.«

Ich setzte Pinky den Hut auf den Kopf und gab ihm seinen Mantel. »Hast du was dagegen, uns unten auf dem Präsidium ein paar Fragen zu beantworten?«

»Ich hab was dagegen«, sagte er. »Macht das einen Unterschied?« Er schlüpfte in seinen Mantel. »Wie lautet die Anklage? Verdacht auf was?«

»Es soll eine Überraschung sein«, sagte Berg.

Unten im Auto setzte ich mich mit Pinky auf den Rücksitz. Ich ließ an seinem und meinem Handgelenk die Handschellen zuschnappen.

»Angst vor mir?« fragte Pinky neugierig.

»Wie sieht's aus, Berg?« fragte ich. »Könntest du ein bißchen Landluft gebrauchen?«

»Die Idee gefällt mir«, sagte Berg. »Aber lassen wir es bei der Idee. Mein Ruhestand kommt langsam in Sicht, und ich hab's gern, wenn alles seine Richtigkeit hat.«

»Es würde Ihnen nichts nützen«, sagte Pinky selbstzufrieden. »Bin oft genug von Profis bearbeitet worden.« Er überlegte. »Manchmal denke ich sogar, es gefällt mir.«

Er beobachtete die Straße. »Ich glaube nicht, daß Sie der Ruhestand davon abhält, Berg. Sie sind einfach nicht der Typ dafür.« Er warf mir einen Blick zu. »Mit Ryan ist es etwas anderes.«

Wir fuhren an einem Dutzend Blocks vorbei, und dann klopfte ich Berg auf die Schulter. »Halte an der nächsten Ecke. Mir sind die Glimmstengel ausgegangen.«

Berg fuhr das Auto langsam an den Straßenrand und schaltete den Leerlauf ein.

»Verdammt«, sagte ich. »Sei ein zuvorkommender Polizist und hol mir ein paar Päckchen. Sonst muß ich die Handschellen aufsperren.«

Berg schaltete die Zündung ab und zwängte sich murrend hinter dem Lenkrad hervor. »In Ordnung. Aber nächstes Mal bist du dran. Du weißt schon, was ich damit meine.«

Ich wartete, bis Berg im Supermarkt verschwunden war, und öffnete dann die Handschellen. »Setz dich vorne hin, Pinky. Und zwar ohne Diskussion.«

»Wer diskutiert denn?« fragte Pinky. Er tat, wie ihm befohlen war.

Berg war ganz hinten im Laden und drehte mir den Rücken zu. Als ich den Motor startete, öffnete Pinky den Mund, um nach Berg zu schreien. Ich versetzte Pinky einen Handkantenschlag gegen den Adamsapfel, woraufhin er nach Luft schnappte.

Ich rechnete mir aus, daß Berg, selbst wenn er mich sah, nicht die Zeit haben würde, aus dem Laden herauszukommen und etwas zu unternehmen. Ich fuhr das Auto um die Ecke.

Irgendein Ort auf dem Lande wäre mir lieber gewesen, aber ich wußte, dazu reichte die Zeit nicht. Berg würde in ein paar Minuten Großalarm geben, und dann würde jeder Streifenwagen in der Stadt nach mir Ausschau halten.

Das Warenlager-Viertel war ganz in der Nähe, und es war eine ruhige Gegend. Ich parkte das Auto hinter einem Schuppen beim Fluß.

Pinky fingerte nervös an seiner Kehle herum. »Was haben Sie denn im Sinn?«

Ich sagte nichts, während ich ihn von oben bis unten ansah. Er hatte Angst, so wie ein harter Bursche Angst hat. Ich bearbeitete ihn, bis meine Knöchel wund waren, aber zwischen jedem Aufschluchzen spuckte er mir ins Gesicht.

»Pinky«, sagte ich schließlich, »du steckst die Schläge mit einem Lächeln ein, weil du weißt, daß es nur Schläge sind. Du weißt, daß sogar ein harter Polizist nur bis hierher und nicht weiter gehen wird.«

»Sie werden nicht mehr lange Polizist sein«, sagte Pinky. »Wie wollen Sie das hier rechtfertigen?«

»Pinky«, sagte ich, »ich bin jetzt kein Polizist.« Er blinzelte und dachte über das nach, was ich gesagt hatte.

»Ich werde nicht wissen, wann ich aufhören soll«, sagte ich.

»Und wenn ich wirklich rede«, sagte Pinky, »was haben Sie davon? Sie können nichts von dem, was ich sage, vor Gericht verwenden.«

»Mach dir keine Sorgen wegen des Gerichts«, sagte ich zu ihm. »Mach dir nur Sorgen um mich.«

Ich schlug zweimal nach ihm. Kurze, scharfe Stöße, die die Haut zerrissen.

Als sich Pinky wieder gesammelt hatte, zog er ein Taschentuch heraus und wischte immer wieder das Blut ab, das ihm aus der Nase lief. Seine Stimme klang erstickt.

»Verdammt«, sagte er. »Warum sollte ich Schläge einstecken, wo es doch sinnlos ist? Sie wissen verdammt gut, daß ich Vasco erschossen habe.«

»Und was hat Kaiser damit zu tun?«

»Es ist genau so, wie Sie glauben.«

»Und die Pistole?« fragte ich.

»Ich habe sie in einen Kanal geworfen. Wo es war, daran kann ich mich nicht erinnern.«

»Das nehme ich dir nicht ab«, sagte ich. »Du hast sie behalten, nachdem du Bannion umgelegt, und auch, nachdem du Waldek erledigt hast. Wo ist sie, Pinky?«

Er schüttelte den Kopf. »Hier höre ich auf zu reden.«

Ich landete eine kurze Linke auf dem Sattel seiner anschwellenden Nase. »Ich hab dir schon einmal gesagt, ich bin jetzt kein Polizist. Und dabei bleibe ich so lange, bis ich dich umbringe, wenn es sein muß.«

Er wartete, bis der Schmerz nachließ, und sah mir dann in die Augen. »Es ist dieses Weib, was? Sie macht Sie verrückt.«

Zorn schwoll in mir, und ich sah Pinky nur noch als etwas, was ich töten wollte. Ich riß meine 38er aus dem Halfter.

Seine Augen waren auf den Lauf der Pistole gerichtet und wanderten dann zu mir.

Er wußte es jetzt. Er wußte, daß er entweder sofort reden oder sterben würde.

Meine Stimme klang gepreßt. »Dem elektrischen Stuhl kannst du vielleicht entgehen, Pinky. Aber dem da nicht.« Ich begann langsam den Abzug zu drücken.

Sein Blick wandte sich von mir und der Pistole ab. Er war hart und zäh, aber er wollte nicht sterben. Eine feine Schweißschicht bedeckte seine Stirn.

»Denk schnell nach«, sagte ich.

Sein Gesicht wurde grau und müde. »Sie ist in einem Schließfach an der Bushaltestelle.«

»Wo ist der Schlüssel?«

»Ich habe ihn nicht. Ich habe ihn bei dem Angestellten da unten gelassen. Sagte ihm, ich hätte Angst, ihn zu verlieren.«

»Du kannst mich dies eine Mal anlügen, Pinky«, sagte ich. »Aber es wird das letzte Mal sein, daß du irgend jemanden anlügst.«

»Ich lüge dich nicht an«, sagte er zornig. »Ich will hier raus.«

Ich halfterte die Pistole und legte Pinky Handschellen an. Während der Fahrt zum Präsidium lehnte er sich mit geschlossenen Augen in den Sitz zurück. Ab und zu durchlief ihn ein Frösteln.

Ich kam zum Präsidium, ohne aufgehalten zu werden. Dort übergab ich ihn Inspektor Shaw. Ich sagte ihm, wonach er suchen solle.

Shaws graublaue Augen waren voller Fragen, aber er verschob sie auf später. Er schickte ein paar von seinen Leuten zur Bushaltestelle und wies mich an, auf dem Revier zu warten.

Ich borgte mir von einem der Kriminalinspektoren Zigaretten und begann, im Zimmer auf und ab zu gehen. Gegen fünf war mein Mund ausgedörrt, und ich hatte alle Zigaretten geraucht.

Um sechs kam Berg herein. »Alles, was ich dem Inspektor gesagt habe, war, daß das Auto weg war, als ich herauskam.«

»Danke«, sagte ich.

»Aber er weiß, wie Pinky aussieht, und kann zwei und

zwei zusammenzählen. Pinky selbst hat genug damit zu tun, sich über seine Strafe zu ärgern, als daß er sich darum kümmern könnte, was du mit ihm gemacht hast.«

»Was ist mit der Pistole?« fragte ich.

»Sie haben sie gefunden«, sagte Berg. Er sah aus, als sei ihm unbehaglich zumute. »Der Inspektor hat mir Anweisung gegeben, dich zu ihm zu bringen.«

Inspektor Shaw bedachte mich mit einem brütenden Blick. »Das mit der Pistole haben wir auf die Schnelle erledigt. Es ist die, mit der die Burschen erschossen wurden. Übersät mit Fingerabdrücken.«

»Und was ist mit Pinky? Hat er was zu sagen?«

»Er hat ein paar Stunden lang nachgedacht. Dann zeigte ich ihm, was wir hatten. Ich hab seine Aussage hier.«

»Reicht es, um Kaiser hierherzubringen?«

»Es reicht«, sagte Shaw.

»Ich hole ihn«, sagte ich.

»Bemühen Sie sich nicht, Ryan. Sie sind vom Dienst suspendiert. Es wird eine Untersuchung geben.«

»Ich hole zuerst Kaiser. Dann können Sie Ihre Untersuchung durchführen.«

Shaws Stimme war hart. »Sagen Sie mir nicht, wie ich meine Abteilung zu führen habe.«

Ich nahm meine Brieftasche heraus und hakte die Dienstmarke los. »Behalten Sie sie. Ich geb auf.«

Er starrte die Dienstmarke verdrießlich an. »Manchmal frage ich mich, ob ich über alles informiert bin, was hier vorgeht.« Er sah mich an. »Was ist in Sie gefahren, Ryan? Kein Fleckchen auf Ihrer Weste, und plötzlich laufen Sie Amok?«

Hinter mir räusperte sich Berg. »Könnte ich Sie eine Minute allein sprechen, Inspektor?«

»Halt den Mund, Berg!« sagte ich. »Du hast nichts zu sagen.«

Shaw warf Berg einen Blick zu und sah dann auf den Schreibtisch. Er schnippte die Dienstmarke mit dem Zeigefinger weg. »Ich will sie nicht, Ryan. Die Suspendierung tritt erst morgen in Kraft. Bringen Sie Kaiser her, wenn Sie's nicht lassen können.«

Berg und ich gingen zum Wagen und legten den Weg zu Kaisers Hotel in weniger als zehn Minuten zurück.

Tess Paterson stand im Nerzmantel in der Hotelhalle und sprach mit einem Boy. Zu ihren Füßen standen drei Koffer aus feinem Leder.

Sie erbleichte, als sie uns näher kommen sah.

»Sieht aus, als hätte Kaiser Wind von der Sache bekommen«, sagte ich. »Würde es Ihnen was ausmachen, uns zu sagen, wo er jetzt ist?«

Sie biß sich auf die Lippe. »Warum nicht? Er ist oben im Apartment und packt noch schnell ein paar Sachen.«

Berg ging zum Aufzug.

»Nehmen Sie's nicht zu schwer«, sagte ich. »Mit Ihrem Talent sollten Sie imstande sein, einen anderen Dummen mit Geld aufzureißen.«

»Komm schon, Ryan!« rief Berg ungeduldig.

»Vielleicht kauft er dir gleich zwei Nerzmäntel«, sagte ich.

Die Farbe kehrte in ihre Wangen zurück.

»Schon möglich«, sagte sie. »Vielleicht auch drei. Oder ein Dutzend.«

Ich preßte ihre Gelenke fest zusammen. »Das willst du doch, oder?«

Sie entwand sich mir. »Und Sie haben nicht einmal einen lumpigen Cent. Lassen Sie mich also in Frieden, ja?«

Ich hörte das Auto hupen, aber ich achtete nicht darauf. Berg hingegen bemerkte es. »Es ist Kaiser«, rief er, während er auf uns zulief. »Er ist in dem Wagen draußen.«

Offensichtlich wußte Kaiser nicht, daß wir in der Hotelhalle waren. Er lehnte mit dem Arm auf der Hupe. Er wollte schnell weg, und Tess sollte mit ihm kommen.

Er sah mich, bevor ich zu den Schwingtüren kam. Den Bruchteil einer Sekunde lang starrte er mich an. Dann drückte er aufs Gaspedal. Das Auto schlingerte vom Straßenrand weg.

Die Verkehrsampeln an der Ecke waren gegen ihn, aber er versuchte, bei Rot durchzurasen. Sein großes schwarzes Auto krachte einem Lieferwagen in die Seite.

Ich kam bis auf etwa fünfzehn Meter an die Unfallstelle heran, als Kaiser die eingeklemmte Tür auf der Fahrerseite mit der Schulter zurückstieß, aus dem Wagen sprang und mit der Pistole in der Hand über die Kreuzung stürzte.

Am Rand eines Parkplatzes blieb er stehen und schoß. Von dem Gebäude zu meiner Rechten bröckelten rote Ziegelstückchen ab.

Ich duckte mich hinter den Briefkasten an der Ecke und schoß zurück. Eine Windschutzscheibe hinter Kaiser zerbarst in eine Spinnwebe aus gesprungenem Glas. Kaiser lief zwischen die geparkten Autos.

Berg kam keuchend hinterhergerannt und duckte sich neben mir auf den Boden. »Geh ihm nicht nach«, sagte er schwer atmend. »Warte, bis wir Hilfe kriegen.«

Ich riß mich los und stürzte über die Straße zum Parkplatz. Eine Kugel prallte von der Stoßstange eines Buicks ab. »Mach keinen Unsinn, Kaiser«, schrie ich. »Du weißt, ich bring dich um, wenn ich nur die kleinste Chance dazu kriege. Komm mit erhobenen Händen heraus.«

Er war vier oder fünf Autos weit weg, und ich konnte hören, wie der Kies unter seinen Füßen beim Laufen knirschte. Er kam in Sicht, als er einen freien Platz überquerte und auf die Straße zulief.

»Ich sag's nicht noch einmal, Kaiser!« schrie ich. »Bleib stehen, oder ich leg dich um!«

Kaiser blieb stehen und wandte sich um. Er stand da, ein Mann, allein. Dann hob er die Pistole und zielte blitzschnell. Die Waffe bellte, und die Kugel pfiff an meinen Ohren vorbei.

Ich schoß, bevor Kaiser wieder abdrücken konnte.

Er taumelte und schwankte unter dem Gewicht der .38-Kugel in der Brust. Er strengte sich an, sich auf den Beinen zu halten, aber hatte nicht die Kraft dazu. Er ging in die Knie und fiel dann der Länge nach hin. Die Pistole sprang ihm aus der Hand und flog wie ein Windrad durch die Luft, bis sie ein paar Meter weiter am Boden landete.

Ich ging langsam zu ihm hin und sah hinunter. Seine schwarzen Augen brannten vor Haß. Schmerzerfüllt kroch er langsam auf die Pistole zu.

Berg kam angetrabt und nahm die Waffe an sich. »Keine Dummheiten, Kaiser«, sagte er. »Wir bringen dich zu einem Arzt.«

Kaisers Gesicht war schmerzverzerrt, und er verbarg seinen Kopf in der Armbeuge. Die Finger seiner linken Hand krallten sich in die Erde. Mehrmals durchfuhr seinen Körper ein Schauer, dann gab er auf.

Berg ließ sich auf ein Knie nieder. Er hob Kaisers Kopf, betrachtete ihn aufmerksam und ließ ihn wieder an seinen Ruheplatz zurücksinken.

»Er wird niemandem mehr Schwierigkeiten machen«, sagte Berg ausdruckslos. »Er ist tot.«

Sie kamen jetzt aus Hauseingängen und Autos und den umliegenden Straßen. Eine murmelnde Menschenmenge, die um so dreister wurde, je mehr sie an Umfang zunahm. Sie bildeten einen unregelmäßigen Kreis um Kaiser, ganz im Bann der Angst, der Neugier und der Freude über den Tod eines anderen Menschen.

Dahinter, in dem müden, sich verdunkelnden Tag pirschten sich klagende Sirenen immer näher ans Ziel heran.

Als erstes kam der Streifenwagen, knapp dahinter die Ambulanz, und dann folgten die Spezialisten zum Messen, Fotografieren und Klassifizieren.

Ich rauchte und erzählte dem Inspektor in logisch durchdachten Worten, was passiert war. Ich verwendete Wörter, die Tatsachen ausdrückten: lang und breit, aber ohne Tiefe, ohne Bedeutung.

Ich erzählte ihm von einem Mann, den ich getötet hatte. Ich sagte ihm nicht, wie es ist, wenn man einen Menschen tötet, selbst wenn man ihn haßte, und sogar wenn einem nichts anderes zu tun übrigblieb.

Sie wandten sich schließlich Berg zu, und ich wich zurück in die Menge mit den gierigen Augen. Dann drehte ich mich um und ging zu Kaisers Hotel.

Die Hotelhalle war menschenleer, abgesehen vom Empfangsdiener und einem Boy, der gerade Tess' Koffer aufnahm.

»Die brauchen Sie gar nicht erst nach draußen zu tragen«, sagte ich. »Sie fährt nirgends hin.«

Der kleine Mann sah mich neugierig an. »Ich wollte sie nicht hinaustragen, Mister«, sagte er. »Bevor die ganze Aufregung losging, wollte ich sie gerade zurück hinauftragen.«

Ich starrte ihn an, und er wurde nervös.

»Stellen Sie sie ab«, sagte ich schließlich.

Ich fischte einen halben Dollar aus der Tasche, den ich ihm hinwarf. Mit den Koffern in der Hand ging ich zum Aufzug.

Die Tür zu Kaisers Wohnung stand halb offen. Ich schloß sie hinter mir und stellte das Gepäck hin.

Tess stand am Fenster, eine schmale Silhouette gegen die allmählich hereinbrechende Dunkelheit. Der Nerzmantel lag auf dem Boden im Dunkeln, neben einem Armstuhl.

»Er ist tot, nicht wahr?« fragte sie, ohne sich umzudrehen.

»Ja«, sagte ich. »Er ist tot.«

Die Uhr auf dem Kaminsims tickte Sekunden ab.

»Ich habe ihn getötet«, sagte ich. »Ich war es, Ryan.«

Ihre Stimme war müde und tief. »Ich war es, Ryan«, wiederholte sie.

»So war es nicht gemeint«, sagte ich.

Ich trat nahe an sie heran. Die Spitzen ihrer Haare waren ein zartes Gefieder gegen die letzten Reste von Licht.

»Du wolltest nicht mit ihm gehen?« fragte ich.

»Ich hätte es tun sollen«, sagte sie. »Er war gut zu mir.«

»Aber du hast es dir anders überlegt. Warum?«

Sie wandte sich um, um mir ins Gesicht zu sehen. Ihr Gesicht lag im Dunkeln, aber man sah das Glitzern von Tränen.

Sie ging an mir vorbei auf die andere Seite.

Ich schaltete eine der Stehlampen ein. Grelles Licht fiel auf den Nerz, der am Boden lag.

Ich wußte, was ich tun wollte. Ich wollte mit der Ferse den sanften, blauweißen Pelz zertreten, so lange, bis er in Fetzen war.

Tess sah mir zu und wartete.

Ich hob den Mantel behutsam auf und legte ihn auf den Sessel. »Ich werde Sie nicht mehr belästigen.«

Tess legte mir die Hand auf den Arm. »Bitten Sie nie um etwas? Sind Sie dazu immer zu stolz?«

Die seltsamen grauen Augen waren ganz nah, und der prickelnde Duft von Parfüm hing in der Luft.

Ich hoffe, du erlebst das noch

Der Anruf holte mich aus dem Bett. Ich trank zunächst einmal zwei Tassen Kaffee und war dann noch vor acht bei Emma.

Emma öffnete mir selbst eine der großen Doppeltüren. Ihr Gesicht zeigte noch abblätternden Puder vom Vorabend und war so aufgedunsen, daß ihre Augen ganz klein wirkten.

Sie legte eine Hand vors Gesicht und versuchte, ihr Gähnen zu unterdrücken. »Maylee Doyle«, sagte sie. »Ich habe sie in Zimmer 23 eingesperrt.«

Ich hängte meinen Regenmantel über einen Bügel und diesen in dic Flurgarderobe. »Du wirst alt, Emma, wenn du schon den Chef zu Hilfe rufen mußt.«

Sie zuckte die Achseln. »Eher müde. Ich habe einfach keine Lust mehr, selber hart durchzugreifen. Außerdem geht's diesmal nicht um eine der üblichen Aufmüpfigkeiten. Ich hab Maylee nämlich heute morgen dabei erwischt, wie sie mit 'nem Koffer in der Hand die Treppe runterkam.«

Emma kramte in der Tasche ihres Morgenrocks und zog eine Schachtel Zigaretten heraus. »Ich hab sie schon die ganze letzte Woche beobachtet, Freddyboy. Wenn ein Mädchen diesen Blick hat, dann will's weg.«

Emma zog an ihrer Zigarette. »Vielleicht hat sie ja ihr Geld auf die hohe Kante gelegt. Vielleicht will sie zurück nach Prairie Junction oder wo zum Teufel sie herkommt.

Manchmal fangen die Mädchen an zu träumen, von Einbauküchen, einem Garten oder jemandem, der an Sommerabenden den Rasen sprengt.«

In dem großen Raum im Erdgeschoß machte eines der Zimmermädchen sauber. Sie sah mich desinteressiert an und fuhr fort, die Aschenbecher zu leeren und dann zu stapeln.

Emma zog einen Schlüsselbund hervor und suchte einen der Schlüssel aus. Sie warf einen finsteren Blick in Richtung der Treppe, die ins Obergeschoß hinaufführte. »Kein Blut, Freddy. Wir haben das Zimmer gerade erst renoviert. Und mach nicht zuviel Lärm. Die meisten der Mädchen schlafen noch.«

Die breite Treppe war mit dickem Teppich belegt und weich unter meinen Füßen. Die Fenster am Ende des Korridors waren zur morgendlichen Lüftung geöffnet; trotzdem hing noch ein Hauch von Moschusduft in der Luft.

Ich schloß die Tür von Nummer 23 auf.

Maylee Doyle saß auf dem Rand der tiefroten Tagesdecke, einen kleinen gläsernen Aschenbecher auf den Knien. Sie war Anfang Zwanzig, und der Blick ihrer grauen Augen ruhte fast teilnahmslos auf mir.

Ich machte die Tür zu und schloß sie wieder ab.

Maylee drückte ihre Zigarette aus. Ihre Hand fuhr in die neben ihr liegende Handtasche und kam mit einer scharfen Nagelfeile wieder heraus.

»Na, Maylee«, erkundigte ich mich mit sanfter Stimme, »was gibt's denn für Probleme?«

Ihre Augen verengten sich wachsam. »Gar keine, wenn Sie die Tür wieder aufsperren.«

Ich trat näher. »Du möchtest bloß einfach weg, nicht wahr?«

Ihr Gesicht blieb ausdruckslos. »Das ist alles, was ich will, ja.«

Ich schüttelte langsam den Kopf. »So leicht geht das aber nicht, Maylee. Ihr Mädchen könnt nicht einfach weg, wenn ihr für mich arbeitet.«

Auf ihren Lippen erschien ein halbes Lächeln. »Jetzt erzählen Sie mir gleich die Geschichte vom Syndikat. Und sagen mir, daß ich nicht entkommen kann. Erzählen mir, daß sein Einfluß bis in den entlegensten Winkel unseres Landes und noch darüber hinaus bis in etliche fremde Länder reicht.«

Ich lächelte sie an. »Das ist der zweite Schritt, Maylee. Den tue ich nur dann, wenn der erste zu nichts führt.«

Ihre kleine Hand hielt die Nagelfeile fest umklammert. »Es wird keinen ersten Schritt geben.«

Ich grinste und stellte mich dicht vor sie.

Sie ging auf meine Augen los, ganz so, wie ich es erwartet hatte, doch ich schnappte ihr Handgelenk und drehte es um. Sie gab keinen Laut von sich, aber ihr Gesicht wurde sehr bleich.

Ich hob die Nagelfeile auf und warf sie in den Papierkorb.

Maylee saß steilaufgerichtet und regungslos auf ihrem Bett.

Ich schlug ihr hart ins Gesicht. Der Schlag riß ihr den Kopf zur Seite, aber dann sah sie mich wieder voll an. In ihren Augen war nichts als blanker Haß.

Ich verpaßte ihr noch eine Ohrfeige und trat dann zurück, um sie mir genauer anzusehen. Manche von denen geben schon bei ein bißchen Druck klein bei. Sie winseln und flennen. Und andere wieder kann man totschlagen und erreicht gar nichts.

Ich nahm Maylees Handtasche vom Bett und öffnete sie. Ich besah mir die Eintragungen in dem kleinen grünen Sparbuch. Maylee hatte weniger als zweihundert Dollar auf ihrem Konto. Den Zahlen nach zu urteilen, hatte sie noch nie sehr viel mehr besessen.

Ich warf das Bankbuch auf den Frisiertisch. »Ich bin nun mal neugierig, Maylee. Ich hab schon Mädchen erlebt, die aus dem Geschäft aussteigen wollten, weil sie ihr Geld gespart hatten. Aus welchem Gund willst du weg?«

Sie schwieg.

Als Folge meiner Schläge quoll ein wenig Blut aus ihrer Unterlippe. Ich legte die Hände auf den Rücken und blickte auf sie hinab. »Hat jemand angeboten, dir eine Wohnung einzurichten, Maylee?«

Sie starrte mich an und sagte nichts.

Ich schüttelte den Kopf. »Ich nehme an, daß es das also nicht ist, Maylee. Früher waren die Jungs, die Geld haben, nicht so heikel. Aber heute bevorzugen sie den amateurhaften Typ. Die unschuldige Sorte, die noch nichts auf dem Tacho hat.«

Ich lächelte, während ich fortfuhr, sie zu beobachten. »Ich rate mal weiter, Maylee. Ich rate weiter, und ich werde es rauskriegen.«

Ich ging im Zimmer auf und ab und schob geistesabwesend herumstehende Dinge zurecht. Dann sah ich Maylee wieder an. »Aber eins steht wohl fest, nicht wahr? Du möchtest doch wegen eines Mannes weg?«

In Maylees Augen war nur ein ganz leichtes Flackern zu erkennen, aber das genügte mir.

Ich griente und verschränkte die Arme vor der Brust. »Ich glaube, ich seh's vor mir, Maylee. Ein anständiger Kerl, den du bei einem Spaziergang im Park oder so was kennengelernt hast. Du weißt, was ich meine, Maylee. Und ich wette, er meint es ernst. So ein jungenhafter Typ. Die scheinen immer eine große Anziehungskraft auf euch Mädchen auszuüben. Ich denke mir, daß er dich für eine Göttin hält. Stimmt's, Maylee?«

Ihre Wangen röteten sich. »Sie dreckiger Mistkerl, Sie«, stieß sie hervor.

Ich rieb mir das Kinn. »Ich frage mich nur, ob du wirklich dergleichen verdient hast. Denk doch nur mal daran, wie du dir in den vergangenen drei Jahren deinen Lebensunterhalt und dein Parfüm verdient hast.«

Ich wippte auf den Zehen. »Angenommen, jemand erzählt ihm das, Maylee?«

In ihren Augen erschien so etwas wie ein Lächeln, und das ließ mich einen Moment innehalten. Und dann hatte ich es.

Ich wartete eine halbe Minute, um mir alles zurechtzulegen. »Er weiß also über dich Bescheid und liebt dich trotzdem? Das muß es sein, Maylee.«

Sie brauchte nichts zu sagen. Es stand alles in ihren Augen zu lesen.

Ich schüttelte den Kopf. »Ich hasse es zu verlieren, Maylee. Ich hasse das wie die Pest.«

Aber nach ein paar Sekunden lächelte ich wieder. »Ich wette, du hast ihm versprochen, daß es nie wieder einen anderen Mann geben wird.«

Ich tat einen Schritt auf sie zu. »Aber es wird noch einen anderen geben, Maylee. Zumindest einen.«

Maylee versuchte zu entwischen, aber ich packte sie und warf sie aufs Bett. Sie wehrte sich und kratzte, aber meine Hand fuhr unbeirrt zum Ausschnitt ihres Kleides.

Als ich wieder nach unten kam, saß Emma in einem Sessel und trank Kaffee.

Sie blickte auf. »Und?«

Ich zuckte die Achseln. »Ich glaube nicht, daß wir sie halten können.«

Emma war verstimmt. »Zum Teufel, sie ist eine der Besten, die wir je hatten.«

Ich zog mir gerade den Mantel an, als es an der Tür klingelte. Emma stöhnte sich aus dem Sessel hoch und ging an mir vorbei, um zu öffnen.

In der Tür stand ein großer, dürrer Mann mit Hornbrille. Er war äußerst nervös, aber gleichzeitig deutete sein Kinn Entschlossenheit an. »Ich komme, um Maylee abzuholen«, sagte er trotzig. »Wir waren um halb acht am Bahnhof verabredet, aber sie ist nicht gekommen.«

Emma und ich tauschten Blicke aus. Sie zuckte die Achseln. »Ich hab ihn noch nie gesehen.«

»Kommen Sie herein«, sagte ich. »Wir haben Sie erwartet.«

Er zögerte kurz und überschritt dann die Schwelle. Er schluckte vor Unbehagen.

Ich zündete mir eine Zigarette an und besah ihn mir genauer. Sein Anzug war ganz offensichtlich billig und von der Stange. »Ich nehme an, Sie waren bereit, die Tür einzuschlagen oder etwas dergleichen.«

»Falls erforderlich«, sagte er steif.

Ich grinste. »Das wäre es kaum gewesen. Alle Mädchen hier sind frei und können gehen, wann immer sie wollen. Ich fürchte, Sie haben zu viele von diesen altmodischen Romanen gelesen.«

Ich seufzte. »Wir verlieren Maylee gar nicht gern. Wissen Sie, sie ist ja nun schon drei Jahre bei uns.«

Vermutlich hatte er das nicht gewußt. Es war bestimmt sehr viel länger, als Maylee ihm gestanden hatte.

Ich schüttelte den Kopf. »Ich hoffe nur, wir verlieren deshalb keinen unserer Stammkunden. Sie hatte so ihre Spezialitäten.«

Sein Gesicht verlor ein wenig an Farbe, blieb aber unbewegt. »Maylee hat mir alles gesagt, was ich wissen muß.«

»Nun ja«, sagte ich nachdenklich. »Es sind alles gute Mädchen, und sie sind glücklich hier. Sie mögen diese Art von Arbeit.«

Ich wandte mich zu Emma um. »Warum gehen Sie nicht mal rauf und schauen, wo Maylee bleibt?«

Emma sah mich einen Moment lang fragend an und setzte sich dann in Bewegung. Sie nahm im Vorbeigehen unauffällig den Schlüsselbund vom Cocktailtischchen auf.

Der dünne Mann betrachtete mich mit zusammengekniffenen Augen von oben bis unten. »Ich möchte Sie warnen. Es wird Ihnen nichts bringen, wenn Sie uns erpressen. Vor allem deshalb nicht, weil wir nie viel Geld haben werden. Ich bin nur ein einfacher Buchhalter.«

Ich fand das irgendwie schade. Jedenfalls, wenn man es von meinem Standpunkt aus sah.

»Und außerdem«, fuhr er mit einem Anflug von Selbstgefälligkeit fort, »werden wir sehr weit von hier fortziehen. Und wir werden sicherstellen, daß uns niemand folgt. Falls erforderlich, ändere ich auch meinen Namen.«

»Es ist wirklich herzerfrischend«, sagte ich, »wenn ein Mann Ihres Kalibers bereit ist, die Ehe mit einer …« Ich hob eine Hand. »Tut mir leid. Ich werde das Wort nicht aussprechen. Gleichwohl, es ist herzerfrischend. Ich kann mir vorstellen, daß Sie auch über eine gehörige Portion Selbstvertrauen verfügen.«

Sein Blick war verwirrt und mißtrauisch. »Selbstvertrauen?«

»Aber ja doch«, sagte ich. »Schließlich ist Maylee in den drei Jahren, die sie jetzt bei uns ist, von einer nicht unbeträchtlichen Anzahl von Männern erkannt worden... ich glaube, das ist der Ausdruck... der biblische, nicht wahr? ...also, von einer nicht unbeträchtlichen Zahl...« Ich blickte zur Decke hinauf und bewegte stumm zählend die Lippen.

Dann lachte ich verlegen. »Ich bin nicht allzu gut im Rechnen, aber Sie verstehen schon, warum ich Ihr Selbstvertrauen bewundere. Schließlich und endlich müssen Sie es mit, nun ja, ein paar tausend Männern aufnehmen.« Ich überdachte das Gesagte. »Möglicherweise ist die Zahl der Einzelpersonen auch ein wenig niedriger. Eine ganze Reihe von ihnen waren ja Wiederholungstäter.«

Sein Gesicht war jetzt kreidebleich.

»Ich frage mich«, meinte ich nachdenklich, »ob sie je an den einen oder anderen von ihnen denken wird.« Ich lächelte. »Natürlich erst, wenn Sie eingeschlafen sind.«

Nach der Art zu urteilen, wie er seine Rechte einsetzte, war er noch niemals in seinem Leben in eine tätliche Auseinandersetzung verwickelt gewesen. Ich konnte seinen Haken leicht abblocken. Dagegen schlug der Kinnhaken meiner Rechten das Bewußtsein aus seinen Augen, und er ging zu Boden.

Ich beugte mich über ihn und zog ihm die Brieftasche aus der Jacke. Sein Führerschein verriet, daß er James Wells hieß, und ich nehme an, es war die Wahrheit gewesen, als er behauptet hatte, nur einfacher Buchhalter zu sein. Seine letzte Gehaltsmitteilung belief sich auf weniger als achtundsechzig Dollar.

Emma kehrte allein zurück. »Maylee kommt gleich runter.«

Ich steckte die Brieftasche wieder in Wells' Jacke. »Ich glaube, das muß echte Liebe sein«, sagte ich. »Er ist ein absoluter Nobody.«

Ich stützte Wells hoch und versetzte ihm ein paar Klapse, um ihn wieder zu sich zu bringen. Nach einer Weile stöhnte er auf und öffnete die Augen. Er starrte mich haßerfüllt und hilflos an.

Ich steckte mir eine Zigarette an und nahm einen Zug. »Ich frage mich, ob Maylee das Leben hier nicht vermissen wird. Wenn die Mädchen so was wie das erst einmal angefangen haben, fällt es ihnen schwer, wieder davon zu lassen.«

Maylee erschien mit ihrem Koffer auf dem oberen Treppenabsatz. Die eine Seite ihres Gesichts war angeschwollen, und sie kam, eine Hand auf dem Geländer, langsam herunter.

Wells stand fast zögernd auf. Er sah sie irgendwie so an, als habe er sie noch nie gesehen.

Ich wartete, bis Maylee am Fuß der Treppe angekommen war. Dann zog ich meine Brieftasche heraus und holte zwei Zehner hervor. »Es soll ja nicht heißen, daß der Chef nicht zahlt, wenn er mal eine Stichprobe bei seinem lebenden Inventar macht. Das mit dem Gesicht tut mir leid, Maylee, aber du weißt ja, daß ich es gern so habe. Ich denke mal, das gilt auch für dich. Wenigstens hast du dich nie beschwert.«

Maylee ging an mir vorbei, ohne mich eines Blickes zu würdigen. Als sie Wells ansah, erschien auf ihrem Gesicht ein zaghaftes Lächeln.

Er zuckte leicht zusammen, als sie seinen Arm berührte.

Auf Maylee wirkte das wie ein elektrischer Schlag, und ihre Augen weiteten sich. »Was ist denn, Jimmy?«

Er konnte ihr nicht in die Augen sehen. »Nichts«, sagte er kurz angebunden. »Geh'n wir!«

Maylee fuhr zu mir herum, und ihre Stimme war nur noch ein Zischen. »Was haben Sie getan? Was haben Sie ihm erzählt?«

Ich hob eine Braue. »Wieso? Gar nichts, Maylee. Ich brauchte nicht zu lügen.«

Zu Wells, der sich auf die Haustür zuschob, sagte ich: »Ich nehme an, daß ihr euren Zug verpaßt habt. Käme es nicht billiger, wenn Sie Maylee bis morgen früh hier ließen? Das würde Ihnen für heute nacht die Hotelkosten sparen.«

Maylees Stimme war schrill vor Panik. »Nein, Jimmy! Ich möchte, daß du mich jetzt gleich von hier fortbringst!«

»Nun komm schon, Maylee«, sagte ich besänftigend, »seien wir doch vernünftig. Was bedeuten denn schon vierundzwanzig Stunden angesichts der drei Jahre, die du bereits hier bist?«

Wells fuhr sich mit der Zunge über die Lippen.

Maylee blickte ihm in die Augen, und seine Unentschlossenheit sagte ihr, daß ich etwas kaputtgemacht hatte. Ihr Gesicht war totenblaß, als sie ihn am Arm packte. »Nimm mich mit, Jimmy!«

Er schüttelte störrisch den Kopf und löste ihren Griff. Ich packte Maylees Arm und hielt sie von Wells fern.

Wells ging schnell zur Tür und öffnete sie. Sein Gesicht hatte nun die Farbe der Schuld. »Ich hole dich morgen früh hier ab, Maylee.«

Den Teufel wirst du tun, dachte ich.

Und Maylee wußte es ebenfalls. Sie schrie auf und

versuchte, ihm zu folgen, aber ich hielt ihren Arm noch fester.

Nachdem Wells gegangen war, wehrte sie sich noch eine halbe Minute, dann brach sie in hysterisches Geschluchze aus.

Ich ließ sie weinen, bis sie erschöpft war, und gab ihr dann eine Anweisung. »Geh wieder nach oben, Maylee!«

Sie nahm ihren Koffer und setzte sich willenlos in Bewegung.

Ich verließ Emmas Haus und ging ein Stück die Straße hinunter zu meinem geparkten Auto.

Ein uniformierter Polizist hatte einen Fuß auf die Stoßstange meines Wagens gesetzt und stellte gerade einen Strafzettel aus.

Ich trat hinter ihn. »Tag für Tag werden Hunderte von Leuten ausgeraubt, aber ihr von der Polizei habt nichts Besseres zu tun, als ehrlichen Steuerzahlern Knöllchen zu verpassen.«

Er drehte sich nicht um. »Sie parken praktisch mitten auf einem Hydranten, Mister. Sobald ich das hier ausgefüllt habe, erjage ich ein paar Sittenstrolche für Sie.«

Er riß den Strafzettel vom Block und wandte sich zu mir um. Da grinste er und zerriß den Zettel. »Ja so was, du bist's.«

Er steckte sein Büchlein wieder ein und besah sich mein Auto. »Das ist eine ganz schöne Schrottlaube, die du da fährst, Fred. Ein Detective Sergeant sollte doch wohl in der Lage sein, etwas vorzuweisen, was seinem Gehalt ein bißchen angemessener ist.«

Ich öffnete die Wagentür und schob mich auf den Sitz. »Ich halte eben mein Geld zusammen, Al. Eines Tages mache ich mich dann auf nach Mexiko und kaufe mir dort ein paar Landgüter. Ich werde ein Dutzend Jaguare besitzen.«

Er lachte. »Ich hoffe, du erlebst das noch.«

Ich grinste. »Da kannst du Gift drauf nehmen.«

Zweiundzwanzig Stockwerke hinauf, zweiundzwanzig hinunter

Detective Sergeant Galen rieb sich seinen verspannten Nacken. *Ich eigne mich nicht für diese Art von Job. Er tut mir nicht leid. Ich halte ihn für einen Idioten.*

Er beugte sich auf dem Fensterbrett noch weiter vor und überlegte, was er noch zu dem großen, stillen Mann sagen könnte, der auf dem Sims des 22. Stockwerks hoch über der Straße stand.

Du brauchst jemanden, der deine Hand hält. Du brauchst jemanden, der dir erzählt, daß die ganze Welt dich liebt. Aber dem ist nicht so, Mister! Der Welt ist es egal, ob Sie leben oder sterben.

Galen spürte, wie der Wind an seinem Hut zerrte, und zog die Krempe sicherheitshalber noch tiefer in die Stirn. *Ich wünschte, ich könnte das auf meine Art und Weise erledigen. Ich wünschte, ich könnte dir sagen: Hör auf, Zeit zu verplempern. Entscheide dich! Komm entweder wieder rein oder spring!*

Der große Mann mit den graumelierten Schläfen lächelte entschuldigend. »Es tut mir leid, daß ich all diese Ungelegenheiten mache. Dies alles hätte schon vor zwanzig Minuten vorbei sein sollen. Als ich mir das Zimmer nahm, hatte ich nämlich die Absicht, sofort zu springen. Als ich dann jedoch hier stand, kam mir der Gedanke, daß ich ja da unten jemanden verletzen oder gar töten könnte. Deshalb beschloß ich, so lange zu warten, bis die Straßen vollkommen leer sind.«

Galen versuchte, eine Grimasse nicht vorhandenen Mitgefühls zu unterdrücken. *Wie rücksichtsvoll von Ihnen, Mr. Turner. Also, Freundchen, jetzt sind die Straßen aber leer. Du wirst niemanden umbringen außer dir selbst.*

Turner lächelte schwach, und Galen hatte das Gefühl, seine Gedanken würden gelesen. Er errötete ein bißchen. »Das ist doch alles Unsinn, Mr. Turner. Geld ist nicht so wichtig, daß Sie sich deswegen umbringen müßten.«

Turner sah auf die Straße hinunter. »Ich bin nicht eigentlich ein Exhibitionist, wissen Sie. Ich hatte vorgehabt, dies ohne Publikum zu tun.«

Galen blickte ebenfalls hinunter zu der dunklen Menschenmenge hinter den Absperrseilen. *Die schließen wahrscheinlich Wetten ab.* Er fühlte ein leichtes Klopfen auf seiner Schulter und drehte sich zum Zimmer um.

Der Streifenpolizist Holand flüsterte ihm ins Ohr: »Es ist uns gelungen, Turners Frau ausfindig zu machen. Sie kommt gerade im Lift rauf.«

Galen nickte und zog sich vom Fenster zurück. »Reden Sie mal auf ihn ein, Holand. Tun Sie Ihr Bestes.«

Er trat zu dem schlichten Toilettentisch und nahm die Brieftasche wieder zur Hand. Edward George Turner. Geboren 1910. Führerschein, Sozialversicherungskarte, verschiedene Belege und Karten. Siebenundvierzig Dollar und ein bißchen Kleingeld.

Galens Partner, Sergeant Morris, gähnte und ließ sich auf dem unberührten Bett nieder. »Glaubt man dem Abschiedsbrief, dann hat Turner die dreißigtausend Dollar mit Rennwetten verloren. Er sieht eigentlich nicht aus wie jemand, der sein Geld auf diese Weise verliert.«

Galen zuckte die Achseln und warf die Brieftasche wieder auf den Toilettentisch.

Morris steckte sich eine Zigarette an und sah auf die Uhr. »Ich wünschte, er brächte es hinter sich. Ich hab heute meinen Bowlingabend.«

Es klopfte an der Tür, und Galen öffnete sie.

Die dunkelhaarige Frau – etwa Anfang Zwanzig – blickte ihn mit argwöhnischen Augen an.

Galen nahm die Zigarre aus dem Mund. »Mrs. Turner?«

Ihre diamantbesetzten Ohrringe funkelten, als sie mit dem Kopf nickte.

Galen trat zur Seite. »Ihr Mann steht dort draußen auf dem Sims und droht damit hinunterzuspringen.«

Ihre Augen verengten sich. »Warum sollte er so etwas tun wollen?«

Galen faltete Turners Brief auseinander und gab ihn ihr. »Er gesteht darin, seiner Firma Geld gestohlen zu haben. Er sagt, er hätte es bei Pferderennen verwettet.«

Als sie den Brief las, wurde in ihren Augen ein ganz leichtes Flackern sichtbar.

Galen beobachtete sie. »Wußten Sie irgend etwas davon?«

»Natürlich nicht«, sagte sie schroff. »Wieso sollte ich?«

»Sie sind seine Frau.« Galen verspürte eine Anwandlung von Neugier. »Was ist Ihr Mann eigentlich für eine Art von Mensch, Mrs. Turner?«

Sie zuckte die Achseln. »Er bleibt gern für sich. Man weiß nie, was in seinem Kopf vorgeht.«

»Wie lange sind Sie schon verheiratet?«

»Zwei Jahre.«

Galen zögerte einen Augenblick. »Ihr Mann ist erheblich älter als Sie?«

Ihre Stimme war scharf. »Ich habe ihn geheiratet, weil ich ihn liebe.«

Galen rieb sich erneut seinen verspannten Nacken. »Ich glaube, das sagen Sie besser mal ihm. Es könnte ihm etwas bedeuten.«

Ellen Turner starrte auf die Straße hinunter und schauderte. Sie zog den Kragen ihres Mantels hoch um ihren Hals zusammen.

Ihre Augen wanderten zu ihrem Mann. Sein Gesicht war bleich, und er hatte die Augen geschlossen.

Ellen durchlief eine Woge des Zorns. *Du machst uns beide vor Tausenden von Leuten lächerlich.*

Sie war sich des neben ihr stehenden Galen bewußt und mühte sich, die Wut aus ihrer Stimme herauszuhalten. »Sei kein Narr, Edward.«

Edward Turner öffnete die Augen. »Ich hätte wirklich nicht erwartet, dich je wiederzusehen, meine Liebe.«

Es gelang ihr nicht, ihre Worte von Schärfe freizuhalten. »Du machst dich lächerlich. Und mich ebenfalls.«

Er lächelte schwach. »Es tut mir leid. Mir ist durchaus klar, daß du noch nie einen Ehemann auf diese Weise verloren hast.«

Sie warf Galen einen verstohlenen Blick zu. »Deinem Brief zufolge hast du deiner Firma Geld gestohlen.«

Das Lächeln schien in seine Augen hinaufzuwandern, und er nickte.

Ellen spürte deutlich, daß Galens Blick auf ihr ruhte. Sie biß sich nervös auf die Lippe. »Davon habe ich ja gar nichts gewußt, Edward. Du hast mir nie etwas gesagt. Das kann ich beschwören.«

Turner lächelte fast abwesend. »Du hast absolut nichts gewußt, Liebling. Ich hab das Geld auf dem Rennplatz ausgegeben.«

Ellen wandte sich Galen zu. »Müssen Sie uns belauschen?«

Galen blickte Turner an und trat dann vom Fenster zurück.

Als Ellen ihren Mann wieder ansah, beobachtete dieser sie.

»Du hast dich nie gefragt, wie ein einfacher Bürochef Monat für Monat das Dreifache seines Gehalts nach Hause bringen konnte?« fragte er sarkastisch.

Ellen wurde rot. »Ich dachte immer, das Geld stamme aus deinen Ersparnissen.«

»Die hast du schon im ersten Jahr durchgebracht. Erinnerst du dich nicht?«

Ihr Temperament ging mit ihr durch. »Es schien doch alles gutzugehen. Muß das jetzt sein?«

Er blickte auf die Uhr des Kirchturms auf der gegenüberliegenden Straßenseite. »Eine Sache der Buchprüfer, meine Liebe. Sie werden sich dic Bücher in ein paar Tagen ansehen.« Sein Blick begegnete dem ihren, und er lächelte wieder. »Du versteckst besser deine Pelze und deinen Schmuck. Vielleicht glaubt ja die Polizei nicht, daß ich das Geld auf dem Rennplatz verloren habe.«

Ihre Augen funkelten vor Zorn. »Sie gehören mir, niemand darf sie mir wegnehmen.«

Turner hörte nicht auf zu lächeln. »Ich weiß, daß du um sie kämpfen wirst. Sie bedeuten dir ja soviel.«

»Damit tust du weder mir noch irgend jemand sonst einen Gefallen. Deine Lebensversicherung ist nichts wert, wenn du Selbstmord begehst.«

Die Haut um Turners Augen kräuselte sich. »Daran habe ich natürlich auch gedacht. Ich habe ein ziemlich ausgeprägtes Verantwortungsbewußtsein, meine Liebe, und ich habe Vorkehrungen getroffen, die dich zufriedenstellen sollten. Wenigstens für kurze Zeit. Ich bin sicher, daß du in ein oder zwei Jahren wieder jemanden finden wirst, der sich um dich kümmert, Ellen.«

Er sah sie an. »Du findest in der obersten Schublade meines Schreibtisches zu Hause den Schlüssel zu einem Bankfach und einen Brief mit Instruktionen. Beide werden dir den Weg zu zehntausend Dollar weisen.« Seine Lippen öffneten sich zu einem lautlosen Kichern. »Das ist ebenfalls Firmengeld. Betrachte es als meine Lebensversicherung.«

Ellen durchlief eine Welle der Erleichterung. Sie erinnerte sich an den Schock, als sie nach dem Tode ihres zweiten Mannes so gut wie mittellos dagestanden hatte. Er hatte ihr praktisch nichts hinterlassen. Das Haus war in unmöglicher Höhe mit Hypotheken belastet gewesen, und er hatte selbst seine Lebensversicherung hoch beliehen. Als alles geregelt war, waren ihr weniger als tausend Dollar geblieben.

Es war schrecklich gewesen, sich wieder einen Job suchen zu müssen. Sie hatte ihr Steno schon fast vollkommen verlernt und sich die Fingernägel schneiden, ja, sie sogar völlig ruinieren müssen, um wieder Schreibmaschine schreiben zu können.

Sie betrachtete forschend das Profil ihres Mannes. Wie öde Edwards Leben gewesen sein mußte, bevor sie angefangen hatte, in seinem Büro zu arbeiten. Den ganzen Tag nichts wie Maloche und abends dann ein einsames Apartment. Aber sie hatte ihm gezeigt, wie man sein Leben genießt, wie man Spaß hat und an den richtigen Orten gesehen wird.

Sie lächelte in sich hinein. Es war überhaupt nicht

schwer gewesen, Edward einzufangen. Er war an Aufmerksamkeiten nicht gewöhnt. Jedenfalls nicht seitens einer attraktiven Frau.

Ihre Gedanken wanderten kurz zu Miss Adams, Edwards Sekretärin, und sie schüttelte den Kopf. Man muß sich schon anzuziehen verstehen, muß wissen, wie man Beachtung findet. Man muß munter sein, voller Leben. Es war töricht, Jahr um Jahr zuzuwarten und seine Arbeit zu tun und intelligent zu sein und still.

Sie sah wieder Edward an. Vielleicht hatte er mit dem hier recht. Alles würde besser so sein.

Eine plötzliche Angst packte sie. Angenommen, er beschloß, nicht zu springen? Dann gäbe es keine zehntausend Dollar. Ihr würden vielleicht sogar die Pelze und der Schmuck weggenommen.

Der Gedanke ängstigte sie und ließ sie frösteln.

Galen steckte sich eine neue Zigarre an. Er blickte zu Mrs. Turner am Fenster hinüber und empfand so etwas wie Abneigung. Für einen Augenblick wünschte er, er könnte hören, was sie sagte. Dann zuckte er die Achseln. Was machte es für einen Unterschied? Was für Worte sie auch benutzte, sie machten wohl keinen allzu großen Eindruck auf Turner.

Sergeant Morris nahm den Telefonhörer ab. »Ich lasse mir Kaffee und ein paar Sandwiches raufbringen. Willst du irgendwas zu essen haben?«

Galen grinste gequält. »Mal angenommen, deine Sandwiches kommen hier oben an, nachdem er gesprungen ist... würde dir das nicht den Appetit verderben?«

Der Gedanke ließ Morris unberührt. »Ich bin nicht der sensible Typ. Mein Magen ist meine Seele.«

Galen verspürte ebenfalls Hunger, aber er schüttelte den Kopf. »Für mich nur Kaffee.«

Es klopfte an der Tür, und Galen zog sie auf.

Der kleine, nervöse Mann zwinkerte hinter seiner randlosen Brille mit den Augen. »Ich bin Henry Welch. Ich weiß nicht, warum man mich hergebracht hat. Es gibt nichts, was ich sinnvollerweise tun könnte.«

Galen besah ihn sich von Kopf bis Fuß. »Vielleicht nicht, aber ich muß nun mal alles ausprobieren. In einem Brief, den Turner geschrieben hat, gesteht er, Ihrer Firma Geld gestohlen zu haben.«

»Es ist nicht meine Firma«, sagte Welch grämlich. »Ich bin lediglich stellvertretender Leiter. Die Firma gehört Mr. Chambers.«

Galen holte tief Luft. »Und wo ist Mr. Chambers?«

»Er ist in Florida«, sagte Mr. Welch bitter. »Er ist immer in Florida.«

Galen zuckte die Achseln. »Dann werden wir mit Ihnen vorlieb nehmen. Sie hatten als Stellvertreter vielleicht den Verdacht, daß Turner Firmengelder unterschlug?«

»Ich wußte absolut gar nichts davon«, sagte Welch entschieden. »Ich kümmere mich um meine eigenen Angelegenheiten und hoffe, andere tun das auch und kümmern sich um die ihren.«

Am Fenster ließ sich Mrs. Turner vernehmen. »Sergeant, ich fürchte, ich kann hier nichts tun. Mein Mann ist entschlossen zu springen.«

Galen sah sie an. *Was sie angeht, so ist die Sache erledigt. Jetzt klopft sie mit dem Fuß auf den Boden und wartet.*

Er wandte sich an Welch. »Ich möchte, daß Sie mit ihm reden.«

Welch sah betreten drein. »Was in aller Welt könnte

ich noch sagen, wenn nicht mal seine Frau ihm helfen kann?«

»Das weiß ich auch nicht«, funkelte Galen ihn an. »Niemand weiß das. Aber Sie sind nun mal hier, und ich sage Ihnen, Sie sollen's versuchen. Vielleicht gibt es ja ein Wort, das ihn zu retten vermag. Wir müssen herausfinden, welches Wort das ist.«

Welch schüttelte den Kopf. »Das ist zwecklos.«

Galens Augen glühten. »Verweigern Sie Ihre Hilfe?«

Unter Galens Blick wurde Welch rot. »Na schön«, sagte er widerwillig, »ich nehme an, ich darf mich nicht weigern.«

Welch wurde von Panik erfaßt, als er nach unten blickte. Er umklammerte das Fensterbrett noch fester.

Turner sah starr geradeaus. Er schien die Uhr am Kirchturm gegenüber zu beobachten.

Welch hielt den Atem an. *Er wird springen. Ich weiß es. Gleich springt er!*

Galens Flüstern war drängend. »Sagen Sie schnell etwas.«

Welch beobachtete gebannt, wie sich Turners rechter Fuß langsam vorschob. *Noch fünf Sekunden. Fünf Sekunden, und alles ist vorbei.*

Galen stieß ihn beiseite. »Turner«, rief er, »Mr. Welch möchte mit Ihnen sprechen.«

Turner zögerte. Er runzelte die Stirn, als komme ihm diese Unterbrechung mehr als ungelegen. Dann entspannte er sich.

Welch fühlte sich ans Fenster zurückgestoßen. »Gut, gut«, blaffte er gereizt, »ich werd mit ihm reden. Sie brauchen nicht grob zu werden.«

Er räusperte sich. »Mr. Turner, das ist gänzlich unnötig. Ich bin sicher, daß sich eine Lösung finden läßt.«

Turner hob eine Braue und lächelte. »Aber Henry, was machen Sie denn hier?«

Welchs Magen zog sich beim Ton dieser Stimme in vertrauter Wut krampfartig zusammen. *Aber Henry, was machen Sie denn hier? Sorgen Sie dafür, daß diese Belege bis heute mittag verbucht sind, Henry. Ich habe einen weiteren Mann für Sie eingestellt, Henry. Ich habe einen Ihrer Angestellten gefeuert, Henry. Wir müssen Überstunden machen, Henry. Guten Morgen, Henry. Guten Abend Henry.*

Welch hob die Stimme, um den Wind zu übertönen. »Das bringt doch nichts, Mr. Turner. Sicher wird alles ein gutes Ende nehmen, wenn Sie das Geld zurückerstatten.«

Turner lächelte matt. »Glauben Sie, Henry?«

Glauben Sie, Henry? Nein, das tue ich nicht. Warum stehst du noch da rum? Spring! Stirb!

In Welchs Mund war der Geschmack von Bitterkeit. *Ich nehme an, Mr. Chambers wird einen anderen als Manager einstellen, wenn du tot bist. Es spielt ja keine Rolle, daß ich schon fünfunddreißig Jahre in der Firma bin. Es spielte schon vorher keine Rolle, daß ich den Job eigentlich hätte kriegen müssen. Mr. Chambers will jemanden haben, der groß ist, jemanden, der distinguiert aussieht. Jemanden, der die Firma beklaut.*

Er hörte Galens ungeduldige Stimme. »Reden Sie weiter!«

Welch fuhr ungehalten herum. »Sehen Sie nicht, daß es keinen Zweck hat?«

In Galens Blick lag Argwohn. »Möchten Sie etwa, daß er springt?«

»Natürlich nicht!« erwiderte Welch schnell. »Aber es muß doch für alle offenkundig genug sein, daß ich nichts ausrichten kann.«

Sein Blick wanderte zu Turner zurück, und er hätte vor Wut fast mit den Zähnen geknirscht. *Nun machen Sie doch schon, mein lieber Mr. Turner. Jetzt springen Sie doch! Jetzt, sofort.*

Galen zerrte ihn grob ins Zimmer zurück.

Welch zog seine Krawatte zurecht. »Ich weiß schlicht und einfach nicht, was ich dem Mann sagen soll, Sergeant.«

Er sah zu, wie sich Galen aus dem Fenster beugte.

Es gibt auch nichts, was du sagen oder tun könntest. Was mühst du dich also dermaßen ab?

Galen blickte zur Kirchturmuhr hinüber. Es war zweiundzwanzig Minuten nach sechs.

Turner beobachtete ihn. »Werden Sie nur nicht ungeduldig, Sergeant. Ich springe um sechs Uhr dreißig. Das ist ein schöner, präziser Zeitpunkt. Ich fürchte, ich bin in meinem tiefsten Inneren noch immer Buchhalter.«

Galen wartete, bis ein Windstoß abgeflaut war, und sagte dann: »Ich vermute, Sie haben eine ganze Menge Zeit auf Rennbahnen zugebracht. Hialeah ist ein hübscher Platz.«

»Ja«, sagte Turner, »dort habe ich eine Menge Geld verloren.«

Galen schnalzte mit der Zunge. »Das muß ja eine ganz schöne Fahrerei gewesen sein, so täglich hin und wieder zurück. Hialeah liegt ungefähr zwölfhundert Meilen von hier entfernt.«

Turner zuckte nur die Achseln. »Ich hab kein Gedächtnis für Namen. Ich bin immer zu einem der Rennplätze hier in der Gegend gefahren.«

Galens Stimme duldete keinen Widerspruch. »Sie haben das Geld für Ihre Frau ausgegeben, Turner.«

Turner schüttelte den Kopf. »Nein, ich hab's auf dem Rennplatz verloren. Alles.«

Galen lächelte dünn. »Sie gehören für mich zu den Männern, die einer Frau ihr Sparbuch zeigen, bevor sie sie um ihre Hand bitten.«

Es war Galen, als würde Turner rot.

»Und weil Sie so sind, paßt es einfach nicht zu Ihnen, daß Sie Ihre Frau total pleite in dieser Welt zurücklassen wollen. Ihre Versicherung ist ja wohl wertlos, wenn Sie springen.«

Turner sagte nichts.

»Wir werden eine genaue Überprüfung einleiten, wenn Sie tot sind. Das hier ist noch nicht das Ende der Geschichte. Sollte Ihre Frau irgendwelche größeren Ausgaben tätigen, könnte sie in ganz schöne Schwierigkeiten geraten.«

Galen beobachtete den schweigenden Turner und tat dann einen erschöpften Atemzug. *Mir fällt nichts mehr ein, um ihn hier herein zurückzukriegen. Wenn es ein Wort geben sollte, das dem allen ein Ende machen könnte, dann weiß ich es nicht.*

Auf Turners Gesicht erschien ein kleines Lächeln. »Ich nehme an, Sie möchten, daß ich springe und die Sache hinter mich bringe, Sergeant?«

Galen achtete auf seine Worte. »Nein. Sie sind ein menschliches Wesen, und ich möchte, daß Sie leben.« Seine Augen wanderten wieder zum Kirchturm. Es war achtundzwanzig Minuten nach sechs. »Sie können noch fünf Minuten warten. Fünf Minuten sind doch, gemessen an der Ewigkeit, ein Nichts.«

Turner lächelte müde. »Da haben Sie durchaus recht, Sergeant, aber ich habe die Absicht, um sechs Uhr dreißig zu springen.«

Galen betrachtete ihn mit forschendem Blick. *Ich muß noch einen Versuch machen.* »Jedermann ist einsam, Turner.«

Turner schrak hoch. »Warum haben Sie das gesagt?«

Das ist es, dachte Galen, eine Spur überrascht. *Du weißt es vielleicht selbst nicht, aber du bringst dich nicht wegen des Geldes um, oder weil du deine Frau schützen willst, oder aus einem der vielen anderen offenkundigen Gründe. Nein, dein Leben ist leer gewesen. Du bist allein und müde, und das Leben hat keinen Sinn mehr für dich.*

Galen fühlte, wie ihn der Polizist Holand leicht berührte.

»Da ist eine Miss Adams gekommen. Eine Miss Frances Adams.«

Galen drehte sich um. Miss Adams mußte etwa Anfang Dreißig sein, vermutete er. Sie hatte ein gewöhnliches Gesicht, aber der Blick ihrer Augen war irgendwie eigenartig.

Ihre Stimme war ruhig, als sie sagte: »Ich möchte helfen, wenn ich kann.«

Galen lehnte sich aus dem Fenster. »Turner, hier ist eine Miss Adams, die Sie gern sprechen möchte.«

Turner runzelte die Stirn. »Haben Sie auch nach der geschickt?«

Galen schüttelte den Kopf. »Nein, ich wußte ja gar nichts von ihrer Existenz.«

Turners Gesicht nahm einen nachdenklichen Ausdruck an. »Ja, sie ist sehr still. Sehr still. Sie ist meine Sekretärin.«

Turner sah, wie Galen kurz vom Fenster verschwand. *Seltsam, daß der Sergeant darauf gekommen ist, was mich hier raus auf den Sims gebracht hat. Ich glaube, mir ist das bisher nie richtig bewußt gewesen, aber mein Leben war leer. Ich habe nichts vor mir. Nicht, solange ich allein bin.*

Er lächelte schmerzlich. *Meine Frau möchte mich tot sehen, aber das ist mir völlig egal. Und der arme Henry. Er haßt mich genug, um den gleichen Wunsch zu haben, aber mein Tod wird ihm nichts nützen. Er wird wahrscheinlich wieder nicht zum Manager befördert.*

Miss Adams? Über sie habe ich mir eigentlich noch nie Gedanken gemacht. War immer in der Nähe. Still, aber immer da, wenn ich sie brauchte.

Er erinnerte sich an die vielen Dinge, die ihm so vertraut geworden waren, da er sie als Selbstverständlichkeiten hingenommen hatte. Wie sie alle seine Wünsche und Launen fast schon hatte vorhersehen können; wie sie freiwillig bis spät in die Nacht durchgearbeitet hatte, wenn Berichte fertigzustellen gewesen waren; wie sie schon mit einer Aspirintablette und einem Glas Wasser zur Stelle gewesen war, bevor er noch selbst wußte, daß er Kopfschmerzen hatte.

Zum ersten Mal wurde er sich der Höhe bewußt, und er drückte sich enger an die Wand des Gebäudes. *Wie lange ist sie schon bei mir? Zehn Jahre? Nein, neun. Das ist es. Ich hätte längst wissen müssen, was sie für mich empfindet.*

Er sah Miss Adams am Fenster erscheinen. *Einen Menschen! Das ist alles, was es braucht. Nur einen Menschen, der dich haben will.*

Er erinnerte sich an ihren verzweifelten Gesichtsausdruck, als er ihr mitgeteilt hatte, daß er Ellen heiraten werde. Ja, ihr Gesicht war kreidebleich geworden. Und sie war nicht zur Hochzeit gekommen.

Er sah Miss Adams an und lächelte. *Wie entsetzlich mußt du dich gefühlt haben. Wie allein und wie verlassen. Das ist mir jetzt klar.*

Aber Miss Adams erwiderte sein Lächeln nicht. In ihren Augen brannte der Haß, und ihre dünnen Lippen formten ein stummes, zorniges Wort.

Über den tiefen Abgrund hinweg begann die Kirchturmuhr die halbe Stunde zu schlagen.

Sergeant Morris folgte Galen in den Aufzug. »Zumindest hat er Wort gehalten. Er ist genau zu dem Zeitpunkt gesprungen, den er uns genannt hat.«

Galen nickte und sah zu, wie der Liftboy die Gittertür schloß. *Herrgott noch mal*, dachte er, *was hab ich für einen Kohldampf!*

Recht und Unrecht

Nachdem Mike McClellan seinen kleinen Bruder Andy gegen Zahlung einer Kaution aus der Untersuchungshaft herausgeholt hatte, brachte er ihn zu mir. »Das ist jetzt dein Anwalt«, erklärte er ihm. »Der arbeitet für die Organisation und ist Spezialist für so blöde Geschichten wie deine.«

»Wo drückt der Schuh?« erkundigte ich mich.

Mike deutete auf seinen Bruder. »Er hat sich bei dem Versuch schnappen lassen, einen Drugstore zu überfallen.«

Andy war ungefähr neunzehn Jahre alt, schlank und ordentlich gekleidet. Er sah aus dem Fenster.

Mike schüttelte traurig den Kopf. »Geb ich dem Jungen nicht alles, was er braucht? Geld? Was Sie wollen. Den Ferrari, das Karmann Ghia-Kabrio, Klamotten, Klassefrauen. Und trotzdem muß er einen Drugstore überfallen!«

»Vielleicht hat er ja nach Drogen gesucht?«

»Nein«, antwortete Mike mit Bestimmtheit. »Ich seh mir täglich seine Arme an… und andere Stellen. Rauschgift kommt mir nicht ins Haus.«

Ich wandte mich zu Andy. »Warum?« fragte ich. »Warum?«

Andy zuckte die Achseln. »Ich weiß es nicht. Ich hatte ein bißchen was getrunken. Schien mir zu der Zeit einfach eine prima Idee zu sein. Ich meine, von wegen der Aufregung… wie in den alten Zeiten, von denen Mike immer spricht.«

Mike blickte mich besorgt an. »Sie glauben doch nicht, daß so was in den Genen steckt, oder?«

Ich holte was zum Schreiben und Papier hervor. »Erzählen Sie mir mal, was passiert ist, Andy.«

Andy seufzte. »Na ja, ich wartete einfach ab, bis niemand mehr im Laden war, nur noch ich und der Besitzer. Ich war hinten, wo die rezeptfreien Arzneimittel sind, und dann kommt der Drugstorebesitzer zu mir und fragt mich, was ich wünsche. Ich vergewissere mich, daß mich niemand von der Straße aus sehen kann, dann zieh ich die Kanone raus und sag ihm, daß es ein Überfall wär.«

Andy rieb sich einen roten Fleck an seinem Hals. »Der Ladenbesitzer ist ein großer Bursche und schnell. Ehe ich's mich versah, hatte der die Kanone, hockte auf meiner Brust und würgte mich am Hals.«

Ich notierte mir das. »Schon mal in Haft gewesen? Vorstrafen?«

»Nein, bis jetzt nichts dergleichen.«

»Gehört der Revolver Ihnen? Ist er auf Ihren Namen eingetragen?«

»Nein. Das ist so'n Ding, das ich einem Kerl für dreißig Dollar abgekauft hab.« Andy räusperte sich und verzog vor Schmerz das Gesicht. »Na ja, jedenfalls erregten die allgemeine Aufregung und der Schuß ziemliche Aufmerksamkeit. Aus dem Geschäft für Herrenbekleidung nebenan kamen vier Leute angerannt.«

»Es ist ein Schuß gefallen?«

»Ja, als er mir den Revolver entriß. Aber es wurde niemand verletzt... die Kugel ging in die Decke.«

»Vier Leute kamen in den Laden gerannt?«

»Genau. Dann zieht mich dieser Ladenbesitzer – sein

Name ist Morgan – hoch, stellt mich auf die Füße und sagt: ›Sie sind hiermit vorläufig festgenommen.‹«

Mike sah mich an. »Durfte er das? Andy festnehmen, obwohl er kein Polizist ist?«

Ich nickte. »Er hat für seine Zuschauer eine Schau abgezogen, aber es ist rechtlich zulässig. Jeder hat das Recht, eine Person festzunehmen, die er beim Begehen eines Verbrechens erwischt.«

Andy trat unbehaglich von einem Fuß auf den anderen. »Also, für mich sah's so aus, als wollte mich Morgan erneut am Hals würgen. In einem solchen Augenblick denkt man nicht an das, was morgen ist. Man denkt an den nächsten Atemzug, und ich war nicht so sicher, daß er mir den gönnen würde. Deshalb hab ich's gesagt. Vor Zeugen.«

»Was haben Sie gesagt?« fragte ich.

»Ich sagte: ›Schon gut, schon gut. Ich habe versucht, Ihren lumpigen Laden zu überfallen, und es ist schiefgegangen. Das ist aber noch lange kein Grund, mich umzubringen.‹«

Wir schwiegen alle eine Weile. Schließlich seufzte ich. »Und was geschah dann?«

»Einer von den Leuten rief die Polizei, und die war innerhalb von drei Minuten da. Ich war froh, sie zu sehen.«

»Was haben Sie der Polizei erzählt?«

»Nichts. Ich habe gar nichts mehr gesagt. Die wollten mich ja auch nicht abmurksen.«

Wir fuhren zusammen zum Gericht. Dort ließen wir Andy im Wagen sitzen, während wir uns in das Büro der Staatsanwaltschaft begaben, um zu sehen, ob es wirklich so schlimm stand, wie es den Anschein hatte. Man verwies mich an den Stellvertretenden Staatsanwalt Chesson.

Chesson und ich waren uns schon ein paarmal vor Gericht begegnet, und er gehörte nicht gerade zu meinen Bewunderern. Er lächelte jedoch. »Also, wir wollen den Jungen mal nicht zu hart anfassen. Er ist noch nicht vorbestraft... er hat eben einen Fehler begangen. Bewegen Sie ihn dazu, sich schuldig zu bekennen, und dann werde ich das Gericht um Milde bitten. Er kriegt Bewährung, das verspreche ich Ihnen.«

Ich wußte eines: Man konnte Chessons Wort vertrauen.

Und ich wußte noch etwas: Chesson mochte weder die Organisation sonderlich noch Leute mit dem Namen McClellan. Wieso also dieses Entgegenkommen?

»Wir wollen eine Nacht darüber schlafen«, sagte ich. »Ich gebe Ihnen morgen Bescheid.«

Draußen zog Mike McClellan die Stirn in Falten. »Ich will mich ja nicht einmischen, aber ich fand das Angebot gut.«

Ich nickte. »Wenn Sie nicht mehr wollen als ausschließen, daß Andy ins Gefängnis wandert. Aber wenn er sich schuldig bekennt, hat er trotzdem eine Vorstrafe weg. Wollen Sie das?«

Mike dachte nach. »Nein. Jedenfalls nicht, wenn ich es verhindern kann.«

Als ich wieder in meinem Büro war, rief ich die Detektei Wilson an und bat um eine schnelle Überprüfung Morgans, des Drugstorebesitzers.

Am Nachmittag um vier Uhr gab mir Wilson seinen Bericht telefonisch durch.

Ich hörte mir aufmerksam an, was er zu sagen hatte, aber nur eine Sache hinterließ einen Eindruck bei mir. Morgan war als junger Mann zweimal wegen tätlichen Angriffs und Körperverletzung in Haft gewesen.

Ich fuhr zum Einkaufszentrum von Northfield, stellte meinen Wagen ab und schlenderte am Rande des Parkplatzes entlang, bis ich Morgans Drugstore gefunden hatte. Drinnen wanderte ich nach hinten zu der Abteilung mit den rezeptfreien Arzneimitteln und wartete, bis Morgan zu mir kam.

»War es hier?« fragte ich ihn. »Der Überfall? Ich hab darüber in der Zeitung gelesen.«

Morgan nickte, war erfreut über die Aufmerksamkeit, die er erregt hatte. »Genau an dieser Stelle. Er hat einen Revolver gezogen, und den hab ich ihm abgenommen.« Er deutete auf ein Loch in der Decke. »Die Polizei hat da eine Kugel rausgeholt.«

»Sie haben ihn vorläufig festgenommen?«

»Klar doch. Dazu ist nach allgemeinem Recht jeder Bürger befugt.«

»Natürlich. Sie verhaften also diesen Mann, von dem Sie behaupten, daß er den Versuch gemacht hat, Sie auszurauben?«

Morgan runzelte über meinen Gebrauch des Wortes *behaupten* die Stirn. »Wer sind Sie?«

»Ich bin der Anwalt des Beschuldigten.«

Er wurde kühl. »Ich muß nicht mit Ihnen sprechen.«

»Vielleicht nicht. Zumindest nicht hier. Ich dachte mir jedoch, daß wir genausogut jetzt ein paar Dinge klären könnten, um Ihnen später vor Gericht Peinlichkeiten zu ersparen. Es sei denn, Sie hätten Angst davor, Fragen zu beantworten.«

Er reagierte in der typischen Großmannsmanier. »Ich habe vor gar nichts Angst.«

»Gut«, sagte ich. »Als dieser angebliche Raubüberfall geschah, waren da nur Sie beide im Laden?«

»Das ist richtig. Nur ich und der Beschuldigte.«

»Dann steht also allein Ihr Wort gegen das seine, daß sich der Vorfall so abgespielt hat, wie Sie es behaupten?«

Morgan lächelte selbstsicher. »Außer mir haben noch vier Leute gehört, wie er zugegeben hat, daß er den Versuch hatte machen wollen, diesen Laden auszurauben.«

»Aber haben die denn auch *gesehen*, daß er den Revolver auf Sie gerichtet hatte?«

»Hm... nein.«

Ich nickte liebenswürdig. »Dieser Revolver, von dem Sie sprechen. Vielleicht könnten Sie mir noch mehr darüber sagen?«

»Ich? Was weiß ich denn von seinem Revolver? Warum fragen Sie da nicht ihn?«

Ich sah ihn erstaunt an. »*Sein* Revolver? Nach Aussage meines Mandanten hat er ihn bis zu diesem Vorfall nie gesehen. Er sagt, daß er bei dem Handgemenge aus Ihrer Tasche gefallen und losgegangen sei.« Ich runzelte nachdenklich die Stirn. »Ich nehme an, der Revolver ist jetzt in Händen der Polizei?«

»Aber klar doch. Die hat ihn mitgenommen.«

»Und auf dem Revolver sind *Ihre* Fingerabdrücke?«

»Äh... ja, natürlich. Ich hab ihm den Revoler ja entrissen, meine Fingerabdrücke müssen also auf der Kanone sein. Seine sind aber auch drauf.«

Ich dachte darüber nach. »Ein ziemlich kalter Tag gestern. Frost. Ich frage mich, ob mein Mandant wohl Handschuhe angehabt hat? Ich muß ihn fragen.« Ich lächelte wieder. »Mein Mandant behauptet, der ganze Vorfall habe sich nur ereignet, weil er eine Hustensaftflasche habe zurückgeben und das Pfandgeld dafür kassieren wollen. Sie seien darüber in Streit geraten, und plötzlich hätten Sie ihn an der Kehle gepackt und zu Boden geworfen... zu welchem Zeitpunkt dann auch die sogenannten Zeugen auf der Bildfläche erschienen seien.«

Morgan schien jeden Augenblick explodieren zu wollen.

»Mr. Morgan«, sagte ich, »trifft es nicht zu, daß Sie ein sehr unberechenbares Temperament haben?«

»Nein, verdammt noch mal. Jedenfalls nicht sonderlich.«

»Sind Sie nicht schon zweimal wegen der Beteiligung an Kneipenschlägereien in Haft gewesen?«

»Aber das war vor mehr als dreißig Jahren!«

»Natürlich«, sagte ich. »Wußten Sie auch, daß sich der Beschuldigte noch nie irgend etwas hat zuschulden kommen lassen?«

»Es gibt immer ein erstes Mal.«

»Wußten Sie, daß der Beschuldigte von seinem Bruder sehr großzügig unterstützt wird? Er bekommt soviel Geld, wie er haben will. Warum sollte er also Ihren Drugstore ausrauben wollen?«

»Vielleicht war er auf Drogen aus.«

»Ich bin bereit, für meinen Mandanten eine ärztliche Untersuchung zu beantragen. Er ist nicht drogenabhängig.«

Morgan spielte erneut seinen Trumpf aus. »Er hat vor mir und vier weiteren Zeugen gestanden.«

»Ach ja«, sagte ich, »nachdem Sie den Beschuldigten festgenommen hatten. Was haben Sie denn gesagt, um die Festnahme zu begründen?«

»Sie sind hiermit vorläufig festgenommen.«

»Nur diese Worte? Nichts weiter?«

»Nur diese Worte. Sie reichen vollkommen aus. Dann veranlaßte ich jemanden, die Polizei zu rufen.«

Ich rieb mir das Kinn. »Kein weiteres Wort?«

»Keins. Es bestand doch auch keine Notwendigkeit.«

Das war's, dachte ich. *Das winzige Haar in der Suppe – und der Grund, warum der Stellvertretende Staatsanwalt so bereitwillig ein Schuldbekenntnis akzeptiert hätte.*

Ich bemühte mich, schockiert auszusehen. »Sie wollen damit sagen, daß Sie den Beschuldigten nach der Festnahme nicht über seine Rechte belehrt haben? Über sein *Recht*, die Aussage zu verweigern? Sein *Recht* auf Hinzuziehung eines Anwalts?«

Sein Unterkiefer sank ein Stückchen herab. »Ich hatte nicht gedacht... ich meine, das war doch eine Festnahme durch einen gewöhnlichen Bürger, und ich glaube nicht, daß der...« Er schien ins Schwitzen zu geraten. »Außerdem... als dann die Polizei kam, hat *die* ihn gleich über seine Rechte belehrt. Ich hab's gehört.«

»Ja, aber das war *nach* diesem angeblichen Geständnis, nicht wahr?« Ich schnalzte mit der Zunge. »Ihnen ist doch sicher das Miranda-Urteil bekannt? Ein Geständnis, das eine Person abgelegt hat, bevor sie über ihre Rechte belehrt worden ist, hat vor Gericht keine Gültigkeit als Beweismittel. Die Richter des Obersten Gerichtshofes haben dabei keinen Unterschied gemacht zwischen Festnahmen durch die entsprechenden Institutionen des Staates und solchen durch Privatpersonen, nicht wahr?«

Es trat eine Stille ein, während derer er mich nur anstarrte.

Ich lächelte. »Es würde für Sie sehr peinlich werden, wenn ich diesen Punkt vor Gericht anspräche... vor all Ihren Freunden und Nachbarn... sozusagen vor der Welt. Statt eines Helden wären Sie plötzlich ein... tja, was?«

Morgan sah kränklich aus.

»Ein Narr? Vor all diesen Leuten?« Ich schüttelte den Kopf. »Was liegt uns denn nun wirklich vor? Das Wort eines jungen Mannes, dem jedes Motiv fehlt, auf Raubzüge zu gehen, gegen das eines Mannes mit unberechenbarem Temperament und Vorstrafen wegen tätlichen Angriffs. Wir haben einen *angeblichen* Raubüberfall, aber keine echten Zeugen, die bestätigen können, daß er tatsächlich stattgefunden hat.«

Ich ließ ein erneutes Schweigen zu.

Dann lächelte ich wieder. »Wäre es nicht besser, zu vergeben und zu vergessen? Wie wär's, wenn wir jetzt das Büro der Staatsanwaltschaft anriefen und erklärten, daß die ganze Sache lediglich auf einem Mißverständnis beruhe und daß der Beschuldigte von einer Anzeige absehen wolle?«

»Anzeige?«

»Ja«, sagte ich. »Wegen tätlichen Angriffs und Körperverletzung.«

Er seufzte und griff nach dem Telefonhörer.

Nachdem ich mich von Morgan verabschiedet hatte, ging ich in ein Restaurant, das in der Nähe am gleichen Platz lag.

Ich setzte mich an einen Tisch am Fenster und blickte hinaus, während ich auf die Bedienung wartete.

Ich beobachtete einen Jungen in schwarzer Lederjacke, der langsam zwischen den Autos auf dem Parkplatz umherging und sich interessiert umsah.

Ich ahnte, wonach er suchte. Nach Zündschlössern, in denen noch ein Zündschlüssel steckte.

Wann würden es die Leute bloß endlich lernen...

Er blieb bei meinem Wagen stehen, zögerte nur wenige

Sekunden und schlüpfte dann hinein. Eine aus dem Auspuff quellende Rauchwolke verriet mir, daß er den Motor angelassen hatte.

Ich sprang vom Stuhl hoch und rannte aus dem Restaurant auf den Parkplatz hinaus.

Er wollte gerade anfahren, als ich durch das offene Seitenfenster griff, den Zündschlüssel umdrehte und aus dem Zündschloß zog.

»He«, sagte der Junge, »was zum Teufel…«

Ein halbes Dutzend interessierter Zuschauer kamen heran, um zu sehen, was da los war.

Ich zeigte mich der Lage gewachsen. »Hiermit nehme ich dich vorläufig fest«, sagte ich zu dem Jungen.

Sein Mund öffnete sich, und es ließ sich nicht vorhersagen, was er von sich geben würde – vielleicht ja sogar ein Geständnis.

Ich hob schnell eine Hand. »Du hast das Recht, jede Aussage zu verweigern. Wenn du aussagen möchtest, kannst du dies durch einen Anwalt deiner…«

Ich sprach ihm den vollständigen Text der Belehrung vor. Schließlich wollte ich nicht, daß der versuchte Diebstahl meines Wagens ungesühnt blieb und dieser Punker bloß wegen irgendeines lausigen Formfehlers ungeschoren davonkam.

Auf Ben muß man aufpassen

Ben ist kräftig, und er gerät leicht in Wut. Man muß wissen, wann es an der Zeit ist nachzugeben.

»Gut«, sagte ich nach einer Weile, »gehen wir.« Und wir gingen die Stufen vor der Haustür hinunter und auf die an der nächsten Querstraße gelegene Tankstelle von Onkel Jim zu.

Während wir gingen, beobachtete ich Ben. Man muß auf ihn aufpassen, denn wenn man's nicht tut, ist irgendwie alles, was er anfaßt, zerbrochen oder verbogen.

Dann ein Blick nach vorn. Ich konnte Jim im Schatten der Tankstelle auf der Bank sitzen sehen. Er reinigte mal wieder seinen Revolver.

Jim rasiert sich nicht sehr oft, aber er behauptet, er wäre der Kopf des ganzen Clans.

Er war mal verheiratet, aber das ging schief. Man sagt, er habe seine Frau geschlagen. Die Leute meinen, er hätte eine schäbige Ader, aber davon hab ich noch nichts gemerkt.

Jim sah uns kommen und schob ein paar Patronen in die Kanone.

Er hat mir mal erzählt, er hätte den Revolver gekauft, um sich bei einem Raubüberfall verteidigen zu können, aber ich glaube, er spielt nur einfach gern mit Kanonen rum.

Als wir bei ihm ankamen, zielte Jim mit dem Revolver direkt auf Bens Kopf.

Ben fand das lustig und lachte.

Ich wurde jedoch ein bißchen nervös. »In dem Revolver sind Kugeln drin«, sagte ich.

Jim ließ gelbliche Zähne sehen. »Also mal ehrlich, würde ich wohl mit 'nem geladenen Revolver auf einen Vetter zielen?« Dann öffnete er den Revolver und tat überrascht. »Ach du Scheiße, wie sind denn die Patronen da reingekommen?« rief er aus und lachte.

Ein Auto hielt an den Zapfsäulen, und Jim steckte den Revolver in die Hosentasche und ging hin.

Er füllte für zwei Dollar Benzin in den Tank und ging dann in die Tankstelle hinein, um Wechselgeld zu holen.

Jim tippte den Betrag in die Registrierkasse ein und schob den Fünfdollarschein unter die Haltefeder. Er nahm drei Dollarscheine aus der Kasse, riß ein paar Rabattmarken aus dem Büchlein und ging zu dem Auto zurück.

Ben langte nach den Rabattmarken.

»Faß die nicht an«, sagte ich.

Ben sah in meine Richtung, und das Orangerot in seinen braunen Augen schien zu flackern.

»Na los, Ben«, sagte ich ungezwungen, »laß uns wieder rausgehen.«

Wir kehrten zur Bank zurück und setzten uns hin. Nachdem der Kunde fortgefahren war, kam Jim wieder zu uns zurück.

Er griff nach der Bierdose auf dem Fensterbrett, nahm einen kräftigen Schluck und stellte sie zurück. Er kniff sich blinzelnd Zigarettenrauch aus den Augen und zog den Revolver wieder aus der Tasche.

Er öffnete ihn erneut und schlug die Patronen in seine Handfläche. Dann gab er den Revolver Ben.

»Setz den Lauf mal an deinen Kopf, Ben«, sagte er. »Und dann drück ab. Das nennt man Russisches Roulette.«

Ben nahm den Revolver, hatte aber offensichtlich nicht verstanden, was Jim gemeint hatte.

Wieder hielt ein Auto an den Zapfsäulen. Der Kunde stieg aus und sagte: »Für drei Dollar Normal.« Dann ging er in die Tankstelle und auf die Toilette.

Jim ging zu den Pumpen.

Ben betrachtete starr den Revolver, wie er das immer tut, wenn er herauszubekommen versucht, worum es sich bei einem Gegenstand handelt.

Ich hatte Angst, er könnte ihn fallen lassen. »Gib mir den Revolver, Ben.«

Das Orangerot in seinen Augen wurde wieder sichtbar, und ich wußte, daß er bockig werden würde.

Ich griff nach dem Lauf des Revolvers und zog.

Das Geräusch kam mir nicht laut vor, war aber sehr scharf.

Mein Herz blieb eine Sekunde lang stehen, und ich dachte, die Kugel hätte vielleicht mich getroffen. Aber dann fing es wieder zu schlagen an, und da wußte ich, daß ich nicht verletzt worden war.

Ich drehte mich um und sah Jim hinten am Auto des Kunden stehen. Er stand einfach nur ganz steif da, hatte uns den Rücken zugekehrt.

Ich bemerkte das kleine Loch in seiner Jacke, aber das Blut kam nicht von da. Es quoll unten hinter dem Saum der Jacke hervor.

Und dann fiel er plötzlich zu Boden.

Ich sah Ben an. Sein Mund stand offen, so, als verstünde er gar nicht, was gerade geschehen war.

Die Tür der Tankstelle öffnete sich, und der Kunde riß die Augen auf, als er Jim auf dem Beton liegen sah. »Was ist passiert?«

»Es war ein Unfall«, sagte ich.

Der Kunde blickte noch einmal auf Jims leblosen Körper hinab, ging dann wieder hinein und zum Telefon.

Der erste Streifenwagen war mit blinkendem Blaulicht wenig später da, und dann kamen auch noch andere.

Ich fing an, angestrengt darüber nachzudenken, was geschehen war. Würde die Polizei glauben, daß es sich wirklich um einen Unfall handelte? Und auch wenn sie es glaubten – was würden sie mit jemandem wie Ben machen? Hatten sie irgendeinen besonderen Ort, wo man nett zu ihm sein würde?

Einer der Polizisten zog ein Notizbüchlein hervor. »Erzähl mal.«

Ich holte tief Luft. »Ich bin's gewesen. Ich hielt den Revolver in der Hand und dachte, er wäre nicht geladen. Ich hab doch gesehen, wie Jim die Patronen rausnahm, aber wahrscheinlich hat er sie zu zählen vergessen.«

Sie stellten mir noch weitere Fragen, und schließlich dachte ich, sie wären fertig, aber da kam einer von ihnen von einem der gegenüberliegenden Häuser zur Tankstelle zurück.

»Wir haben einen Augenzeugen«, sagte er. »'ne Lady da gegenüber. Ungefähr siebzig und verbringt ihre Zeit in einem Rollstuhl auf der verglasten Veranda dort drüben.« Er sah mich an. »Es war ein Unfall, okay, aber er hat sich nicht so zugetragen, wie du es geschildert hast.«

Nach dem Abendessen ging ich raus und setzte mich auf die Stufen vor die Haustür. Ich beobachtete, wie an der Bushaltestelle eine Frau ausstieg.

Sie blieb vor mir stehen. »Kannst du mir vielleicht sagen, wo die Johnsons wohnen?«

Ich nickte. »Direkt gegenüber. Das weiße Haus da.«

Sie dankte mir. »Du gehst fleißig zur Schule, was?«

Irgendwie war ich ganz stolz. »Ich bin schon in der vierten Klasse.« Dann zeigte ich auf Ben, der mit seinem Feuerwehrauto auf der Erde spielte. »Aber mein Bruder, der ist schon fast drei und kann noch nicht mal richtig sprechen.«

In genau zehn Minuten

Das Päckchen, das ich trug, maß ungefähr zwanzig mal zwanzig mal zwanzig Zentimeter und war fest in gewöhnliches braunes Packpapier eingewickelt.

Ich betrat die riesige Eingangshalle des Rathauses und ging schnell zu den Aufzügen. Ich bemerkte in der Menschenmenge verstreut etliche Polizeibeamte, von denen sich einige mehr als nur flüchtig für das zu interessieren schienen, was ich bei mir hatte – aber vielleicht war es ja auch mein Bart, der ihre Aufmerksamkeit erregte. Keiner von ihnen unternahm jedoch den Versuch, mich abzufangen.

Der Lift brachte mich in die dritte Etage hinauf. Im Korridor traf ich auf weitere Polizisten, von denen einer die Stirn runzelte und sich das Kinn rieb, als ich an ihm vorbeiging.

Ich öffnete die Tür zum Vorzimmer des Bürgermeisters. Von einem jungen Mann abgesehen, der an der anderen Seite des Raumes hinter einem Schreibtisch saß, war das Zimmer leer.

Sein Blick zuckte voller Unbehagen zu der Schachtel in meiner Hand. »Kann ich Ihnen behilflich sein?«

»Das können Sie. Ich möchte sofort den Bürgermeister sprechen.«

Seine Zunge fuhr über offenbar trockene Lippen. »Haben Sie einen Termin?«

»Wenn dem so wäre, hätte ich es gesagt.« Ich blickte auf

meine Armbanduhr. »Es ist absolut notwendig, daß ich ihn sofort spreche.«

»Einen Augenblick, bitte«, sagte er schnell. Er eilte durch eine Tür hinter seinem Schreibtisch hinaus, und mir war, als hätte ich das Klicken eines Yale-Schlosses gehört.

Es folgte eine ungefähr vier Minuten dauernde Stille, dann wurde die zum Korridor hinausführende Tür vorsichtig aufgeschoben.

Ein großer Mann in einfarbig blauem Anzug stand zögernd in der Tür. Hinter ihm reckten ein paar Polizisten in Uniform ihre Hälse.

Der Mann blickte auf das Päckchen, dann auf mich und schien um eine Einschätzung der Lage bemüht zu sein. Dann bedeutete er den Beamten hinter sich mit einem Handzeichen, sich zurückzuziehen. Er schob sich allein in das Zimmer und machte die Tür zu. »Sie wollten Bürgermeister Pettibone sprechen?«

»Sind *Sie* Bürgermeister Pettibone?«

»Nein«, sagte er schnell, »ich bin Lieutenant Wymar.« Er brachte ein Lächeln zustande. »Weshalb möchten Sie denn den Bürgermeister sprechen?«

»Das ist einzig und allein meine Angelegenheit.«

Es trat ein unbehagliches Schweigen ein, und dann war mir, als ob er plötzlich seine Ohren spitzte, die radarartig auf den Empfang eines Geräusches zu reagieren schienen. Er zeigte auf die Schachtel, die ich in meinen Händen hielt. »Tickt das Ding etwa?«

Das tat sie.

Die Schachtel wäre mir fast vom Schoß gerutscht, aber es gelang mir, sie aufzufangen. Als ich wieder aufblickte, sah ich, daß die Augen des Lieutenants fest geschlossen waren, als wartete er angespannt auf ein Ereignis.

Schließlich machte er die Augen wieder auf und atmete aus. »Was ist in dem Päckchen?«

»Das ist ebenfalls meine Angelegenheit.« Ich sah erneut auf die Uhr. »Ich muß den Bürgermeister innerhalb der nächsten *zehn* Minuten sprechen. Nicht eine Sekunde später.«

Das schien ihn ein wenig zu erleichtern. »Zehn Minuten?« Er trat ein paar Schritte vor. »Der Bürgermeister ist gerade beschäftigt. Könnten Sie nicht später noch mal wiederkommen?«

»Nein.« Ich stellte das Päckchen neben mir auf der Bank ab. »Wenn ich den Bürgermeister nicht augenblicklich sprechen kann, könnte ich mich versucht fühlen, mir den Weg zu seinem Büro freizusprengen.«

Was dann geschah, passierte blitzschnell. Wymars Hände schnappten das Päckchen, und dann riß er die Tür auf. »Schnell! Hol mal jemand einen Eimer Wasser! Das Ding ist so eingestellt, daß es in weniger als zehn Minuten hochgeht.«

Ich folgte ihm auf den Fersen. »Also hören Sie mal, was soll denn das?«

Er übersah mich. »Verdammt und zugenäht, kann denn *niemand* mal einen Eimer Wasser herbeischaffen?«

Ich erblickte ein halbes Dutzend Polizeibeamte, die hin und her rannten. Einer von ihnen riß eine Tür auf, die zu einer der Abstellkammern des Hausmeisters führte. Darin befanden sich verschiedene zum Saubermachen benötigte Materialien und ein tiefer Ausguß. Der Beamte stöpselte sofort das Spülbecken zu und drehte beide Wasserhähne voll auf. »Hierher, Lieutenant!«

Wymar warf das Päckchen in den Ausguß, und in wenigen Augenblicken war es ganz mit Wasser bedeckt.

Ich beobachtete die Luftblasen, die von der versenkten Schachtel aufstiegen, und seufzte. »Ich hoffe nur, daß es wirklich wasserdicht ist.«

Wymars Augen weiteten sich. »*Wasserdicht?* Daran hab ich gar nicht gedacht.« Er winkte mit der Hand. »Alle raus hier! Die Bombe kann jeden Augenblick hochgehen!«

Ich fand mich ganz gegen meinen Willen in einen Rückzug bis ans Ende des Korridors hineingezogen.

»Ruf mal einer das Sprengkommando an«, befahl Wymar.

Ein noch sehr junger Beamter salutierte. »Jawohl, Sir. Welche Telefonnummer hat das Kommando?«

Wymars Gesicht lief dunkelrot an. Er deutete jedoch sogleich auf einen Sergeanten. »Murphy, schaffen Sie mir das Sprengkommando herbei!«

Der Sergeant ging, und Lieutenant Wymar wandte seine Aufmerksamkeit wieder mir zu. Ich wurde mit ziemlicher Gewalt in einen leeren Raum im zweiten Stock gebracht.

Dort blieben zwei Polizisten zu meiner Bewachung zurück, während Wymar davoneilte – wahrscheinlich, um die Evakuierungsmaßnahmen zu überwachen. Eine Viertelstunde später kehrte er zurück und sah erheblich erleichtert aus. »Die Jungs vom Räumtrupp sind da.«

Und dann zog er einen Bogen Briefpapier aus einem Umschlag und hielt ihn mir unter die Nase. »Das haben Sie geschrieben, nicht wahr?«

Er ließ nicht zu, daß ich das Papier in die Hand nahm, weshalb ich beim Lesen der getippten Notiz die Augen zusammenkneifen mußte.

Bürgermeister Pettibone,

Ihr Vorgehen im Zusammenhang mit der Kriegsveteranen-Gedenkstätte war eigenmächtig und entsprach eindeutig nicht dem öffentlichen Interesse. Da es offenbar keine gesetzlichen Möglichkeiten gibt, Sie auf der Stelle aus dem Amt zu entfernen, habe ich die Absicht, Sie ins Jenseits zu befördern.

Der Rächer

Ich schüttelte den Kopf. »Das ist Elite. Ich bevorzuge aber Pica. Viel leichter zu lesen.«

Er sah mich finster an. »Haben Sie das nun geschrieben oder nicht?«

»Mein lieber Herr, wenn ich die Absicht hätte, den Bürgermeister ins Jenseits zu befördern, würde ich ihn dann wohl vorher warnen?«

»Möglicherweise«, sagte Wymar. »Manche Bombenleger sind nicht ganz dicht.«

Ich lächelte. »Sind meine Fingerabdrücke auf dem Blatt?«

Ganz augenscheinlich waren – mit Ausnahme vielleicht der des Bürgermeisters – keine Fingerabdrücke auf der Mitteilung gefunden worden, denn Wymar beantwortete meine Frage nicht. »Wie heißen Sie?«

»James B. Bellington«, gab ich Auskunft.

Er hielt das in seinem Notizbüchlein fest. »James C. Bellington.«

Ich verbesserte ihn. »James *B.* Bellington. Mit B wie Bombe.«

»Und Ihre Anschrift?«

»Ich habe ein Zimmer im Hotel ›Medford‹. Ein miserabler Schuppen, aber mehr kann ich mir im Augenblick leider nicht leisten.«

»Haben Sie Geld verloren, als die Planung für die Veteranen-Gedenkstätte geändert und sie von der Ost- auf die Nordseite verlegt wurde?« Er verstummte.

Ich zupfte an einem abstehenden Barthaar. »Ich verweigere jede weitere Aussage, bis ich mit meinem Anwalt gesprochen habe.«

In diesem Augenblick betrat einer der offensichtlich zum Sprengkommando gehörenden Männer das Zimmer. Er war völlig in Polster eingehüllt und hielt mein aufgeweichtes Päckchen in der Hand. Er schob seinen Gesichtsschutz hoch und sagte: »Wir haben's überprüft, Lieutenant.«

»Und?« verlangte Wymar zu wissen.

Der gepolsterte Herr zuckte die Achseln. »Ein Wecker, das ist alles. Bloß ein ganz billiger Wecker.«

»Natürlich ist es ein Wecker«, sekundierte ich unwirsch. »Was haben Sie denn erwartet? Eine Bombe?«

Wymar fragte mit leicht erstickter Stimme: »Möchten Sie Bürgermeister Pettibone noch sprechen?«

»Im Augenblick nicht. Ich fürchte, mir sind dazu Lust und Laune vergangen.« Ich deutete ein Lächeln an. »Sie beschützen den Bürgermeister ganz vortrefflich. So was ist gut zu wissen. Wenn ihn jemand in Stücke bomben wollte, müßte er schon sehr schlau vorgehen, nicht wahr?«

Lieutenant Wymars Augen verengten sich ganz leicht, als er mich erneut forschend betrachtete.

Ich erhob mich. »Einen angenehmen Nachmittag, die Herren.«

Wymar fiel noch etwas ein. »Vergessen Sie Ihren Wecker nicht!«

Ich zuckte die Achseln. »Ich fürchte, der ist hin. Sie können ihn behalten, für die Ausstellung im Polizeimuseum.« Ich lächelte. »Sagen Sie Bürgermeister Pettibone, daß ich wiederkommen werde. Vielleicht heute noch...« Ich blieb stehen, winkte den beiden freundlich zu und ging dann.

Unten in der Eingangshalle kaufte ich mir eine Fünferschachtel Panatellas. Ich steckte mir eine an und trat auf die Straße hinaus.

Bei dem Zeitungsstand an der Ecke blieb ich stehen und besah mir die dort ausgehängten, grell aufgemachten Zeitschriften, insbesondere die, die offensichtlich auf Leute mit feuchten Handflächen die größte Anziehungskraft ausübten. Nach einer Weile schnaubte ich verächtlich: »Schund! Absoluter Schund!«

Der Standbetreiber, ein älterer Mann in einem fadenscheinigen, mit einer Wechselgeldtasche umgürteten Mantel, seufzte. »Also, Mister, wenn Sie 'n Heft woll'n, dann schieben Sie sich's unter den Mantel und geben mir das Geld. Ich werd's auch niemand weitersagen.«

»Sir«, erwiderte ich förmlich, »ich möchte nicht ums Verrecken eines dieser Schundhefte lesen müssen. Ihr Verkauf sollte verboten werden.«

Er bedachte den Himmel mit einem müde flehenden Blick. »Warum geh'n Sie dann nicht einfach in 'ne Leihbücherei und hol'n sich 'n ordentliches Buch? Was Medizinisches zum Beispiel. Ich bin nur 'n armer Mann, der in der Privatwirtschaft tätig ist.«

Ich deutete mit meinem Spazierstock auf den Sockel des Kiosks. »Eine Bombe, genau dort abgelegt, könnte Ihren gesamten Schweinkram in die Luft pusten.« Ich zog zweimal heftig an meinem Zigarillo und ging dann weg, ohne mich noch einmal umzublicken.

Erst als ich einen Häuserblock weiter auf das Umspringen einer Ampel warten mußte, drehte ich mich um. Ein großer Mann in einem Trenchcoat schien mit dem Zeitungsverkäufer zu konferieren. Sie blickten beide in meine Richtung, und der Mann vom Kiosk zuckte die Achseln.

Die Ampel sprang um, und ich überquerte die Straße. Ich betrat ein großes Billigkaufhaus und erstand einen Wecker. In der Elektro- und Haushaltswarenabteilung im Untergeschoß kaufte ich zwei Batterien und anderthalb Meter Telefonkabel. Als ich den Gang zur Treppe entlangging, begegnete ich dem Mann im Trenchcoat. Er schien von der Auswahl an Scheibengardinen völlig in Anspruch genommen zu sein.

Draußen auf der Straße steckte ich mir ein neues Zigarillo an. Die Luft war ziemlich feucht, aber das war die Art von Tag, wie ich sie bevorzuge. Sie regt den Kreislauf an.

Ich war forschen Schrittes ein paar Straßen weitergegangen, als es zu nieseln anfing. Beim *Metropolitan Museum of Art* angekommen, zögerte ich kurz. Ich blickte zur Fassade auf. Gräßlich geschmacklos, dachte ich. Wieviel Dynamit würde es wohl brauchen, um eine Monstrosität wie diese zu beseitigen?

Ich warf mein Zigarillo fort und ging die Stufen zum Eingang hinauf. Drinnen wanderte ich umher und gelangte schließlich in einen kleinen Saal an der Rückseite des Gebäudes.

Einem Menschen mit konservativem Geschmack mußten sich beim Anblick der hier hängenden Gemälde die Haare sträuben – es handelte sich um eine bunte Mischung von Utrillos, Picassos und Modiglianis. Ich machte ein finsteres Gesicht und ließ meinen Spazierstock scharf am messingnen Geländer entlangrattern. »Schrott, nichts als Schrott!«

Einer der uniformierten Aufseher trat neben mich. »Lassen Sie das, Mister. Sie verbeulen die Messingstangen!«

Ich deutete auf eines der Bilder. »Das ist in meinen Augen nicht mehr als ein arg beschädigtes Stück Leinwand.«

Er schien mir zuzustimmen. »Man kann den Jungs aber nicht allzu schwere Vorwürfe machen. Die Erfindung des Fotoapparats muß sie ganz schön getroffen haben. Wie die Automatisierung... schon muß man 'nen neuen Beruf erlernen.«

»Man sollte sie verbrennen«, sagte ich mit Entschiedenheit. »Sie alle. Oder noch besser, sie in Stücke sprengen. In winzige kleine Fetzen.«

»Mister«, sagte der Aufseher, »wenn Sie schon drauf zeigen müssen, dann tun Sie's mit dem Finger, nicht mit dem Stock. Ich bin verantwortlich, wenn in den Bildern irgendwelche Löcher drin sind.«

Ich verbrachte die folgende Viertelstunde bei den geistig gesunden niederländischen Meistern.

Als ich wieder auf die Straße trat, hatte es zu regnen aufgehört. An der ersten Straßenecke angekommen, bemerkte ich, daß der Mann im Trenchcoat die Stufen des Museums hinunterging. Offensichtlich war er zur gleichen Zeit wie ich drin gewesen.

Ich strich mir den Bart.

Ich ging weiter und betrat nun eine Reihe von Geschäften, die ich sofort wieder durch Seiten- oder Hinterausgänge verließ. Schließlich konnte ich zweifelsfrei feststellen, daß man mir nicht mehr folgte.

In der Nähe meines Hotels kaufte ich mir ein Viertelpfund Butter, einen Liter Milch, ein Brot, ein bißchen Aufschnitt und eine Fünfpfundtüte Zucker.

Als ich das Hotel betrat, entging mir der Mann im Trenchcoat nicht, der in einem Sessel in der Lounge saß und Zeitung las.

In meinem Zimmer baute ich mir ein Sandwich zusammen und las die Zeitung des Vorabends noch einmal durch, vor allem den Artikel über die Veteranen-Gedenkstätte. Es war als ein ehrgeiziges Projekt konzipiert worden, das einige Morgen Land und eine größere Anzahl von Gebäuden umfaßte. Als Bauplatz hatte man ein teils mit Büro-, teils mit Wohnhäusern bebautes Gelände vorgesehen. Um genau zu sein, man hatte es so gut und rechtzeitig vorgesehen, daß eine ganze Reihe von Leuten lebhaft ge- und verkauft hatten und die Preise plötzlich in die Höhe geschossen waren.

Am Vortag hatte nun der Stadtrat, vor allem auf Druck von seiten des Bürgermeisters Pettibone hin, den Entschluß gefaßt, als Bauplatz lieber ein weiter nördlich gelegenes – und billigeres – Gelände zu wählen. Überflüssig zu erwähnen, daß eine Reihe von Grundstückseigentümern in dem ursprünglich geplanten Bereich ihr letztes Hemd verloren hatten.

Mein Telefon klingelte. Es war Geoffrey Mipple.

Geoffrey und ich waren auf dem College Zimmergenossen gewesen, und unsere enge Freundschaft hatte sich bis heute erhalten. Fast immer waren wir einer Meinung.

»James?«

»Ja«, antwortete ich.

»Bist du zum Amtszimmer des Bürgermeisters gegangen?«

»Ja.«

»Was ist passiert?«

»Ungefähr das, was ich vorhergesehen habe.«

»Gehst du heute nachmittag wieder hin?«

»Ich denke schon.« Ich biß von meinem Sandwich ab. »Du rufst mich doch nicht von deinem Zimmer aus an?«

»Nein, nein, aus einer Telefonzelle.«

»Gut.« Ich legte auf, trank mein Glas Milch aus und ging dann in die Schrankkammer. Dort nahm ich eine leere, quadratische Pappschachtel vom obersten Regalbrett und machte mich ans Werk.

Um zwei Uhr rief ich beim Portier an. »Können Sie mir sagen, wie lange heute das Rathaus geöffnet hat?« erkundigte ich mich.

»Spreche ich mit Mr. Bellington?«

»Ja.«

Es trat eine merkliche Pause ein. Vielleicht befragte er jemanden. Dann kehrte er ans Telefon zurück. »Das Rathaus ist zwar vierundzwanzig Stunden täglich geöffnet, aber die Dienststellen schließen fast alle um fünf. Möchten Sie irgend jemanden Bestimmtes sprechen?«

»Ja, in der Tat.« Ich sah auf die Uhr. »Würden Sie bitte dafür sorgen, daß in etwa zwanzig Minuten ein Taxi für mich da ist?«

Ich rauchte ungefähr fünf Zentimeter meines Zigarillos und zog dann den Mantel an. Als ich das Zimmer verließ, hatte ich das kubische Päckchen bei mir.

Der Blick des Portiers war, als er auf das Päckchen fiel, ebenso neugierig wie mißtrauisch. »Ihr Taxi wartet, Sir.«

Draußen stand nur ein Taxi. Ich stieg ein, sagte, wohin ich wollte, und als das Taxi losfuhr, tat dies auch ein anderes Taxi etwa einen halben Block hinter uns.

Beim Rathaus angekommen, fiel mir das seltsame Fahrzeug auf, das in der Nähe eines der Seiteneingänge abgestellt stand. Es war von recht metallischer Stabilität, der hintere Teil aber, der Aufbau, bestand aus einem riesigen Käfig aus Korbgeflecht.

In der Eingangshalle war es unbeschreiblich voll, und

man hatte den Eindruck, als habe es einen Übungsalarm gegeben, bei dem alle Mitarbeiter des Hauses in die Halle evakuiert worden waren. Vor den Aufzügen schienen einige Polizisten jeden, der nach oben fahren wollte, zurückzuweisen.

Ich erwartete eine ähnliche Behandlung – aber siehe da, vor mir tat sich eine Gasse auf, und ich fand mich plötzlich in einem der Aufzüge wieder, allein mit dem Liftboy. Im dritten Stock öffnete er schnell die Tür, und als er wieder nach unten fuhr, war mir, als täte er das mit hoher Geschwindigkeit.

Der Korridor vor mir war menschenleer, und meine Schritte hallten in mehrfachem Echo wider. Als ich die Tür zum Vorzimmer des Bürgermeisters öffnete, fand ich wieder nur den nervösen jungen Mann hinter dem Schreibtisch vor.

»Ich würde gern den Bürgermeister sprechen«, sagte ich. »Und zwar innerhalb der nächsten zehn Minuten.«

»Ja, Sir«, antwortete der junge Mann hastig, »natürlich. Würden Sie bitte dort drüben Platz nehmen?« Er deutete auf ein großes Ledersofa.

Ich setzte mich und stellte mein Päckchen vorsichtig neben mich.

Der junge Mann räusperte sich. »Würden Sie mir wohl einen kleinen Gefallen tun, Sir?«

»Vielleicht.«

Er stand auf. »Ich muß dieses Bücherregal von *hier* nach *dort* umsetzen. Könnten Sie mir dabei helfen?«

Ich seufzte. »Na schön.« Ich ließ das Päckchen stehen und faßte das Regal an einer Seite. »Fertig?«

Genau in diesem Augenblick flog die Tür zum Korridor auf, und Lieutenant Wymar stürzte herein, gefolgt von einer ganzen Polizistenschar und zwei wohlgepolsterten Herren mit Schutzmasken.

Der eine der maskierten Männer sagte: »Alle raus aus dem Zimmer. Und die Schachtel nicht anfassen!« Er wandte sich an Lieutenant Wymar. »Wir schieben unsere Maschine hier rein und durchleuchten das Paket da, wo es ist.«

Kurz darauf fand ich mich einmal mehr in einem Raum wieder, der vom Amtszimmer des Bürgermeisters weit entfernt war, und mit Lieutenant Wymar konfrontiert, der mich finster betrachtete. »Sie haben wohl nur eins im Kopf, was?«

»Nur eins im Kopf?«

»Genau. Sie haben gedroht, einen Zeitungsstand in die Luft zu sprengen.«

Ich sah ihn verblüfft an. »Aber Sir, nie im Leben wäre ich...«

Er hob eine Hand. »Machen Sie sich nicht die Mühe zu leugnen. Sie sind beschattet worden, seit Sie gestern von hier weggegangen sind. Sie haben auch gedroht, das *Metropolitan Museum of Art* in die Luft zu jagen.«

»Nur die modernen Gemälde«, berichtigte ich. »Haben Sie mal diesen erbärmlichen Utrillo gesehen, seinen Versuch...«

»Wir wissen auch, daß Sie einen weiteren Wecker gekauft haben, dazu Batterien, einige...«

Die Tür ging auf, und einer der gepolsterten Techniker kam herein. »Es ist definitiv eine Bombe, Lieutenant. Wir können die Batterien, die Verkabelung, den Wecker und die Sprengladung erkennen.«

Ich verbrachte vier Stunden in Gewahrsam der Polizei, dann erschien Lieutenant Wymar wieder bei mir – und machte den Eindruck, als wäre er so frustriert wie ein Lippenleser auf einem Bauchredner-Kongreß. In seiner Begleitung befand sich ein absichtlich ungezwungen auftretender junger Mann mit Bürstenschnitt, Tweedjacke und einem Lächeln professioneller Weisheit.

Lieutenant Wymar schien Mühe zu haben, den Drang, mich zu erwürgen, zu bezwingen. »Die Sprengladung war gar keine Sprengladung!«

Ich lächelte. »Nein?«

Seine Hände öffneten und schlossen sich. »Es war bloß eine Tüte mit Zucker.«

Ich nickte. »Wenn Sie mich doch nur *gefragt* hätten.«

Wymar wandte sich abrupt seinem Begleiter zu. »Gut, Doc, er gehört Ihnen.«

Als der Doktor und ich allein waren, bot er mir ein Zigarillo an. Es war meine Marke, und er hatte offensichtlich Nachforschungen angestellt.

Er steckte mir das Zigarillo an. »Ich bin Dr. Barton. Dr. Sam Barton. Nennen Sie mich einfach Sam.«

»Warum?«

Er pustete das Streichholz aus. »Verspüren Sie häufig dieses unwiderstehliche Bedürfnis, Dinge in die Luft zu sprengen? Menschen?«

»Tut das nicht jeder?«

Er lächelte duldsam. »Haben Sie bei der Veteranen-Gedenkstätten-Geschichte viel verloren?«

Ich antwortete nicht.

»Und dafür geben Sie nun Bürgermeister Pettibone die Schuld? Also, ja oder nein?«

»Ich glaube, ich kriege eine Erkältung«, sagte ich.

Er lächelte verschwörerisch. »Sie wollten bloß mal deren Verteidigung überprüfen, was?«

Ich nieste.

Er hätte fast mein Knie getätschelt. »Ja. *Überprüfen*. Das erste Mal nur ein Wecker. Dann der Wecker und der ganze Mechanismus, aber noch keine Sprengladung. Und Sie werden auch weiterhin solche Päckchen bei sich haben, bis die Polizei ... wie soll ich sagen? ...*müde* wird? Bis sie sich nicht mehr darum schert ... und dann, eines schönen Tages ...« Er schien nach dem nächsten Wort zu suchen.

»Peng?«

Er nickte. *»Peng.«* Und nun wurde er für eine halbe Minute ganz nachdenklich. »Aber der Zündmechanismus der Bombe müßte dann ein ganz anderer sein als der jetzige, nicht wahr? Schließlich hätten Sie ja, wenn Sie lediglich den Wecker auf eine bestimmte Zeit einstellen, keinerlei Garantie, daß Sie auch genau zu diesem Zeitpunkt bei May- oder Pettibone drin sind, wo die Bombe hochgehen soll.«

»Sie haben einen scharfen Verstand.«

Er errötete leicht. »Ich war schon in der Schule ziemlich gut in Logik. Nur Einser.« Er beugte sich vor. »Sie müßten etwas *außen* an dem Päckchen anbringen. So etwas wie einen *Klingelknopf*? Wenn Sie dann auf diesen Knopf drückten, würde die Bombe explodieren.«

Ich genoß mein Zigarillo. »Offener Kreis? Geschlossener Kreis?«

Er rieb sich das Kinn. »Bei einem offenen Kreis ... wenn Sie auf den Knopf drücken, würde sich der Kreis *schließen*... dann könnte Strom *fließen*... und die Bombe ...« Er verstummte und schüttelte langsam den Kopf. »Nein, das würde wohl nicht gehen, wie?«

»Nein?«

»Nein. Sehen Sie, wenn Sie dieses Päckchen bei sich hätten, könnte die Polizei Ihnen dann nicht auch eine Kugel in den Kopf schießen?«

»Das erscheint mir einleuchtend.«

Er nickte. »Und... sehen Sie das nicht? ...diese plötzliche Beendigung Ihres Lebens könnte dazu führen, daß Ihre Reflexe nicht mehr ausreichen, um den Klingelknopf zu *drücken*.«

»Das ist tatsächlich ein Problem.«

»Also kommen wir zu einer Verkabelung, die ein *geschlossenes* System ergibt. In diesem Falle fließt der Strom schon in dem Kreis, aber die Bombe explodiert nicht, weil der Kontaktmechanismus vom Strom magnetisch festgehalten wird. Wenn jedoch der Schalterknopf *losgelassen* wird, kommt es zu einer Entmagnetisierung, der Zündmechanismus wird losgelassen und...«

Ich steuerte erneut das fehlende Wort bei: *»Peng?«*

»Genau.« Er lächelte über den Triumph seiner elektromagnetischen Beweisführung. »Mit anderen Worten, wenn die Polizei Sie erschießen würde, wäre das eigentlich keinem konstruktiven Zweck dienlich. Ihr Finger würde einfach nur aufhören, auf den Klingelknopf zu drücken, und die Bombe würde wie beabsichtigt hochgehen.«

»Mein Himmel«, sagte ich bewundernd, »ich glaube, Sie haben's.«

Er runzelte nachdenklich die Stirn. »Sie haben doch noch keinen Klingelknopf gekauft, oder?«

»Nein, aber wenn ich es tue, werden Sie der erste sein, der's erfährt.«

Er freute sich über diese ihm eingeräumte Vorrangstellung. »Aber denken Sie daran, *wenn* Sie einen Klingelknopf kaufen, dann benutzen Sie ihn nicht, ohne vorher mit mir gesprochen zu haben.« Er zog eine Karte mit seinem Namen und der Adresse seiner Praxis aus der Tasche. »In der Zwischenzeit schauen Sie doch mal bei mir vorbei, seien Sie so gut. Am Donnerstag morgen um zehn Uhr.«

»Nur so ein Besuch?«

»Natürlich«, sagte er aufmunternd.

»Dann muß ich jetzt nicht im Gefängnis bleiben?«

»Selbstverständlich nicht. Sie sind frei und können gehen.«

»Warum das?«

»Hm, also... die Polizei hat eigentlich nichts in der Hand, um Sie noch länger festhalten zu können. Nicht einmal ordnungswidriges Verhalten... da es allem Anschein nach eher die Polizei selbst war, die sich ordnungswidrig verhalten hat. Und da sich Ihr Päckchen... bei genauerer Untersuchung... nicht wirklich als Bombe...«

»Und es gibt kein Gesetz, das einem verbietet, eine Ansammlung verschiedenster Gegenstände still und friedlich in einer Schachtel mit sich herumzutragen?«

Er nickte. »So ist es. Und außerdem hat der Staatsanwalt insgeheim den Verdacht, daß sich dies alles als ein Plan herausstellen könnte, mit dem Sie das Ziel verfolgen, eines Tages die Stadt zu verklagen.« Er sah mich ernst an. »Ist dem so?«

»Nein, das hatte ich nicht vor.«

Er schien erleichtert. »Gut. Und nebenbei gesagt, ich bevorzuge meine eigene Theorie... nämlich daß Sie die Sicherheitsvorkehrungen getestet haben.«

Zwanzig Minuten später stand ich als freier Mann auf der Straße. Nachdem ich ein Stück gegangen war, bemerkte ich, daß mir der Mann im Trenchcoat wieder folgte.

Es war Abend, und ich fand es überhaupt nicht schwierig, ihn abzuschütteln. Als ich dies zu meiner Zufriedenheit bewerkstelligt hatte, kehrte ich in das hellerleuchtete Stadtzentrum zurück und betrat ein Billigkaufhaus.

Ich kaufte mir einen Klingelknopf.

Danach kehrte ich nicht in mein Hotelzimmer zurück, sondern trug mich am Empfang von Geoffreys Hotel ein und ging zu ihm hinauf.

Geoffrey ist ein dürrer, pfeiferauchender Mensch. »Gehst du morgen erneut hin?«

»Ja«, sagte ich, »ich habe den Klingelknopf gekauft.«

»Na… dann viel Glück. Ich hoffe, diesmal klappt's.«

»Danke, das sollte es wohl.«

In dieser Nacht schlief ich nicht gut. Ich hatte eine Reihe von Katastrophenträumen – im lebhaftesten von ihnen wurde das *Metropolitan Museum of Art* durch eine gewaltige Explosion in seine Bestandteile zerlegt.

Am Morgen kehrte ich in Geoffreys Zimmer zurück, und wir bauten mein drittes und letztes Päckchen zusammen.

Um zehn Uhr rief ich Dr. Barton an. »Doktor«, sagte ich, »ich habe gerade einen Klingelknopf gekauft.«

Er war verwirrt. »Haben Sie? So schnell? Aber Sie waren doch noch zu gar keiner Sitzung bei mir!«

»Ich rufe an, um mich von Ihnen zu verabschieden. Ich glaube nicht, daß wir uns auf dieser Erde noch einmal wiedersehen werden.«

»Augenblick mal, warten Sie!« sagte er verzweifelt. »Was haben Sie vor?«

»Ich werde mit Bürgermeister Pettibone sprechen. Heute morgen werde ich nicht versagen.«

»Wo sind Sie jetzt? In Ihrem Hotel?«

»Nein.« Ich legte auf.

Ich setzte mich hin, las die Morgenzeitung und rauchte

dabei ein ganzes Zigarillo. Dann ging ich mit meinem quadratischen Päckchen nach unten und trug dem ersten Taxifahrer in der Reihe auf, mich zum Rathaus zu bringen.

Einen Häuserblock vor meinem Ziel bat ich ihn jedoch, rechts ran zu fahren und anzuhalten. Ich bezahlte und stieg aus. Ich trug mein Päckchen vor mir her, während ich mit einem Daumen fest den auf der Oberseite angebrachten Klingelknopf niederdrückte.

Ich betrachtete das vor mir liegende Panorama.

Die Straße war vollkommen frei von Autos und Fußgängern. Die Seitenstraßen waren abgesperrt worden, und in bestimmten Abständen waren uniformierte Polizisten postiert, die dafür sorgen sollten, daß kein Zuschauer – und es schienen *Tausende* da zu sein – verbotenerweise in den geräumten Bereich vordrang. Genau besehen führte ein breiter Pfad direkt auf den Eingang des Rathauses zu.

Auf einer Seite dieser Gasse standen Lieutenant Wymar und Dr. Barton. Der letztere schien sich hinter einem Laternenmast verstecken zu wollen.

Als mich nun diese Tausende von Augen anstarrten, machte ich eine ganz neue und seltsame Erfahrung.

Ich hatte Lampenfieber!

Ich tat zwei zögerliche Schritte auf das Rathaus zu, drehte dann aber abrupt ab und ging fort.

Ein paar Sekunden lang herrschte hinter mir absolute Stille, dann schrie Lieutenant Wymar laut: »He, warten Sie!«

Ich ging schneller.

Als ich mich umblickte, sah ich, wie sich er, Dr. Barton und eine Schar von Polizisten an meine Verfolgung machten.

Ich fing an zu laufen.

Allem Anschein nach schlossen sich Hunderte von Fußgängern der Prozession hinter mir an.

Ich rannte die Avenue hinunter, hielt an der nächsten Straßenecke kurz an, um zu Atem zu kommen, und jagte dann schnell die Stufen des *Metropolitan Museum of Art* hinauf. Die Menschenmenge folgte mir in diese Richtung, und ich stürzte ins Gebäude hinein.

Als ich an den niederländischen Meistern vorbeitrottete, war ich arg am Schnaufen. Der Lärm der Verfolger hing an mir wie Klebstoff. Mein Herz hämmerte vor Anstrengung, als ich schnell eine Ausstellung römischer Skulpturen durchquerte. Die gnadenlose Verfolgungsjagd ging weiter.

Schließlich hatte ich nur noch einen Korridor vor mir. Ich wankte an zwei erschrockenen Aufsehern vorbei in die Säle mit der modernen Kunst. Am Ende der Ausstellung landete ich vor einer leeren Wand. Dort drehte ich mich um und blickte zur fernen Eingangstür zurück.

Die Meute strömte zur Tür herein, Lieutenant Wymar und Dr. Barton an der Spitze.

Ich streckte meine freie Hand in die Höhe und rief mit augenfälliger Hysterie: »Halt! Alles *stehenbleiben*! Noch einen Schritt weiter, und ich lasse diesen Druckknopf los!«

Lieutenant Wymar und seine Armee kamen schurrend zum Stehen, hinterließen wahrscheinlich auf dem marmornen Fußboden Bremsspuren.

Ich mußte ein paarmal tief durchatmen, bevor ich weiterreden konnte. »Lieutenant Wymar, ich habe den Versuch aufgegeben, mit Bürgermeister Pettibone zu sprechen. Offensichtlich ist er gänzlich unerreichbar.«

Das war für den Lieutenant eine angenehme Nachricht. »Na, endlich nehmen Sie so was wie Vernunft an.« Er tat einen schnellen, eifrigen Schritt nach vorn.

»Halt!« rief ich, und meine Stimme prallte regelrecht von den Wänden zurück. »Noch ein Schritt, und ich lasse diesen Knopf los!«

Lieutenant Wymar erstarrte.

Ich erhob meine Stimme zu einer weiteren Verlautbarung. »In genau zehn Minuten werde ich diesen Druckknopf loslassen. Ich würde dies auch jetzt gleich tun, wenn da nicht der Umstand wäre, daß ich den Wunsch habe, wieder zu Atem zu kommen, bevor ich eine so weitreichende Entscheidung treffe.«

Dr. Barton räusperte sich vor Unbehagen. »Wenn wir Sie mal eben kurz sprechen...«

»Andererseits«, fügte ich hinzu, »ist es frivol, zu einer Zeit wie dieser abwarten zu wollen, bis man wieder zu Atem gekommen ist... es bedeutet nur eine Verschleppung der... vielleicht sollte ich...«

Dr. Barton sagte schnell: »Nein, nein, ich bitte Sie, kommen Sie nur zu Atem.«

Lieutenant Wymar wandte sich an einen neben ihm stehenden Assistenten. »Wieviel Schaden könnte diese Schachtel anrichten, wenn sie hochginge?«

Der Assistent runzelte nachdenklich die Stirn. »Das ist schwer zu sagen, Lieutenant. Wenn es eine dieser neuen Verbindungen wäre, könnte er damit das ganze Gebäude in die Luft sprengen.«

Ich sah auf die Uhr. »Ich werde den Schalter in *neun* Minuten loslassen.«

Der Lieutenant traf eine schnelle Entscheidung. »Lassen Sie das Gebäude räumen. Auf, an die Arbeit!« Dann sagte er zu Dr. Barton: »Bleiben Sie mal hier, und versuchen Sie, es ihm auszureden.«

Dr. Barton schien nicht beglückt zu sein. »Ich glaube

nicht, daß ich in einem Fall wie dem vorliegenden irgend etwas ausrichten kann, Lieutenant. Wir brauchen jemanden, der über mehr Erfahrung auf diesem speziellen Gebiet verfügt.« Er sah mich hoffnungsvoll an. »Einen Priester? Einen Pfarrer? Einen Rabbi?«

»Acht Minuten«, sagte ich.

Dr. Barton schloß sich augenblicklich dem allgemeinen Rückzug an.

Durch die Tür konnte ich sehen, daß meine Verfolger nur für einen Moment in der Skulpturenabteilung stehengeblieben waren. Ich lächelte grimmig und marschierte los. Sofort wurde der Rückzug fortgesetzt.

Eine ganz neue, einmalige Empfindung nahm von mir Besitz.

Das Gefühl der Macht!

Ich ertappte mich dabei, wie ich vor mich hin kicherte, als ich nun *sie* durch den Saal mit den frühen amerikanischen Primitiven, durch eine Gasse mit Lithographien und dann in einem großen Durcheinander durch den Saal mit preisgekrönten Aquarellen der Schüler einer High School verfolgte. Als die Leute am Haupteingang ankamen, fielen sie geradezu übereinander.

Ich lachte triumphierend und sauste sodann im ganzen Gebäude umher, um auch die tapferen Seelen, die womöglich gewillt waren, im Hause auszuharren, zu vertreiben. Ich entdeckte zwei, die – allerdings gar nicht tapfer – in der Verwaltung unter ihren Schreibtischen kauerten. Ich jagte sie in die Flucht und zur Hintertür hinaus in die sich ansammelnde Menschenmenge.

Als ich zu den Fenstern an der Vorderseite zurückkehrte, sah ich, wie Lieutenant Wymar, Dr. Barton und eine Reihe von Leuten, bei denen es sich offenbar um

Behördenvertreter handelte, in sicherer Entfernung vom Gebäude miteinander konferierten.

Ich beobachtete sie fünf Minuten lang. Zehn. Zwölf.

Und dann ging ich zu einer der Eingangstüren, öffnete sie und trat hinaus.

Ein lautes Gemurmel wurde hörbar – wahrscheinlich hervorgerufen durch die Aussicht, mitansehen zu müssen, wie sich eine arme Seele in die Luft sprengt. Aber ich bemerkte auch, daß keiner dieser zivilisierten Zuschauer den Schauplatz verließ. Sie zogen sich lediglich alle zurück, wobei sie bestrebt waren, sich die gute Sicht auf mich zu erhalten.

Und dann nahm ich meinen Daumen von dem Klingelknopf.

Natürlich passierte gar nichts.

Ich riß schnell das Einwickelpapier von der Schachtel ab und zog den Wecker und die Drähte heraus. Ich hielt sie in die Höhe, damit alle sie sehen konnten. Dann drehte ich die Schachtel um und machte so deutlich, daß sie nun wirklich leer war.

Ich warf den ganzen Salat in einen praktischerweise in der Nähe stehenden Abfallbehälter. Schließlich wollte ich nicht wegen Umweltverschmutzung festgenommen werden.

Ich sah mich nun unverzüglich – *unverzüglich!* – von einer großen Zahl erzürnter Männer umgeben, für die Lieutenant Wymar typisch zu sein schien. Sein Gesicht war ganz fleckig, und was er sagte, sagte er mit irgendwie erstickter Stimme. »Was für eine Art von Jux soll denn das nun eigentlich sein?«

Ich funkelte ihn an. »Das ist kein Jux! Ich wollte lediglich Bürgermeister Pettibone sprechen, aber das ist ja in dieser Stadt ganz offensichtlich ein Kapitalverbrechen.«

»Jetzt mal langsam!« brüllte er. »In der Schachtel war vielleicht tatsächlich keine Bombe, aber –«

»*Natürlich* war in der Schachtel keine Bombe!« sagte ich erbost. »Ist nie drin gewesen und wird nie drin sein.«

»Aber die Uhr... die Drähte... der Klingelknopf...«

»Gibt es ein *Gesetz*, das Drähte verbietet? Klingelknöpfe? Das Herumexperimentieren mit Zeitmeßvorrichtungen ist nun mal zufällig mein Hobby.« Ich hielt ihm einen drohenden Finger unter die Nase. »Die *Civil Liberties Union* wird von der Sache hören. Ich werde klagen. Auf eine Million Dollar.«

»*Sie*, Mister«, verkündete Wymar müde, »Sie kommen ins Gefängnis.«

Ich grinste. »Wirklich? Und weswegen? Ich bin es doch, der gejagt, der geschädigt worden ist. *Ich* bin es gewesen, der von der Menge verfolgt worden ist, die mich offensichtlich lynchen wollte und von Polizeibeamten angeführt wurde. Ich werde auf zwei Millionen Dollar klagen.«

Ein kleiner, besorgt dreinblickender Mann erschien neben Lieutenant Wymar. »Einen Augenblick mal, Lieutenant. Wir wollen doch nichts überstürzen. Wir haben so schon genug Probleme mit unserem Etat.«

»Wer sind Sie?« verlangte ich zu wissen.

Er antwortete fast entschuldigend: »Bürgermeister Pettibone.«

»Aha!« sagte ich. »Da sind Sie am Ende also doch noch aus Ihrem Versteck gekommen. Ich habe versucht, Sie davon in Kenntnis zu setzen, daß direkt unter meinem Hotelfenster eine ganze Reihe von Löchern im Straßenbelag ist. Wenn da nachts Lastwagen drüberbrettern, ist es mir *unmöglich*, Schlaf zu finden. Ich verlange, daß die Stadt sofort etwas unternimmt.«

Ich stieß mit meinem Spazierstock hart aufs Pflaster, drehte mich indigniert um und schritt davon.

Ich war durchaus darauf gefaßt, eine amtliche Hand auf meiner Schulter zu spüren, aber augenscheinlich hatte mein plötzlicher Abgang die anderen in tiefste Unschlüssigkeit gestürzt. Ein voreiliger Rückzug hinterläßt den Feind nicht selten im Zustand der Verwirrung.

Ich bahnte mir schnell einen Weg durch die Menge und fand schon nach hundertfünfzig Metern ein Taxi. Ich stieg ein und nannte dem Fahrer eine Adresse in der West Side.

Nach einer halben Meile Fahrt bat ich ihn dann, vor einem Supermarkt anzuhalten. »Ich bin gleich wieder da«, sagte ich. »Ich will nur schnell eine Kleinigkeit besorgen.«

Ich betrat den Supermarkt und verließ ihn sofort wieder durch einen Hinterausgang. Draußen in der Gasse warf ich meinen Spazierstock und meinen Hut weg. Ich riß mir den falschen Bart ab, drehte den Mantel um, so daß meine Bekleidung nun nicht mehr blau, sondern braun war, und setzte eine Stoffmütze auf.

Ich ging die Gasse hinunter und dann noch mehr als einen Häuserblock weiter, bevor ich mir ein anderes Taxi nahm. Ich machte es mir auf dem Rücksitz bequem. »Zum Flughafen, bitte.«

Ich traf am folgenden Tag mit Geoffrey in St. Louis zusammen.

Er zeigte mir die drei Utrillos, die zwei Picassos und die zwei Modiglianis. »Alles hat ganz hervorragend geklappt. Ich habe mich in der Toilette versteckt, und als du aus dem Gebäude raus warst, bin ich in den Saal gehuscht und habe mir die Bilder unter den Mantel geschoben. Als ich aus dem Hinterausgang des Museums herauskam, schenkte mir niemand große Beachtung. Sie dachten halt, ich wäre einer von denen, die du rausgejagt hast.«

Ich zuckte die Achseln. »Sie hätten argwöhnen können, was immer sie wollten, zu beweisen wäre da nichts gewesen. Mein Anwalt hätte lediglich darlegen müssen, daß sich, während alle hinter mir her waren, irgend so ein fieser Dieb die Situation zunutze gemacht und die Gemälde gestohlen hat.«

Er reichte mir mein Glas. »Glaubst du, daß uns das noch einmal gelingt?«

Ich lächelte. »Nein. Ich bin aber sicher, daß mir beim nächsten Mal etwas Neues einfällt.«

Unter einer kalten Sonne

Es hatte angefangen zu schneien. Windböen wirbelten die Schneeflocken über den Gefängnishof. Es war noch nicht ganz vier, aber schon so dunkel, daß man Licht machen mußte.

Ich ging zu meinem Schreibtisch zurück, nahm die stupsnasige 38er aus dem obersten Schubfach und öffnete sie, um noch einmal nachzusehen, ob die sechs Patronen tatsächlich darin waren.

Eine sollte wohl reichen, aber man konnte ja nie wissen. Ich als Racheengel? Konnte ich mir das vorstellen?

Ich lächelte matt.

Das Haustelefon klingelte, und Hackett, mein Häftlingssekretär, gab mir Bescheid, daß der Stellvertretende Anstaltsdirektor Frawley zu unserer täglichen Besprechung erschienen war.

Ich klappte den Revolver zu und steckte ihn ein.

Als Frawley hereinkam, forderte ich ihn wie stets mit einer Handbewegung auf, sich zu setzen. Und wie immer gestattete ich ihm, sich eine Zigarre anzustecken.

Er ist ein sachkundiger, hart arbeitender Mann, dachte ich, und morgen wird mein Job der seine sein.

»Nichts Besonderes heute, Chef«, sagte Frawley. »Außer, daß einer der Wächter kündigen will.«

Ich nickte. »Carson. Ich hab schon mit ihm gesprochen. Der übliche Grund. Er kann in einem anderen Job das Doppelte verdienen.«

Hackett brachte uns unseren Kaffee, dazu Sahne und Zucker.

Frawley fiel noch etwas ein. »Der Kapinski ist mal wieder in den Hungerstreik getreten.«

»Vergessen Sie's«, sagte ich. »Das dauert nie länger als zwei oder drei Tage, nämlich bis die Schokoladenriegel alle sind, die er irgendwo versteckt hat.«

Aber Frawley wußte auch das. Er wußte über das Haus und die Menschen darin beinahe so genau Bescheid wie ich.

Ob er wohl nach der Amtsübernahme die täglichen Nachmittagsbesprechungen absetzen würde? Eigentlich gab es nur selten etwas, das sie erforderlich gemacht hätte. Aber es war doch eine nette Unterbrechung kurz vor dem Ende des Arbeitstages.

Ich hätte ihn fast gefragt, aber... nein, das wäre eine Einmischung gewesen.

Mein Blick wanderte zu Hackett, der den Kaffee einschenkte.

Inzwischen grauhaarig. Er war schon beinahe so lange hier wie ich. Aber in seinem Fall gab es kein Zwangspensionierungsalter.

Frawley trank von seinem Kaffee. »Tja, nächste Woche um diese Zeit werden Sie wenigstens irgendwo sein, wo's schön warm ist.«

Ich tat Zucker in meine Tasse.

Wie oft hatte ich mir die Reiseprospekte nicht schon angesehen? Florida, Kalifornien, Neumexiko. Wie oft hatte ich nicht davon geträumt, irgendwo dort in der Sonne zu sitzen?

Wie lange war es her, daß ich zum Angeln gegangen war? Fast zwanzig Jahre? Wohl ungefähr seit der Zeit, als Bob das Haus verlassen hatte, um aufs College zu gehen.

Meine Augen wanderten zum Fenster und über den Hof zum Wohnhaus des Direktors, zum einzigen Privatgebäude innerhalb der Mauern. Davon gibt's nur noch wenige, dachte ich. Früher waren sie weit verbreitet, aber inzwischen sind sie ganz aus den Bauplänen verschwunden.

Als ich vor vierzehn Jahren zum Direktor befördert worden war, war ich in dieses große Haus eingezogen. Das einhundert Jahre alte Gebäude war zweigeschossig, verfügte über eine Riesenhöhle von Dachboden und zwölf hohe Räume.

Im Laufe der Zeit hatten mehr als ein Dutzend Direktoren mit ihren Familien darin gewohnt. Kinder waren darin geboren worden, und ein paar seiner Bewohner waren auch darin gestorben.

Ich war jedoch alleinstehend gewesen. Nachts war ich oft aufgewacht und dann durch die leeren Zimmer gewandert. Einmal war ich sogar oben auf dem Dachboden gewesen.

Nach zwei Wochen war ich wieder ausgezogen.

Ich hatte eine der für die Lagerung von Akten vorgesehenen Kammern neben meinem Büro leerräumen und ein Bett, einen Schrank und zwei Stühle hineinstellen lassen. Das Zimmer war zwar klein und einfach und ging auf den trostlosen Hof hinaus, aber für meine Bedürfnisse reichte es völlig aus.

Ich hatte mir damals die Bestimmungen noch einmal durchgelesen und entdeckt, daß es keinerlei offiziellen Grund gab, dem Stellvertretenden Anstaltsdirektor und seiner Familie den Einzug in das Haus des Direktors zu verwehren, was ich Frawley mitgeteilt hatte.

Er war sofort mit seiner Frau und den vier Kindern in das Haus gezogen. Sie waren sehr dankbar für die Möglichkeit gewesen, denn sie konnten auf diese Weise mietfrei wohnen. Zudem war – obwohl nichts dergleichen durch eine schriftliche Verfügung abgesegnet war – jederzeit dafür gesorgt, daß genügend aus den Reihen der Anstaltsinsassen rekrutierte Bedienstete im Haus waren – vom Koch bis zum Babysitter.

Nachdem jedoch der Lack der ersten Jahre ab war, hatte Frawleys Frau jede Gelegenheit wahrgenommen, das Gefängnisgelände zu verlassen. Die Umgebung deprimierte sie, und ich war der Ansicht, daß sie wahrscheinlich auf einen Umzug in ein Haus außerhalb der Mauern gedrängt hätte, wenn da nicht die Mietfreiheit und die Helfer im Haushalt gewesen wären.

Jetzt nahm auch ich einen Schluck von meinem Kaffee. »Ich hab mir mal ein paar Zahlen angesehen. Wußten Sie, daß unsere Lebenslänglichen im Durchschnitt sechs Jahre länger leben als die Leute draußen?«

Frawley lächelte. »Das kommt von der Regelmäßigkeit des Tagesablaufs, dem gehaltvollen Essen, der ärztlichen Betreuung und der fehlenden Gelegenheit zur Ausbildung schlechter Angewohnheiten.«

Ich nickte. »Sechs Lebensjahre extra. Ist das nun eine Strafe oder eine Belohnung?«

Er dachte über die Frage nach. »Für diejenigen, die sich an ihre Zelle gewöhnen, ist es wohl eine Belohnung.«

Das Telefon klingelte, und Evans von der Aufnahmeabteilung sagte durch, daß der Bus mit den neuen Häftlingen angekommen war. Ich lauschte noch ein paar Augenblicke in den Hörer und legte dann auf.

»Der Wagen ist da«, sagte ich.

Frawley zeigte sich interessiert. »Ist Tragon dabei?«

»Ja«, sagte ich.

Charles P. Tragon. Gärtner und Faktotum. Er war eines Tages in ein Haus hineinmarschiert und hatte den Besitzer, seine Frau und die drei Kinder der beiden gefesselt. Dann hatte er das Haus durchsucht, und als er nicht genug Geld gefunden hatte, hatte er sie alle einfach erschossen, einen nach dem anderen.

Frawley dachte offensichtlich auch daran. »Läßt einen wünschen, es gäbe die Todesstrafe noch.«

Ich sagte nichts.

Er paffte seine Zigarre. »Früher, ja, da kam man für praktisch alles auf den Stuhl.« Er schüttelte den Kopf. »Ich will ja nicht behaupten, daß das richtig war, aber warum müssen die Leute immer von einem Extrem ins andere fallen? Heute kommt niemand mehr auf den Stuhl. Überhaupt niemand mehr. Ganz egal, was für ein übles Ding er gedreht hat.«

Ich betrachtete mir angelegentlich meinen Kaffeelöffel. »Und Sie meinen, Tragon sollte hingerichtet werden?«

Frawley nickte. »Er und mindestens noch ein Dutzend von den anderen, die wir hier hätscheln.« Er setzte seine Tasse ab. »Sollen wir mal runtergehen und uns diesen Tragon anschauen?«

Wir zogen uns die Mäntel an und gingen, die Schultern gegen den treibenden Schnee hochgezogen, zum Aufnahmeflügel hinüber. Dort wurden alle Neuankömmlinge verarztet, das heißt einer körperlichen, seelischen und geistigen Untersuchung unterzogen und dreißig Tage in Quarantäne gehalten.

Als Frawley und ich das Gebäude betraten, standen die Neuzugänge in einer Reihe vor dem Empfangstresen aufgebaut. Wir blieben an der Wand stehen und sahen zu, wie sie nacheinander registriert wurden.

Tragon stellte sich als hochgewachsener, schmalschultriger Mann heraus, der, so meinte ich zu sehen, blöde grinste.

Ich spürte, wie sich mir die Haare im Nacken sträubten.

Angenommen, ich würde Tragon niederschießen? Jetzt gleich?

Mein Blick fiel auf die Wanduhr. Es war kurz vor halb fünf.

Ich fuhr mir mit der Zunge über die Lippen. Seltsam, wie man immer wieder aufschob, was nun mal getan werden mußte – auch wenn ein paar Stunden so oder so eigentlich kaum ins Gewicht fielen.

Ich betrachtete wieder Tragon. Bedeutete dieses Grinsen Herausforderung, Verachtung... oder vielleicht in Wirklichkeit nur Angst?

Was immer es zu bedeuten hatte, er würde in dem kleinen Flügel neben dem Zellentrakt C enden.

Und wahrscheinlich würden seinem Leben dort sechs Jahre hinzugefügt werden.

Ich zwang mich, meine Augen von ihm abzuwenden, und sah zu einem Wärter hinüber, der ein Gähnen unterdrückte.

Wie alt war ich gewesen, als ich meine Heimatstadt verließ, um hier unten eine Lehre als Aufseher anzutreten? Dreiundzwanzig? Ja, dreiundzwanzig.

Und mich hatte damals alles, was ich hier sah und erlebte, deprimiert – die Mauern und ihre langen Schatten, die Eisengitter und Metallgeschirre, der Geruch einer verlorenen und verlassenen Gemeinschaft, alles. Aber Arbeitsstellen waren rar gewesen, und man hatte für alles dankbar sein müssen, was man kriegen konnte.

Ich hatte fast drei Jahre dort verbracht, als mein Schwager starb und meine Schwester Margaret mit drei Kindern zurückließ.

Ich nahm damals eine Woche Urlaub und fuhr nach Hause. Nach der Beerdigung verbrachte ich den Rest der Woche damit, dort in der Gegend nach einem Job zu suchen, hatte aber keinen Erfolg.

Margaret und ich prüften die gegebene Lage: Ihr gehörte ein relativ großer Anteil an dem Haus, in dem sie wohnte, und die Leistungen aus der Lebensversicherung ihres Mannes garantierten ihr ein kleines monatliches Einkommen. Sie hatte, wenn sie blieb, wo sie war, und mit meiner Unterstützung, genug zum Leben.

Ich kehrte zu meiner Arbeit im Gefängnis und in mein Zimmer unmittelbar jenseits der Gefängnismauern im Dorf zurück. Es war ein großer Raum, wenn auch im hinteren Teil des Hauses gelegen und ein wenig düster. Meine Arbeitszeit im Gefängnis war jedoch lang, und so verschob ich es immer wieder, mich nach einem anderen Job umzusehen, bis der Gedanke nur noch selten auftauchte. Als ich dann schließlich in das Direktorenhaus umzog, paßten alle meine Besitztümer ohne große Schwierigkeiten in zwei Schrankkoffer mittlerer Größe.

In all den Jahren fuhr ich, sobald ich länger frei hatte als nur ein Wochenende, nordwärts und nach Hause, um Margaret und ihre Familie zu besuchen.

Anfangs hatte ich noch gehofft, vielleicht doch zu Margaret und den Kindern ziehen zu können, aber alle meine Bewerbungen blieben ohne Erfolg. Statt dessen wurde ich hier befördert – teilweise dank meiner Verdienste, vor allem aber auch dank der Tatsache, daß bei Gefängnispersonal stets eine starke Fluktuation herrscht. Schließlich war nicht mehr zu übersehen, daß es schon aus ökonomischen Gründen töricht gewesen wäre, meinen Job aufzugeben.

Ja, Margaret – nein, *wir* – hatten unsere Sache, was die Kinder anbetraf, gut gemacht.

Bob war inzwischen Oberstleutnant, in Vietnam stationiert, und Raymond hatte eine gutgehende Arztpraxis draußen an der Küste.

Und Emily hatte diesen Holzhändler in Kanada geheiratet – Margaret lebte jetzt bei ihnen.

Ich diente unter einer ganzen Reihe aus politischen Gründen ernannter Anstaltsleiter, bis dann das gesamte Strafrechtssystem in den öffentlichen Dienst integriert wurde und es sich fast zwangsläufig ergab, daß ich auf der Karriereleiter immer weiter nach oben stieg, bis mir schließlich der Posten des Direktors übertragen wurde.

Frawley und ich beobachteten, wie die neuen Häftlinge weggebracht wurden, und traten, als sie fort waren, wieder auf den Hof hinaus. Wir strebten der willkommenen Wärme und der Helligkeit des Zellentraktes C zu.

Dieser Trakt war eines unserer neueren Gebäude. Die Zellen hier waren größer und besser ausgestattet.

Wir blieben einen Moment lang an der offenen Tür zu Abteilung 10 stehen. Es gab noch Eisengitter vor den Fenstern des großen, hellen Raumes, aber es war nur noch ein Aufseher anwesend, dessen Aufgabe eher darin bestand, bei den kleinen Streitigkeiten, die immer wieder mal ausbrachen, schlichtend einzugreifen.

Hier hatten wir die Alten untergebracht, die ihre Strafe schon längst nicht mehr als solche empfanden. Sie waren alle Ende Siebzig oder noch älter, und sie spielten Dame und Domino und lasen die gebundenen Zeitungen.

Sie verbrachten den ganzen Vormittag und die Nachmittagsstunden in dem großen Raum und kehrten erst am Abend in ihre Zellen zurück.

Ich kannte sie alle. Manche waren noch recht munter, aber andere dösten nur noch vor sich hin – für sie war das Dasein gleichbedeutend mit der öden Strecke zwischen zwei Mahlzeiten geworden.

Frawley und ich gingen weiter, vorbei an einer Reihe von Einzelzellen.

Wenn die Häftlinge sich gut benahmen, ließen wir sie ihre Zellen weitgehend nach ihren eigenen Wünschen gestalten.

Einige dieser Räume waren völlig kahl, enthielten nur die Dinge, die den Insassen zugeteilt worden waren oder die zur Standardausstattung der Zellen gehörten. Andere dagegen waren fast schon so etwas wie Einzimmer-Apartments, manche hatten sogar Vorhänge und Jalousien vor den Fenstern.

Die Zellen waren im Augenblick leer, die Männer bei ihrer jeweiligen Arbeit, aber ich war oft abends hier durchgegangen und hatte die Zellenbewohner gesehen – manche waren verdrossen, manche lagen auf ihren Pritschen und starrten die Stunden weg.

Es gab jedoch auch andere – die, die im Schein ihrer Lampen dasaßen und mit ihren Fernkursen für das Reparieren von Uhren, für Steinschneidekunst oder für was auch immer beschäftigt waren.

Als wir das Ende des Ganges erreicht hatten, sah Frawley auf die Uhr, aber ich verließ das Gebäude nicht, sondern bog in den Durchgang zum Nebengebäude ab.

Das war ursprünglich mal ein freistehendes Haus gewesen, später dann aber durch den Bau dieses Ganges mit dem Zellentrakt C verbunden worden.

Frawley war augenscheinlich ein wenig überrascht, als ich das Öffnen der zwei Eingangstüren anordnete und hineinging.

Ich stand einen Augenblick lang still und blickte die Reihe der Zellen entlang bis zu der glatten Tür am anderen Ende des Korridors.

Wie oft hatte ich an der Prozession teilgenommen, die langsam durch jene Tür gezogen war, und hatte hinter mir die Gebete, das Gewinsel und die Schreie gehört!

Hatte ich Mitleid mit ihnen gehabt?

Ja, mit den meisten. Ich hatte Mitleid mit denen gehabt, die in einem Augenblick der geistigen Verwirrung jemanden getötet hatten, den sie haßten oder liebten. Ich hatte Mitleid mit denen gehabt, die im Zustand der Panik gemordet hatten.

Es waren jedoch auch welche dabeigewesen, für die ich nicht das geringste Mitgefühl hatte aufbringen können.

Vierzehn Zellen – maximale Sicherheit, Einzelhaft – und in jeder Zelle ein Mann.

Ein Mann?

Nein, das hier waren keine menschlichen Wesen. Das waren Tiere, die sogar von den anderen Häftlingen verachtet wurden, die sie umbringen würden, wenn sie die Gelegenheit dazu bekämen.

Noch vor acht Jahren hatten sie alle diesen letzten Gang durch jene Tür gehen (oder geschleppt werden) müssen. Aber heute gab es von Staats wegen keine Hinrichtungen mehr.

Und deshalb saßen sie nun hier, so sicher und warm. Meine Hand fuhr in die Tasche und umklammerte den Revolver.

Welcher sollte es sein?

War das eigentlich wichtig? Sie alle hatten den Tod verdient.

In der Revolvertrommel steckten sechs Patronen. Angenommen…

Nein, einer reichte aus.

Aber welcher?

Wähle eine Zahl. Irgendeine.

Sieben?

Ja, warum nicht die Nummer sieben?

Ich ließ Frawley bei dem Aufseher an der Eingangstür zurück und ging die Reihe entlang, zählte und blieb vor der siebenten Zelle stehen.

Wessen Zelle war es?

O ja. Roeder. James Roeder.

Und sein Verbrechen?

Ja, es war irgendwas mit Kindern gewesen.

Roeder saß mit dem Rücken zu mir und arbeitete offensichtlich an einem Ledergürtel.

Ich zielte und gab einen Schuß ab.

Das genügte.

Das Geräusch des Schusses wurde von den Metallwänden zurückgeworfen, und ich hörte Frawley etwas rufen und seine Schritte, wie er auf mich zugerannt kam.

Ich wartete, bis er bei mir war, und händigte ihm dann den Revolver aus.

Ich war müde, aber nun wieder in Sicherheit. Es war getan.

Sie würden mich jetzt hierbehalten müssen. Sie konnten mich nicht mehr auf die Straße setzen.

Ich würde das einzige Zuhause, das ich kannte, niemals verlassen müssen.

Verregneter Nachmittag

Ich konnte absolut nichts machen, deshalb mischte ich die Karten für eine neue Patience.

Der Große, der Hank genannt wurde, stand nach wie vor auf das Fensterbrett gestützt und beobachtete den Regen, während der Blick des Mannes, der die Anweisungen gab, auf Annette ruhte.

Sie hielt seinem starren Blick eine Weile stand und sah dann weg.

»Du kannst mich Pete nennen, Baby«, sagte er grinsend.

Hank trat vom Fenster zurück und griff nach der Ledertasche. Er leerte sie auf dem Tisch aus. Und dann bewegten sich seine Lippen, als er das Geld zählte.

Ich bückte mich, um ein paar Karten aufzuheben, die zu Boden gefallen waren. »Vierundzwanzigtausendzweihundert«, sagte ich. »Es ist nicht zusammengeschmolzen.«

»Ich hab dich nicht nach deiner Meinung gefragt«, sagte Hank.

Pete wackelte mit dem Stuhl und sah mich an. »Was ist eigentlich dran an so einem abgelegenen Ort, von ihr mal abgesehen?«

»Ich mag nicht, wenn's zu eng wird«, sagte ich.

Pete wandte sein Interesse wieder Annette zu. »Und was ist mit dir? Was hält dich hier, Baby? Findest du ihn so schön?«

Annette bewegte sich aus seinem Blickfeld hinaus. »Da machen Sie sich mal keine Sorgen«, antwortete sie ihm.

Pete drehte seinen Stuhl. »Denk nur an all das Geld!« sagte er. »Und daran, was sich damit machen ließe!«

Hank blätterte ein Bündel Hunderter durch. »Das ist was, was ich gern mal wüßte, Kumpel«, sagte er. »Wie verdienst du eigentlich an einem solchen Ort deinen Lebensunterhalt?«

Ich legte eine schwarze Sieben an eine rote Acht an und studierte die Lage.

»Der Mann hat dir 'ne Frage gestellt«, sagte Pete. »Beantworte sie.«

Annette sagte es ihm. »Er stellt Fallen.«

Petes Faust haute mich vom Stuhl. »Ich möcht's von dir hören!«

Ich stand auf und fuhr mit der Zunge über meine gesprungene Lippe. Die Automatik in Petes Hand wartete nur darauf, daß ich widerspenstig werden würde.

Ich setzte mich wieder auf meinen Stuhl. »Ich stelle Fallen«, sagte ich.

Sie waren vor zwei Stunden aus dem herabrauschenden Regen aufgetaucht – mit der Aktenmappe und mit ihren Kanonen. Sie hatten sich häuslich niedergelassen und warteten nun auf besseres Wetter, während meine Waffe ungeladen und dekorativ in ihrem Gestell lag.

Hank wurde mit dem Zählen fertig und starrte auf den Haufen Geldscheine hinab. »Wie wär's mit ein bißchen Licht?«

Annette steckte die Laterne an und schob den Griff über den Haken an der Decke.

»Ich mag, wie du dich so bewegst, Baby«, sagte Pete.

Annettes Gesicht war bleich. »Hören Sie auf, mich Baby zu nennen.«

Pete ließ unregelmäßige Zähne sehen, als er lachte. »Aber sicher, Baby, sicher doch.«

Hank, der das Geld wieder in der Mappe verstaute, hielt inne. »Hast du irgendwelche Knete auf der Bank?« fragte er mich.

»Ein paar hundert Dollar«, sagte ich. »Die sind von der Versicherung abgedeckt.«

Hank überlegte und nickte dann. »Nicht übel. Keiner verliert was, nur die Versicherungsgesellschaft.«

Pete rieb sich den Bauch. »Ich habe Hunger. Mach mal ein paar Sandwiches.«

Annette ging an den Schrank und holte Brot, Butter und Schinken heraus.

»Zu dumm, daß du kein Auto hast«, sagte Hank. »Wir könnten längst weg sein.«

»Das bereitet auch mir Kummer«, sagte ich.

Pete wandte für einen Augenblick die Augen von Annette ab und sah Hank an. »Ich werd nie vergessen, daß du uns fast umgebracht hättest.«

Hank zuckte die Achseln. »Die Straße war lausig. Und du wolltest doch, daß es schnell ging«, sagte er.

Annette stellte einen Teller mit Broten auf den Tisch und holte dann Tassen und den Kaffee.

Hank nahm ein Sandwich. »Ich hab doch 'ne Flasche auf einem der Regale gesehen.«

Annette blieb einen Augenblick nachdenklich stehen, holte dann aber den Whiskey und die Gläser.

Sie aßen langsam, und als sie fertig waren, lag noch ein Sandwich auf dem Teller. »Iß du es«, sagte Pete zu mir.

Ich schob die Karten für ein neues Spiel zusammen.

Annette berührte mich leicht an der Schulter. »Iß es, Sam«, sagte sie.

Ich nahm das Sandwich und aß.

Pete goß sich ein Glas voll. »Es ist mein Ernst, Baby«, sagte er. »Wie wär's? Ich bin an Geld gekommen, und es tut mir nicht weh, es auch wieder auszugeben.«

Annette wollte den leeren Teller und die Tassen einsammeln.

»Ich garantier dir 'ne Menge Spaß«, sagte Pete. Er legte ihr die Hand auf den Arm, und sie erstarrte. Ich bewegte mich auf meinem Stuhl.

Pete lachte, als sie hinausging.

Das Trommeln des Regens auf dem Dach wurde schneller. Pete lächelte gedankenverloren in sich hinein. Hank gähnte schließlich, und da hatte sich Pete entschieden.

»Bleib mal 'ne Weile wach, Hank«, sagte er. »Ich bin im Schlafzimmer.«

Hank gähnte erneut. »Verträum bloß nicht die ganze Nacht. Ich brauch auch ein bißchen Schlaf.«

»Ich werd nicht schlafen«, sagte Pete.

Draußen knarrten die regennassen Eichen im Wind. Ich legte die Spielkarten hin, die ich in der Hand hatte.

Pete sah über seine Schulter zu Annette hin. »Bist du soweit, Baby?«

Annettes Gesicht war sehr bleich, und ich stand auf, nur um mich ihren Revolvern gegenüberzusehen.

»Ein Mann mit 'ner Kugel in der Brust hustet sich ganz schön was zurecht«, meinte Pete lächelnd.

Ich sah ihre abwartende Haltung, und ich wußte, daß ich es versuchen würde.

Annette trat schnell vor mich und legte mir die Arme um den Hals. »Nicht«, flüsterte sie. »Es bringt nichts, das weißt du doch.«

»Sei ein Held«, sagte Pete leise.

»Bitte«, sagte Annette mit sanfter Stimme. Sie küßte mich leicht auf den Mund und drückte mich fest an sich. »Es ist schon gut so.«

Sie machte sich von mir los und ging ins Schlafzimmer.

Pete folgte ihr, machte die Tür zu, und ich setzte mich wieder hin, starrte auf die 45er in Hanks Hand.

»Könnte sein, daß ich's auch mal versuche«, sagte Hank nach einer Weile.

Das Geräusch des Regens wurde leiser, und ich beobachtete Hank, während wir hinauslauschten. Meine Hände mischten unablässig die Karten.

Und nach nicht allzu langer Zeit konnten wir sie hören.

Hanks Blick wanderte kurz zur Schlafzimmertür, und er fing an zu lächeln, dachte voraus.

Er träumte davon, und ich wartete darauf, daß sich sein Blick verschleiern würde – und war bereit.

Ich schmiß die Spielkarten nach seinem Gesicht. Als er sich instinktiv duckte, fuhren meine Hände über die Tischplatte und packten die Hand, die den Revolver hielt. Ich drehte sie, bis er erschrocken in die Mündung der Waffe blickte. Meine Hände preßten seine Finger zusammen, bis sich der Abzug nach hinten schob und der Schuß krachte.

Er warf den Tisch um, als er zu Boden stürzte und starb.

Ich hob, den starken Gestank von Kordit in der Nase, schnell den Revolver auf. Ich stand da, war bereit.

Pete riß ärgerlich die Schlafzimmertür auf und sah dann, daß es nicht Hank war, der vor ihm stand.

Ich blickte über seine nackten Schultern dorthin, wo Annette auf dem Bett lag. Unsere Blicke trafen sich, dann wandte sie das Gesicht ab.

Ich trieb Pete langsam in die Küche. Sein Mund arbeitete, er suchte verzweifelt nach Worten, brachte aber keinen Ton heraus.

Die Angst in ihm beobachtete, wie ich die Whiskeyflasche am Hals nahm und ihr am Küchentisch den Boden abschlug.

Whiskey ergoß sich über den Fußboden, und ich steckte den Revolver in die Tasche.

Pete wich zurück, bis es nicht mehr weiter ging. Er sackte in sich zusammen, als er den gezackten Rand der Flasche immer näher kommen sah. In seinen Augen war die Gebanntheit durch das Grauen, als sie an den funkelnden, scharfen Krallen des Glases hingen, die ihn zerreißen würden.

Und dann begann ich, ihn tot zu machen.

Bruchfeste Mildred

Ich wandte mich an den Pförtner. »Haben Sie einen Ersatzschlüssel für Zimmer 4168?«

»Haben Sie Ihren verloren, Sir?«

»Nein, meine Frau hat den Schlüssel. Aber sie ist entweder ausgegangen, oder sie ist auf dem Zimmer und schläft. Ich könnte sie zwar wach kriegen, nehme ich an, wenn ich kräftig gegen die Tür hämmerte, aber sie hat einen gesegneten Schlaf, und ich möchte eigentlich kein so gewaltiges Drama daraus machen.«

Er sah im Gästeverzeichnis nach. »Zimmer 4168? James Dodson.«

Ich nickte. »Mr. und Mrs. Dodson.«

Er schürzte für einen kurzen Augenblick die Lippen. »Im Verzeichnis steht lediglich ein James Dodson.«

Ich warf einen schnellen Blick auf den auf dem Kopf stehenden Namen und zuckte dann die Achseln. Offensichtlich hatte ich nur mich eingetragen – wahrscheinlich Wunschdenken.

Mildred und ich waren um halb drei Uhr nachts hier eingetroffen. Wir hatten eigentlich schon sehr viel eher ankommen wollen, aber ich hatte Probleme mit dem Motor gehabt, Probleme, deren Ursache noch immer nicht genau ermittelt war, obwohl sich eine ganze Reihe von Werkstätten darum bemüht hatten.

Nach der Eintragung ins Gästeverzeichnis waren wir in Begleitung des Pagen mit unserem Gepäck auf unser Zimmer gegangen. Bevor ich mich schlafen legte, hatte ich meinen Reisewecker auf sieben Uhr gestellt.

Vom Wecker pünktlich geweckt, hatte ich Mildred dem Schlaf überlassen und war auf der Suche nach einer Werkstatt umhergefahren. Ungefähr acht Querstraßen vom Hotel entfernt hatte ich eine gefunden und das Auto dort gelassen. Auf dem Weg zurück ins Hotel war ich in ein Restaurant gegangen und hatte gefrühstückt.

Alles in allem war ich eine oder vielleicht anderthalb Stunden weg gewesen. Als ich zu unserem Zimmer zurückgekommen war, hatte Mildred nicht auf mein behutsames Klopfen reagiert.

Der Portier überreichte mir einen Schlüssel, und ich fuhr mit dem Lift wieder hinauf in den vierten Stock. Ich steckte den Schlüssel ins Schloß und öffnete die Tür.

Mildred war nicht im Bett. Die Tür zum Bad stand offen, und ich konnte sehen, daß sie dort auch nicht war.

Ich zuckte die Achseln. Wahrscheinlich war sie beim Frühstück, obwohl sie eigentlich eine Langschläferin war.

Ich setzte mich hin. Der Tag draußen hatte heiß und schwül begonnen und versprach nicht, besser zu werden, wohingegen das Zimmer angenehm kühl war. Um ehrlich zu sein, ich hätte den Tag durchaus gern hier oben verbracht – das Zimmer war ruhig und erholsam –, aber Mildred würde mich schon über die Strandpromenade zerren, auf der Suche nach dem, was sie Urlaub nannte.

Es klopfte an der Tür. Es war das Zimmermädchen, das die Bettwäsche wechseln und aufräumen wollte.

Mildred hatte diese Nacht in dem Bett an der Fensterseite geschlafen, aber jetzt bemerkte ich, daß es ganz ordentlich aussah, so, als sei es überhaupt nicht benutzt worden. Mein Bett dagegen war ganz schön zerwühlt.

Das Mädchen machte mein Bett und wollte ganz offensichtlich Mildreds so lassen, wie es war.

»Meine Frau hat darin geschlafen«, sagte ich.

Das Mädchen sah mich einen Augenblick lang an, zuckte dann die Achseln und zog die Decke fort. Von meinem Platz aus sahen die Bettücher frisch gewaschen und gebügelt aus. Das Mädchen seufzte, wechselte sie aber.

Sie wischte hier und da Staub und ließ sich dann auf die Knie nieder, um unter das Bett zu schauen.

»Was suchen Sie denn?« erkundigte ich mich.

»Den zweiten Aschenbecher. Für diesen Zimmertyp sind zwei Stück vorgesehen. Einer für jeden Nachttisch. Und hier fehlt einer.«

Ich half ihr suchen, aber wir konnten den zweiten Aschenbecher nicht finden.

Sie warf mir einen Seitenblick zu. »Manchmal packen die Gäste sie bei der Abreise ganz aus Versehen ein.«

Ich sah sie kalt an. »Ich reise aber nicht ab. Im übrigen klaue ich immer nur Handtücher und Seife.«

Als sie fertig und gegangen war, zog ich mir die Jacke aus und öffnete den Kleiderschrank, um sie dort hineinzuhängen. Meine Sachen waren noch – fein säuberlich aufgehängt – vorhanden, aber Mildreds waren weg.

Ich zog die Stirn in Falten. Ich hatte doch gesehen, wie sie ihre Koffer ausgepackt hatte, bevor sie ins Bett gegangen war – und sie hatte auch ihre Sachen in den Schrank gehängt. Da war ich mir vollkommen sicher – sie hatte die leeren Koffer dann neben ihrem Bett stehen lassen.

Ihre Koffer waren ebenfalls verschwunden.

Seltsam. Ich öffnete die Schubfächer der Kommode. Meine Hemden und meine Unterwäsche waren ordentlich eingeräumt, aber alle anderen Fächer waren leer.

Ich ging ins Bad. Auf der Ablage über dem Waschbecken lagen meine Zahnbürste in ihrer Plastikschachtel und eine kleine Tube Zahnpasta, aber es war eben nur *meine* Zahnbürste da. Mildreds fehlte. Und doch hatte sie sich die Zähne geputzt, bevor sie sich zur Ruhe begeben hatte. Das zelebrierte sie stets als ein regelrechtes Ritual.

Jetzt untersuchte ich das Zimmer gründlicher. Von Mildreds Sachen keine Spur, nicht einmal vom Zimmerschlüssel. Es war so, als wäre sie überhaupt nie in diesem Zimmer gewesen.

Ich setzte mich wieder hin. Das war alles höchst eigenartig. Wenn sie nur ausgegangen wäre, um irgendwo zu frühstücken, wäre sie doch wohl bestimmt nicht mit Sack und Pack losgezogen.

Ich lächelte, weil mir ein angenehmer Gedanke durch den Kopf ging. Angenommen, Mildred hätte beschlossen, mich zu verlassen! Ich seufzte. Ein reiner Wunschtraum, wie ich befürchten mußte.

Ich konnte wirklich nichts anderes tun, als eine Weile zu warten. Es hatte doch keinen Sinn, rumzurennen und Alarm zu schlagen. Sicherlich gab es für dies alles eine logische Erklärung, und Mildred würde bald wieder da sein und die Sache enträtseln.

Ich stellte den Fernseher an, und schon bald nahm mich eine Sendung über das Böttcherhandwerk im frühen, kolonialen Amerika voll und ganz in Anspruch. Ihr folgte etwas über das Sammeln von antiken Bierflaschen, ob nun unversehrt oder in Scherben. Selbst die *Fleißige Strickerin* danach erwies sich als überaus faszinierend. Zu Hause war Mildreds Tagesfernseherei ausschließlich den Serien und Spielshows vorbehalten.

Als die *Sesamstraße* anfing, schaltete ich das Gerät ab.

Ich wünschte, ich hätte mir ein paar Bücher mitgebracht. Aber wenn man mit Mildred in Urlaub fuhr, blieb für so etwas Intelligentes wie Lesen kein Raum.

Ich ging zum Fenster und blickte auf die Straße hinab. Da waren sie, die Leute, die schwitzend in der Sonne umherliefen, greinende, sonnenverbrannte Kinder von einem Ort zum anderen schleppten und sich selbst verzweifelt einredeten, sie verbrächten da einen Superurlaub. Warum hatten die Menschen nicht Grips genug, ihre Ferien zu Hause im eigenen vollklimatisierten Heim zu verbringen, umgeben von den Annehmlichkeiten des modernen Lebens?

Übrigens war Mildred schon eine Woche vor mir von zu Hause losgefahren. Sie hatte die Zeit bei ihrer Schwester in Pennsylvania verbracht und war dann von dort aus mit dem Bus nach Harrisburg gereist. Ich hatte sie am Busbahnhof abgeholt, und wir waren zusammen zur Küste weitergefahren.

Ich setzte mich wieder in den Sessel. Warum hatte ich Mildred überhaupt geheiratet? Wir hatten wirklich keinerlei Gemeinsamkeiten, nicht einmal jetzt. Unser ganzes Geld gehörte nach wie vor allein ihr. Die Ehe mit Mildred hatte mir zwar Sicherheit, aber weder Gelassenheit noch Wohlstand beschert.

War Mildred vielleicht zum Frühstück hinuntergegangen und dann Opfer irgendeines Unfalls geworden? Aber das würde man mir doch wohl mitgeteilt haben, oder? Und das sofort. Sie hatte jede Menge Dinge bei sich, die eine Identifizierung ermöglicht hätten, nicht zuletzt den mit der Zimmernummer versehenen Hotelschlüssel.

Ich runzelte die Stirn. In die Überlegungen mußte das Gepäck mit einbezogen werden! Das ließ doch auf einen bestimmten *Plan* schließen. Sie hatte das Zimmer *mit* ihrem Gepäck verlassen. Es war dies also nicht einfach nur eine Frage des Zum-Frühstück-Gehens.

Mein Blick wanderte wieder zu ihrem Bett hinüber.

Angenommen – nur mal *angenommen* –, Mildred wäre tatsächlich mit einem anderen Mann durchgebrannt. Womit in aller Welt hatte sie den denn anlocken können? Sie war sechs Jahre älter als an dem Tag, an dem ich sie geheiratet hatte, und die Zeit war weder ihrer Schönheit noch ihrem Wesen oder gar ihrer scharfen Zunge sonderlich zuträglich gewesen. Außerdem hatte ich das Gefühl, daß mir, wenn es da einen anderen Mann gegeben hätte, dies nicht verborgen geblieben wäre. Ich bin nicht ganz und gar unaufmerksam.

Mittags ging ich zum Lunch ins Hotelrestaurant hinunter und verließ dann das Haus, um einen kleinen Spaziergang zu machen. Ich blieb jedoch wie angewurzelt vor der Tür stehen. Die Temperatur betrug mindestens 35 Grad Celsius, und die Luftfeuchtigkeit war dementsprechend hoch. Sich bei einer so feindseligen Atmosphäre hinauszuwagen war schwachsinnig – und doch waren die Straßen voll von schwitzendem Fleisch und Übellaunigkeit.

Ich trat ins Hotel zurück, nahm mir vom Kiosk in der Empfangshalle ein paar Taschenbücher mit und zog mich wieder in die Kühle meines Zimmers zurück. Ich rief beim Zimmerservice an, bestellte mir eine Flasche Brandy und verbrachte den Nachmittag lesend und Brandy schlürfend. Um sechs war Mildred immer noch nicht wieder da.

War es wirklich denkbar, daß sie mit jemand anderem auf und davon gegangen war? Sicher nicht mit einem Manne unserer sozio-ökonomischen Klasse – aber vielleicht mit einem ehrgeizigen Chauffeur?

Ich kicherte. Wir hatten gar keinen Chauffeur. Nur eine

Köchin, die nicht im Haus wohnte, und eine Haushälterin, die zwar bei uns wohnte, der aber ihr Status eigentlich relativ Wurscht war.

Ich betrachtete wieder Mildreds Bett. Warum hatte sie es bloß so ordentlich gemacht, bevor sie ging? Wußte sie überhaupt, wie man ein Bett machte? Soweit ich mich entsinnen konnte, hatte sie während unseres gesamten ehelichen Lebens nicht ein einziges Mal ein Bett gemacht.

Ich trank noch einen Brandy.

Die Prescotts hatten einen Chauffeur, einen rattenartigen kleinen Mann. Und die Dormans hatten einen, obwohl das eigentlich nur ein Student war, den sie im Sommer anheuerten, damit er die Dorman-Kinder zu Tennisstunden und derlei Unsinn fuhr.

Wenn nicht mit einem Chauffeur, warum dann nicht mit einem Gärtner? Wir hatten aber auch keinen Gärtner. Die Gärtnereiabteilung von ACME schickte im Sommer einmal pro Woche zwei Mann vorbei und kümmerte sich in angemessener Weise um unseren halben Morgen. Könnte es einer von den beiden sein?

Ich widerstand dem Impls, erneut loszukichern. Wenn nicht mit einem Chauffeur oder Gärtner, warum dann nicht mit einem Wildhüter? Irgendwo gab es sicher welche.

Um acht Uhr fühlte ich mich vollkommen glücklich, wirr im Kopf und dösig. Ich gähnte und legte mich aufs Bett. Als ich wieder aufwachte, war es schon fast halb zwölf. Mildred war immer noch nicht zurück.

Ich setzte mich langsam auf. Ich konnte die Wirkung des Weinbrands noch spüren, wenngleich sie nicht mehr so angenehm war wie vorher. Ich bin eigentlich kein großer Trinker – vielleicht drei- oder viermal im Jahr bei festlichen Anlässen, das genügt mir. Ich nahm ein Aspirin.

Wäre Mildred wirklich mit jemandem durchgebrannt, hätte sie dann ihr Geld zurückgelassen? Natürlich nicht. Mildred war, was Geld anging, ziemlich nüchtern. Sie würde es, davon war ich überzeugt, nie und nimmer aufgeben, auch dann nicht, wenn Leidenschaft im Spiel war.

Hatte sie vielleicht ihre Wertpapiere hinter meinem Rücken zu Geld gemacht? Ich schüttelte den Kopf. Nein, das war unmöglich. So etwas läßt sich nicht mit einem Fingerschnipsen erledigen, das braucht seine Zeit. Ich wußte obendrein genau, wo jeder einzelne Pfennig ihres Geldes steckte, und nicht ein einziger war bewegt worden.

Und doch war Mildred verschwunden – mit Sack und Pack.

Ich kehrte zum Brandy zurück. Wenn eine Frau wortlos verschwindet, neigen die Leute, neigt vor allem die Polizei dazu, das Schlimmste anzunehmen – mit hoher Wahrscheinlichkeit ein Verbrechen –, und der Ehemann ist unweigerlich der Hauptverdächtige, vor allem dann, wenn er sich ein bißchen viel Zeit gelassen hatte, seine Frau als vermißt zu melden.

Ich mußte Mildreds Verschwinden hier und jetzt melden, noch in diesem Augenblick!

Ich zog mir die Jacke an, trank noch einen kleinen Brandy, um wieder ins Lot zu kommen, und fuhr mit dem Lift in die Eingangshalle hinunter.

Es war fast Mitternacht, und die Portiers schienen gerade Schichtwechsel zu haben. In einem von ihnen erkannte ich den wieder, der Dienst gehabt hatte, als Mildred und ich angekommen waren.

Ich sprach ihn an. »Entschuldigen Sie, aber was muß man tun, um das Verschwinden seiner Frau anzuzeigen?

Ich meine, welche Behörde man verständigen muß, und so was.«

Beide Portiers schienen sofort interessiert zu sein, und Hames – ich erfuhr seinen Namen später – ergriff das Wort. »Mr. James Dodson?« fragte er.

Es schmeichelte mir, daß er meinen Namen noch wußte, vor allem meinen Vornamen. Ich hatte nicht geahnt, daß ich einen so starken Eindruck auf Fremde machte.

Hames lächelte. »Sie sagten etwas von einer Frau?«

»Ja. Ich habe sie seit heute morgen sieben Uhr nicht mehr gesehen, als ich wegfuhr, um mich um die Reparatur meines Wagens zu kümmern. Ich dachte, sie wäre vielleicht einkaufen gegangen oder dergleichen, aber sie ist noch immer nicht zurückgekehrt, und ich fange, ehrlich gesagt, an, mir ein bißchen Sorgen zu machen.«

Hames blätterte im Gästeverzeichnis ein paar Seiten zurück. »Ach ja, James Dodson. Das ist der einzige Name, der hier steht. Nichts von einer Frau.«

Ich lächelte. »Es ist mir egal, was das Verzeichnis sagt. Ich bin mit meiner Frau zusammen hier angekommen, und sie ist verschollen.«

Hames gab sich apologetisch. »Es tut mir leid, Sir. Aber ich erinnere mich genau, daß Sie, als Sie sich hier eintrugen, allein waren. Ganz und gar allein.«

Ich blickte ihn verblüfft an.

Desgleichen tat der Portier, der jetzt dienstfrei hatte. Er hieß, wie sich später ergab, Mulligan. Er war ein kleiner Mann mit scharfen Gesichtszügen und erinnerte mich stark an den Chauffeur der Prescotts.

Ich versuchte zu lachen. »Als ich mich eintrug, hatte ich eine Ehefrau bei mir! So etwas vergißt man doch wohl nicht so leicht, oder?« sagte ich.

Hames pflichtete mir bei. »Nein, Sir. Gleichwohl waren Sie allein.« Er wandte sich an mehrere Hoteldiener, die mit gespitzten Ohren in unserer Nähe herumlungerten, und winkte gebieterisch.

Einer löste sich sofort aus der Gruppe und kam zum Empfangstresen getrabt. Ich erkannte ihn wieder – es war derjenige, der das Gepäck auf unser Zimmer gebracht hatte. »Dieser Herr hier«, sagte Hames und deutete auf mich, »sagt, daß er sich zusammen mit seiner Frau eingetragen hat. Wenn ich mich recht erinnere, haben Sie sein Gepäck nach oben getragen?«

Der Page nickte eifrig. »Ja, Sir. Aber es war nur er, Sir. Er war allein. Er hatte keine Ehefrau bei sich, auch nicht irgendeine andere Frau.«

Ich starrte ihn an. »Es handelt sich um eine hochgewachsene, grobknochige, einfach unvergeßliche Frau, die einen monströsen roten Hut aufhatte.«

»Es tut mir leid, Sir«, sagte der Page, »aber Sie waren allein.«

Ich gehöre nicht zu denjenigen, die an ihrer geistigen Gesundheit, an ihrer Intelligenz oder an ihren Augen zweifeln. Meine Frau war bei mir gewesen, als ich mich ins Gästeverzeichnis eingetragen hatte. Hames hatte Dienst gehabt. Genauer besehen, waren Hames und der Page die einzigen Leute gewesen, die wir zu dieser frühen Morgenstunde angetroffen hatten.

Und jetzt logen sie beide. Warum?

Mulligan mischte sich mit einem scharfzahnigen Lächeln in die Unterhaltung ein. »Nicht, daß ich Sie in irgendeiner Weise beunruhigen möchte, Sir, aber haben Sie schon versucht, die Krankenhäuser der Stadt anzurufen? Hatte sie Dinge bei sich, die eine Identifizierung ermöglichen?«

»Hat sie, jede Menge. Ich glaube, man hätte mich längst benachrichtigt, wenn ihr etwas zugestoßen wäre.«

Mulligan nickte. »Ich meine, wir ziehen besser die Polizei hinzu, Sir. Unter anderem könnte sie das Hotel von oben bis unten durchsuchen.«

Hames funkelte ihn an. »Dies ist *meine* Schicht. Sie sind seit fünf Minuten offiziell außer Dienst. Wenn die Polizei gerufen werden soll, dann bin *ich* es, der diese Entscheidung trifft!«

Warum logen Hames und der Page bloß? Plötzlich machten meine Gedanken einen Sprung zum Äußersten. War dies vielleicht ein wenig mehr als nur ein schlichtes Verschwinden? Ging es vielleicht um ein Verbrechen? War Mildred tot? Ermordet? Waren Hames und der Page tief in dieses Verbrechen verwickelt? Wenn dem so war, dann hatten sie sicher für irgendeinen Selbstschutz oder ein Alibi gesorgt – war es das?

Ich stellte fest, daß ich ein wenig schwitzte.

Würde es *mich* verwundbar machen? Angesichts einer Mordsituation war es wohl kaum sehr weise, der letzte gewesen zu sein, der Mildred lebend gesehen hatte. Die Polizei tendiert dazu, sich an solchen Dingen festzubeißen.

Wäre es nicht klüger zu behaupten, daß ich Mildred *nicht* am Busbahnhof von Harrisburg getroffen hatte? Ich hatte Ärger mit dem Wagen und mich verspätet. Ich hatte angenommen, daß sie es leid geworden war, auf mich zu warten, und die Reise mit einem anderen Verkehrsmittel fortgesetzt hatte. Das hieße, daß ihre Schwester der letzte Mensch war, der Mildred lebend gesehen hatte. Sollte doch *sie* erklären und schwitzen! Schließlich war sie in Mildreds Testament mit mindestens einem Drittel bedacht.

Was hatte es denn letztendlich auch für einen Zweck,

darauf zu beharren, daß ich zusammen mit Mildred hier angekommen war? Hames und der Page würden mir – aus Gründen, die nur sie kannten – widersprechen, und sie waren mir zahlenmäßig überlegen, zwei gegen einen.

Wenn ich, um es mal so zu sagen, ihre Hand wusch, dann würden sie auch meine waschen.

Ich lächelte geistesabwesend und mußte rülpsen. »Wenn ich mal ganz ehrlich sein soll, kann ich mich eigentlich gar nicht mehr daran erinnern, mich *überhaupt* hier eingetragen zu haben.« Ich grinste und verbreitete Brandydünste um mich. »Ich erinnere mich noch daran, wie ich heute morgen aufgewacht bin, aber das ist dann auch schon so gut wie alles. Mußte mir jemand zum Zimmer raufhelfen?«

Hames machte sich das schnell zu eigen. »Ich fürchte, Sie waren ein ganz klein wenig angeschlagen, Sir.« Er deutete auf den Pagen. »Eddie mußte Sie hinaufbringen. Sie waren eingeschlafen, kaum daß er Sie aufs Bett bugsiert hatte.«

Ich stieß erneut auf. »Was ich dringend brauche, ist ein kleines Schlückchen, und das hab ich oben in meinem Zimmer.« Ich ging zum Aufzug zurück, und es gelang mir, dabei ein bißchen zu schwanken.

Ich merkte, daß mich Mulligan am Ellbogen führte. »Ich bringe Sie auf Ihr Zimmer, Sir. Aber ich meine immer noch, daß Sie die Polizei verständigen sollten.«

»Unsinn«, sagte ich schroff. »Ich habe dauernd diese Halluzinationen.«

»Sind Sie ganz sicher, daß es nur eine Halluzination war, Sir?«

»Ganz sicher. Mildred trägt nie rote Hüte. Kann die Farbe nicht ausstehen. Wann immer ich sie mit einem roten Hut sehe, weiß ich, daß ich halluziniere.«

»Als Sie zum Empfang kamen, schienen Sie aber nicht der Ansicht zu sein, halluziniert zu haben.«

»Manchmal brauche ich länger als üblich, bis mir klar ist, daß ich halluziniert habe.«

Mulligan begleitete mich im Lift nach oben. »Sind Sie und Ihre Frau in jüngster Zeit in Indien oder im Fernen Osten gewesen? Erschien Ihnen Ihre Frau, als Sie sie das letzte Mal sahen, ein bißchen krank? Zeigten sich an ihr irgendwelche Zeichen der Beulenpest?«

Ich starrte ihn an.

Er hatte scharfe, gelbschwarze Augen. »Angenommen, sie hätte sich eine Seuche zugezogen, es muß ja nicht die Beulenpest sein... dann wäre das nicht gut für das Image des Hotels, gar nicht zu reden von der Bedrohung, die das für die Tourismusindustrie der gesamten Region bedeuten würde. Angenommen, Hames hätte versucht, die Sache zu vertuschen. Er hat die Leiche weggezaubert und tut nun so, als wäre nichts geschehen, ja, er versteigt sich sogar zu der Behauptung, Ihre Frau sei nie im Hotel abgestiegen. Ich traue Hames und seinem Bruder alles zu.«

»Seinem Bruder?«

»Ja, dem Pagen, diesem Eddie. Er ist ein Ex-Sträfling. Einbruch.«

An der Tür meines Zimmers angekommen, betrachtete Mulligan sehr eingehend das Schildchen mit der Nummer.

»Nach was suchen Sie?« fragte ich ihn.

»Mir war gerade der Gedanke gekommen, daß das Nummernschildchen möglicherweise vertauscht worden sein könnte. Aber ich sehe, daß auf diesem Staub liegt, und der kann sich kaum in einer einzigen Nacht angesammelt haben. Sind Sie sicher, daß dies die Etage ist, auf die Eddie Sie gestern abend gebracht hat?«

»Mir ist noch nie im Leben eine Etage abhanden gekommen.« Ich schloß auf und ließ Mulligan draußen stehen.

Ich verwarf nun den Gedanken, Mildred könnte mir durchgebrannt sein. Irgend etwas war ihr widerfahren, und die Brüder Hames waren tief darin verwickelt.

Eddie war ein Ex-Sträfling – Einbruch.

Ich hatte dieses Zimmer heute morgen ungefähr um sieben Uhr verlassen, und Mildred hatte sich im Bett gerührt, als ich ging. War sie wieder eingeschlafen, oder hatte sie beschlossen, irgendwohin frühstücken zu gehen?

Hatte Eddie uns beide aus dem Zimmer kommen sehen? War er dann mit Hilfe eines Generalschlüssels hineingegangen, um unsere Sachen zu durchwühlen?

Da Mildreds Frühstück normalerweise nur aus einer Tasse Kaffee besteht, war sie schnell wieder zurück gewesen, hatte Eddie im Zimmer angetroffen, ihn regelrecht auf frischer Tat ertappt. Es war zu einem Handgemenge gekommen. Er hatte sie mit irgend etwas niedergeschlagen. Vielleicht mit dem fehlenden Aschenbecher? Solche Gegenstände scheinen immer greifbar zu sein, wenn man sie braucht – und Mildred war gestorben.

Eddie war daraufhin zu seinem Bruder gegangen und hatte ihm erzählt, was geschehen war. Sie waren beide zu dem Schluß gekommen, daß Eddie, sollte die Leiche gefunden werden, als einziger Ex-Sträfling im Hotel sofort in Verdacht geraten würde. Sie hatten beschlossen, nicht nur die Leiche zu beseitigen, sondern es auch so aussehen zu lassen, als wäre Mildred überhaupt nie im Hotel gewesen.

Bliebe ihre Lage aber nicht trotzdem noch ziemlich heikel? Ich würde doch darauf beharren, zusammen mit Mildred hier angekommen zu sein, und sie darauf, daß dem nicht so gewesen sei. Die Polizei würde zweifellos hinzugezogen werden, um bei diesem Streit den Schiedsrichter zu spielen.

Wäre es für Hames und seinen Bruder nicht viel besser gewesen zu behaupten, sie hätten Mildred das Hotel verlassen sehen, ob nun mit Gepäck oder ohne?

Ich schenkte mir noch einen Brandy ein und versuchte nachzudenken. Eine halbe Stunde später klopfte es an meiner Tür.

Es war Mulligan, der sich die Hände rieb. »Es ist mir gelungen, heimlich noch mal in das Gästeverzeichnis zu linsen. Die Seite 79 fehlt.«

»Ich vermag nicht zu sehen, welche Bedeutung das haben könnte.«

Mulligan ließ ein leises Kichern vernehmen. »Ich glaube, ich sehe alles vor mir. Als Sie mit Ihrer Frau hier eintrafen, trugen Sie sich als Mr. und Mrs. Dodson in der ersten Zeile einer neuen Seite ein. Auf Seite 79, um genau zu sein. Später aber riß Hames, der seine ruchlosen Gründe hatte, die Seite heraus und kopierte Ihren Namen und die Namen der Gäste, die sich nach Ihnen eingetragen hatten, auf die Seite 81.«

»Was geschah mit Seite 80?«

»Nun, Seite 80 ist die Rückseite von Seite 79.«

»Wie schlau ihr Hotelleute doch seid! Aber ich bin nicht mit meiner Frau hergekommen. Und habe uns auch nicht beide eingetragen. Nur mich selbst. Ich erinnere mich jetzt genau, daß ich... in meinem beschickerten Zustand... aus Versehen eine Seite fast zur Hälfte durchgerissen habe. Hames riß sie dann ganz heraus, und ich trug mich auf der nächsten Seite ein.«

Mulligan starrte mich an, ein abscheuliches halbes Lächeln auf dem Gesicht. »Wenn Sie nicht schon vorher mit den Brüdern Hames unter einer Decke gesteckt haben, dann ganz offensichtlich jetzt.« Seine Augen schienen zu funkeln. »Ich kenne den Grund für all das nicht, aber ich werde ihn herausfinden. Ich kann doch noch zwei und zwei zusammenzählen.«

Ich hatte das bedrückende Gefühl, daß er das wirklich konnte und auch tun würde. Ich machte ihm die Tür vor der Nase zu und kehrte zu meinem Brandy zurück.

Was war mit Mildreds Leiche? Und was mit ihrem Gepäck? Kann man um acht Uhr morgens frohgemut eine Leiche aus einem Hotel hinausbefördern, ohne das Risiko einzugehen, dabei beobachtet zu werden? Nein. Es würde sich am ehesten anbieten, sie in einem anderen Raum zu lagern, um sie dann zu einem geeigneteren Zeitpunkt dort abzuholen. Wahrscheinlich in den frühen Morgenstunden des heutigen Morgens? Wo könnte dieser Raum sein? Mit Sicherheit in der Nähe – und je näher, desto besser.

Von meiner rationalen Erklärung der Zusammenhänge angeregt, trat ich hinaus auf den Korridor. Ich ging vorsichtig zu der Tür gleich rechts neben der meinen. Langsam drehte ich den Türknauf. Die Tür war unverschlossen, und ich schob sie einen Spaltbreit auf.

Der Raum war von zwei Personen unterschiedlichen Geschlechts belegt. Soviel war offenkundig, und auch, daß die beiden sehr lebendig, aktiv und mit sich beschäftigt waren.

Ich machte die Tür schnell wieder zu. Warum zum Teufel hatten die Leute nicht den Anstand, ihre Türen abzuschließen, wenn sie Dinge dieser Art trieben?

Mir war klar, daß ich nicht damit fortfahren konnte, auf

dem Flur auf und ab zu gehen und die Türknäufe auszuprobieren. Wer weiß, worüber ich da alles gestolpert wäre.

Mein Blick fiel auf eine nummernlose Tür ganz am Ende des Flurs. Die Besenkammer der Zimmermädchen? Ob Mildreds Leiche wohl dort drinnen war? Nicht sehr wahrscheinlich, aber es war ein ideales Versteck für mich, konnte ich von dort aus doch jeden beobachten, der vielleicht auf den Gedanken kam, Mildreds Leiche da abzuholen, wo sie verstaut worden war.

Ich holte die Flasche Brandy aus meinem Zimmer und machte es mir in der Kammer zwischen den Mops, Eimern und Scheuermitteln so bequem wie möglich, wobei ich die Tür ein klein wenig offenließ. Ich wartete, nippte an meinem Brandy. Um halb drei unterdrückte ich den starken Drang, in Gesang auszubrechen.

Um drei hatte ich die Flasche ausgetrunken und dachte über eine Rückkehr in mein Zimmer nach, als ich das hohe Quietschen von Rädern vernahm und sah, wie Eddie auf der Bildfläche erschien – er schob eine Handkarre vor sich her, auf der eine große Seekiste ruhte. Er rollte sie den Korridor entlang bis zu einer Tür, die er öffnete, um dann darin zu verschwinden.

Ich wartete zehn Minuten, fünfzehn, zwanzig. Was mochte ihn so lange aufhalten?

Schließlich öffnete sich die Tür wieder und Eddie erschien, schob die Handkarre mit der Seekiste heraus, auf der Mildreds zwei Koffer lagen.

Ich machte die Tür der Besenkammer auf und trat hinaus, torkelte nur leicht. »Ha, wollen Sie auch nur einen Augenblick lang leugnen, daß eine Leiche in der Kiste liegt?«

Eddie wurde erst bleich und seufzte dann. »Ich leugne

es nicht, aber ich muß mit meinem Bruder reden, der erledigt das Denken für uns beide.«

»Schön«, sagte ich förmlich, »Sie können das Telefon in meinem Zimmer benutzen.«

Eddie rollte seine Fracht in mein Zimmer und benutzte das Telefon. Er wischte sich die Stirn ab. »Mein Bruder wird gleich da sein.«

Ich verschränkte die Arme. »Sie haben meine Frau ermordet, weil sie Sie bei dem Versuch erwischt hat, unser Zimmer auszuplündern.«

Eddie blickte verletzt drein. »Ich hab nicht geplündert. Nur geguckt. Ich bin jetzt schon seit sechs Jahren sauber und hab Frau und drei Kinder. Ich klaue nichts mehr, aber das Hobby hab ich schon noch.«

»Hobby?«

»Ich sehe das Zeug von Leuten durch und stelle mir vor, wieviel ich davon stehlen *könnte*, wenn ich wollte. Aber das ist alles bloß theoretisch. Im letzten Jahr hätte ich über vierzig Riesen haben können, aber ich hab nie was genommen.«

»Aber meine Frau hat Sie erwischt und *gedacht*, Sie wollten was stehlen?«

Er nickte niedergeschlagen. »Sie ist auf mich losgegangen, schwang diese Handtasche, und ich duckte mich. Sie blieb mit dem Absatz an irgendwas hängen und fiel hin. Ihr Kopf schlug auf dem Aschenbecher auf, der auf dem Nachttisch stand, und zerhaute ihn glatt in zwei Teile. Den Aschenbecher, meine ich. Tat ihrem Kopf aber auch nicht gut. Immerhin war es ein schneller Tod, Sir. Sie mußte keine Schmerzen erleiden, das kann ich Ihnen versichern.«

»Warum haben Sie sich nicht einfach verdünnisiert? Wozu dieser ganze Hokuspokus?«

»Fingerabdrücke«, sagte Eddie. »Selbst wenn die Polizei zu der Ansicht gelangen würde, das Ganze sei ein Unfall gewesen, würde sie die Sache immer noch als Routinefall behandeln und im ganzen Zimmer nach Fingerabdrücken suchen. So für alle Fälle. Und meine waren ja überall. Wie hätte ich das denen erklären sollen? Ich, ein Ex-Knacki? Ich hatte keine Handschuhe an, weil ich ja nix klauen wollte, wieso also Umstände machen? Ich hinterließ Fingerabdrücke sogar an Stellen, an die ich mich selbst überhaupt nicht mehr erinnern konnte, und deshalb hatte es gar keinen Zweck zu versuchen, sie wegzuwischen. Ich erzählte meinem Bruder, was passiert war, und wir kamen zu dem Ergebnis, daß gar nichts anderes übrigblieb, als die Leiche loszuwerden, damit niemand auch nur an Mord denken würde.«

»Aber warum auch das Gepäck wegschaffen?«

»Weil, als sie hinfiel, Blut auf die Koffer kam. Sie hat nicht sehr geblutet. Nur auf die Koffer, von denen einer offen war, und auf eine Decke, die auf dem Fußboden ausgebreitet lag. Das mußten wir also auch alles loswerden. Und wir wußten, daß die Polizei, wenn sie wegen Ihrer vermißten Frau ermitteln und herausfinden würde, daß auch ihre *leeren* Koffer weg waren, eine Menge Nachforschungen anstellen würde, weil Leute einfach nicht mit leeren Koffern verschwinden. Das bedeutete, daß wir auch den ganzen Rest ihrer Sachen zusammenpacken mußten. Wir kamen zu dem Schluß, daß es das allerbeste sei, so zu tun, als wäre sie nie hier gewesen, da würde dann unser Wort gegen Ihres stehen.«

»Wäre es nicht einfacher, wenn Sie und Ihr Bruder schlicht sagen würden, sie beide hätten sie das Hotel verlassen sehen? Mit ihrem Gepäck?«

»Daran haben wir auch gedacht, aber irgend jemand hätte ihr ja das Gepäck nach unten tragen müssen, und der Portier hätte ihr ein Taxi rufen müssen. Und die kleinen Läden in der Halle waren schon offen, und diese Leutchen haben scharfe Augen. Eine Menge Leute hätten sich dann erinnern müssen, sie gesehen zu haben. Wie Sie schon sagten, sie war grobknochig und so was alles und schwer zu übersehen.«

»Was wollten Sie mit der Leiche meiner Frau machen?«

»Mein Bruder hat da im Norden so ein Stückchen Land mit 'nem ausgetrockneten alten Brunnen drauf. Wir dachten, wir schmeißen sie da rein und füllen ihn einfach bis oben mit Erde. Niemand würde je was erfahren.«

Es klopfte an der Tür, und ich ließ Hames ein.

Er blickte sich schnell im Zimmer um, erblickte die Kiste und sah dann seinen Bruder an. »Was hast du ihm erzählt?«

Eddie räusperte sich. »Praktisch gar nichts.«

Hames rieb sich die Hände. »Da wollen wir doch mal sehen. Was haben wir denn nun hier? Sie, Mr. Dodson, haben beim Empfang angerufen. Sie baten darum, daß man Ihnen eine Seekiste aufs Zimmer schickt. Eddie brachte sie rauf. Sie sagten ihm, er solle in zwanzig Minuten wiederkommen. Das tat er. Sie trugen ihm auf, die Kiste in den Keller zu schaffen, dort würden Sie sie später abholen lassen. Eddie bemerkte Blutflecken auf den Koffern.«

Hier drehte Hames die Koffer um, und dunkle Flecken wurden sichtbar. »Und der Gedanke an den ganzen faulen Zauber von wegen der verschwundenen Ehefrau ließ sofort den Verdacht in ihm aufkommen, daß da was nicht stimmt, weshalb er mich herbeirief. Und da bin ich. Sollen wir die Kiste aufmachen oder das lieber der Polizei überlassen?«

»Also, jetzt mal sachte«, sagte ich, wohl mit Recht erzürnt. »Sie werden mir das da nicht anhängen!«

Hames lächelte. »Warum nicht? Unser Wort steht gegen Ihres. Wir sind *zwei*, Sie sind nur *einer*.«

Ich hielt ihm entgegen: »Eddies Fingerabdrücke sind überall hier im Zimmer und wahrscheinlich auch auf den *Innenwänden* dieser Kiste. Wie wollen Sie *das* der Polizei erklären?«

Hames dachte ein Weilchen nach. »Schön und gut, Sir. Wenn Eddie und ich in den Knast müssen, dann nehmen wir Sie mit. Wir werden behaupten, daß Sie uns für den Mord an Ihrer Frau *angeheuert* hätten.«

Eddie sah ihn voller Bewunderung an. »So ist's. Wenn wir untergehen müssen, nehmen wir alle mit.«

Sie waren ganz offensichtlich gewillt, auch mich in den ganzen Schlamassel mit hineinzuziehen. Was hatten sie schließlich zu verlieren? Im Grunde genommen konnten sie sogar eine Menge gewinnen, wenn sie mit der Polizei zusammenarbeiteten und gegen mich aussagten.

Hames half uns mit einem Lächeln aus der Sackgasse heraus. »Auf der anderen Seite, Sir, warum müssen erwachsene Leute, wie wir es sind, überhaupt zur Polizei gehen? Wir alle *drei* könnten uns doch einen Haufen Scherereien ersparen, wenn...« Er zuckte die Achseln.

Ich seufzte – eine unangenehme Geschichte. Hames hatte da wohl nicht so ganz unrecht.

»Und was ist mit Eddies Kindern?« fragte Hames. »In Zukunft seiner Führung und seines Rates beraubt, werden sie wahrscheinlich zu Straftätern.«

Eddie wischte sich ein Auge.

Dieser letzte Hinweis wäre nun wirklich nicht nötig gewesen. Ich sah sie kalt an. »So sei's denn. Nehmen Sie die

Leiche und lassen Sie sie verschwinden. Was geschehen ist, kann nicht ungeschehen gemacht werden.«

Eddie machte sich zum Abtransport seiner Fracht bereit. »Ich entlade die Kiste in den Kombi und bringe sie dann für die Leiche Ihrer Frau wieder rauf, Mr. Dodson.«

Ich starrte ihn an. »In der Kiste ist gar nicht die Leiche meiner Frau?«

»Nein, Sir«, antwortete Eddie. »Ich wollte sie gerade in die Kiste packen, als der Mulligan aus dem Schrank rausgesprungen kam. Ich nehme an, er hatte zwei und zwei zusammengezählt, wie er immer behauptete, daß er das könnte, und mir dann aufgelauert. Was ihm vorschwebte, war aber nicht die Polizei. Es war vielmehr Erpressung. Er wollte uns alle drei erpressen.« Eddie hüstelte. »Ich hab da wohl noch einen Aschenbecher zerbrochen. In der Kiste ist Mulligan.«

Hames seufzte. »Es sieht so aus, als müßte ich mir jetzt auch noch einen Grund für Mulligans Verschwinden ausdenken. Nun, ein Fehlbetrag in der Hotelkasse sollte es wohl abdecken.«

Als die beiden gingen, gab ich Eddie fünf Dollar. Normalerweise bin ich nicht für allzu großzügig bemessene Trinkgelder, aber es gibt einfach Ausnahmen.

Und dann rülpste ich von Herzen und ging zu Bett.

Diese Russin!

Ah, wie gut Nadja doch laufen konnte – wie eine Gazelle, wie eine Antilope – wenigstens zehn Sekunden lang! Und Mariska ebenfalls.

Was mich angeht, so setze ich mein ganzes Gewicht ein – beim Hammerwerfen.

Ich stehe auf dem Oberdeck von diesem russischen Schiff, das zu einem sportlichen Wettkampf in den Vereinigten Staaten unterwegs ist, esse ein Sandwich und sehe dabei den Russen bei ihrer Massengymnastik zu, vor und zurück, nach rechts und nach links, hoch und runter.

Es ist nicht so, daß wir Ungarn etwa nicht trainierten. Nein, aber wir gehen die Sache individueller an. Wir mögen keine laute Stimme auf einem Podest, die uns sagt, was wir machen sollen – und erst recht nicht auf russisch.

Ich beobachte die Frauengruppe unter mir und die überwältigende Anzahl stämmiger Beine, aber Nadja hat keine stämmigen Beine. Ihre sind lang, und es läßt sich auf einen Blick erkennen, daß Nadja laufen kann und wahrscheinlich muß, denn sie hat glänzendes Haar und veilchenblaue Augen, und man denkt bei ihrem Anblick eher an Ballett als an die Aschenbahn.

Mariska tritt neben mich. »Na, beobachtest du mal wieder die Nadja?« erkundigt sie sich. »Diese *Russin*?«

Mariska ist die schnellste Frau ganz Ungarns. Und sie ist auch die Schnellste bei Wettkämpfen in Polen und Italien. In Westdeutschland und Frankreich jedoch kommt sie beim 100-Meter-Sprint erst als zweite hinter Nadja ins Ziel.

Es ist offenkundig, daß Mariska sehr eifersüchtig auf Nadja und ihr Laufen ist, zumindest fünfzig Prozent der Zeit. Und ihre zusammengekniffenen Augen vermitteln mir den Eindruck, daß die beiden die Sache in Amerika zu einem endgültigen Abschluß bringen werden.

»Wir hätten uns in Deutschland oder Frankreich absetzen sollen«, sagte Mariska. »Oder auch in Italien.«

Ich schüttele den Kopf. »Nein, Mariska. Da unser höchstes Ziel nun mal die Freiheit Amerikas ist, zahlt es sich da nicht aus, bei der Mannschaft zu bleiben, bis sie dort ist? Auf diese Weise kommen wir zu einer kostenlosen Reise.«

Wir bemerken, daß sich Boris Wolakow zu uns gesellt hat.

Boris ist ein höchst unpopulärer Mann. Er ist der Kommissar des russischen Teams und trägt außerdem die Gesamtverantwortung für diese Reise. Es geht das Gerücht um, daß seine ungnädigen Berichte an dem Verschwinden eines Hochspringers, eines Langstreckenläufers und eines Dreispringers schuld sind.

»Nehmen Sie morgen abend an der All-Nation-Freundschaftsparty teil?« erkundigt er sich.

Wir sprechen mit den Russen immer Englisch. Das ist eine schöne Sprache, und außerdem irritiert es unsere russischen Freunde.

»Es tut mir leid«, antwortet Mariska, »aber ich habe mich erkältet.«

»Und ich habe diese Probleme mit meinen Nebenhöhlen. Es braucht immer achtundvierzig Stunden, um das auszukurieren.«

Boris lächelt wie ein Hai und ist nicht im geringsten beunruhigt. »Ich habe mit den Leitern aller nationalen Gruppen gesprochen, und sie werden dafür sorgen, daß medizinische Probleme dieser Art bis zur Party behoben sind.«

Er besieht sich Mariska von oben bis unten. »Ich habe die Ungarn schon immer bewundert. Ich war mal eine Zeitlang in Budapest.«

»O ja?« sagt Mariska mit großer Liebenswürdigkeit. »Als Tourist?«

Er räuspert sich. »Nicht ganz.«

In diesem Augenblick ist die Gymnastik auf dem Deck unter uns beendet, und die Gruppe wird entlassen.

Boris entschuldigt sich und geht zu der eisernen Treppe, die zu den unteren Decks hinabführt.

Nadja blickt hoch und sieht ihn herabkommen. Sie geht sehr ungezwungen und doch entschlossen davon.

Es ist interessant, aus meiner Höhe diese Verfolgung und dieses Ausweichen, diese Blicke über die Schulter zurück, diese Beschleunigung des Schritts, diese Abfolge von abrupten Wendungen nach rechts und links, um Rettungsboote und Luftschächte herum, zu beobachten.

Ich studiere die Lage und sehe, daß Nadja am Ende doch gestellt werden wird – denn dieser Boris ist trickreich und vorausschauend.

»Ich denke, ich gehe mal runter«, sage ich zu Mariska.

Sie sieht mich an, sagt aber nichts.

Ich steige die Treppe hinunter, und nach fünf Minuten gelingt es mir, Nadja abzufangen. »Hier entlang«, sage ich und fasse sie am Arm.

»Oh«, sagt Nadja, »Sie sind's wieder«, denn wir haben uns schon vorher, und zwar sooft es mir gelungen war, eine entsprechende Gelegenheit herbeizuführen, getroffen und unterhalten.

Sie folgt mir, um sich mit mir hinter eine Winsch zu kauern, und dort warten wir. Bald schon kommt Boris vorbei, das gelbe Funkeln der Hatz noch in den Augen.

Nadja holt tief Luft. »Bisher hat mich immer irgendwas gerettet, aber langsam geht mein Vorrat an Wundern und Ausflüchten zu Ende.«

»Wozu braucht es eigentlich Ausflüchte?« frage ich. »Genügt nicht ein schlichtes, aber direktes ›Nein‹?«

Sie sieht mich an, als wäre ich ein Kind. »Das Leben ist nicht immer derart einfach. Boris ist ein Mann, der großen Einfluß hat.«

»Ja, ja«, sage ich weise. »Ich habe gehört, daß er drei Männer nach Sibirien geschickt hat.«

Sie lächelt, aber gezwungen. »Das waren keine Männer, und sie wurden nicht nach Sibirien geschickt. Wir sind, was die Behandlung unserer Athleten angeht, nicht mehr so primitiv. Es handelte sich um Frauen, die ›Nein‹ gesagt haben, und sie wurden schlicht und einfach aus der Mannschaft ausgeschlossen. Heute machen sie mit Vorschulkindern Gymnastik, und zwar in Kandalakscha, das liegt mal eben jenseits des Polarkreises, aber noch in Europa.«

»Nadja«, sage ich, »Frankreich ist ein schönes Land und frei... natürlich auf eine kapitalistische Art und Weise..., und das gilt auch für Westdeutschland und Italien. Warum haben Sie nicht in einem dieser Länder um Asyl gebeten? Es ist doch nicht wahrscheinlich, daß Ihnen Boris dann noch länger nachgestellt hätte.«

Sie schüttelt den Kopf. »Nein, so etwas könnte ich nicht tun.«

»Sie haben Verwandte in Rußland, die man dann liquidieren würde?«

»Wir liquidieren keine Verwandten mehr«, sagt sie steif.

»Ich möchte nur die Mannschaft nicht verlassen. Es ist eine große Ehre, ihr anzugehören, und ich möchte darauf nicht freiwillig verzichten.«

Ich spüre Wut in mir hochsteigen. »In der Mannschaft zu bleiben ist Ihnen also wichtiger als Ihre Ehre?«

Sie sah eisig geradeaus. »Ich würde es durchaus vorziehen, beide zu behalten.«

Sie denkt weiter über das Thema Boris nach. »Er ist der Kommissar der Sportler«, sagt sie bitter, »aber was Sport wirklich heißt, das muß er wohl erst noch lernen. Er ist habgierig und opportunistisch. Er hängt sein Mäntelchen nach dem Wind ... er ist immer da, wo es am leichtesten ist, wo er am meisten für sich herausschlagen kann. So ist er auch zu seiner jetzigen Stellung gekommen, nachdem er als Bewacher der Sportleruniformen angefangen hatte. Ich glaube, er war in Rußland auch in Schwarzmarktgeschäfte verwickelt, aber immer zu schlau, um erwischt zu werden.«

Ich reibe mir das Kinn. Mir ist der Spruch eingefallen, der besagt, daß, wenn der Berg nicht zum Propheten kommt, der Prophet zum Berg gehen muß. »Verzweifeln Sie nicht«, sage ich. »Ich werde mich mit diesem Problem befassen.«

An diesem Abend sitze ich im Speisesaal bei Boris am Tisch – das bereitet weiter keine Schwierigkeiten, denn dort ist immer Platz – und frage ihn beim Tee: »Sind Sie schon mal in New York gewesen?«

»Nein«, antwortet Boris. »Ich weiß gar nichts über Amerika, nur, daß dort die Armen von den Reichen ausgebeutet werden.«

»Wie wahr!« sage ich und seufze. »Es ist ein Jammer, aber ich werde meinen Cousin Stefan nicht besuchen können, wenn wir dort sind. Er ist nämlich einer von diesen reichen Ausbeutern.«

Boris ist interessiert. »Reich? Aber warum können Sie ihn nicht besuchen?«

Ich lächle traurig. »Weil er ein Überläufer ist, und als loyales Mitglied der Partei möchte ich nun wirklich nicht in seiner Gesellschaft gesehen werden. Er ist vor zwei Jahren aus Ungarn geflohen.«

In Boris' Kopf hat sich ein Gedanke festgesetzt. »Ein *reicher* Überläufer? Bevor er sich abgesetzt hat, ist es ihm da irgendwie gelungen... äh... Geld auf ein Schweizer Konto zu transferieren? Hm?«

»Nein«, erwidere ich. »Als Stefan in Amerika ankam, besaß er keinen Penny.«

Boris überlegt. »Er hat sich erst vor *zwei* Jahren abgesetzt, aber *heute* ist er ein reicher Mann?«

Ich nicke. »Er hat einen großen Besitz in Hoboken, einen Swimmingpool, zwei Limousinen, drei Geliebte und acht Pferde.«

Boris ist beeindruckt. »Drei? Aber wie ist es dazu gekommen?«

»Das geht alles auf das Konto seines Agenten, der den seltsamen amerikanischen Namen John Smith trägt. Dieser John Smith brachte Stefan dazu, seine Erfahrungen in einem Buch festzuhalten, und das wurde dann ein Bestseller. Und bald wird es auch verfilmt werden, woran Stefan mit zehn Prozent beteiligt wird.«

Boris ist verwirrt. »Aber es gibt doch zigtausend Überläufer. Die werden wohl nicht alle ein Buch schreiben und erwarten, damit einen Haufen Geld zu machen?«

»Natürlich nicht«, sage ich. »Aber Stefan war ein bedeutender Mann hinter dem Eiser...« – ich räuspere mich –,

»in unserem Land. Er war Kommissar und hatte das Fejer Institut für Bauwesen unter sich. Vielleicht haben Sie von seinem Buch gehört? *Ich war Kommissar für das FBI*?«

Boris runzelt die Stirn. »Irgendwie kommt mir das bekannt vor.«

»Die Leute sind sehr an Stefan interessiert«, fahre ich fort. »Es fehlt in Amerika an Kommissaren, denn sehr viele laufen nicht über. Sie wissen einfach, wie gut sie's haben.«

Boris pflichtet mir bei. »Gut ja, aber Reichtümer? Nein.« Er machte ein betont desinteressiertes Gesicht. »Der Agent, dieser John Smith, wo lebt denn dieses Kapitalistenschwein?«

»In Chicago, in einem Haus in der State Street. Wahrscheinlich steht sein Name im Telefonbuch.«

Als ich mich erhebe, um zu gehen, denkt Boris immer noch über meinen Cousin Stefan nach, den es gar nicht gibt.

Am Abend der Freundschaftsparty zieht plötzlich dichter Nebel über dem Meer auf, und das Schiff ist gezwungen, seine Fahrt so weit zu verlangsamen, bis es schon fast steht, und immer wieder mit den Nebelhörnern zu tuten. Trotzdem kommt es mit vielen Schiffen fast zu Zusammenstößen, denn wir sind jetzt nicht mehr weit von New York entfernt, und der Verkehr auf den Schiffahrtsstraßen ist sehr dicht.

Im Speisesaal stelle ich fest, daß man Nadja, Mariska und mich zu Boris an den Tisch gesetzt hat.

Er spricht kaum. Die meiste Zeit ist er mit sich selbst beschäftigt, und er trinkt sehr viel.

Es ist ein stinklangweiliger Abend – bis ungefähr zehn Uhr, als in der Bar unter den vereinten Tschechoslowaken ein Tumult ausbricht. Die Tschechen und die Slowaken fangen an, sich zu prügeln, und die Rumänen schauen zu und lächeln.

Als die Ordnung wiederhergestellt ist, bemerke ich, daß Boris sein vormaliges Nachdenken aufgegeben hat und jetzt Nadja anschaut.

Seine Zunge ist von den vielen Drinks schwer geworden. »Nadja, wir, also du und ich, wir wollen mal einen Spaziergang an Deck machen.«

»Nein«, sagt Nadja, »der Nebel ist schlecht für meine Stimmbänder.«

»Du bist doch keine Sängerin«, erwidert Boris schroff und funkelt sie an. »Wie würde es dir behagen, Vorschulkinder in Gymnastik zu unterrichten?«

Die Band fängt wieder an, Tanzmusik zu spielen, und ich schleppe Nadja sofort zur Tanzfläche ab.

»Nadja«, sage ich, »dies ist nicht der Augenblick, um das Kind mit dem Bade auszuschütten. Sie müssen Boris jetzt mal entgegenkommen.«

Sie ist entsetzt. »Sie, ausgerechnet Sie, sagen mir *das*?«

Ich erkläre es ihr in aller Eile. »Ich meine ja nur für diesen Spaziergang auf dem nebligen Deck. Es kann Ihnen nichts passieren, denn ich glaube, er hat viel zuviel getrunken, um gefährlich werden zu können. Ich frage mich sogar, ob er überhaupt noch gehen kann.«

Sie sieht mich forschend an. »Was haben Sie vor, Janos?«

Ich lächle. »Ich habe einen schlauen Plan, und den verrate ich Ihnen, wenn er funktioniert. Ich denke, daß Sie Boris schon bald nicht mehr wiedersehen werden.«

Als wir an den Tisch zurückkehren, ist Nadja freundlicher, und wenig später stehen sie und Boris auf und gehen zur Tür. Er hält sich besser auf den Beinen, als ich gedacht habe, und deshalb fange ich an, mir Sorgen zu machen.

Schließlich erhebe auch ich mich und gehe hinaus in den Nebel. Ich zögere. Wo sind sie wohl hin? Nach rechts oder nach links? Ich lausche, kann aber nichts hören.

Ich wende mich nach rechts, und nach ein paar Schritten laufe ich in zwei Leute hinein, die sehr dicht beieinanderstehen. Ich erkenne in dem Mann einen tschechischen Hochspringer und in der Frau eine rumänische Turnerin, was im Augenblick keine gute Politik ist, aber das scheint den beiden egal zu sein.

»Verzeihung«, sage ich. »Ist hier vor kurzem jemand vorbeigekommen?«

Der Mann starrt mir ins Gesicht und ist erleichtert darüber, daß ich kein Kommissar bin. »Nein«, sagt er, »nicht, soweit wir's bemerkt haben.«

Ich gehe in die entgegengesetzte Richtung, stoße mich gelegentlich an Gegenständen und lausche. Alles, was ich hören kann, ist das Aufstöhnen der Nebelhörner nah und fern, und wenn kein Tuten zu hören ist, kommt es mir so vor, als befände ich mich in einem Vakuum der Stille. Ich komme gerade zu dem Schluß, daß ich letztlich wohl doch in die falsche Richtung gelaufen bin, als ich den Ansatz zu einem Schrei vernehme. Er wird vom Nebel gedämpft, und doch habe ich den Eindruck, daß er nicht sehr weit von mir entfernt ausgestoßen worden ist.

Ich haste sofort weiter, und schon nach wenigen Metern treffe ich auf Boris und Nadja und sehe, daß er weit weniger betrunken ist, als ich geglaubt habe. Als mir klar wird, was da droht, kommt der Zorn in mir hoch, und ich vergesse alles über Propheten und Berge. Ich stoße einen nationalistischen Kriegsruf aus und springe vor.

Boris ist von meinem Auftauchen aus dem Nebel einigermaßen überrascht, ist es aber noch weit mehr, als ich ihn sogleich an einem Arm und einem Bein packe, im Kreis schwinge… einmal… zweimal… und dann loslasse.

Es ist ein großer Wurf, vielleicht sogar Weltrekord für diese Art von Wettkampf. Boris und sein Schrei fliegen durch eine dünne Stelle im Nebel und über die Reling.

Nadja tritt zu mir, und wir schauen in das wabernde weißliche Grau, das das Wasser verbirgt.

»War das dein schlauer Plan?« fragt sie.

»Nein«, sage ich traurig, »zwischen Lipp' und Schiffes Rand schwebt der dunklen Mächte Hand, oder so ähnlich.«

Wir schweigen jetzt, und ich bemühe mich, über die mißliche Lage nachzudenken.

»Nadja«, sage ich schließlich, »ich werde mich stellen und ein Geständnis ablegen. Ich werde sagen, daß du nicht hier warst. Daß es sich um eine persönliche Auseinandersetzung gehandelt hat.«

»Unsinn«, erwidert Nadja. »Da niemand herbeigeeilt ist, hat der Nebel den Schrei offenbar so gedämpft, daß er nicht gehört worden ist. Wir gehen einfach weg. Boris ist halt verschwunden, und wir wissen von gar nichts.«

»Aber man hat dich gesehen, wie du mit ihm zusammen den Ballsaal verlassen hast«, sage ich. »Man wird Fragen stellen. Und es gibt keinen Obersten Gerichtshof, der das Geständnis verwerfen könnte, das notgedrungen folgen muß.«

Nadja macht einen anderen Vorschlag. »Wir werden sagen, daß es ein Unfall war, den wir beide gesehen haben. Boris ist ausgerutscht und über Bord gefallen.«

Ich schüttele den Kopf. »Ich fürchte, man wird uns nicht glauben. Es gilt als allgemein ausgemacht, daß Kommissare nicht durch Unfälle zu Tode kommen.«

Wir schweigen erneut, und dann seufze ich. »Ich mache mir meinetwegen keine Sorgen, Nadja. Wenn keiner den Schrei gehört hat, dann glaube ich nicht, daß man Boris vor morgen vermissen wird, und bis dahin sind wir in New York angekommen. Bis in die Freiheit ist es dann nur noch ein Sprung oder ein kurzer Sprint.«

Sie sieht mich mit großen Augen an. »Willst du dich absetzen?«

»Ja«, antworte ich. »Wir haben das schon lange vor.«

Die großen Augen werden schmal. »Wir? Wer ist wir?«

»Mariska und ich.«

Sie preßt die Lippen zusammen. Es ist eigenartig, wie eifersüchtig diese beiden Sportlerinnen aufeinander sind – nur wegen ihres Lauftalents. Unter Männern herrscht doch mehr Sportsgeist.

»Amerika ist ein großes Land«, sage ich. »Es ist groß genug für *zwei* hervorragende Läuferinnen.«

»Das bezweifle ich«, sagt sie, seufzt jedoch. »Ich glaube aber nicht, daß ich noch eine andere Wahl habe.«

Wir kommen am folgenden Morgen bei klarem Wetter im Hafen von New York an. Schon bald gehen wir die Gangway hinunter, während der Schiffslautsprecher Boris auffordert, sich bei seinem Kader einzufinden.

Es geht das – von Nadja und mir in die Welt gesetzte – Gerücht um, daß Boris zuviel getrunken hat und in irgendeinem Winkel des Schiffes eingeschlafen ist.

Wir betreten amerikanischen Boden, ohne daß es Schwierigkeiten gibt, und werden in unser Hotel gebracht.

Mir wäre es – wie übrigens Nadja und Mariska auch – lieber, wenn wir erst an dem Sportfest teilnehmen und dann abhauen, aber ein Hinauszögern könnte durchaus verhängnisvoll sein. Deshalb treffen wir drei uns bei der ersten sich bietenden Gelegenheit, gehen zum nächsten Polizeirevier und bitten um politisches Asyl.

Das ist etwas, was ich niemals bereut habe, und drei Monate später – bei meiner Hochzeit – treffe ich Bela wieder, einen Stabhochspringer aus unserer Mannschaft, der sich ebenfalls abgesetzt hat, aber erst nach dem Wettkampf. Er hat davon gehört, daß ich zu heiraten beabsichtige, und will dem Ereignis beiwohnen.

Wir schütteln uns die Hände, und er lächelt. »Du warst das also, der Boris über Bord geschmissen hat«, sagt er.

Vielleicht werde ich ein bißchen blaß, denn wenn das an die Öffentlichkeit gelangt, bin ich ruiniert. Die Amerikaner würden keinen Mörder decken, selbst dann nicht, wenn das Opfer ein Russe ist. »Hast du den Vorfall beobachtet?« frage ich schnell.

Er schüttelt den Kopf. »Nein. Aber ich habe gerade gehört, daß Boris selbst behauptet, so sei es passiert.«

Ich sehe ihn bestürzt an. »Boris Wolakow lebt?«

Bela lächelt. »Du hast ihn just in dem Moment über Bord geworfen, als ein kleiner Frachter im Nebel vorbeiglitt, und Boris landete unbemerkt auf der Leinenabdeckung eines Rettungsbootes. Die Tiefe seines Sturzes raubte ihm jedoch für etwa eine halbe Stunde das Bewußtsein.«

Ich atme erleichtert auf.

Bela fährt fort: »Als Boris zu sich kam und feststellte, daß er noch am Leben war und sich auf einem fremden Schiff befand, eilte er schnurstracks zum Kapitän auf die Brücke und erklärte diesem, er sei ein politischer Flüchtling, wolle im Westen bleiben und außerdem ganz schnell ein Funktelegramm an einen Mr. John Smith in der State Street in Chicago schicken.«

Ich seufze. »Dann ist Boris jetzt also in Amerika?«

Bela lächelt erneut. »Nein. Zum Unglück von Boris stellte sich das Schiff, auf das du ihn geworfen hast, als russischer Frachter heraus.«

Es war eine erfolgreiche Hochzeit. Ich war eine gutaussehende Erscheinung, und Nadja, meine Braut, sah wunderschön aus.

Als Brautjungfer fungierte natürlich Mariska, meine Schwester.

Warte auf mich

Es ist nicht so, daß ich dich loswerden möchte, Ken«, sagte meine Mutter. »Aber warum heiratest du nicht endlich? Ich würde so gerne das fröhliche Kinderlachen meiner Enkel hören.«

Ich trank meine letzte Tasse Frühstückskaffee und behielt die Uhr im Auge. »Na schön, wie wär's mit morgen? Oder ist das der Tag, an dem du bügelst?«

»Das kann ich immer einen oder zwei Tage aufschieben.«

»Und was das Thema Enkelkinder angeht«, sagte ich, »so hast du schon fünf. Nimmst du an irgendeinem Wettbewerb teil, oder was?«

»Du bist nun mal das einzige meiner Kinder, das rote Haare hat. Ich würde so gern wissen, ob sich das vererbt oder nicht.«

Ich trank meinen Kaffee aus. »Wer hat meine Aktenmappe geklaut? Keiner verläßt den Raum! Ich denke, ich werde Diana Wilson heiraten. Sie ist hübsch, aber nicht nur das, sie ist auch mit dem Chef verwandt.«

»Diana ist wirklich ein so nettes, so prächtiges Mädel. Die Aktenmappe liegt auf dem Eßzimmertisch. Nur keine Panik!«

Ich holte mir die Aktenmappe und kam in die Küche zurück. »Oder Jeanie Davis? Sie besitzt ein Motorboot. Wo ist mein Hut?«

»Ich habe ihn in den Schrank gelegt. Jeanie ist wirklich ein so nettes, so prächtiges Mädel.«

»Kein Wunder, daß ich ihn nicht finden konnte.« Ich holte meinen Hut und gab meiner Mutter einen Abschiedskuß. »Ich bin spät dran.«

»Bist du das nicht immer? Ich denke vor allem auch an Eileen Brady.«

»Eileen ist wirklich ein so nettes, so prächtiges Mädel. Wo ist die Tür? Laß nur gut sein, ich hab sie schon gefunden.« Bevor ich hinausging, drehte ich mich noch einmal um. »Aber sie hat doch pechrabenschwarzes Haar. Wie kannst du da rothaarige Enkelkinder erwarten?«

»Nicht bei allen, aber immer abwechselnd. Du wirst dich eben ranhalten müssen.«

Ich verließ unser Haus und blieb vor dem schmalen Weg stehen, der zum Hause der Bradys nebenan führte. Mrs. Brady stand am Fenster, und ich zeigte bedeutungsvoll auf meine Armbanduhr. Ich klopfte unruhig mit dem Fuß aufs Pflaster, bis ihre Tochter, den Mantelkragen schließend, aus dem Haus kam.

Ich faßte Eileen an der Hand. »Schneller«, sagte ich. »Schneller.«

Sie widersetzte sich meinem Ziehen und bremste mich, bis wir in ganz normalem Tempo dahingingen. »Du bist deinem Zeitplan ungefähr dreißig Sekunden voraus. Also laß uns gemütlich zur Bushaltestelle schlendern und dabei die frische Morgenluft genießen.«

»Ich warne dich! Wenn wir den Bus verpassen, mußt du das Taxi bezahlen. Du siehst heute hübsch und ausgeschlafen aus.«

Eileen war ein nicht sehr großgewachsenes Mädchen mit hellem Teint und tiefblauen Augen. »Es freut mich, daß du's bemerkt hast. Du fängst die Woche gut an. Darf ich so etwa am Freitag mit einem Antrag rechnen?«

»Erst, wenn ich eine Gehaltserhöhung bekommen habe. Oder auch zwei.«

»Darf ich dich darauf hinweisen, daß die Menschheit längst ausgestorben wäre, wenn die Leute immer gewartet hätten, bis sie sich die Heirat leisten zu können glaubten.«

»Du und Mutter!« sagte ich. »Aber ich werde dem Druck nicht nachgeben.«

Wir kamen ein paar Minuten vor dem Eintreffen des Busses bei der Haltestelle an. Eileen fuhr bis zur 78. Straße, wo sie in der Stevenson-Schule die Vorschulkinder betreut, während ich bis zur Baufirma Larson & Co. weiterfuhr, bei der ich eines Tages mehr als nur Buchhalter zu sein hoffte.

Als ich um sechs Uhr abends nach Hause kam, hängte ich Mantel und Hut in die Garderobe. Dann warfen mein Vater und ich eine Münze, wer die Sportseiten der Tageszeitung haben durfte, und ich verlor.

Ich marschierte mit dem Rest der Zeitung in die Küche. »Meine Puschen stehen nicht vor dem Sessel. Zähle ich nicht mehr?«

»Du vergißt mal besser deine Puschen und ziehst dich an. Du hast doch heute abend das Festessen deiner Gewerkschaftsgruppe. Es ist irgendein Jubiläum, und du hast im vergangenen Monat zwei Karten dafür gekauft. Natürlich hast du's total vergessen.«

»Oh!« sagte ich und rieb mir das Kinn, während ich mich zu erinnern versuchte. »Ich denke, wo ich die Karten nun schon habe, kann ich auch hingehen. Ich lauf mal eben rüber und sage Eileen Bescheid, daß sie mitgehen soll.«

Meine Mutter blickte erst einen Augenblick lang mich an, dann die Uhr. »Ich bin sicher, daß sie diese kurzfristige Benachrichtigung zu schätzen wissen wird.«

Ich ging pfeifend nach nebenan und klingelte. Mrs.

Brady öffnete mir und führte mich ins Wohnzimmer, wo sich Eileen mit einem großen Mann unterhielt, dessen Haar fast so rot war wie meines.

»Chad Hendricks«, sagte Eileen, uns miteinander bekannt machend. »Ken Stacy, der Junge von nebenan.«

Ich forschte in ihrem Gesicht nach einer Andeutung, was sie wohl damit gemeint haben könnte, und dann tauschten Hendricks und ich einen kräftigen Händedruck. »Guten Abend«, sagte ich. Dann wandte ich mich an Eileen. »Ich habe zwei Karten für das Gewerkschaftsfest heute abend. Aber du mußt dich beeilen. Sie fangen um acht an aufzutragen.«

Eileen lächelte mich sanft an. »Tut mir leid, Ken, aber Chad hat mich für heute abend ins Kino eingeladen.«

Ich musterte ihn von Kopf bis Fuß und räusperte mich. »Tja, dann wünsche ich einen schönen Abend.« Ich winkte unbeschwert mit der Hand und setzte ein Lächeln auf. »Ich denke, da sehe ich mal lieber zu, daß ich loskomme.«

»Es war mir ein Vergnügen, einen Freund von Eileen kennenzulernen«, sagte Chad.

Ich blieb an der Tür zum Flur stehen. »Sag mal, Eileen, wie wär's mit einem Kinobesuch morgen abend? In der Stadt, versteht sich.«

»Sorry, alter Knabe«, sagte Chad, »aber morgen gehe ich mit Eileen ins Ballett.«

Es gelang mir zu lächeln, als ich jetzt ging.

Nach Hause zurückgekehrt überreichte mir mein Vater die Sportseiten. Ich fand meine Hausschuhe und versuchte zu lesen.

Meine Mutter kam ins Wohnzimmer und suchte nach Streichhölzern, um die Zündflamme des Küchenherdes wieder anzuzünden. Sie sah mich an und dann auf die

Hausschuhe hinunter. »Hm«, sagte sie, »eins zu null für Eileen.«

Die Zeitungsseiten machten eine Menge Lärm, als ich sie glattstrich. »Sie hat nicht abgesagt. Sie war nur schon verabredet.«

»Wie wär's mit Jeanie Davis, der Motorbootsbesitzerin, oder mit Diana Wilson, die deiner Karriere dienlich sein könnte?«

»Es ist zu spät.«

Meine Mutter fand eine Streichholzschachtel. »Das überrascht mich nicht.«

Ich sah sie finster an.

Sie zuckte die Achseln. »Sonntag nachmittag war's sehr schön, was hast du da gemacht?«

»Ich habe Golf gespielt«, antwortete ich laut und deutlich.

»Genau. Und Eileen hat bestimmt zu Hause gesessen und dein Foto angeschmachtet.«

»Wenn ich etwas nicht ausstehen kann, dann sind es andere Leute mit rotem Haar. Und dann auch noch Ballett, du meine Güte!«

»Macht's dir was aus, mein Sohn, wenn ich dein Augenmerk auf einen Charakterfehler lenke?«

»Das tut es, und ich bin dir weit voraus. Ja, ich nehme Dinge als gegeben hin.«

Am nächsten Morgen mußte ich nicht nach Hut und Aktenmappe fragen. Ich konnte mich genau daran erinnern, wohin ich sie verlegt hatte. Ich stand etliche Minuten zu früh vor Eileens Haus.

Als sie herauskam, hob sie eine Augenbraue. »Das ist aber ein eigenartiger Gesichtsausdruck. Fast so, als sähest du mich zum ersten Mal.«

»Ist auch so«, sagte ich. »Während ich hier so stand, fragte ich mich plötzlich, was ich wohl machen würde, wenn ich dich nicht täglich sehen könnte.«

Sie sah mich forschend an. »Du siehst müde aus.«

»Ich hab kein Auge zugetan. Ich dachte immer, ich wäre zu Schlaflosigkeit gänzlich unfähig, aber ich konnte nicht schlafen. Ich hab die Zeit zum Nachdenken genutzt.«

Als wir uns in Bewegung setzten, klopfte sie mir auf die Schulter. »Ich hoffe nur, du hast dir keinen dauerhaften Schaden zugezogen.«

»Dieser Chad Hendricks…«

»Er unterrichtet auch an der Stevenson-Schule. Wir gehen oft zusammen zum Mittagessen.«

»Solltest du auf den törichten Gedanken gekommen sein, mich eifersüchtig zu machen, dann ist das danebengegangen.«

Sie lächelte. »Wirklich?«

Ich brachte sie dazu stehenzubleiben und nahm ihre beiden Hände in die meinen. »Nein, ist es nicht. Du sagst um Hendricks' Gesundheit willen die Verabredung heute abend besser ab. Ich werde mit einem Putter vor deiner Tür stehen. Vielleicht sogar mit dem Eisen Nr. 2.«

Ich sah ihr in die Augen.

»Eileen«, sagte ich, »du bist eine sehr schöne Frau, und du könntest heiraten, wen immer du willst.«

»Kann ich das?« fragte sie schnell.

»Wenn du es willst.«

»Ja«, sagte sie. »Ich will dich heiraten.«

Nach einer Weile trat sie zurück, um Luft zu holen, und sagte: »Wenn wir so weitermachen, verpassen wir noch unseren Bus.«

Wir machten so weiter – und wir verpaßten unseren Bus.

Vier für ein Alibi

So ging das doch wirklich nicht! Da lag Onkel Hector mitten auf dem Teppich der Bibliothek in einer Blutlache und hielt einen Revolver in der rechten Hand.

Ich hatte oben im Bett gelegen, war aber noch wach gewesen, als ich den Schuß hörte. Ich war sofort in den unteren Teil meines Schlafanzuges geschlüpft und hinuntergegangen, um nachzuschauen, was da los war.

Im Erdgeschoß angekommen hatte ich erst eine Reihe von Türen geöffnet, bis ich schließlich in der Bibliothek das Licht angeknipst und Onkel Hector dort so ganz und gar tot aufgefunden hatte.

Nein, so ging das nicht.

Mein Cousin Clarence und ich, wir sind die Erben meines Onkels, dessen Nachlaß ich auf einen Wert von ungefähr zwei Millionen veranschlage, und ich vermochte in dieser Richtung keine Schwierigkeiten vorherzusehen.

Da war aber noch Onkel Hectors Lebensversicherung. Sie belief sich auf vierhunderttausend Dollar. Auch hier waren Clarence und ich die Begünstigten, aber sie würde natürlich bei Selbstmord automatisch verfallen.

Ich seufzte. Ja, es mußte alles danach aussehen, als ob Onkel Hector ermordet worden wäre.

Er war aus irgendeinem Grunde heruntergekommen – sagen wir mal, er hatte ein Geräusch gehört – und war über einen Einbrecher gestolpert, der prompt auf ihn geschossen und ihn getötet hatte.

Gut, das sollte wohl genügen – es war elegant, sauber und einfach.

Ich ging zu den Terrassentüren. Mit Hilfe eines Vorhangzipfels machte ich eine von ihnen auf und ließ sie einen Spaltbreit offenstehen. Die hereindringende Zugluft verriet, daß es draußen einigermaßen kühl war.

Ich nahm Onkel Hector den Revolver aus der Hand und runzelte die Stirn. Es war mein 38er Smith & Wesson! Ich hatte den Revolver noch an diesem Morgen zu Schießübungen im Wald hinter dem Haus benutzt.

Normalerweise reinige ich die Waffe nach dem Schießen und lege sie dann in den verschließbaren Gewehrschrank in meinem Zimmer. Ich hatte jedoch vorgehabt, am Nachmittag noch einmal hinauszugehen, und hatte sie deshalb bloß in eine Schublade meiner Kommode getan. Offenkundig hatte sich Onkel Hector, als ich gerade nicht da war, in mein Ankleidezimmer geschlichen und den Revolver an sich genommen.

Ich würde die Kanone natürlich verschwinden lassen müssen – ich mußte sie in einen Fluß oder ein sonstwie geeignetes Gewässer werfen.

Das würde ich morgen erledigen. Wenn ich jetzt den Versuch unternahm, eines der Autos aus der Garage zu holen, würde das garantiert einen der Bediensteten wecken, die in den darüberliegenden Wohnungen untergebracht waren.

Ich sah mich erneut im Zimmer um. Alles schien vollkommen in Ordnung zu sein.

Als ich ging, machte ich das Licht wieder aus und sorgte dabei dafür, daß alle Fingerabdrücke auf dem Schalter gründlich verwischt wurden.

Ich fand in einer Besenkammer hinten im Haus ein

Staubtuch und wischte damit auch die Fingerabdrücke vom Revolver ab.

Was sollte ich mit der Waffe bis morgen machen? Ich hielt es für sicherer, sie zu verstecken – und dies so weit von meiner Person entfernt wie nur irgend möglich.

Mein Blick fiel auf den in einer Ecke der Kammer stehenden Staubsauger. Ideal! Ich ließ den Revolver im Staubsack verschwinden.

Niemand sonst im Haus schien den Schuß gehört zu haben oder sich die Mühe zu machen, der Sache nachzugehen, obwohl Danvers und einige andere Dienstboten das zweite Obergeschoß bewohnten.

Sollte ich irgendeines der Familienmitglieder darüber unterrichten, was ich getan hatte? Nein, je weniger Menschen davon wußten, desto besser war es.

Außerdem war Cousin Clarence gar nicht in seinen Zimmern. Er war mal wieder aushäusig und bei einem seiner die ganze Nacht dauernden Kartenspiele.

Und Marian, Clarences Frau? Sollte ich sie wecken und ihr erzählen, daß Onkel Hector umgebracht worden war?

Nein. Ich zog, offen gestanden, den Gedanken vor, daß die Leiche erst am Morgen von einem der Bediensteten gefunden wurde und er oder sie dann Alarm schlug.

Ich begab mich wieder nach oben. Vor meiner Schlafzimmertür blieb ich stehen, um die Lage noch einmal zu überdenken. Dann zuckte ich die Achseln, ging hinein und zurück ins Bett.

Ich schlief unruhig. Als Danvers am Morgen mit ein paar frischgewaschenen Hemden nach oben kam, wartete ich auf eine mögliche Mitteilung, aber die Leiche war offensichtlich noch nicht entdeckt worden.

Nachdem ich geduscht und mich angekleidet hatte, ging

ich hinunter und setzte mich zu Marian an den Frühstückstisch.

»Ist Clarence schon nach Hause gekommen?« erkundigte ich mich.

Sie nickte. »Er kam um fünf oder so reingewankt. Natürlich schläft er noch.«

Marian ist ungefähr zehn Jahre jünger als ihr Mann und könnte als das genaue Gegenteil von Twiggy beschrieben werden. Sie verfügt über ein ausgeglichenes Naturell, ein großer Vorzug, wenn man mit jemandem wie Clarence zusammenlebt.

Sie nahm sich von dem Schinken. »Onkel Hector scheint sich heute morgen verspäten zu wollen.«

Ein durchdringender weiblicher Schrei ertönte im Flur.

Marian erschrak nur leicht. »Was war denn *das*?«

Ich lauschte einem zweiten und einem dritten Schrei, der letztere von ein wenig anderer Klangfarbe. »So ganz spontan würde ich sagen, daß es Schreie von einem oder mehreren Dienstmädchen sind.«

Danvers kam herein und überbrachte die Nachricht. »Sir, es sieht ganz so aus, als hätte eines der Dienstmädchen gerade die Leiche Ihres Onkels in der Bibliothek gefunden. Er scheint das Opfer eines Verbrechens geworden zu sein.«

Vor der Tür zur Bibliothek fand ich zwei Dienstmädchen mit bleichen Gesichtern und schreckgeweiteten Augen vor. Beide deuteten eindringlich auf die Tür.

Ja, Onkel Hector war noch immer dort, wenn auch ein wenig steifer als zu der Zeit, da ich ihn zum letzten Mal gesehen hatte.

Ich übernahm sofort das Kommando. »Hat irgend jemand irgend etwas angefaßt?«

»Nein, Sir«, sagte eines der Mädchen schnell. »Ich hab nur die Tür aufgemacht, und da lag er. Ich bin keinen einzigen Schritt da reingegangen.«

Ich nickte anerkennend. »Gut. Wir machen jetzt die Bibliothekstür wieder zu und rufen die Polizei an.«

Marian spähte über meine Schulter. »Wie können wir aber sicher sein, daß Onkel Hector wirklich tot ist? Vielleicht braucht er in irgendeiner Form Erste Hilfe?«

»Meine liebe Marian«, sagte ich, »ich habe in meinem Leben schon etliche Tote gesehen, und Onkel Hector ist einer von ihnen.«

Ich rief die Polizei an.

Nach sechs Minuten war ein Streifenwagen da. Die Beamten verschafften sich einen Überblick über die Lage und gingen dann zu ihrem Funkgerät zurück. Kurze Zeit später nahmen Leute von der Mordkommission und technische sowie medizinische Experten die Ermittlungen auf.

Marian, Danvers und ich warteten im Wohnzimmer, bis sich uns schließlich ein Lieutenant Spangler zugesellte, der das Sagen zu haben schien.

Er setzte sich. »Hat jemand von Ihnen den Schuß gehört?«

Marian, Danvers und ich gaben zu verstehen, daß dies nicht der Fall gewesen war.

Spangler nickte. »Pistolen und Revolver machen für gewöhnlich gar nicht soviel Lärm, wie die Leute immer glauben.« Er öffnete ein Notizbuch. »Also, da Ihr Onkel allem Anschein nach ermordet worden ist, hat ihn ganz offensichtlich irgend jemand ermordet.«

Ich pflichtete dem bei. »Zweifelsohne ein Eindringling. Ein Einbrecher oder so etwas. Der arme Onkel Hector hörte ein Geräusch und ging nachschauen. Der Einbrecher erschoß ihn und floh dann sofort, wahrscheinlich durch eine offenstehende Terrassentür.«

»Wahrscheinlich.« Spangler rieb sich nachdenklich die Nase. »Wieviel hinterläßt Ihr Onkel?«

Ich hielt eine derartige Frage bei einem so routinemäßigen Fall wie diesem eigentlich für unangemessen, antwortete jedoch: »Irgendwas um die zwei Millionen. Mein Cousin Clarence Hackett und ich sind die Haupterben.«

»Ihr Cousin Clarence?«

»Mein Mann«, erläuterte Marian. »Clarence liegt noch oben im Bett. Er fühlt sich nicht sonderlich gut.«

Spangler war voller Mitgefühl, blieb aber hartnäckig. »Sie glauben nicht, daß Sie ihn mal wecken könnten?«

Marian schicke Danvers nach oben, um Clarence zu wecken.

Spangler wandte seine Aufmerksamkeit wieder mir zu. »Ist in der Bibliothek irgend etwas angefaßt worden?«

»Absolut nichts. Der Raum ist noch nicht einmal betreten worden.«

»Wann haben Sie Ihren Onkel das letzte Mal lebend gesehen?«

»Ungefähr um halb neun. Da kam ich am Wohnzimmer vorbei, und er saß hier drin und sah fern.«

Marian nickte. »Ich bin gestern früh zu Bett gegangen … so etwa um neun Uhr. Er saß immer noch da, voll und ganz von einem Western in Anspruch genommen.«

Spangler schien einen Augenblick darüber nachzudenken. »Mir ist aufgefallen, daß in der Bibliothek der Lichtschalter der Deckenbeleuchtung ausgeknipst ist. Und es brennen auch sonst keine Lampen. Würde Ihr Onkel wohl im Dunkeln einem eigenartigen Geräusch nachgehen?«

So ein Mist, warum hatte ich bloß das Licht ausgeknipst,

als ich aus der Bibliothek gegangen war! Schiere Gewohnheit natürlich, aber das machte nun die ganze Sache recht heikel. »Er hat vielleicht versucht, den Eindringling zu *überraschen*«, sagte ich. »Deshalb hat er, versteht sich, nirgends Licht gemacht.«

»Wenn er diesen nächtlichen Besucher überraschen wollte, warum hatte er dann nicht irgendeine Waffe bei sich? Einen Revolver, einen Stock? Irgendwas. Kommt hinzu, daß Ihr Onkel eine Kugel mitten ins Herz verpaßt bekommen hat. Hat dieser Eindringling also Ihren Onkel erst in einem hellerleuchteten Zimmer umgebracht und dann als wirtschaftlich denkender Mensch alle Lichter gelöscht, bevor er gegangen ist?«

Ich lächelte entschlossen. »Zweifellos hatte der Eindringling eine Taschenlampe dabei. Er benutzte sie, während er meinen Onkel erschoß, und ging dann. Durch die Terrassentür, wie ich annehme.«

Spangler sah mich einen Augenblick lang an. »Wie sind Sie und Ihr Onkel miteinander ausgekommen?«

Genau besehen, mochten wir, mein Onkel Hector und ich, uns nicht, dies allerdings keineswegs in gravierender Form. »Wir haben uns nie gestritten«, antwortete ich wahrheitsgemäß.

Spangler nickte bedächtig. »Ich gehe mal davon aus, daß Sie nichts dagegen haben, wenn einer unserer Leute einen kleinen Test macht, um zu sehen, ob an Ihren Händen Pulverspuren festzustellen sind?«

Pulverspuren? Du liebe Güte! Natürlich waren Pulverspuren an meinen Händen festzustellen! Schließlich war ich erst gestern vormittag zu Schießübungen mit dem 38er im Wald hinter dem Haus gewesen.

Ich lachte unbeschwert. »Also, Sie können an meinen

Händen tatsächlich Pulverspuren finden. Ich war nämlich gestern vormittag zu Schießübungen im Wald.«

»Reiner Zufall, was?« meinte er. »Schießübungen im Wald just an dem Tag, an dem Ihr Onkel ermordet wurde?«

»Keineswegs«, antwortete ich abwehrend. »Ich mache sehr oft Schießübungen im Wald.«

Einer von Spanglers Helfern kam herein und flüsterte ihm etwas ins Ohr. Spangler entschuldigte sich und verließ das Wohnzimmer.

Dafür kam Danvers zurück. »Es ist mir gelungen, Ihren Mann zu wecken, Madam, und ihn auf seine Füße zu stellen. Ich habe ihn davon in Kenntnis gesetzt, was geschehen ist, und er duscht jetzt.«

Spangler kehrte nach einer Viertelstunde zu uns zurück. »Eines Ihrer Dienstmädchen hat in einem Staubsaugerbeutel, den sie ausleeren wollte, einen Revolver gefunden. Ich denke, das könnte die Mordwaffe sein. Wieso sollte ihn jemand sonst dort versteckt haben?«

Zum Henker mit dem Dienstmädchen! Warum zum Teufel mußte sie einen Staubsaugerbeutel ausgerechnet dann leeren, wenn das ganze Haus voller Polizei war?

»Besitzt irgend jemand hier im Raum einen 38er Revolver der Marke Smith & Wesson?« fragte Spangler.

Ich zögerte. Da die Waffe unter meinem Namen registriert war, würde man sie mit Sichereit als die meine ermitteln können. Andererseits hatte ich alle Fingerabdrücke gründlich abgewischt, bevor ich sie versteckt hatte, weshalb ich keinen Sinn darin sehen konnte, mich in eine engere Verbindung mit diesem Revolver zu bringen als unbedingt erforderlich.

Ich räusperte mich. »Ich *hatte* mal einen 38er Revolver,

aber den habe ich vor zwei Wochen meinem Onkel Hector geschenkt.«

Spangler lächelte matt. »Da stellt sich mir die Frage, wie der Eindringling an die Waffe gekommen ist.«

»Nach meiner Rekonstruktion des Verbrechens«, erwiderte ich hilfsbereit, »kam Onkel Hector, mit dem Revolver bewaffnet, hier herunter. Daraufhin kam's entweder zu einem kurzen Handgemenge … oder vielleicht auch zu einem sich länger hinziehenden … ist ja auch egal, jedenfalls entwand der Eindringling Onkel Hector den Revolver, erschoß ihn und floh.«

Spangler rieb sich sein Lächeln. »Erschoß Ihren Onkel? Wischte die Fingerabdrücke vom Revolver ab? Knipste das Licht aus? Versteckte den Revolver im Staubsaugerbeutel? Kehrte in die Bibliothek zurück und entfloh durch die Terrassentür?«

Das alles klang, wenn man es so zusammenfaßte, ein bißchen wackelig.

»Wann haben Sie zum letzten Mal mit diesem Revolver geschossen?« verlangte Spangler zu wissen.

»Vor zwei Wochen, als ich ihn Onkel Hector gab. Seitdem habe ich ihn nicht wieder angerührt.«

»Hat *er* je damit geschossen?«

»Des öfteren. Er ging häufig zu Schießübungen in den Wald hinaus. Wir sind eine Familie von Blechdosenschützen.«

Spangler machte es sich in einem Sessel bequem. »Einer unserer Leute hat Fingerabdrücke gefunden.«

Ich runzelte die Stirn. »Mir war so, als hätten Sie eben gesagt, daß die Fingerabdrücke vom Revolver abgewischt worden sind?«

»Sind sie auch. Wir haben jedoch einigermaßen gute Abdrücke auf den Patronenhülsen *im* Revolver gefunden. Man lädt ja so ein Ding nicht gerade mit den Zähnen, nicht wahr? Die meisten Leute benutzen dazu die Finger, und Finger hinterlassen Fingerabdrücke.«

Ich hatte das Gefühl, als könnte mir tatsächlich noch der Schweiß ausbrechen, etwas, was normalerweise viel zu plebejisch für mich ist, als daß ich auch nur daran dächte. Natürlich waren meine Fingerabdrücke auf den Patronen – vor allem auf der, deren Kugel Onkel Hector getötet hatte.

Mein Lachen klang ein wenig schrill. »Lieutenant, ich habe nicht mehr mit dem Revolver geschossen, seit ich ihn Onkel Hector geschenkt habe, aber ich habe ihn neulich für Onkel Hector neu geladen. Wissen Sie, das war so... er war gerade sehr beschäftigt und fragte deshalb mich, ob ich ihm den Revolver...«

Nein, das war zu dürftig.

»Lieutenant«, sagte ich, »ich muß etwas gestehen.«

Da war wieder dieses verdammte Lächeln! »Ich hole einen Stenographen.«

Ich hob eine Hand. »Nicht *diese* Art von Geständnis.«

»Welche Art denn dann?«

»Also... Onkel Hector hat sich selbst erschossen.«

»Ist das wahr?«

»Ja, es war Selbstmord.« Mein Lächeln schmerzte fast. »So etwa gegen halb zwölf gestern abend hörte ich einen Schuß. Ich kam herunter, um nach dem Rechten zu sehen, und fand Onkel Hector dort auf dem Teppich der Bibliothek liegen. Er hielt den Revolver in der Hand. Er hatte sich ganz offenkundig selbst erschossen.«

Spangler lächelte geduldig.

Jetzt schwitzte ich wirklich. »Ich nahm Onkel Hector

den Revolver aus der Hand, wischte die Fingerabdrücke ab und versteckte dann die Waffe.«

»Und warum taten Sie das alles?«

Sollte ich ihm von der Versicherung erzählen? Das würde mich irgendwie habgierig erscheinen lassen, und das ist nun mal etwas, was ich nicht bin.

»Ein Selbstmord ist ja nach wie vor gleichbedeutend mit Schande«, sagte ich eine Spur zu hochmütig. »Ich tat, was ich tat, um den Namen der Familie zu schützen. Ich hatte das Gefühl, daß ich uns allen einen Gefallen täte, wenn ich die Sache wie den Mord eines Einbrechers aussehen ließe.«

»Was haben Sie mit dem Abschiedsbrief Ihres Onkels gemacht?«

»Es gab keinen Abschiedsbrief.«

»Aber warum wollte sich Ihr Onkel umbringen?«

»Ich habe wirklich nicht den leisesten Schimmer.«

»War das Licht an, als Sie ihn fanden?«

Wieder dieses vermaledeite Licht! Was machte das denn schon für einen Unterschied? »Nein«, sagte ich, mich erinnernd. »Ich knipste es an, und da lag er.«

»Ihr Onkel beging also im Dunkeln Selbstmord?«

»Offensichtlich.«

Spangler schüttelte den Kopf. »Die Leute begehen nun mal nicht im Dunkeln Selbstmord. Fragen Sie mich nicht, warum das so ist, aber es ist so. Sie schließen vielleicht die Augen, aber das Licht machen sie nie aus.«

Ich wischte mir mit dem Taschentuch die Stirn ab. »Es müßten doch Pulverspuren an der Hand von Onkel Hector sein. Haben Sie das mal nachgeprüft?«

Spangler kam zu dem Schluß, daß das fairerweise einen Versuch wert sei. Er verließ das Zimmer, offensichtlich, um zu den Experten in die Bibliothek zu gehen und einen entsprechenden Test zu veranlassen.

Danvers sah mich aufmerksam an. »Soll ich Ihnen ein trockenes Taschentuch bringen, Sir?«

»Halten Sie den Mund«, sagte ich.

Nach einer Weile kam Spangler zurück. »An den Händen Ihres Onkels sind nicht die geringsten Pulverspuren zu finden. Wir haben sie gründlich untersucht.«

Ich war sprachlos.

Keine Pulverspuren? Das hieß, daß Onkel Hector tatsächlich ermordet worden war, und daß der Mörder versucht hatte, alles wie einen Selbstmord aussehen zu lassen.

Da stand ich nun – Pulverspuren an meinen Händen, mein Revolver die Mordwaffe, meine Fingerabdrücke auf den Patronenhülsen in dieser Mordwaffe und im Besitz eines unübersehbaren Motivs.

Ich war verloren.

Marian erhob sich. »Lieutenant, zur Zeit des Mordes waren mein Cousin Ambrose und ich zusammen.«

Die gute alte Marian! Wahnsinnig anständig von ihr, ihren guten Ruf so aufs Spiel zu setzen.

Spangler betrachtete sie voller Mißtrauen. »Ich meine, Sie hätten gesagt, Sie wären um neun *ins Bett* gegangen?«

Sie lächelte dünn. »Ich hatte sagen wollen, daß ich mich in die Suite, die mein Mann und ich im ersten Stock bewohnen, *zurückgezogen* habe. Ambrose ist dann kurz nach neun zu mir gekommen.« Sie wandte sich an Danvers. »Stimmt's nicht, Danvers? Sie waren doch auch da, und wir haben alle zusammen Bridge gespielt.«

Danvers zeigte sich der Lage gewachsen. »Natürlich, Madam. Wir spielten Bridge, bis wir um halb zwölf den Schuß hörten... da brachen wir das Spiel ab.«

Spanglers Augen waren ziemlich eng zusammengekniffen. »Sie und Ihr Cousin, Sie haben mit Ihrem Butler Bridge gespielt?« fragte er.

Sie richtete sich auf. »Was immer ich sonst sein mag, ein Snob bin ich nicht.«

Die Wohnzimmertür öffnete sich, und mein Cousin Clarence wurde von einem der Assistenten Spanglers hereingeleitet.

Clarence ist ein ziemlich großer, bulliger Mann. Seine Augen waren noch immer ein wenig gerötet, und sein schmerzvoller Gesichtsausdruck deutete an, wie wenig er den neuen Tag so früh schon willkommen zu heißen vermochte – und das trotz des Schlucks, den er bereits zu sich genommen hatte, um seinen Kater zu vertreiben.

Spangler wandte sich ihm sofort zu. »Und wo waren *Sie* gestern abend zur Mordzeit?«

Clarence nahm Anstoß an Spanglers Ton. »Wo zum Teufel soll ich schon gewesen sein? Ich war mit meiner Frau im Bett.«

Warum mußte Clarence das sagen? Er hatte doch sein eigenes, durchaus perfektes Alibi, oder nicht? Diese Leute, mit denen er immer die ganze Nacht hindurch Karten spielte?

Marian lachte um Spanglers willen fröhlich auf. »Mein Mann meint, daß wir, er und ich, *nach* Mitternacht ins Bett gegangen sind. *Davor*, also bis wir um halb zwölf den Schuß hörten, haben wir alle in unserer Wohnung Bridge gespielt. Mein Mann, mein Cousin Ambrose, Danvers und ich.«

Clarence schien an einem Schnurrbart herumzukauen, den er gar nicht hatte. »Ach ja. Um halb zwölf, da hörten wir den Schuß.«

Ich lieferte ihm weitere Munition. »Wir hörten den

Schuß und gingen alle *vier* nach unten. Wir fanden Onkel Hector, der sich ganz offensichtlich das Leben genommen hatte, und gelangten zu der Ansicht, daß wir es um des Namens der Familie willen so aussehen lassen sollten, als sei Onkel Hector von einem Einbrecher ermordet worden.«

Clarence schwankte leicht. »Genauso war's.«

Ich lächelte. »Natürlich war unsere humanitäre Geste umsonst, denn nun sind wir wieder bei der Tatsache angelangt, daß Onkel Hector tatsächlich ermordet worden ist. Zweifelsohne von einem Einbrecher.«

Clarence ging zur Hausbar. »Ich hätte das nicht trefflicher formulieren können.«

Spangler und sein Team verbrachten den Rest des Vormittags damit, uns alle einzeln zu vernehmen, aber soweit ich sehen konnte, schien unsere Geschichte standzuhalten. Zumindest im Augenblick.

In einer Pause zwischen den Befragungen traf ich oben auf meinen Cousin.

»Ich verstehe einfach nicht, Clarence«, sagte ich, »warum du Spangler nicht einfach die Namen der Leute genannt hast, mit denen du gestern nacht beim Kartenspiel gesessen hast. Das hätte doch wohl ausgereicht, nachzuweisen, wo du dich in der Zeit aufgehalten hast, in der Onkel Hector erschossen wurde.«

Er lächelte duldsam. »Man zieht nun mal die Namen seiner Freunde nicht in so etwas hinein.«

»Im Falle eines Mordes würden sie doch wohl Verständnis dafür haben.«

Er beschloß, mich mit einer vertraulichen Erklärung von Mann zu Mann zu würdigen. »Um ehrlich zu sein, Ambrose, ist es gar nicht so sehr, mit *wem* ich Karten gespielt habe, was ich verschweigen möchte, sondern *wo*.

Madame La Fontaine und ihre Schäflein könnten in alle möglichen Schwierigkeiten geraten, und daran ist mir ganz und gar nicht gelegen.«

Madame La Fontaine? Ich hatte gehört, sie hätte ein Herz aus Gold und man bekäme Rabattmarken von ihr.

Ich begab mich in mein Schlafzimmer und legte mich aufs Bett.

Sei's also drum. Vier für ein Alibi waren besser als drei, und ich brauchte soviel Alibi, wie ich nur kriegen konnte.

Ich seufzte. Onkel Hector war ganz sicher von einem Einbrecher ermordet worden. Er hatte den Lärm unten gehört. Er war in mein Schlafzimmer gegangen, um sich den Revolver aus der Kommode zu holen, und dann ins Erdgeschoß, um nachzusehen, was da los war. Der Eindringling hatte ihn dann in der Bibliothek überwältigt und erschossen.

Das schien wirklich die logischste Erklärung für seinen Tod zu sein.

Andererseits ... woher hätte Onkel Hector eigentlich wissen sollen, daß ich den Revolver in eben dieses Schubfach gelegt hatte?

Ich konnte es mir nicht erklären.

Vielleicht hatte der Einbrecher die Waffe gefunden und mit nach unten genommen?

Ich ging zur Kommode und zog das oberste Schubfach auf.

Ich hatte den Revolver dort hineingelegt, direkt neben die flache Schale, in der ich meine Sammlung von Manschettenknöpfen aufbewahrte, alle klar ersichtlich teuer. Und neben der Schale lagen noch die beiden brillantgeschmückten Feuerzeuge, die ich nur selten benutzte, sowie ein mit meinem Monogramm versehenes Zigarettenetui.

Wenn der Einbrecher meinen Revolver entdeckt hatte, warum hatte er dann nicht alle diese Dinge ebenfalls an sich genommen? Warum nur den Revolver?

Nein, ein normaler Einbrecher würde eine derart fette Beute nie und nimmer unangetastet lassen.

Die Schlußfolgerung lag auf der Hand. Weder ein Einbrecher noch Onkel Hector hatten den Revolver an sich genommen.

Wer aber dann? Clarence?

Nein. Auch er hatte nicht wissen können, daß ich den Revolver nicht wie üblich in den Waffenschrank, sondern in die Kommode gelegt hatte.

Marian?

Nein, aber wer sonst?

Danvers kam herein. »Das Mittagessen kann aufgetragen werden, Sir.«

Ich starrte ihn an.

Danvers? Aber natürlich!

Er hatte sich, als ich von meinen Schießübungen zurückgekehrt war, in meinem Zimmer aufgehalten, um Kleidungsstücke zusammenzusuchen, die in die Reinigung sollten. Er hatte *gesehen,* wie ich die Waffe weggelegt hatte.

Ich zeigte mit anklagendem Finger auf ihn. »Danvers, *Sie* waren es, der Onkel Hector umgebracht hat!«

Er betrachtete mich wachsam. »In der Tat, Sir?«

»Natürlich. Nur *Sie* wußten, daß ich den Revolver in das Kommodenschubfach getan hatte.« Ich lächelte grimmig. »Jetzt, in diesem Augenblick, sind Ihre Hände wahrscheinlich übersät mit Tausenden von Pulverstaubkörnchen.«

Er schüttelte den Kopf. »Das bezweifle ich, Sir. Bevor ich Ihren Onkel umbrachte, machte ich auf dem Grundstück einen langen Spaziergang, grübelte über die Notwendigkeit der Tat nach und nahm allen Mut zusammen, der dafür erforderlich sein würde. Es war ziemlich frisch, weshalb ich Mantel und Handschuhe anhatte. Glücklicherweise hatte ich sie auch noch an, als ich Ihren Onkel erschoß, und als ich von dieser Pulverstaubsache erfuhr, vernichtete ich sowohl die Handschuhe als auch den Mantel und rührte die Asche gründlich durch, sozusagen.«

»Also machten Sie das Licht aus, als Sie die Bibliothek verließen?«

»Aus alter Gewohnheit, Sir. Ich mach's ganz automatisch, fürchte ich, selbst noch unter Streß.«

»Warum haben Sie ihn umgebracht?«

»Er hatte mir an dem Tag gekündigt, Sir. Irgendwas wegen eines Fehlbetrags in der Haushaltskasse, von dem mir absolut nichts bekannt ist, Sir. Sie wissen ja aber selbst, wie unnachgiebig Ihr Onkel sein konnte. Mir wurde klar, daß es keine Hoffnung mehr auf eine vernünftige Einigung oder eine Versöhnung gab.«

»Sie haben ihn umgebracht, bloß weil er Sie gefeuert hat? Also wirklich, Danvers!«

»Nicht nur, Sir. Denn ich wußte auch, daß ich in besseren Tagen mit fünfzehntausend Dollar in seinem Testament bedacht worden war. Es lag auf der Hand, daß er diese Verfügung umgehend rückgängig machen würde, und ich konnte mir ganz einfach nicht vorstellen, mich von soviel Geld zu trennen.«

»Sie haben Onkel Hector also wegen lumpiger fünfzehntausend Dollar ermordet?«

»Sir«, sagte er vorwurfsvoll, »in meinen Kreisen sind fünfzehntausend Dollar ganz und gar nicht lumpig!«

»Danvers«, sagte ich, »als verantwortungsvoller Staatsbürger habe ich den Eindruck, daß es jetzt meine Pflicht ist, Lieutenant Spangler davon in Kenntnis zu setzen, daß Sie einen Mord gestanden haben.«

Er lächelte matt. »Nachdem ich Ihren Onkel erschossen hatte, versteckte ich mich im dunklen Flur. Ich hörte, wie im ersten Stock eine Tür aufging. Ich blickte nach oben, und es waren Sie, Sir, der herabkam, um nachzuschauen.«

Ich wurde ein wenig starr. »Sie haben mich aus meinem Schlafzimmer kommen sehen?«

»Nein, Sir. Ich habe Sie aus der Wohnung von *Mrs. Hackett* kommen sehen. Dabei zogen Sie sich den unteren Teil Ihres Pyjamas hoch, Sir.« Er schnalzte tadelnd mit der Zunge. »Sir, ich glaube nicht, daß Sie und Mrs. Hackett dort oben auch nur ein einziges Mal Karten gespielt haben.«

Ich rieb mir den Nacken. Unglücklicherweise entsprach das der Wahrheit. Ich war am vergangenen Abend *tatsächlich* in Marians Wohnung gewesen, aber wir hatten nicht Karten gespielt. Um genau zu sein, vergeuden Marian und ich an den Abenden, an denen Clarence bei Madame La Fontaine oder wo auch immer weilt, *niemals* unsere Zeit mit dem Kartenspiel.

»Danvers«, sagte ich streng, »das hat überhaupt nichts mit dieser Mordsache zu tun. Absolut gar nichts.«

»Vielleicht nicht, Sir, aber ich denke, daß ich, wenn ich mich des Mordes schuldig bekennen muß, dem Lieutenant, aber auch bei einem womöglich öffentlich stattfindenden Prozeß alles sagen sollte, was sich an dem in Rede stehenden Abend zugetragen hat und von mir beobachtet worden ist. Das ist so üblich, nicht wahr, Sir?«

Wir schwiegen eine Weile.

Danvers lächelte schließlich wieder. »Können Sie überhaupt Bridge spielen, Sir?«

»Tut mir leid, nein, Danvers. Ich versteh nicht das geringste von diesem Spiel.«

Er nickte. »Das dachte ich mir, Sir. Und das könnte ein gefährlicher Schwachpunkt unseres gemeinsamen Alibis sein, meinen Sie nicht auch, Sir?«

Er zog flink ein Kartenspiel aus der Innentasche seiner Jacke und begann, mich in die Grundlagen des Bridgespiels einzuweihen.

Tote Bullen sind Mord

Es war noch nie eine gute Idee, einen Polizisten umzulegen«, sagte ich. »Das bringt alle auf die Palme.«

»Es ist mir vollkommen Wurscht, was Sie denken«, sagte Reagan. »Sie werden gut dafür bezahlt, daß Sie's tun.«

Ich zuckte die Achseln. »Na schön. Ich mach mir deswegen keine Sorgen. Ich werde mit dem ersten Flugzeug wieder zu Hause in St. Paul sein, während Sie dann noch hier sind und wahrscheinlich böse in die Mangel genommen werden. Die können sich bestimmt vorstellen, wer den Auftrag zu diesem Mord gegeben hat.«

»Die werden keinen allzu großen Druck machen, wenn sie schlau sind«, erwiderte Reagan. »Sollten sie beschließen, mich hochzunehmen und auszuquetschen, wird mich einer von den Jungs schon rechtzeitig warnen. Ich hab einen Arzt, der mich untersuchen wird. Und wenn mich meine Anwälte da raus- und wieder nach Hause zurückgeholt haben, wird er's noch einmal tun. Und wenn mir auch nur ein einziges Härchen gekrümmt worden ist, wird's einen Höllenspektakel geben.«

Ich saß mit meinem Drink in der Hand da und betrachtete Reagan. Er war ein großer, kräftiger Mann mit schwarzem Haar, das ihm naß in die Stirn hing. Ihm gehörte alles in dieser Stadt, was bei Nacht am besten lief. Reagan hatte sich früher selbst um die Morde gekümmert, aber jetzt, wo er einen Smoking tragen konnte, ohne sich darin unwohl zu fühlen, ließ er sie von anderen erledigen.

»Wie kommt es eigentlich, daß Ihnen ein einziger Mann so schwer zu schaffen macht?« fragte ich. »Ich dachte immer, Ihnen gehört die ganze Polente.«

»Ich kontrolliere Teile von ihr«, antwortete Reagan. »Man kann nicht die ganze Polizei kaufen. Das ergibt sich einfach aus der Sturheit mancher Leute, und zudem ist es eine ökonomische Frage. Man kauft halt Leute in Schlüsselpositionen, die Teile, die sich kaufen lassen, und hofft dann das Beste.«

Er stand auf, um sein Glas wieder zu füllen. »Ich hab durchaus nichts gegen einen ehrlichen Polizisten hier und da, solange er dumm ist. Aber dieser Randell, der hat ziemlich viel Grips.«

Er praktizierte mit der Zange Eiswürfel in sein Glas. »Niemand kann eine Stadt auf Dauer beherrschen. Alle zehn Jahre oder so legen die Bürger ihre Comichefte aus der Hand und greifen zum Besen. Sie verlassen sogar das Haus und gehen zur Wahl.«

Er schenkte sich seinen Whiskey nach Gehör ein. »Ich hab auch nichts dagegen, eine Weile Urlaub zu machen. Ich brauche sowieso mal eine Verschnaufpause. Aber ich möchte mich an einem hübschen, sonnigen Ort erholen, wo ich nicht in geschlossener Formation zum Speisesaal marschieren muß.

Ein ehrlicher Bulle, ein wirklich ehrlicher, intelligenter Bulle fällt in dieser Stadt auf wie ein Mönch im Nonnenkloster.« Er blies Zigarrenasche von seiner Weste. »Ich werde Ihnen sagen, was passiert, Trapp. Diese Amateure werden die Wahl gewinnen, egal, was wir dagegen unternehmen. Und sobald sie die Wahl gewonnen haben, werden sie Randell in seine strahlend blauen Augen blicken und ihm die goldenen Rangabzeichen verpassen.

Randell ist schon lange hier und weiß, was vor sich geht. Und was es noch schlimmer macht, ist die Tatsache, daß er auch genau weiß, was man dagegen tun kann.

Ich könnte jetzt gleich zusammenpacken, nach Mexiko oder Kuba gehen und ruhig zusehen, wie die versuchen, mich zur Rückkehr zu bewegen. Aber ich möchte dem guten alten Vaterland nicht auf ewig fernbleiben müssen. Wenn sich die Lage eines Tages wieder normalisiert hat, möchte ich zurückkommen, ohne daß mich diese FBI-Typen an der Grenze in Empfang nehmen.«

Unsere Blicke trafen sich. »Wie wollen Sie's machen?«

»Auf die einfache Tour«, sagte ich. »Da geht nichts schief.«

»Und wann? Ich muß eine Party schmeißen.«

Ich überlegte. »Ist dieser Randell verheiratet?«

»Nein. Keine Komplikationen. Er lebt für sich in einem kleinen Apartment an der 12. Straße, Ecke Franklin.«

»Dann bestimmen Sie, wann.«

Er kratzte sich am Kinn. »Gegen acht ginge in Ordnung. Die Gäste meiner Party werden dann noch nüchtern genug sein, um sich daran erinnern zu können, daß ich anwesend war.«

»Sie können mir jetzt das Geld geben«, sagte ich.

Ich kehrte in mein Hotelzimmer zurück und machte bis sieben ein Nickerchen. Dann überprüfte ich den 38er und schraubte den Schalldämpfer auf. Ich schob die Kanone in die Aktenmappe, die ich mir unter den Arm klemmte, und ging nach unten, um noch einen Happen zu essen. Ich war um zwanzig vor acht fertig und spazierte langsam in Richtung 12. Straße und Franklin Avenue.

Es war ein dreigeschoßiges Gebäude mit einem Eingangsflur, der gerade groß genug war, daß zwei Leute aneinander vorbeigehen konnten. Ich studierte die Namenstafel und stellte fest, daß Randell das Apartment 25 bewohnte.

Ich ging die mit Teppich belegte Treppe hinauf, und als ich die Tür gefunden hatte, die ich suchte, drückte ich auf den Klingelknopf.

Er war ein Mann mittlerer Größe in Hemdsärmeln und hielt in einer Hand die geöffnete Abendausgabe der Lokalzeitung. Der Blick seiner scharfen blauen Augen huschte über mein Gesicht.

»Lieutenant Matt Randell?«

Er nickte.

»Ich hätte Sie gern in einer wichtigen Angelegenheit gesprochen«, sagte ich. »Es hat etwas mit Reagan zu tun.«

»Hält sich das nicht noch ein paar Jahre?« fragte er. »Im Augenblick habe ich genug von Reagan.«

»Es würde sich vielleicht halten«, antwortete ich, »aber es sollte Sie doch im Augenblick interessieren.«

Sein Blick glitt einmal mehr über mich, und dann trat er beiseite. Ich ging in die Wohnung und setzte mich. Das Apartment bestand aus einem einzigen Zimmer mit angrenzendem Bad und einer Kochnische. Ich legte die Aktenmappe auf meine Knie.

Randell stand da, beobachtete mich ein paar Sekunden lang und beschloß dann, sich auf einem Stuhl mir gegenüber niederzulassen. »Ich habe Sie noch nie gesehen«, sagte er.

»Und werden es auch nie wieder«, entgegnete ich mit einem Lächeln. »Deshalb ist ja dieses Zusammentreffen jetzt so wichtig für uns beide.«

Sein Blick fiel auf die Aktenmappe. »Sollten es Informationen sein, höre ich zu. Sollte es sich um Geld handeln, verschwenden Sie Ihre Zeit.«

Ich zog den Reißverschluß der Mappe auf und steckte die Hand hinein. »Nein, Sie haben schlecht geraten.« Ich zog den Revolver heraus und zielte damit auf seine Brust.

Er saß vollkommen reglos da, nur sein Blick wanderte vom Schalldämpfer hinauf zu meinem Gesicht.

»Meinen Sie, daß Sie jetzt vielleicht zu kaufen wären?« fragte ich interessiert.

Er lächelte fast. »Ich denke darüber nach.«

Ich verlagerte mein Gewicht, um es mir bequemer zu machen. »Können Sie erraten, warum ich hier bin?«

Da lächelte er dünn. »Wenn Sie mir angst machen wollen, werden Sie nicht enttäuscht wieder abziehen müssen.«

»Nein«, sagte ich, »es ist weitaus ernster.«

Seine Augen bewegten sich kaum merklich, und ich wußte, was er suchte. Sein kurzläufiger 32er hing ungefähr zwei Meter entfernt in seinem Halfter am Türknauf des Schrankes.

Ich konnte sehen, daß er versuchen würde, an ihn heranzukommen, aber er brauchte noch ein bißchen Zeit und Rumgerede mit mir, um sich zu überlegen, wie er es am besten bewerkstelligen könnte.

Ich hätte nichts gegen eine kleine Unterhaltung gehabt. Es interessiert mich immer, wie ein Mann seinem Tod entgegentritt, aber ich durfte kein Risiko eingehen. Das Problem bei diesen Kanonen mit Schalldämpfern ist, daß sie nach dem ersten Schuß gern blockieren.

Ich könnte ihn auch erwischen, wenn er seinen Sprung wagte, aber es war nicht ganz unwahrscheinlich, daß ich dann mehr als einen Schuß brauchte, um ihn zu erledigen. Und mir mißfiel die Vorstellung sehr, daß ich mit einem

Revolver dasaß, der nicht funktionierte, und er einen zog, der's tat.

Voller Bedauern drückte ich den Abzug.

Randell stöhnte leise auf, als sich das Geschoß in sein Fleisch bohrte, und plumpste mit der Unkoordiniertheit des sofortigen Todes von seinem Stuhl.

Ich steckte den Revolver in die Aktenmappe zurück, ging mit meinem Taschentuch in der Hand zum Drehknauf der Wohnungstür und trat auf den Korridor hinaus. Ich betupfte mit dem Taschentuch gerade den Klingelknopf, als ich das braunhaarige Mädchen vor der Tür des Apartments direkt neben Randells bemerkte.

Sie hatte zwei riesige Papiertüten mit Lebensmitteln im Arm und einige Schwierigkeiten, ihre Wohnungstür aufzuschließen.

Sie lächelte mich an. »Ich hoffe, es macht Ihnen nichts aus«, sagte sie, »aber würden Sie bitte mal eine von denen hier halten, bis ich die Tür aufgeschlossen habe?«

»Das macht mir ganz und gar nichts aus«, sagte ich. Ich nahm ihr eine der Tüten ab und hielt sie, bis sie die Tür geöffnet hatte.

»Herzlichen Dank«, sagte sie, als ich ihr die Tüte zurückgab.

Sie hatte ein hübsches Lächeln, und deshalb lächelte auch ich. Ich tippte an die Krempe meines Hutes. »Gern geschehen«, sagte ich.

Draußen auf dem Bürgersteig besah ich mir gleich unter der ersten Straßenlaterne meine Handflächen. Nicht einmal feucht, dachte ich irgendwie befriedigt.

Klar, sie konnte mich identifizieren, wenn sie mich je wieder zu Gesicht bekäme. Aber das würde sie nicht. Randells Leiche würde aller Voraussicht nach erst gefunden werden, wenn jemand kam, um festzustellen, warum er nicht zum Dienst erschien, und zu der Zeit wäre ich längst wieder in St. Paul. Meinetwegen konnte sie die ganze Verbrecherkartei im Polizeipräsidium durchsehen, bis sie eine Brille brauchte. Mein Foto hatte niemand in seinen Akten.

In meinem Hotelzimmer packte ich die Aktenmappe und die fünf Riesen in meinen Koffer. Ich sah auf meine Armbanduhr und stellte fest, daß ich bis zum Abflug einer Maschine nach St. Paul noch etwa eine Stunde rumkriegen mußte.

Ich schnappte mir den Koffer, zahlte am Empfang meine Rechnung und verließ das Hotel. Ungefähr eine Querstraße weiter fand ich einen Hamburgerschuppen. Ich zog mir eine Packung Zigaretten aus dem Automaten und setzte mich auf einen der Hocker am Tresen.

»Zwei mit«, sagte ich. »Und Kaffee.«

Der Wirt des Lokals, ein drahtiger kleiner Mann von sechzig oder so, klatschte zwei Klumpen Gehacktes auf die heiße Platte. Er schenkte den Kaffee ein und ließ das Zuckerglas über den Tresen zu mir schliddern.

»Irgendwie frisch heute abend«, sagte er.

»Stimmt«, antwortete ich, »ist 'n bißchen kühl.« Ich sah mich müßig um und registrierte, daß der einzige andere Gast des Lokals ein rotblonder Mann war, der in einer der Nischen mit einem Stück Fleischpastete beschäftigt war.

Der Mann hinter dem Tresen legte die Hamburger auf einen Teller und war gerade dabei, diesen vor mich hinzustellen, als zwei Punker reinkamen. Ich nahm einen der Hamburger, während ich sie mir besah, und verspürte ein Kribbeln im Nacken. Beide waren high von dem braunen Zigarettenzeug, und ihre winzigen Augäpfel funkelten.

Es waren so siebzehn-, achtzehnjährige bleichgesichtige Jungs mit dem für Dauerstraftäter typischen dünnen Schutzpanzer gespielten Draufgängertums.

Ich aß langsam und fragte mich, ob sie's wohl durchziehen würden. Sie zögerten einen Augenblick, sahen sich um – und dann ging der größere von den beiden zur Jukebox und wandte ihr den Rücken zu. Er zog einen rostig aussehenden Revolver und ließ den Lauf von einer Seite des Lokals zur anderen wandern.

»Das Ding funktioniert«, sagte er mit hoher Stimme. »Benehmt euch ordentlich, und ihr werdet die Geschichte euren Enkelkindern erzählen können.«

Das andere Bürschchen hatte eine besser aussehende Kanone. »Weg von der Kasse, Pop. Ich komm mal zu dir, um sie mir anzusehen.«

Ich sah, wie der Mann in der Nische seine Gabel hinlegte. Sein Kopf drehte sich langsam hin und her, als er mal den einen, mal den anderen Punker beobachtete.

Der kleine untersetzte Typ ging hinter den Tresen und öffnete durch Druck auf den »Kein Verkauf«-Knopf die Registrierkasse. Sein Gesicht verzog sich angewidert. »Lausige zweiundzwanzig Dollar!«

»Was habt ihr denn erwartet«, sagte Pop trocken. »Das hier ist keine Bank.«

Der Kleine stopfte sich das Geld in die Tasche und kam wieder hinter dem Tresen hervor. »Schmeißt eure Brieftaschen auf den Boden«, befahl er.

Ich zog meine vorsichtig heraus und warf sie hin. Ich sah, wie der rotblonde Mann aufstand. Er fuhr sich ein paar Sekunden lang mit der Zunge über die Lippen und schien dann tief durchzuatmen. Seine Hand wanderte zum Knopf seiner Jacke.

Er bekam den kurzläufigen Revolver nicht mehr ganz aus dem Gürtelhalfter. Die Kanone des großen Punkers spuckte zweimal zornig aus. Der Mann in der Nische brach zusammen und sackte zwischen Tisch und Bank zu Boden.

Die Augen des Punkers, in denen der Killerwahn glühte, wanderten jetzt zu mir.

Als die Schüsse fielen, hechtete ich gerade über den Tresen und krachte gegen das Regal mit den Kaffeebechern. Da lag ich, eng an den Boden gepreßt, und mein Herz schlug wie wild.

Nach ein paar weiteren Schüssen hörte ich das Geräusch eines kräftigen Schlages. »Komm wieder zu dir, du blöder Arsch«, hörte ich den Untersetzten sagen. »Jetzt aber nichts wie raus hier!«

Ich hörte, wie sie schnell in Richtung Eingangstür liefen, hörte dann die Tür zufallen. Ich lag immer noch da, war vollkommen unfähig, sofort aufzustehen, und wunderte mich auf eine distanzierte Art über mein Zittern und meine Schwäche.

Schließlich richtete sich Pop auf. Er sah über den Tresen und preßte die Lippen zusammen. Dann ging er zum Telefon.

Ich kam zu mir. Es war höchste Zeit, aus dem Laden zu verschwinden. Ich durfte nicht in so was wie das hier reingezogen werden. Ich stand – noch immer zitternd – auf.

Da erblickte ich die an die Scheiben gedrückten Gesichter und hörte das Gejaule einer Sirene. Es wurde mir plötzlich klar, daß Pop gar nicht zu telefonieren brauchte. Jemand hatte die Schüsse gehört und das für ihn erledigt.

Ich nahm den Koffer auf und sah zur Glastür. Mein Magen krampfte sich um die Angst zusammen. Es war schon zu spät, um hier noch rauszukommen.

Draußen waren ungefähr zwanzig Leute, und weitere kamen dazu. Ihre gebannten Blicke wanderten auf einer Bahn des Nervenkitzels von der Leiche des rotblonden Mannes zu Pop und dann zu mir.

Ich setzte den Koffer wieder ab und wischte mit den Handflächen über meine Hosenbeine. Ich sah Pop mit müder Entrüstung an. »Warum hat er das gemacht?« fragte ich heiser. »Warum hat der verdammte Narr nach seiner Kanone gegriffen?«

Pop setzte sich auf einen der Hocker und langte ganz mechanisch nach der Pfeife in seiner Brusttasche. »Das mußte er, Mister«, sagte Pop. »Er mußte, weil er Polizist war.«

Pop blickte noch einmal zu der Leiche hinüber und sah dann weg. »Joe Farley«, sagte er. »War ein Neuer. Hatte dienstfrei, und alles, was er wollte, war seine Ruhe und was zu essen.«

Pops Blick wurde hart. »Die Polizei, gut, da ist auch nicht alles in Butter«, sagte er. »Aber da gibt's eins, das macht jeden Bullen rasend. Einen Polizisten bringt man einfach nicht um, Mister.«

Seine Hand zog einen Tabaksbeutel hervor. »Diese beiden Punker, die werden eine Menge Treppenstufen runterfallen, bevor sie vor Gericht kommen. Eine Menge Stufen.«

Zwei Polizisten drängten sich durch die Menge vor dem Lokal und kamen herein. Sie blickten schweigend auf den rotblonden Mann hinab, und dann ging einer der beiden wieder raus und zum Streifenwagen zurück.

Ich wollte einen Schluck Kaffee trinken, aber ich verschüttete so viel, daß ich die Tasse wieder abstellte. Dafür steckte ich mir eine Zigarette an.

Die Leute von der Mordkommission waren in weniger als zehn Minuten da, und zwei von ihnen nahmen mich in eine der Nischen mit.

»Ich bin Sergeant Wilson«, sagte der eine. Er war so groß wie ich, aber schlanker, und sein Haar fing an, grau zu werden. Er wies mit dem Daumen auf den anderen. »Und das ist mein Partner, Sergeant Cooper. Ihr Name, bitte?«

Ich sah keinen Grund, ihnen meinen richtigen Namen nicht zu nennen. Ich dachte mir, daß sie sowieso meinen Ausweis würden sehen wollen.

»Trapp«, sagte ich deshalb. »Charles Trapp.«

»Ihre Anschrift?«

»2489 North Wendell.« Als er das notierte, fügte ich noch hinzu: »In St. Paul, Minnesota. Ich war hier, um Freunde zu besuchen. Ich muß die Maschine um zehn kriegen.«

»Mister«, sagte Sergeant Wilson und blickte auf, »da ist ein Polizist ermordet worden. Ihr Flugzeug kann warten.«

»Berichten Sie mal«, sagte Cooper. »Von Anfang an.«

Ich erzählte ihnen die Geschichte und beschrieb die beiden Punker.

»Würden Sie sie erkennen, wenn Sie sie wiedersähen?« fragte Wilson.

Ich zögerte. »Tja, ich weiß nicht. Ich hatte ziemliche Angst.«

»Sie haben eine recht gute Beschreibung geliefert. Ich denke schon, daß Sie sie wiedererkennen.« Er stand auf. »Sie und Pop begleiten uns mal bitte ins Präsidium. Wir möchten, daß Sie sich dort ein paar Bilder ansehen.«

»Nun hören Sie mal«, sagte ich, »es ist überaus wichtig für mich, daß ich diesen Flieger kriege.«

»Ich höre Sie nicht, Mister«, sagte Wilson.

Im Präsidium brachten sie Pop und mich in einen kleinen Raum und brachten Ordner voller Verbrecherfotos herein.

»Stellen Sie den Koffer nur da in die Ecke, wenn er Ihnen im Weg ist«, sagte Wilson.

»Der stört mich überhaupt nicht«, erwiderte ich gereizt.

Nach zwei Stunden waren meine Zigaretten alle, und Wilson brachte mir eine neue Schachtel. Ich zog gerade den roten Streifen ab, als mein Blick auf die nächste Seite des Ordners fiel und ich dort den großen der beiden Burschen sah, den, der den Mord begangen hatte. »Das ist einer von ihnen«, sagte ich.

Wilson stand auf und trat zu mir. Er besah sich das Bild und las sich den Text durch. »Schön«, sagte er. Er nahm den Ordner und brachte ihn Pop.

Pop zwinkerte ein paarmal mit seinen rotgeränderten Augen, bevor er hinsah. »Klar ist er das«, sagte er. »Das ist, verdammt und zugenäht, gar keine Frage.«

Ich rutschte auf meinem Stuhl hin und her. »Ich hab einen ziemlich wichtigen Termin in St. Paul. Pop sollte in der Lage sein, den anderen auch noch zu finden.«

»Machen Sie weiter«, sagte Wilson. Er ging mit dem Aktenordner hinaus und kam etwa zwanzig Minuten später wieder.

Sergeant Cooper kam herein, kaute wütend auf einem Streichholz herum. »Bist du sauer?« fragte er Wilson.

Wilson hob eine Braue.

»Dann kannst du's gleich noch mehr werden«, sagte Cooper. »Matt Randell hat's auch erwischt.«

»Du machst Witze!« rief Wilson aus. Cooper ging zum Wasserkühler. »Sein Bruder hat bei ihm vorbeigeschaut, um sich seinen Golfschläger auszuleihen. Er klingelte, aber niemand machte auf. Da drehte er versuchsweise den Türknauf und fand Randell auf dem Teppich liegen, eine Kugel in der Brust.« Cooper nahm einen Schluck Wasser, zerknüllte den Pappbecher und ging wieder hinaus.

Ich blätterte ein paar Seiten weiter. Ich fand ein Foto, von dem ich meinte, daß es hinkommen könnte.

»Hier ist der andere«, sagte ich.

Wilson brachte den Ordner zu Pop hinüber. Ich sah auf die Uhr.

Pop schüttelte den Kopf. »Nix da.«

»Pop sieht doch gar nichts«, sagte ich.

»Vielleicht«, meinte Wilson. »Wir legen es mal beiseite. Setzen Sie sich wieder hin, Mister, und sehen Sie sich noch ein paar an.«

Cooper kam wieder herein. »Sie haben eine Zeugin gefunden«, sagte er. »Ein Mädchen, das bei Randell nebenan wohnt, hat heute abend einen Mann aus Randells Apartment kommen sehen. Sie konnte ihn ziemlich gut erkennen, und sie bringen sie her, damit sie sich mal die Bilder durchsieht. Sie sagt, ihm fehlt am kleinen Finger seiner rechten Hand das erste Glied. Hat's bemerkt, als er grüßend die Hand an die Krempe seines Hutes legte.«

Ich schloß meine rechte Hand und besah mir weiter die Fotos, bis ich das eines Kerls gefunden hatte, der so aussah wie der untersetzte Typ. »Da ist er«, sagte ich.

Pop studierte das Foto eine ganze Minute lang, während ich ihn angespannt beobachtete.

Er seufzte. »Nee. Hat 'ne ganze Menge Ähnlichkeit… aber nein.«

»Sie sind verrückt, Pop«, sagte ich. »Das ist er. Ich war doch dort.«

»Ich auch«, sagte Pop. »Und ich hab noch ziemlich gute Augen.«

Ich sah Sergeant Wilson an und wandte mich dann wieder den Ordnern zu. Die Tür ging auf, und ich zuckte unwillkürlich zusammen.

Es war eine tiefe Stimme, die von der Tür her sagte: »Wir haben sie, Sergeant.«

Ich griff nach meinem Koffer und erhob mich. Pop ließ sich beim Aufstehen Zeit und reckte sich.

»Na los, Pop«, sagte ich, »bringen wir's hinter uns.«

Wilson und Cooper brachten uns in einen großen Raum, und da saßen die beiden Punker auf einer Bank. Sie interessierten sich nur für ihre Schmerzen. Das große, dünne Bürschchen heulte in sein Taschentuch, das schon ganz naß von dem Blut seiner eingeschlagenen Nase war. Sein Gesicht war voller Schnitte, die von dem Ring stammten, den jemand auf seiner Faust getragen hatte. Der Untersetzte war fast blind von den Schlägen, die er abbekommen hatte – nur ein schmaler Augenschlitz zeigte noch ein Stückchen Pupille. Er saß mit gebeugtem Kopf da und winselte in seinem Elend leise vor sich hin.

Der große, vierschrötige Bulle, der neben ihm stand, grinste, als er den Untersetzten am Haarschopf packte und ihm den Kopf nach hinten riß, damit wir sein Gesicht besser sehen konnten. »Die sind ein bißchen schmuddlig«, sagte er. »Sind 'n paarmal hingeschmiert.«

Ich blickte auf seine großen Hände hinab und bemerkte das auf den Knöcheln geronnene Blut. Ich wischte mir mit dem Handrücken über die Stirn.

»Wir müssen ja fast schon raten... in dem Zustand, in dem die sind«, sagte Pop. »Nicht, daß mir deshalb die Tränen kämen.«

Wilson besah sich die beiden und wandte sich dann an

den uniformierten Polizisten. »Sie werden wahrhaftig noch gutherzig, Harris«, sagte er. »Die haben ja noch Gesichter!«

Das Grinsen von Harris wurde noch breiter. »Sie sind ja man gerade erst reingebracht worden, Sergeant. Ich hatte noch nicht allzuviel Zeit.«

»Die sind's«, sagte ich, und der Ton meiner Stimme erschreckte mich.

»Lassen Sie sich nur Zeit«, meinte Wilson. »Sie müssen ganz sicher sein.«

»Hol's der Geier«, sagte ich, »ich *bin* sicher. Hundertprozentig.«

»Und wie steht's mit Ihnen, Pop?« fragte Wilson.

Pop bog den Kopf zur Seite und überlegte. Ich sah zur Wanduhr hinauf und folgte dem roten Sekundenzeiger auf seinem Weg von der Vier zur Sechs.

»Na los, Pop«, sagte ich dann schroff, »nehmen Sie sich nicht den ganzen Tag.«

»Immer mit der Ruhe«, erwiderte Pop. Er sah sich die beiden sehr genau an. »Jawohl!« sagte er schließlich.

»Augenblickchen, Mister«, sagte Wilson, »da sind noch ein paar Dinge zu erledigen.«

Sie brachten mich und Pop in einen anderen Raum, in dem Schreibtische standen, und Wilson reichte mir einen Stapel Papier. »Lesen Sie sich das sorgfältig und auf Fehler hin durch und unterschreiben Sie's dann. Es ist Ihre Aussage.«

Ich überflog die Seiten und kritzelte meine Unterschrift hin.

»Sie lesen aber schnell, Mister«, sagte Wilson. Er sah auf meine rechte Hand und runzelte die Stirn, als versuche er, sich an irgend etwas zu erinnern.

Ich ging zur Tür, und Wilson begleitete mich. »Sie haben's ja wirklich schrecklich eilig«, sagte er. »Sie müssen die Nacht doch eh hier in der Stadt verbringen. Nach elf geht kein Flieger mehr.«

»Ich werde mit der Bahn fahren«, erwiderte ich barsch.

»Wir bleiben in Verbindung«, sagte Wilson. »Sie werden ja beim Prozeß aussagen müssen.«

»Gewiß«, sagte ich. »Aber gewiß doch.«

Wilson hielt mit, als ich den Korridor entlangeilte. Unsere Schritte klapperten die Treppe runter, und als wir auf dem ersten Treppenabsatz um die Ecke bogen, sah ich sie.

Sie ging zwischen zwei Beamten in Zivil und hob plötzlich die Augen. Sie riß sie, mich wiedererkennend, weit auf.

Die Angst beutelte meinen Verstand, und ich wußte, daß ich nur noch eines tun konnte. Es gab bloß einen Ausweg. Ich ließ den Koffer auf den Treppenabsatz fallen, und meine Finger zerrten an den Verschlüssen.

»Was zum Teufel…«, hörte ich Wilson überrascht ausrufen.

»Das ist er!« schrie das Mädchen.

Ich hatte in Sekundenschnelle die Schnallen geöffnet und ließ die Schlösser aufschnappen. Meine Fingerspitzen berührten schon den Griff des Revolvers, da trat Wilson zu.

Er erwischte mich seitlich am Kopf, ich griff in die Luft, dann stürzte ich.

Ich fiel die Treppe hinunter, und die scharfen Kanten der Marmorstufen rammten sich mir ins Gesicht und in den Körper.

Es tat weh. Es tat sehr weh.

Aber ich wußte auch, daß dies erst der Anfang war.

Der Papierkorb

Ich hatte mir gerade die Bücher von Spencer durchgesehen, als mein Blick in den Papierkorb neben meinem Schreibtisch fiel. Auf seinem Boden, auf dem zerknüllten, weggeworfenen Papier lag ein Kopf, der durch nur halb geöffnete Augen zu mir heraufstarrte.

Ich zwang mich, wieder auf meinen Schreibtisch zu schauen.

Ich sah mich so unauffällig wie möglich im Büro um. Es war ein großer Raum, in dem etwa zwanzig Schreibtische standen. Alle Kollegen machten einen beschäftigten Eindruck, niemand schien mich zu beachten.

Ich addierte langsam eine Zahlenkolonne.

Waren sie alle daran beteiligt? Warteten sie nun alle auf meine Reaktion – oder war es vielleicht nur Hager?

Obwohl ich mit der Addition der Zahlenkolonne noch gar nicht fertig war, blätterte ich die Seite um, denn das verschaffte mir die Gelegenheit, erneut die Augen zu heben.

Hager saß an seinem Schreibtisch und war mit Frachtbriefen beschäftigt – oder tat er nur so?

Was erwartete er von mir? Daß ich beim Anblick des Kopfes in meinem Papierkorb aufschreien und ohnmächtig werden würde?

Ja, wahrscheinlich. Denn das war in der vergangenen Woche passiert, als ich meine Schreibtischschublade geöffnet und den abgetrennten Arm darin zu Gesicht bekommen hatte.

Der Arm war natürlich aus Wachs gewesen – ein sehr gut gemachtes Wachsmodell eines abgetrennten Armes.

Hager war vor etwa drei Monaten zur Firma gekommen, und damit hatte eine wahre Epidemie von »Scherzen« begonnen – der Summer in der Handfläche, die wasserspeiende Blume, die explodierende Zigarre.

Es waren ein paar Wochen vergangen, bevor er mich als eines seiner Opfer auserwählt hatte. Vielleicht hatte er mich am Anfang einfach nur übersehen, denn ich gelte allgemein als farblos. Ich verrichte still meine Arbeit und gehe nach Hause, wenn Feierabend ist.

Ich bin Anfang Fünfzig und seit etwa dreißig Jahren bei Black & Black angestellt. Ich habe noch keinen Tag gefehlt, den einen ausgenommen, an dem ich bei der Beerdigung meines Vaters war.

Ich besah mir noch einmal mit aller Vorsicht den Papierkorb. Ja, es war mit Sicherheit ein Wachskopf. Ehrlich gesagt überhaupt nicht realistisch – keinerlei Farbe in den Wangen. Aber gut, vielleicht sollte er ja gerade so aussehen – blutleer.

Der Kopf erschien mir auf seltsame Weise vertraut, aber ich brauchte noch eine Weile, bis ich ihn endlich erkannte. Natürlich! Das sollte der Kopf von Bronson, unserem Hausmeister, sein. Obwohl nicht sonderlich ähnlich – das Gesicht war zu schmal, das Haar zu grob.

Und was sollte ich jetzt tun? Den Kopf den ganzen Tag lang ignorieren? Weiter Abfallpapier drauf werfen und so tun, als hätte ich ihn gar nicht bemerkt?

Ich ertappte mich dabei zu lächeln, als ich mir Bronson vorstellte, wie er am Abend die Papierkörbe leerte und plötzlich seinen eigenen Kopf aus einem rauskullern sah.

Oder sollte ich vielleicht ganz ruhig aufstehen, den Papierkorb auf Hagers Schreibtisch ausleeren und so etwas sagen wie: ›Ich glaube, dieser Kopf gehört Ihnen!‹?

Ja, das wäre wohl am befriedigendsten. Leider war ich dazu nicht in der Lage. Es war für einen Menschen wie mich viel zu exhibitionistisch.

Mein Blick wanderte wieder zu dem Kopf hin. Ja, er sah ziemlich künstlich aus. Selbst diese Blutstropfen auf dem Papier waren offenkundig unecht – braun statt rot.

Ich verspürte ein vages Unbehagen.

Wurde nicht echtes Blut, wenn es der Luft ausgesetzt war, langsam braun?

Meine Hände waren ein bißchen feucht.

Natürlich war das lächerlich, ganz und gar lächerlich, aber nur mal angenommen, das da im Papierkorb wäre *wirklich* ein echter Kopf? Würde ein menschlicher Schädel nicht ein bißchen blutleer und wächsern aussehen?

Und doch war der Gedanke völlig abartig, daß mir irgend jemand tatsächlich einen menschlichen Schädel in den Papierkorb gelegt haben könnte. Wie hätte Hager das überhaupt bewerkstelligen sollen? Er konnte doch nicht einfach mit einem tropfenden Kopf mitten durch ein Büro voller Menschen marschieren.

Angenommen, er hätte ihn erst ausbluten lassen? Angenommen, er hätte ihn in eine Papiertüte oder irgendeinen anderen Behälter getan? Angenommen, er hätte den Kopf heute morgen schon vor acht Uhr in meinen Papierkorb gelegt, als noch niemand im Büro war?

Wenn es sich bei diesem Schädel tatsächlich um einen menschlichen handelte, dann konnte von Scherz keine Rede mehr sein. Dann war es Mord!

Ich wischte mir mit meinem Taschentuch die Stirn ab.

Warum hätte irgend jemand von uns den Hausmeister

ermorden wollen? Wozu das ganze Ritual durchspielen, das heißt den Kopf vom Rumpf trennen und ihn dann in meinen Papierkorb legen?

Die Antwort schien in nur allzu schmerzlicher Weise auf der Hand zu liegen.

Wenn man Bronsons Kopf in meinem Papierkorb fand, würde jeder – die Polizei eingeschlossen – sofort zu dem Schluß gelangen, daß ich Bronson umgebracht hätte. Meine Fingerabdrücke waren mit an Sicherheit grenzender Wahrscheinlichkeit auf dem zerknüllten Papier, auf dem der Kopf ruhte.

Aber welches Motiv hätte ich denn für ein solches Verbrechen haben sollen? Ich konnte mich nicht einmal daran erinnern, schon jemals mit Bronson gesprochen zu haben. Vielleicht hatte ich ihm im Vorbeigehen zugenickt, ja, aber das war auch alles.

Ich bemerkte den Büroboten, der die frühe Morgenpost aus den Ausgangskörben holte. Er würde in wenigen Minuten bei mir sein.

Fast wäre ich in Panik geraten, aber dann fiel mein Blick auf meine Aktentasche, die unten am Schreibtisch lehnte. Ich legte sie schnell auf den Papierkorb.

Der Bürobote kam pfeifend an meinen Schreibtisch, nahm die Briefe aus dem Ausgangskorb und zog weiter.

Ich atmete auf.

Das war schon alles höchst verrückt. Der Kopf *mußte* aus Wachs sein! Ich brauchte nur in den Papierkorb hin einzulangen und …

Aber angenommen, er war nicht aus Wachs? Angenommen, es war wirklich der Kopf des Hausmeisters?

Ich ging zum Wasserbehälter und schluckte zwei Aspirin.

Wie könnte die Polizei je glauben, ich wäre in der Lage, Bronson zu ermorden? Ein Motiv hatte ich bestimmt nicht... aber bedurfte ein Verbrechen dieser Art überhaupt eines Motivs?

Bronson zu töten war eine Sache, aber eine ganz andere war es, ihm den Kopf abzuschneiden und diesen dann in einem Papierkorb zu deponieren. Dies war das Werk eines Wahnsinnigen, und Wahnsinnige brauchen keine Motive.

Mit Ingrimm stellte ich mir vor, welche Überlegungen die psychiatrischen Gutachter und Psychologen anstellen würden. Gerade die Beständigkeit und Ordentlichkeit, die meine Stärke waren und mir Halt gaben, würde man nun als das Ergebnis von Verdrängungen ansehen.

Ich führte ein ruhiges Leben. Ich hatte keine Hobbys, keine engen Freunde. Ich hatte nie geheiratet und wohnte bei zwei unverehelichten Schwestern und einer verwitweten Mutter.

Ich mähte regelmäßig den Rasen. Ich stand jeden Morgen zur gleichen Zeit auf und ging jeden Abend zur gleichen Zeit ins Bett. Ich trank nicht. Ich rauchte nicht. Ich war nie auch nur einen Tag von der Arbeit ferngeblieben, diese Beerdigung ausgenommen.

Würden sie auch daraus ihre Schlüsse ziehen?

Ob der Schädel nun aus Wachs war oder nicht, ich mußte ihn unverzüglich loswerden – aber wie? Sollte ich einfach den Papierkorb nehmen und rausgehen?

Nein. Würde mir denn, sollte dies ein echter Schädel sein, der Mörder so ohne weiteres gestatten, mich von ihm zu befreien? Schließlich hatte er sich ja doch die Mühe gemacht, ihn in meinen Papierkorb zu verfrachten.

Würde er mich nicht »ganz aus Versehen« anrempeln und mir den Papierkorb im Vorbeigehen aus den Händen schlagen, so daß der Kopf dann durchs ganze Büro rollte?

Was ich brauchte, war ein Karton. Das war's. Wenn ich sicher war, daß mich niemand beobachtete, würde ich meinen Papierkorb blitzschnell in den Karton ausleeren. Dann würde ich mit dem Karton unter dem Arm den Büroraum verlassen, um ganz offensichtlich ein Paket zum Einpacken in die Versandstelle zu bringen – ich würde ihn aber statt dessen in den zum Heizofen führenden Schacht werfen.

Geeignete Kartons mußte es im Lagerraum der Firma geben.

Ich ging auf den Korridor hinaus und diesen hinunter bis zu der Tür an seinem anderen Ende. Ich öffnete sie und trat ein. Im Lagerraum war es dämmrig und still. Im Augenblick war offensichtlich niemand drin.

Ich ging auf den Tisch mit den leeren Kartons zu, der auf der anderen Seite des Raums stand. Auf halbem Weg blieb ich stehen. Ich sah die schwarzen Schuhe, die dunkelgrauen Hosen des Dienstanzuges, die…

Die Leiche hatte keinen Kopf – und neben ihr lag ein großes, blutiges Messer.

Ich hörte Schritte auf dem Korridor und sah durch das Milchglas eine Silhouette vor der Tür. Der Knauf drehte sich, und die Tür ging auf. Es war Reilly, der Bürochef. Er machte die Tür hinter sich zu.

Wieder an meinem Schreibtisch sitzend, runzelte ich die Stirn. Was hatte ich zuletzt getan? Diese verdammten Kopfschmerzen ruinierten mir noch mein Gedächtnis!

Miss Grinnel kam mit ein paar Dokumenten zu mir.

Sie blickte in meinen Papierkorb hinab und sah die zwei

Köpfe nebeneinanderliegen – den Kopf von Bronson und den Kopf von Reilly.

Sie riß die Augen auf.

Ich seufzte. Warum müssen sie denn auch immer zu schreien versuchen?

Ich langte in das unterste Schubfach meines Schreibtisches, holte das Messer heraus und benutzte es zum dritten Mal an diesem Vormittag.

Adieu, süßes Geld!

Sergeant Harrison kam in Peabodys Büro, nickte mir zu und wandte sich dann an Peabody mit der Frage: »Sie sind sicher, daß aus dem Tresorraum selbst sonst nichts entwendet wurde?«

»Ganz sicher«, sagte Peabody. »Er war unangetastet. Aber leider hat es der Dieb geschafft, die Schließfächer gründlichst zu plündern.«

»Fehlt irgend etwas außer Bargeld?«

»Ich habe noch nicht alle Opfer befragt, aber bisher sieht es so aus, als hätte er sich tatsächlich einzig und allein auf das Bargeld konzentriert. Schließlich sind wir ja auch nur eine Vorstadt-Filiale. Wir verfügen nicht über diesen ganzen Beton und den Stahl und die raffinierten Alarmsysteme wie die Hauptstelle«, sagte Peabody.

Harrison pflichtete ihm finster bei. »Offensichtlich ist er am Samstag nachmittag in den Raum mit den Schließfächern eingebrochen, nachdem der letzte Angestellte aus dem Haus war. Er hatte dann das ganze Wochenende für seine Arbeit, und ich nehme an, die Zeit hat er auch gebraucht.« Harrison kaute auf seiner Zigarre herum. »Haben Sie schon einen Überblick, wieviel Geld gestohlen wurde?«

»Noch nicht«, sagte Peabody.

Als sich Harrison verabschiedet hatte, kam Peabodys Sekretärin, Miss Hinckle, herein. »Dr. Reagan und seine Frau sind da.«

Peabody seufzte. »Ich *hasse* es, mit wütenden Leuten sprechen zu müssen.«

Miss Hinckle war unscheinbar, fürsorglich und voller Trost.

»Versuchen Sie, die Sache als Teil Ihres Jobs zu sehen.«

»Ich werde mich bemühen, Miss Hinckel«, sagte Peabody. »Bitten Sie sie herein.«

Dr. Reagan und seine Frau waren beide Ende Zwanzig.

»Also, was für eine Bank ist das hier eigentlich?« verlangte Reagan zu wissen.

»Es ist eine Zweigstelle«, antwortete Peabody. »Wir haben nicht den Beton und den Stahl und die Alarm...«

Mrs. Reagan war so aufgebracht wie ihr Gatte. »Aber Sie haben doch eine Versicherung, oder etwa nicht?«

»Mein Gott, ja«, sagte Peabody. »Wir sind hervorragend versichert. Was jedoch das Bargeld in den Schließfächern anbelangt, so ist der Versicherungsschutz nicht...« Er hielt inne. »Übrigens, was ist Ihnen denn abhanden gekommen? Schmuck? Wertpapiere?«

»Gutes bares Geld!« keifte Reagan. »Vierzigtausend Dollar.«

Peabody hob eine Augenbraue. »Wirklich? Sind Sie absolut *sicher*?«

Reagan explodierte. »Verdammt und zugenäht, natürlich bin ich sicher!«

Ich räusperte mich. »Dr. Reagan, nach unseren Unterlagen haben Sie erst kürzlich Ihr Praktikum beendet und arbeiten seit drei Jahren in einer Privatpraxis.« Ich zog ein Blatt in meinem Ordner zu Rate. »In diesen drei Jahren haben Sie insgesamt siebenunddreißigtausendfünfhundertdreiundachtzig Dollar und siebenundfünfzig Cent verdient, und zwar brutto.«

Reagan runzelte die Stirn. »Wer zum Teufel sind Sie denn?«

Peabody ergriff wieder das Wort. »Oh, tut mir leid, aber ich vergaß, Ihnen Mr. Anderson vorzustellen. Er ist vom Finanzamt… und das interessiert sich allem Anschein nach für das Ausrauben von Schließfächern, obwohl ich nicht genau weiß, wieso eigentlich.«

»Um genau zu sein, Dr. Reagan«, sagte ich, »interessiert die Finanzbehörde, wie Sie es geschafft haben, vierzigtausend Dollar beiseite zu legen, wo sich Ihr Einkommen doch nur auf siebenunddreißigtausendfünfhundertdreiundachtzig Dollar und siebenundfünfzig Cent belief.«

Dr. Reagans Gesicht verlor langsam die Farbe. Er fuhr sich mit der Zunge über die Lippen. »Beiseite legen? Habe ich was von beiseite legen gesagt? Ich habe das Geld von meiner Tante Bessie geerbt.«

Ich zog einen Kugelschreiber aus der Tasche. »Dürfte ich bitte den genauen Namen Ihrer Tante erfahren? Und das Datum ihres Todes? Wir überprüfen solche Sachen ganz gern, wissen Sie. Sie haben natürlich die Erbschaftssteuer bezahlt?«

Dr. Reagan fing an zu schwitzen. Er sah hilfesuchend seine Frau an.

Sie lachte auf, unbeschwert und schnell. »Mein Lieber, du hast so lange davon geredet, daß du dieses Geld erbst, daß du manchmal schon *meinst*, es sei wirklich passiert. Aber Tante Bessie ist noch putzmunter. Hast du das vergessen?«

Reagan wischte sich die Stirn mit dem Taschentuch ab. »Wie erklären wir dem Mann dann aber die Her…«

»Wir haben das Geld *gespart*, mein Lieber.« Ihre Stimme war jetzt gebieterisch. »Und es waren keine *vierzigtausend*

Dollar, sondern nur *viertausend* – für die wir auch die Einkommensteuer bezahlt haben. *Verstehst* du?«

Er war offenbar immer noch gewillt zu protestieren.

»*Lieber*«, sagte seine Frau mit Bestimmtheit, »was macht es denn jetzt noch für einen Unterschied, ob es vierzigtausend waren oder nicht? Es ist eh alles weg und, wie es aussieht, nicht von der Versicherung der Bank gedeckt... und du willst doch wohl nicht dafür ins Gefängnis kommen, daß du die Einkommensteuer für *imaginäre* vierzigtausend Dollar hinterzogen hast, nicht wahr, Henry?«

Er schüttelte benommen den Kopf. »Wahrscheinlich nicht, Liebes.«

»Und schließlich ist da, wo das herstammt, auch noch mehr«, sagte seine Frau.

Sein Gesicht hellte sich auf. »Das stimmt. Wenn ich nur drei Jahre gebraucht habe, um...« Er verstummte, und sein Gesicht umwölkte sich wieder. Dann sagte er: »Aber was ist, wenn das Gesundheitswesen verstaatlicht wird?«

Seine Frau nahm ihn am Arm. »Darüber werden wir nachdenken, wenn's soweit ist.«

Als die beiden fort waren, kehrte Miss Hinckle mit Kaffee und Sandwiches zurück. »Zeit für eine kleine Pause. Es hat keinen Sinn, die Sache zu übertreiben.«

»Miss Hinckle«, sagte Peabody, »ich weiß wirklich nicht, was wir ohne Sie täten.«

Peabody und ich brauchten drei Tage, um alle Opfer des Raubüberfalls zu befragen, und als wir damit fertig waren, machte ich uns einen Drink zurecht.

»Wie hoch ist die Gesamtsumme?« fragte ich.

»Unsere Klienten behaupten, sie hätten insgesamt zweihundertundzehntausend Dollar eingebüßt.«

»Und wieviel haben wir *tatsächlich* aus den Fächern rausgeholt?«

»Dank solcher Steuerhinterzieher wie den Reagans vierhundertsechzigtausend.«

»Gut«, sagte ich. »Das bedeutet einen Nettogewinn von zweihundertfünfzigtausend Dollar für uns. Ich werde die zweihundertzehntausend Dollar mit einem anonymen Zettelchen an die Polizei schicken, auf dem zu lesen steht, daß mir mein Gewissen keine Ruhe läßt und ich deshalb beschlossen habe, den vollen Betrag zurückzuzahlen. Der Fall wird zwar nicht gerade als abgeschlossen zu den Akten gelegt werden, aber niemand wird sich allzusehr mühen, den Dieb noch zu fangen, wo das Geld doch komplett zurückgezahlt worden ist. Aus der Sache wird die Luft raus sein, wenn ich das mal so sagen darf.«

Peabody lächelte. »Ich habe trotzdem das Gefühl, ein paar Leute dürften ihre Zweifel haben, ob wirklich die *ganze* Beute zurückgezahlt worden ist.«

»In diesem Falle können sie sich ja an das betreffende Finanzamt wenden, obwohl ich seltsamerweise den Verdacht habe, daß es keiner tun wird.« Ich nahm einen Schluck von meinem Martini und deutete ein Lächeln an. »Was mich betrifft, so scheint es mir nur angemessen zu sein, daß ich fünfzig Prozent von unserem Gewinn bekomme.«

Peabody blickte voller Unschuld zur Decke hinauf und sagte: »Es liegt auf der Hand, daß sich mein Anteil gleichfalls auf fünfzig Prozent belaufen sollte.«

»Nicht so eilig«, sagte da Miss Hinckle entschieden. »Da die ganze Sache *meine* Idee war und ich es auch gewesen bin, der Sie beide zusammengebracht hat, wird gerecht durch drei geteilt.«

Alles neu macht der Mai

Wen möchten Sie denn umgebracht haben?« fragte ich.

»Mich selbst«, antwortete Ralph Lynch.

Ah, dachte ich, mal wieder so einer! Ich sagte: »Es ist zwar nicht erforderlich, daß ich weiß, warum Sie sterben wollen, aber vielleicht könnten Sie doch meine Neugier befriedigen?«

»Ich stecke tief in Schulden. Meine Lebensversicherung würde die abdecken, und es würde noch genug übrigbleiben, um zu gewährleisten, daß meine Frau und die beiden Kinder ausreichend versorgt sind.«

»Sind Sie sicher, daß dies die einzige Lösungsmöglichkeit ist?«

Er nickte. Ralph Lynch war ein ernsthafter Mann Anfang Dreißig. »Sind Sie ein guter Schütze?« wollte er wissen.

»Ein ausgezeichneter.«

»Ich möchte gern einen Schuß ins Herz bekommen.«

»Eine kluge Wahl«, erwiderte ich, »und sauber. Die meisten Leute möchten, daß die Trauernden am offenen Sarg von ihnen Abschied nehmen. Ein geschlossener Sarg kann Anlaß zu so vielen Gerüchten und haltlosen Spekulationen geben. Schwebt Ihnen ein ganz bestimmter Zeitpunkt vor?«

»Ja, zwischen zwölf und ein Uhr mittags wäre ideal.« Er fügte erläuternd hinzu: »Ich bin Buchhalter bei der Sparkasse in Bayfield. Zwölf bis eins, das ist unsere übliche Mittagspause. Lediglich freitags bin ich immer sozusagen der Offizier vom Dienst. Zu dieser Zeit sind dann bloß ich und Miss Pendell in der Sparkasse.«

»Und Sie möchten, daß das Mädchen Zeugin wird?«

»Ja. Ich fürchte, daß es, wenn ich ohne Zeugen umkomme, einige Unsicherheit hinsichtlich der Art meines Todes geben könnte, was zu Schwierigkeiten mit der Versicherung führen würde.«

»Ich komme am Freitag so gegen zwölf Uhr dreißig in die Schalterhalle und erschieße Sie?«

»Schuß ins Herz«, wiederholte er seinen Wunsch. »Ich dachte mir, wir könnten es nach Raubüberfall aussehen lassen.«

»Da ist noch die Frage der Bezahlung.«

»Natürlich. Wieviel wird es kosten?«

Ich versuchte es mit einer Zahl. »Zehntausend.«

Er runzelte nachdenklich die Stirn. »Ich werde fünftausend anzahlen, und den Rest bekommen Sie danach, also wenn …« Er verstummte.

Ich lächelte. »Es liegt auf der Hand, daß es kein *danach* geben wird.«

Er gestand mir das zu, war aber gleichwohl nicht der Mann, der für eine Leistung voll bezahlte, bevor sie erbracht war. »Wir machen es folgendermaßen. Ich zahle Ihnen jetzt fünftausend Dollar, und den Rest stecke ich in einen Briefumschlag und lege ihn auf den Tresen in der Schalterhalle. Wenn Sie mich erschossen haben, können Sie sich den Umschlag nehmen und gehen.«

»Wie kann ich sicher sein, daß Sie den Umschlag nicht mit Zeitungspapierschnipseln oder so etwas gefüllt haben?«

»Sie können ja in den Umschlag schauen, bevor Sie mich erschießen.«

Das erschien einleuchtend. »Aber wie haben Sie es geschafft, diese zehntausend Dollar zusammenzukriegen, wo Sie doch fast pleite sind?«

»Ich habe sie während der vergangenen zwei Monate unterschlagen.« Er sah mich forschend an. »Sagen Sie mal, passiert es oft, daß solche Leute wie ich zu Ihnen kommen?«

»Nicht sehr oft.«

Um genau zu sein, hatte ich im Laufe meiner Karriere nur mit vier Fällen dieser Art zu tun bekommen, wobei ich drei davon zu meiner Zufriedenheit hatte abschließen können.

Die einzige Ausnahme war Elmo Peterson gewesen.

Elmo war Mathematiker an einer Oberschule dieser Stadt gewesen. Er hatte sich bis über beide Ohren in eine Miss Stevens verknallt, die Hauswirtschaft unterrichtete. Unseligerweise hatte Miss Stevens seine Gefühle nicht erwidert und war statt dessen so frei gewesen, einen Mitarbeiter des Schulamts zu ehelichen.

Elmo hatte brav an der Hochzeitszeremonie teilgenommen, gleich anschließend aber einen langen Spaziergang gemacht, der ihn schließlich in eine Hafenbar gelangen ließ, wo er die Bekanntschaft von Julius Farrow, einem meiner Agenten, machte. Nach vier Whiskey-Cocktails hatte Elmo Julius anvertraut, daß er den ernsthaften Wunsch habe zu sterben, daß ihn jedoch der Gedanke daran, es selbst tun zu müssen, abschrecke.

Julius hatte ihn dann an mich verwiesen.

»Ich nehme an, daß viele Leute ihre Meinung ändern, nachdem sie Sie angeheuert haben?« fragte Lynch.

»Ja, durchaus.«

»Aber wenn Sie erst einmal dafür bezahlt worden sind, einen Menschen umzubringen, lassen Sie sich nicht mehr davon abbringen? Egal, wie sehr die Leute bitten und betteln?«

Ich lächelte.

»Ich werde nicht um mein Leben bitten«, sagte Lynch mit Entschiedenheit.

»Aber werden Sie davonlaufen?«

»Nein, ich werde bestimmt nicht davonlaufen.«

Aber Elmo Peterson, der hatte es getan. Ich sah seinen Fall nach wie vor als unerledigt an, als Geschichte mit offenem Ende, die noch auf ihren Abschluß wartete.

Lynch zog einen dicken Briefumschlag aus der Tasche und zählte fünftausend Dollar in Hundertdollarscheinen auf den Tisch. »Kommen Sie schlicht und einfach nach Bayfield, erschießen Sie mich, und fahren Sie wieder weg. Die Sache dürfte nicht mehr als zehn Minuten dauern. Und denken Sie daran: ins Herz!«

Als er gegangen war, schloß ich die Tür ab. Dann begab ich mich zur Tür der benachbarten Suite und schloß sie auf.

Wenn ich mit zukünftigen Klienten verabredet bin, ist es seit jeher meine Praxis gewesen, zwei nebeneinanderliegende Zimmer oder Suiten zu nehmen. Das ist eine Vorsichtsmaßnahme für den unwahrscheinlichen Fall, daß mir jemand zu folgen beabsichtigt.

In der zweiten Suite nahm ich den falschen Bart, die grüngetönte Brille und die hellhaarige Perücke ab.

Ich stopfte diese Dinge zusammen mit meinem Hemd und meiner Jacke in die entsprechenden Fächer meiner Golftasche.

Dann schlüpfte ich in ein Freizeithemd, setzte mir eine langschirmige Basketballmütze auf und hängte mir die Golftasche über die Schulter.

Als ich das Haus verließ, war ich einfach jemand, der sich aufmachte, um eine Runde Golf zu spielen.

Auf dem Parkplatz des Hotels angekommen, sah ich gerade noch, wie Lynch in einer hellblauen Limousine davonfuhr. Ich merkte mir seine Autonummer.

Ich fuhr zur ›Binnacle Bar‹ in der Casey Street, wo ich mit Julius Farrow verabredet war.

Ich habe, überall im Land verteilt, eine Reihe von Agenten, die als Kollegen zu bezeichnen ich allerdings vorziehe. Wenn einer von ihnen einen potentiellen Klienten ausgemacht hat, gibt er in der jeweiligen Lokalzeitung unter VERLOREN die folgende Anzeige auf: *Entlaufen! Braunweißer Collie. Hört auf den Namen ›Veilchen‹. Belohnung!* Und dazu seine Telefonnummer.

All die Jahre hindurch haben wir, meine Kollegen und ich, eine durchaus freundschaftliche Beziehung zueinander unterhalten, und es hat immer nur eher geringfügige Schwierigkeiten gegeben, vor allem die, für nun schon dreizehn Collies mit Namen Veilchen gute neue Besitzer zu finden.

Zumindest oberflächlich betrachtet unterscheide ich mich nicht von meinen Nachbarn – höchstens darin, daß ich Abonnent von siebzehn amerikanischen und zwei kanadischen Zeitungen bin.

Julius Farrow hat einen durch und durch echten graumelierten Bart und den ruhigen Blick des Zuhörers. Er trägt stets die gleiche Regenjacke und die Schirmmütze eines Kapitäns der Handelsmarine. Man könnte meinen, er habe sein ganzes Leben auf dem Wasser zugebracht – in

Wirklichkeit aber ist er ein Buchhalter im Ruhestand, der von einer kleinen Rente lebt.

Er wohnt in einer der Vorstädte, aber jeden Tag nach dem Mittagessen zieht er sich seine »Uniform« an und fährt vorsichtig in die Stadt und ans Meer. Er verbringt seine Zeit damit, am Hafen und in den dortigen Bars herumzulungern, sich den Seemannstratsch anzuhören, gelegentlich einen auszugeben und einfach wenigstens ein winziger Bestandteil jenes Seemannslebens zu werden, auf das er zugunsten einer frühen Heirat und von fünf Kindern verzichtet hat. Vor Einbruch der Dunkelheit kehrt er in sein Zimmer im Haus seines Schwiegersohns zurück.

Ich fand ihn an einem zerkratzten Holztisch vor einem Glas Bier sitzend.

»Wieviel haben Sie gekriegt?« fragte er. »Haben Sie's mit?«

»Er hat mir fünftausend im voraus gezahlt.« Ich öffnete unter dem Tisch den Umschlag und zählte zweitausend Dollar ab.

Ich zahle meinen Agenten eine vierzigprozentige Provision. Ich nehme an, daß manche Leute dies für viel zuviel halten, aber ich bin der Ansicht, daß meine Kollegen mindestens genausoviel wie ich, wenn nicht mehr, für die Gewinnung neuer Kunden tun.

Julius Farrow ist einer meiner neuen Leute. Er hat mir bislang erst zwei Klienten geschickt – Elmo Peterson und jetzt Ralph Lynch.

Er faltete die Geldscheine zusammen und steckte sie in eine Tasche seiner Jacke.

»Wie haben Sie Lynch eigentlich gefunden?« fragte ich ihn.

»Im Grunde genommen schien es eher so, als fände er

mich. Ich saß gerade hier in der Bar und las die Nachmittagszeitung, als er hereinkam und sich ein Bier von der Theke holte. Als er das Bier ausgetrunken hatte, sah er zu mir herüber und fragte mich, ob ich was trinken wolle. Da sagte ich, ein Bier. Er holte zwei und setzte sich zu mir an den Tisch. Es dauerte nicht lange, da erzählte er mir schon von seinen Problemen und was sich seiner Meinung nach dagegen unternehmen ließe.«

»Kannte er Ihren Namen?«

»Nein, und ich hab ihn auch nicht genannt.«

»Aber er kam zu Ihnen und fing fast augenblicklich an, über seine Probleme zu reden?«

Farrow nickte langsam. »Wenn ich's recht bedenke, ging überhaupt die ganze Zeit die Initiative von ihm aus.«

Wir dachten eine Weile darüber nach, dann fragte ich: »Sind Sie sicher, daß Sie nie jemandem von unserer Geschäftsbeziehung erzählt haben?«

»Ich schwör's«, sagte Julius mit Entschiedenheit. »Der Schwur eines Kapitäns. Niemand auf der Welt weiß von dieser Beziehung. Außer natürlich Elmo Peterson.«

Peterson? Wäre es denkbar, daß Lynch durch Peterson auf Farrow gekommen war?

Meine Kollegen nennen den Klienten niemals ihre wirklichen Namen und Anschriften, aber trotzdem mochte Peterson genug gewußt haben, um Lynch dabei behilflich sein zu können, Farrow ausfindig zu machen.

Da waren Farrows Kapitänsuniform, sein Bart, die Tatsache, daß er sich häufig am Hafen aufhielt – und jetzt, wo sie mir auffiel, auch noch die sternförmige Narbe über seiner rechten Augenbraue.

Nein, jemand, der Farrow finden wollte, hätte wohl keine allzu großen Schwierigkeiten damit.

Also schön, dachte ich, mal angenommen, die Verbindung zu Lynch wäre über Peterson zustande gekommen – was änderte das?

»Julius«, sagte ich, »ich denke, Sie sollten im Augenblick noch nichts von dem Geld da ausgeben. Wenigstens so lange nicht, bis ich es freigegeben habe.«

Er schien meine Gedanken zu lesen. »Sie glauben, es ist vielleicht markiert worden? Oder die Polizei hat die Seriennummern?« Er lächelte matt und traurig. »Ich hoffe nur, wir müssen's nicht wegschmeißen.«

Das hoffte ich auch.

Am folgenden Tag fuhr ich nach Bayfield, wo Ralph Lynch lebte. Es war eine Fahrt von gut zweihundert Meilen, und ich kam kurz nach zwei dort an.

Bayfield schien ein richtiges Landstädtchen zu sein, dessen Geschäfte in der Mehrzahl an der Hauptstraße lagen. Ein Schild an der Ortseinfahrt wies darauf hin, daß die Stadt zweitausenddreihundertvierzehn Einwohner hatte.

Ich parkte meinen Wagen und betrat einen Drugstore. Ich ging zur Telefonzelle und blätterte das örtliche Fernsprechverzeichnis durch. Die Gelben Seiten – es waren zweiundzwanzig – informierten mich darüber, daß Bayfield unter anderem über drei Ärzte, einen Chiropraktiker, zwei Zahnärzte, sechs Kneipen, vier Kirchen, eine Sparkasse und vier Rechtsanwälte verfügte.

Ich stellte fest, daß einer der Anwälte Ralph Lynch hieß. Dieser Tatsache widmete ich ein paar Gedanken. Lynch hatte gesagt, er sei Buchhalter bei der Sparkasse. Konnte er gleichzeitig als Buchhalter und als Jurist tätig sein?

Mich den weißen Seiten zuwendend, machte ich die Entdeckung, daß es in der Stadt drei Petersons gab. Aber keiner von ihnen trug den Vornamen Elmo.

Ich verließ den Drugstore wieder und schlenderte langsam die Hauptstraße hinunter. Vor einem Friseurladen blieb ich stehen und besah mir die Wahlplakate.

Es sah so aus, als bewerbe sich Ralph Lynch nun auch noch um die Stelle des Staatsanwalts.

Ich seufzte und ging an der Sparkasse von Bayfield vorbei. Soweit ich sehen konnte, hielten sich im Inneren drei oder vier Angestellte und ein halbes Dutzend Kunden auf. Lynch vermochte ich nicht zu entdecken, aber er konnte sich ja auch in einem der Büros hinten im Gebäude aufhalten.

Ich begab mich in die nächstgelegene Bar. Es war ein kühles, stilles Lokal, in dem sich zwei Männer in Overalls und Jacken an der Theke mit dem Wirt unterhielten.

Ich bestellte eine Flasche Bier und setzte mich ans Ende der Theke, trank und hörte zu. Ich erfuhr, daß sich die Milchwirtschaft nicht mehr lohnte und daß man bei dem augenblicklich für Schweinefleisch zu erzielenden Preis auch dieses Geschäft nur aufgeben konnte.

Als die beiden ihr Bier ausgetrunken hatten, gingen sie.

Der Mann hinter der Theke wischte diese trocken und arbeitete sich dabei allmählich in meine Richtung, zu einer Unterhaltung bereit, vor. »Fremd in der Stadt?«

Ich überlegte mir, daß er beim besten Willen nicht alle zweitausenddreihundertvierzehn Einwohner der Stadt kennen konnte – und doch hatte er mich als fremd in der Stadt registriert. Wahrscheinlich, weil um diese Tageszeit jeder, der einen Geschäftsanzug trug, bei der Arbeit war – und das war ich ja ganz offenkundig nicht.

Während ich drei weitere Biere zu mir nahm – eines auf

Kosten des Wirts –, erfuhr ich unter anderem, daß sich Ralph Lynch, ein Junggeselle, um das Amt des Staatsanwalts bemühte, daß dies aber mit einem harten Kampf verbunden war, kam sein Gegenspieler doch aus der Kreisstadt, die mehr als achttausend Einwohner hatte – und die Leute neigten nun mal dazu, den Jungs aus den größeren Städten den Vorzug zu geben. Ich erfuhr ferner, daß die Frau des Polizeichefs Dakin Clara Lynch hieß und die älteste Schwester von Ralph war und daß dessen jüngere Schwester Amy gerade den neuen Mathematiklehrer der Oberschule geheiratet hatte.

Und wer war der neue Mathelehrer?

Ein Bursche namens Wilson, Jerome Wilson.

Ich verließ die Bar um Viertel vor drei und ging zu meinem Auto zurück. Ich hatte keinerlei Schwierigkeiten, die Oberschule von Bayfield zu finden. Ich parkte in der Nähe des noch neuen Gebäudes und sah zu, wie sich die Schulbusse in langer Reihe aufstellten und auf ihre Fahrgäste warteten.

Um zehn Minuten nach drei wurden im Inneren des Schulgebäudes Glocken hörbar. Bereits dreißig Sekunden später strömten Schüler heraus, von denen die meisten auf die Busse zusteuerten.

Die Mehrzahl der Busse hatte sich gefüllt und war davongefahren, bevor die ersten Lehrer aus dem Gebäude kamen.

Ich wartete und erblickte schließlich Elmo Peterson oder – wie er sich jetzt offenbar zu nennen beliebte – Jerome Wilson. Er war groß, leicht nach vorn gebeugt und Ende Zwanzig.

Ich beobachtete, wie er zu seinem Wagen ging. Falls er mich überhaupt bemerken sollte, machte das nichts. Bei unserer bislang einzigen Begegnung hatte ich ja den falschen Bart, die Sonnenbrille und die Perücke getragen.

In Petersons Fall war ich bereit gewesen, ihn gegen eine sofortige Zahlung von dreitausend Dollar zu töten, konnte er doch – als Lehrer – nicht mehr aufbringen.

Für sein Hinscheiden war kein spezieller Zeitpunkt vereinbart worden – er zog es vor, nicht zu wissen, wann es passieren würde –, nur, daß es innerhalb einer Woche zu geschehen hätte.

Als ich mich drei Tage später auf die Suche nach ihm gemacht hatte, war er nicht mehr da gewesen.

Ich erfuhr später , daß Peterson in den vierundzwanzig auf unser Gespräch folgenden Stunden zu dem Schluß gekommen war, daß das Leben, wenn auch nicht übermäßig viel, so doch immerhin ein bißchen was für sich hatte und er nicht sterben wollte.

Er war daraufhin zu dem Hotel zurückgerast, wo wir verabredet gewesen waren, aber ich war natürlich längst weg. Ich glaube nun mal an eine gewisse unmittelbare Mobilität.

Vom Hotel war Peterson zu der Bar gefahren, in der er Julius Farrow kennengelernt hatte – aber Julius war am Vormittag dieses Tages nach Norden gereist, um eines seiner Enkelkinder zu besuchen, und folglich nicht aufzutreiben gewesen.

Peterson war in Panik geraten, hatte die Koffer gepackt und sich aus dem Staub gemacht.

Ich sah jetzt, daß Peterson-Wilson in sein Auto einstieg und losfuhr. Ich folgte ihm.

Sechs Querstraßen weiter hielt er vor einem großen, aus der Mitte des neunzehnten Jahrhunderts stammenden Wohnhaus an. Er stieg aus und ging hinein.

Ich prägte mir im Vorbeifahren die Adresse ein. Ich bemerkte auch Lynchs hellblaue Limousine, die direkt vor Petersons Wagen stand.

Das ließ meine Gedanken zu Lynch zurückkehren.

Er hatte mich angelogen, als er gesagt hatte, er sei verheiratet und habe zwei Kinder. Wozu das? Um ein überzeugenderes Motiv dafür zu haben, daß er sich umbringen ließ?

Was zum Henker hatte er wirklich vor?

Ich kehrte zur Hauptstraße zurück und parkte hinter einem Gebäude, das das einzige Hotel von Bayfield zu sein schien. Ich nahm mir ein Zimmer und brachte meinen Koffer und die Golftasche hinauf.

Am nächsten Morgen – es war Freitag – frühstückte ich spät und bummelte dann einmal mehr die Hauptstraße entlang. Ich kam an einem dicken Menschen in Polizeiuniform vorbei. Sein Alter und Verhalten ließen mich annehmen, daß es sich um Polizeichef Dakin handelte.

Ich ging die Treppe zur Stadtbücherei hinauf und trat dort ein. Ich suchte mir ein Buch und setzte mich an einen Tisch in der Nähe eines der Fenster, die auf die Hauptstraße hinausgingen. Von dort hatte ich einen unverstellten Ausblick auf die Sparkasse.

Um zehn nach elf sah ich Polizeichef Dakin wieder – diesmal betrat er die Sparkasse.

Ich wartete.

Er kam nicht wieder heraus.

Elf Uhr dreißig, zwölf, zwölf Uhr dreißig. Er kam immer noch nicht wieder heraus.

Um ein Uhr kam Ralph Lynch aus der Sparkasse. Er sah die Straße hinauf, er sah die Straße hinunter. Er blickte auf seine Armbanduhr und ging wieder hinein.

Ich wartete weiter, denn Polizeichef Dakin machte mich neugierig. Würde er wohl jemals wieder zum Vorschein kommen?

Um Viertel vor zwei gab ich auf. Es war Zeit, die Stadt zu verlassen. Ich stellte das Buch ins Regal zurück und ging ins Hotel.

Als ich die Tür zu meinem Zimmer öffnete, wartete drinnen Dakin auf mich, seinen Revolver in der Hand.

Er lächelte. »Sie haben also beschlossen, sich nicht in der Sparkasse blicken zu lassen?«

Ob's nun etwas nützte oder nicht – ich verwandelte mich in die personifizierte Unschuld. »Mich blicken lassen? Weshalb mich blicken lassen?«

Er trat vor und tastete mich ab, fand aber keine Waffe.

Ich bemerkte, daß er meinen Koffer und auch die Golftasche durchsucht hatte. Mein falscher Bart, die Sonnenbrille und die Perücke lagen auf dem Bett.

Er steckte den Revolver in das Halfter zurück. »Als Sie Ihren Termin nicht einhielten, fragte ich mich, warum wohl nicht. Da waren doch diese fünftausend Dollar und warteten nur darauf, abgeholt zu werden, aber Sie taten's nicht. Warum nicht?«

Ich schwieg.

»Erweckte die ganze Anordnung Ihren Argwohn?« Er grinste. »Lynch trägt eine kugelsichere Weste. Nach Ihrem Schuß sollte er sich zu Boden fallen lassen und so tun, als wäre er tot. Dann sollte ich Ihnen aus meinem Versteck befehlen, die Waffe wegzuwerfen, oder ich würde Ihnen den Kopf wegpusten.«

Es war also doch eine Falle gewesen!

Dakin sprach weiter, um mich noch genauer ins Bild zu setzen. »Die ganze Sache hat mit Jerome Wilson angefangen. Ich sollte ihn vielleicht besser Elmo Peterson nennen. An einem Abend vor ungefähr einem Monat feierten wir drei, also Peterson, Lynch und ich, die Tatsache, daß Peterson durch Heirat zu unserem Verwandten werden sollte. Peterson ist das Zeug nicht gewöhnt, deshalb kam die ganze Geschichte nach 'ner Weile raus... die Geschichte, wie er Sie angeheuert hatte, damit Sie ihn umbrächten, und wie er dann weggelaufen war, um sein Leben zu retten. Er denkt, daß Sie wahrscheinlich immer noch hinter ihm her sind.«

Dakin lächelte erneut. »Das brachte Lynch auf eine Idee. Er bewirbt sich ja um die Staatsanwaltschaft und braucht, wenn er die Wahl gewinnen will, Unterstützung. Er dachte sich nun, daß das Ansehen, das er sich mit der Zerschlagung eines Mordsyndikats unter Einsatz des eigenen Lebens erwerben könnte, mehr als genug wäre, ihn den Wählern zu empfehlen. Deshalb entwickelte er diesen kleinen Plan.«

Dakin zog eine allem Anschein nach dem festlichen Anlaß gewidmete Zigarre aus der Innentasche seiner Uniformjacke. »Also, Sir, wie ich schon sagte, während ich drüben in der Sparkasse wartete, ging mir so allerlei durch den Kopf. Vielleicht hatten Sie ja Verdacht geschöpft und wollten von dem ganzen Deal nichts mehr wissen. Aber was hatte Sie mißtrauisch gemacht? Angenommen, Sie waren schon gestern abend hier, hatten sich heute morgen ein bißchen umgehört und umgesehen, und es hatte Ihnen nicht so besonders gefallen, was Sie dabei erfuhren? Hatten Sie deswegen die Stadt bereits verlassen? Oder waren Sie vielleicht noch da, um rauszukriegen, ob's eine Falle ist?«

Dakin steckte sich die Zigarre an. »Ich ging zum Telefon und rief Cecil hier im Hotel an... das ist der Portier. Ich fragte ihn, ob jemand ein Zimmer genommen hätte, der ihm vollkommen unbekannt wäre. Er nannte Sie, und Sie waren noch nicht abgereist. Da bin ich also zur Hintertür der Sparkasse raus und hintenrum hierher ins Hotel gegangen. Dann habe ich mich in Ihr Zimmer begeben und mich ein wenig umgesehen.« Er deutete auf die Sachen, die er aus der Golftasche geholt hatte. »Ich gehe mal davon aus, daß Sie, wenn Sie diese Dinge da anlegen, zu der Beschreibung passen, die mir Lynch von Ihnen geliefert hat.«

Ich seufzte. Weil ich dabei war, wegen Mordes ins Gefängnis zu wandern? Nein. Ins Gefängnis vielleicht, aber nicht wegen Mordes.

Die schlichte Wahrheit ist nämlich die, daß meine Kollegen und ich Betrüger sind. Wir haben noch nie irgend jemanden irgendwo zu irgendeiner Zeit umgebracht.

Wir sackten natürlich das Geld ein, aber dann machten wir uns aus dem Staub, ohne den Auftrag auszuführen. Dies jedoch nicht, ohne den vorgesehenen Opfern eine anonyme Nachricht zukommen zu lassen und sie davon in Kenntnis zu setzen, daß jemandem sehr an ihrem Tod gelegen sei, und dann Namen zu nennen.

Wenn dies auch sonst nichts bewirkte, es warnte wenigstens die Opfer.

Wir schickten auch immer eine gleichlautende Information an die Polizei. Ich bezweifle, daß dies je zu irgendwelchen Verhaftungen führte, denn es fehlten ja handfeste Beweise und Zeugen. Ich glaube aber, daß die schlichte, der Überprüfung dienende Befragung durch die Polizei meinen Klienten einen so gehörigen Schrecken einjagte, daß sie dann von weiteren Mordplänen Abstand nahmen.

Kurz gesagt, wir retteten Menschenleben und erzielten damit einen recht netten Gewinn.

Von unseren Klienten kamen niemals Beschwerden irgendwelcher Art. Schließlich geht ein Mann, der mich anheuert, damit ich irgend jemanden um die Ecke bringe, nicht zur Polizei, wenn ich den Mordkontrakt nicht einhalte.

Was die Fälle von Selbstzerstörung anbelangt, also etwa die Lynchs und Petersons, so ließ ich immer erst ein paar Tage verstreichen, bevor ich die Antragsteller aufsuchte. Jedesmal konnte ich nämlich feststellen, daß sie ihre Meinung über das Sterben geändert hatten, weshalb ich ihnen weiterzuleben »erlaubte«, wofür sie so dankbar waren, daß keiner von ihnen eine Rückzahlung verlangte.

So war ich auch gar nicht in der Absicht nach Bayfield gekommen, Lynch zu erschießen und mir bei dieser Gelegenheit die noch ausstehenden fünftausend Dollar abzuholen.

Was mich hierher geführt hatte, das war eigentlich viel eher ein Gnadenerweis. Ich hatte den Verdacht gehabt, daß sich Peterson in Bayfield oder seiner Umgebung aufhielt, und hatte ihn finden und davon unterrichten wollen, daß ich die Absicht, ihn zu töten, aufgegeben hätte.

Dakin paffte bedächtig seine Zigarre. »Also, Sir, ich hab schwer nachgedacht, als ich so lange warten mußte.«

Er sah mich prüfend an, derweil dreißig Sekunden verstrichen.

»Niemand weiß, daß ich hier bin«, sagte er dann. »Nicht einmal Lnych.«

Ich runzelte die Stirn und versuchte dahinterzukommen, welche Gründe das wohl haben mochte.

Dreißig weitere Sekunden verstrichen.

Schließlich schien er sich zu einem Entschluß durchgerungen zu haben. »Es geht um mein zickiges Weib. Ich kann das Zusammenleben mit ihr einfach nicht mehr ertragen, aber sie willigt nicht in ’ne Scheidung ein.« Er beugte sich vor. »Ich hab viertausend Dollar auf der Bank und bin bereit, sie *jedem* zu geben, der mir eine *Lösung* für mein Problem liefern kann.«

Ich starrte ihn an. Dann entspannte ich mich.

Ich hatte einen neuen Kunden.

Der Sparschwein-Killer

Sind Sie ein Berufskiller?« wollte er wissen.

»Natürlich«, antwortete ich.

Der Fragesteller war ein Junge von etwa zwölf Jahren, der eine Brille trug und eine saubere, wenn auch offenkundig abgetragene Jacke. »Gut«, sagte er. »Ich möchte, daß Sie meinen Großonkel väterlicherseits mit Namen James Rawlins ermorden. Ich kann Ihnen siebenundzwanzig Dollar und fünfzig Cent zahlen.« Er sah an mir vorbei in mein vollgestopftes Arbeits-Wohnzimmer. »Genaugenommen habe ich sogar siebenundzwanzig Dollar und sechsundfünfzig Cent, aber ich dachte mir, Sie würden vielleicht eine runde Summe vorziehen.«

»Ich nehme an, du hast auf ein Fahrrad gespart?«

»Nein, auf das *Internationale Wörterbuch* von Webster, dritte Auflage. Trotz allem, was die Leute darüber sagen.«

Ich bat ihn herein und befreite einen Stuhl von den daraufliegenden Büchern. »Warum möchtest du denn deinen Onkel Rawlins umgebracht haben?«

»Er mischt sich in die Ausbildung meiner Mutter ein.«

Ich fing an, mir eine meiner geradstieligen Pfeifen zu stopfen. »Vielleicht könntest du das mal etwas genauer erklären?«

»Die Situation ist ganz einfach«, sagte er. »Meine Mutter ist Witwe. Mein Vater starb, als ich drei war. Seine Eltern, also meine Großeltern, waren bei einem Autounfall ums Leben gekommen, als er zehn war, und da hatte es

Onkel James übernommen, ihn großzuziehen. Onkel James ist ziemlich reich. Da er dann aber mit der Heirat seines Neffen nicht einverstanden war, blieben wir bei Vaters Tod völlig mittellos zurück. Onkel James – dem im übrigen nie etwas daran gelegen war, mich mal kennenzulernen – hat uns in den vergangenen neun Jahren mit einer kleinen monatlichen Geldsumme widerwillig am Leben erhalten, aber jetzt droht er damit, die Zahlungen einzustellen, sollte Mutter nicht vom College abgehen.«

Ich konnte mich des Eindrucks nicht erwehren, daß der Junge *Krieg und Frieden* auf die Rückseite einer Postkarte hätte schreiben können. »Dein Onkel James ist gegen eine höhere Bildung für Frauen?«

»Ich glaube nicht, daß es das ist«, sagte er. »Ich glaube, daß er in all diesen Jahren ein gewisses sadistisches Vergnügen an unserer Abhängigkeit von ihm empfunden hat.«

»Und damit wird es ein Ende haben, wenn deine Mutter ihre Ausbildung abgeschlossen hat?«

»Gewiß doch. Meine Mutter hat seine Wohltätigkeit akzeptiert und sich keinen Job gesucht, weil sie der Ansicht war, sie sollte lieber mir in meinen entscheidenden Kindheitsjahren ihre ungeteilte Aufmerksamkeit widmen. Jetzt bin ich jedoch zwölf und komme bald auf die Oberschule, und Mutter meint, daß sie jetzt eigentlich ihr Studium gefahrlos beenden könnte. Als sie das College verließ, um zu heiraten, war sie noch in den Anfangssemestern gewesen. Sie möchte gern Lehrerin werden und uns auf diese Weise zur Unabhängigkeit verhelfen.«

»Warum erklärt sie ihre Unabhängigkeit nicht auf der Stelle dadurch, daß sie sich einen Job sucht?«

»Das wird sie tun, sollte sie nicht weiter aufs College gehen können. Ich halte das aber für ganz und gar nicht klug. Was für einen Job könnte denn eine Frau ohne jede Ausbildung und im Alter von zweiunddreißig Jahren schon kriegen? Vor allem, wenn man die Automatisierung in Betracht zieht.«

»Wie heißt du?«

»Donald.«

»Schön, Donald«, sagte ich. »Ist dir schon mal in den Sinn gekommen, daß die monatlichen Zuwendungen deines Onkels, wie klein sie auch sein mögen, vollkommen ausbleiben werden, wenn ich ihn umbringe?«

»Ja, durchaus. Andererseits bin ich sein einziger Blutsverwandter, und ich glaube schon, daß ich am Ende doch einen gewissen Teil seines Vermögens bekommen werde, ob ich nun in seinem Testament berücksichtigt worden bin oder nicht. Ich nehme an, daß die Begünstigten einer gütlichen Einigung den Vorzug vor einer gerichtlichen Auseinandersetzung geben werden.«

Der Junge hatte offenbar an alles gedacht. »Donald«, sagte ich, »laß uns mal an den Anfang zurückkehren. Wie bist du eigentlich zu der Annahme gelangt, daß ich überhaupt bereit sein könnte, irgend jemanden für siebenundzwanzig Dollar und fünfzig Cent umzubringen?«

»Das habe ich gar nicht angenommen. Dies alles war ja nur ein Schachzug, um Ihre Sympathie zu gewinnen. Ich dachte, Sie würden es vielleicht auch umsonst machen. *Falls* Sie sich dazu entschließen würden, Onkel James umzubringen.«

»Es freut mich, daß du dieses *falls* betont hast«, erwiderte ich. »Denn das bringt mich zu meinem zweiten Punkt. Was hat dich auf die Idee gebracht, ich wäre ein Berufskiller?«

Er lächelte. »Das haben Sie doch gesagt, oder nicht?«

»Mein lieber Junge«, sagte ich, »wenn ich ein Klopfen an der Tür höre und dann vor einem kleinen Jungen stehe, der sich ganz unbekümmert erkundigt, ob ich ein professioneller Killer sei ... also, was erwartest du denn dann, daß ein Mann von meinem heftigen Temperament antwortet?«

Er grinste. »Genau das, was Sie geantwortet haben.«

Ich wurde ein wenig rot. »Wenn du aufs College kommst, Donald, auf welches Fachgebiet gedenkst du dich dann zu spezialisieren?«

»Psychologie.«

Ich war nicht im geringsten überrascht. »Warum hast du ausgerechnet an meine Tür geklopft, wo es doch noch so viele andere Menschen auf dieser Welt gibt? Und woher wußtest du über mein Temperament Bescheid?«

»Meine Mutter ist zufällig Teilnehmerin Ihres Kurses zur Vergleichenden Literaturwissenschaft.«

Ich überlegte. Ach ja, Madelaine Rawlins! Hervorragende Studentin. Ich entsann mich sofort ihres Oktober-Referats zum Thema *Warum Frauen Hemingway nicht lesen*.

»Aber sie hat doch sicherlich auch noch andere Lehrer und Professoren? Warum bist du zu mir gekommen?«

»Sie sind eben der, von dem sie spricht.«

Ich war natürlich neugierig. »Wohlwollend?«

»Ja und nein«, sagte Donald. »Aber wie dem auch sei, ich kenne keine erwachsenen Männer und mußte mich eben an irgendeinen wenden.«

Ich seufzte. »Was, um alles in der Welt, soll ich denn deiner Meinung nach jetzt machen?«

»Tja, ich dachte mir, Sie könnten Onkel James mal aufsuchen. Mit ihm reden. Aber wenn das nichts bringt, und das wird es wahrscheinlich nicht, könnten Sie ihm ja sagen, daß ich Sie angeheuert habe, damit Sie ihn umbringen.«

»Warum erzählst du ihm das nicht selbst?«

»Er würde mich nicht ernst nehmen. Aber wenn er es von einem Erwachsenen hört, dann glaubt er es vielleicht. Sie könnten sogar so tun, als dächten Sie ernsthaft daran, den Job zu übernehmen.«

»Und du glaubst, daß ihm eine solche Drohung, wenn sie von einem Assistenz-Professor kommt, fürchterliche Angst einjagt?«

»Sie müssen ja nicht erwähnen, daß Sie Professor sind. Sie könnten das irgendwie offenlassen. Soll er doch denken, was er will.«

»Daß ich wirklich ein Berufskiller bin?«

»Warum nicht?«

Ich schüttelte den Kopf. »Wenn du deine Psychologie-Seminare besuchst, Donald, dann schlafe nicht. Du mußt noch eine Menge lernen. Ich habe für das Problem deiner Mutter vollstes Verständnis, bin aber ganz und gar nicht gewillt, irgend jemandem zu drohen.«

Ich erwartete, daß er auf seinem Anliegen beharren würde, aber er lächelte bloß und stand auf. »Dann werde ich wohl mal wieder losziehen.«

Ich ließ ihn bis zur Tür gehen, bevor ich erneut das Wort ergriff. »Sag mal, Donald, wenn du wirklich jemanden dafür gewinnen könntest, deinen Onkel zu ermorden, würdest du's dann tun?«

Sein Gesicht verhärtete sich. »Ja, das würde ich.«

Am nächsten Morgen suchte und fand ich während meiner Vorlesung zur Vergleichenden Literaturwissenschaft die regelmäßigen Gesichtszüge und die überaus attraktive brünette Frisur von Donalds Mutter. Gegen Ende der Stunde unterbrach ich mich kurz und sagte: »Mrs. Rawlins, würden Sie bitte nach der Vorlesung noch einen Augenblick dableiben.«

Als wir allein waren, sah sie mich erwartungsvoll an. »Ja, Professor Weatherby?«

»Hat Ihr Sohn Ihnen berichtet, daß er gestern abend bei mir war, Mrs. Rawlins?« fragte ich sie.

Sie hob die Augenbrauen. »Aber nein!«

»Er bot mir siebenundzwanzig Dollar und fünfzig Cent für die Ermordung seines Onkels James.«

Sie lächelte kaum sichtbar. »Haben Sie den Job angenommen?«

Ich räusperte mich. »Er hat mir von Ihrer mißlichen Lage erzählt. Haben Sie vor, die Universität wieder zu verlassen?«

»Ich nehme an, das werde ich wohl müssen. Obwohl ich wünschte, ich könnte wenigstens dieses Semester noch zu Ende bringen.«

»Der Onkel Ihres Mannes scheint nur sehr wenig Kontakt zu Ihnen zu haben. Wie hat er denn herausgefunden, daß Sie wieder studieren?«

»Ich schreibe ihm ungefähr alle sechs Monate einen Brief. Es ist mehr oder weniger eine Pflichtübung, er antwortet mir nie. Und da habe ich es mal erwähnt. Ich dachte, er würde sich über die Aussicht freuen, uns schon bald nicht mehr am Hals zu haben. Offensichtlich war das aber nicht der Fall. Sein Anwalt hat mich in diesem Sinne unterrichtet.«

»Ihr Sohn meinte, Sie würden lieber einen Job annehmen als diese Zuwendungen?«

»Ja, wenn ich einen finden könnte.«

»Donald war anscheinend der Ansicht, ich könnte in dieser Hinsicht hilfreich sein. Über die Ermordung seines Onkels James hinaus, meine ich.«

Die grauen Augen sahen mich forschend an. »Und könnten Sie das?«

Ich fühlte mich ein bißchen unbehaglich. »Ich vermag nicht zu sehen, welchen Einfluß ich nehmen könnte.«

»Hatte Donald irgendeinen Vorschlag zum weiteren Vorgehen parat?«

»Hm... ja. Er meinte, ich solle zu seinem Onkel gehen und versuchen, ihm gut zuzureden. Und wenn das zu nichts führe...«

Sie lächelte erneut. »Ja?«

Mein Hemdkragen war definitiv zu eng. »Aber die ganze Sache ist doch lächerlich. Ich bin für Sie, für Donald und für seinen Onkel ein gänzlich fremder Mensch.«

»Natürlich«, sagte sie. »Deshalb besteht auch keinerlei Veranlassung für Sie, sich in dieser Sache zu engagieren.« Sie blickte auf ihre Armbanduhr. »Dürfte ich jetzt wohl gehen? Ich möchte zu meinem nächsten Kurs nicht zu spät kommen.«

Als sie gegangen war, setzte ich mich auf einen der Stühle im Auditorium und ließ mich auf den Prozeß des Nachdenkens ein. Schließlich seufzte ich mich bis zu einer Entscheidung durch.

Ich traf ungefähr um halb drei bei Rawlins Tool & Die ein.

Die Sekretärin von James Rawlins hatte eng zusammenstehende Augen und schien Kopfschmerzen zu haben. »Von welcher Firma kommen Sie?«

»Von gar keiner«, antwortete ich. »Ich möchte Mr. Rawlins in einer persönlichen Angelegenheit sprechen.«

»Mr. Rawlins ist ein äußerst beschäftigter Mann. Vielleicht könnten Sie kurz andeuten, worum es sich bei dieser persönlichen Angelegenheit handelt?«

»Nein«, erwiderte ich, »das kann ich nicht.«

Sie sah mich kalt an. »Setzen Sie sich. Ich werde Sie wissen lassen, wann – und ob – Mr. Rawlins für Sie zu sprechen ist.«

Vielleicht war es ja ihr zu verdanken – jedenfalls ließ man mich fünfundvierzig Minuten lang warten, bevor sie sich schließlich herabließ, mich in das Büro des Chefs zu geleiten.

James Rawlins war groß und grauhaarig, aber sonnengebräunt und offenkundig fit. Es erfüllte ihn wahrscheinlich mit Stolz, beim Tennis Gegner schlagen zu können, die dreißig Jahre jünger waren als er.

Er blickte ungeduldig auf seinen Terminkalender hinab. »Mr. Weatherby?«

»Ja.« Ich beschloß, sofort zur Sache zu kommen. »Mr. Rawlins, man hat mir siebenundzwanzig Dollar und fünfzig Cent dafür geboten, daß ich Sie umbringe.«

Er sah auf. »Das ist die originellste Art, Geld zu schnorren, die mir je begegnet ist. Soll ich Ihnen jetzt dreißig Dollar dafür bieten, daß Sie's nicht tun?«

»Nein.«

»Und wer hat Ihnen dieses großzügige Angebot unterbreitet?«

»Ihr Großneffe.«

Seine Augen wurden hart. »Wer sind Sie eigentlich?«

»Weatherby«, antwortete ich. »Aber über diese Information verfügen Sie ja bereits. Alles andere ist unwesentlich.« Meine Aufmerksamkeit wurde kurz von einem Bücherschrank abgelenkt, in welchem eine Reihe von Trophäen standen, die sein überragendes Können auf den Gebieten Tennis, Golf und Segeln würdigten. »Mr. Rawlins«, sagte ich dann, »Sie haben während der vergangenen neun Jahre Ihren Großneffen und seine Mutter in karger Weise unterstützt, haben nun aber, wo Aussicht besteht, daß Ihre überwältigende Großzügigkeit nicht mehr in Anspruch genommen wird, Einwände.«

»Das ist meine Angelegenheit.«

»Wie dem auch sei«, erwiderte ich, »es scheint, daß Madelaine Rawlins lieber einen Job hätte, als weiterhin Geld von Ihnen und zu Ihren Bedingungen zu erhalten.«

Er errötete vor Ärger. »Was für einen Job kann sie denn schon kriegen? Den einer Serviererin im Restaurant? Schön, soll sie doch.«

»Ich habe den Eindruck, als wollten Sie in Wirklichkeit Ihren Neffen immer noch dafür bestrafen, daß er sich Ihren Wünschen widersetzt und sich selbst eine Ehepartnerin gesucht hat.«

Sein Gesicht war noch immer hochrot. »Wie zum Teufel ist mein Großneffe darauf gekommen, mit seinen elenden paar Dollar zu Ihnen zu gehen?«

»Er dachte, ich könnte ihm vielleicht helfen.«

Er sah mich prüfend an, und Argwohn schlich sich langsam in seinen Blick. »Und auf welche Weise, meinte er, könnten Sie ihm helfen?«

Ich langte in die Innentasche meines Mantels, um meinen Tabaksbeutel herauszuholen. Die Bewegung schien in seinen Adern einen galvanischen Strom zu erzeugen. Er zuckte zusammen und wartete angespannt.

Ich zögerte, beurteilte die Lage und lächelte dann bedeutsam. Ich zog die Hand leer aus der Manteltasche – für diesmal, schien die Bewegung sagen zu wollen.

Rawlins versuchte ein schwaches Lächeln. »Natürlich würden Sie niemanden für siebenundzwanzig Dollar und fünfzig Cent umbringen, oder?«

»Selbstverständlich nicht«, sagte ich. »Geld ist jedoch nicht alles.« ›Also wirklich, Weatherby!‹ sagte ich zu mir selbst, ›warum sagst du bloß solche Sachen?‹

Er fuhr sich mit der Zunge über die Lippen. »Und natürlich würden Sie auch niemanden in seinem Büro umbringen, wo er von buchstäblich Hunderten von Mitarbeitern umgeben ist?«

Ich fürchte, ich zeigte ihm meine Zähne. »Wie ich hörte, ist heutzutage der sicherste Ort, um jemanden umzulegen, die Grand Central Station zu einer der Stoßzeiten. Niemand besitzt die Entschlußkraft einzuschreiten, und die tausend Zeugen erzählen tausend verschiedene Geschichten.«

Rawlins schwitzte jetzt.

Ich riß mich zusammen. Irgendwie war ich aufs falsche Gleis geraten, und nun blieb mir – zumindest im Interesse eines logischen Handlungsablaufs – eigentlich kaum mehr etwas anderes übrig, als ihn umzubringen.

Ganz offenkundig war ein Rückzug angesagt.

Ich ließ meinen Blick auf der Suche nach einer Eingebung durch den Raum schweifen. Er fiel auf das gerahmte Foto einer Football-Mannschaft aus der Zeit der zwanziger Jahre. Zweifellos stand Rawlins in einer der Reihen.

»Mr. Rawlins, Sie haben Ihren Großneffen noch nie gesehen?« fragte ich ihn.

»Nein, noch nie.«

»Auch nicht mit ihm gesprochen?«

»Nein.«

Ich sah auf meine Armbanduhr. Ja, es war jetzt ungefähr

der richtige Zeitpunkt. »Mr. Rawlins«, sagte ich, »ich möchte, daß Sie mit mir kommen.«

Er war ganz und gar nicht erbaut.

»Es wird Ihnen nichts geschehen«, sagte ich. »Ich gebe Ihnen mein Wort.«

Mein Wort bedeutete ihm offensichtlich nicht sehr viel, aber andererseits kam er doch zu dem Schluß, daß ihm wohl keine andere Wahl blieb. Er seufzte und erhob sich.

Im Vorzimmer blieb er beim Schreibtisch seiner Sekretärin stehen und räusperte sich. »Dora, wenn ich in einer Stunde nicht zurück bin, dann rufen Sie bitte meinen Cousin Horatio an und sagen Sie ihm, daß ich's heute nicht mehr schaffe.«

O je, dachte ich, da Donald mir erzählt hat, daß er der einzige lebende Blutsverwandte von James Rawlins ist, ist diese Geschichte mit dem Cousin Horatio offensichtlich ein Hilferuf.

Seine Worte – und wahrscheinlich auch ihr Tonfall – hatten Dora alarmiert. Sie starrte mich an, und ich hatte das unbehagliche Gefühl, daß sie sich meine Gesichtszüge für eine eventuelle Gegenüberstellung bei der Polizei einprägte.

Ich lächelte. »Was Ihr Brötchengeber präzise und unmißverständlich zum Ausdruck bringen will, ist, daß Sie wenigstens eine Stunde lang niemanden, absolut niemanden anrufen sollen. Andernfalls könnten unsere geschäftlichen Verhandlungen ein unbefriedigendes Ende nehmen.« Ich wandte mich, eine Bestätigung erwartend, Rawlins zu.

»Ja«, sagte er hastig, »rufen Sie eine Stunde lang niemanden an, und sprechen Sie auch mit keinem Menschen.« Er versuchte es mit Optimismus. »Bis dahin werde ich sicher wieder zurück sein, nicht wahr?«

»Aber natürlich«, sagte ich.

Fünf Minuten später fuhren wir in meinem Wagen davon. Ich wählte völlig willkürlich die Stevenson High School aus und hielt an deren Sportplatz an. Das erste und das zweite Team waren gerade bei ihrer täglichen Rangelei.

»Und was weiter?« fragte Rawlins.

»Nur zuschauen«, antwortete ich.

Nach etwa zehn Minuten gelang es einem der Hinterspieler, die gegnerischen Reihen zu durchbrechen, dreißig Meter ungehindert auf und davon zu laufen und erfolgreich einen Versuch abzuschließen. Es war ein großer, gutaussehender Junge, und er grinste, als er den Ball ins Spielfeld zurückwarf.

»Das ist Ihr Großneffe«, sagte ich.

Rawlins starrte den Jungen eine ganze Minute lang an. Auf seinem Gesicht erschien ein verkniffenes Lächeln. »Er ist also groß und stark und kann Football spielen. Und was soll ich jetzt tun? Zum Anwalt rennen und mein Testament ändern?«

»Das könnte durchaus hilfreich sein«, sagte ich. »Im Augenblick jedoch schlage ich einfach nur vor, daß Sie Donalds Mutter den monatlichen Betrag wie bisher zukommen und die Einwände gegen ihren College-Besuch fallenlassen.«

Sein Blick wanderte wieder zu dem Jungen hin.

»Da ist noch etwas«, sagte ich. »Ich möchte, daß Sie nie mit ihm sprechen, ihn nie wiedersehen. Ich glaube, das ist besser für ihn.«

»Soll das ein Befehl sein?«

»Ja.« Ich ließ den Motor an und fuhr los. »Übrigens würde ich mir nicht die Mühe machen, wegen dieser Geschichte zur Polizei zu gehen. Erstens stünde in einem solchen Fall lediglich Ihr Wort gegen meins, und zweitens glaube ich nicht, daß Sie viel Freude an einer Publicity hätten, die Sie einem Großneffen verdanken, der für Ihren Tod siebenundzwanzig Dollar und fünfzig Cent bietet.«

»Und wenn ich nun keiner einzigen Ihrer Anregungen Folge leistete, würden Sie sich dann ... meiner annehmen?«

Ich lächelte – gerade so, dachte ich, wie ein kaltschnäuziger Killer lächelt – und sagte nichts.

Um ehrlich zu sein, machte mir die Sache großen Spaß – sowohl des Spiels als auch des Erfolges wegen.

An der Ecke 6. Straße und Wells Avenue mußte ich direkt gegenüber dem Polizeipräsidium vor einer roten Ampel halten. Augenscheinlich war dort gerade Schichtwechsel, denn Dutzende von uniformierten Polizisten kamen die breite Betontreppe herunter.

Rawlins öffnete schnell die Wagentür und stieg aus.

Ich war natürlich beunruhigt. »Haben Sie vergessen, was ich Ihnen hinsichtlich eines Besuches bei der Polizei sagte?«

»Nein, ich habe es nicht vergessen, und ich habe auch nicht die Absicht, zur Polizei zu gehen. Ich weiß sie jedoch gern um mich, verschafft mir das doch die Sicherheit, Sie von zweierlei in Kenntnis setzen zu können. Erstens war das gar nicht mein Großneffe.«

Ich runzelte die Stirn. »Sie sagten doch, Sie hätten ihn noch nie gesehen.«

»Habe ich auch nicht. Das heißt, nicht in natura. Aber seine Mutter hat es sich anscheinend zur Aufgabe gemacht, mir alljährlich ein Foto von ihm zu schicken, weshalb ich sehr wohl weiß, wie er in Wirklichkeit aussieht.«

Er lächelte, aber auf humorlose Art und Weise. »Und

zweitens habe ich mir, bevor ich zu Ihnen in den Wagen gestiegen bin, dessen Zulassungsnummer eingeprägt. Ich werde nun einen detaillierten Bericht über den Vorfall schreiben, in dem auch Ihre Wagennummer erwähnt werden wird, und diesen an einem sicheren Ort hinterlegen. Sollte mir etwas zustoßen, wird die Polizei sofort wissen, wer dafür verantwortlich ist.« Er schlug die Autotür zu.

Die Ampel war auf Grün gesprungen, und es blieb mir nichts anderes übrig, als weiterzufahren. Ich wußte nicht, ob ich eher peinlich berührt oder eher deprimiert war, aber welche Empfindung auch stärker sein mochte, ich kam gleichwohl zu dem unangenehmen Schluß, daß es meine Pflicht sei, die beteiligten Parteien von meinem Scheitern zu unterrichten. Ich hielt an der Telefonzelle eines Drugstores, um die Adresse von Madelaine Rawlins im Fernsprechverzeichnis nachzusehen.

Als ich bei ihr eintraf, öffnete mir auf mein Klingeln hin Donald die Tür des Einfamilienhauses. »Oh, hallo Professor.« Er führte mich in das behagliche Wohnzimmer.

»Wo ist denn deine Mutter?« fragte ich.

»Sie ist zum Einkaufen. Im Supermarkt, glaube ich.«

Ich setzte mich. »Ich fürchte, Donald, ich habe alles nur noch schlimmer gemacht, als es schon war.«

Als ich mit meinem Bericht über das Zusammentreffen mit James Rawlins fertig war, lächelte Donald.

Ich wurde ein bißchen rot. »Tja, ich hab's versucht.«

»Das ist schon in Ordnung«, sagte er. »Sie sind sehr viel weiter gekommen, als ich dachte.«

»Dann hast du damit *gerechnet*, daß ich scheitere?«

Er zuckte die Achseln. »Ich habe nur gedacht, daß es ziemlich schwierig werden könnte, mit Onkel James zu reden.«

Ich betrachtete ihn mit neuerwachtem Interesse. »Da ist mir gerade etwas eingefallen, Donald. Nachdem du mit deiner Geschichte zu mir gekommen warst, was habe ich da wohl mit größter Wahrscheinlichkeit als erstes getan?«

»Ich weiß es nicht.«

»Aber sicher weißt du es. Das erste, was ich tun würde, wäre doch, zu deiner Mutter zu gehen und mit ihr zu sprechen. Stimmt's? Und wahrscheinlich würde sie mich beeindrucken?«

»Könnte sein.«

Ich lächelte. »Donald, ich habe das eigenartige Gefühl, daß dir, als du zu mir kamst, eine Lösung deines Problems vorschwebte, die du nicht erwähnt hast.«

»Tatsächlich?«

»Ja«, sagte ich. »Wie kommt es eigentlich, daß deine Mutter nie wieder geheiratet hat?«

»Das weiß ich nicht. Ich nehme an, weil intelligente Männer sehr dünn gesät sind.«

Er sah nach der Uhr. »Ich *glaube*, sie ist zum Einkaufen gegangen.« Er stand abrupt auf und ging zu einem an der Wand stehenden Sekretär. Er zog das oberste Schubfach auf und schien erleichtert zu sein. »Ja, sie ist noch da.«

»Was ist noch da?« fragte ich ganz automatisch.

»Die Pistole«, sagte Donald.

Ich erhob mich aus meinem Sessel und trat zu ihm. Der Griff einer Waffe, bei der es sich allem Anschein nach um einen Selbstlader handelte, ragte aus der Schublade heraus, die ansonsten mit Büchern vollgepackt war. »Ist sie geladen?«

»Das sollte sie eigentlich nicht sein«, sagte Donald. »Ich habe das Magazin geleert.«

Ich faßte in die Schublade. Die Waffe schien eingeklemmt zu sein, und ich zog an ihr. Da löste sich ein Schuß.

Ich schloß kurz die Augen. »Offensichtlich war sie doch geladen.« Ich zog das Magazin heraus und besah es mir. »Es ist voll, und augenscheinlich hat jemand noch eine zusätzliche Patrone in den Lauf gesteckt.«

Donald nahm ein paar der Bücher heraus. »Nichts passiert. Die Kugel ist nur durch ein paar von denen durchgegangen und im letzten steckengeblieben.«

»Donald«, sagte ich, »du hattest die Befürchtung, deine Mutter könnte die Pistole an sich genommen haben. Warum?«

Er klemmte sich die Bücher unter den Arm. »Ich lasse die hier mal verschwinden. Mutter muß nicht unbedingt erfahren, was hier passiert ist.« Er lächelte schwach. »Sie könnte sonst meinen, Sie seien nicht sonderlich intelligent.«

Er ging offensichtlich in den Keller hinunter, denn ich hörte, wie die Klappe eines Heizungsofens geöffnet wurde.

Durch das vordere Fenster erblickte ich Madelaine, die mit zwei Tüten voller Lebensmittel den Weg zur Haustür heraufkam.

Hatte sie dieses ganze Gerede über eine Ermordung von James Rawlins vielleicht auf die Idee gebracht, ihr Problem selbst zu lösen und ... Ich blickte auf die Pistole in meiner Hand hinab. Aus den Augen, aus dem Sinn! Ich schob die Waffe schnell unter das Sofa.

Ich mußte unbedingt unter vier Augen mit Madelaine sprechen. Sollte das jetzt nicht möglich sein, würde ich es morgen in der Universität tun.

Madelaine öffnete die Haustür. »Nanu, Professor! Wie nett, Sie zu sehen.«

Donald kehrte aus dem Keller zurück, und ich berichtete noch einmal von meiner Begegnung mit James Rawlins.

Madelaine schüttelte den Kopf. »Sie hätten sich wirklich nicht all diese Umstände machen sollen. Ich bin sicher, daß sich alles finden wird.« Sie ging in Richtung Küche. »Möchten Sie nicht zum Abendessen bleiben?«

»Tja…«, sagte ich und war leicht zu überreden.

Alles in allem war es ein sehr vergnüglicher Abend, der den Tag wettmachte. Ich ging erst nach neun.

Am nächsten Morgen warteten nach meinem ersten Seminar zwei Männer auf mich. Sie zeigten mir ihre Marken und wiesen sich aus.

»Wir möchten Sie bitten, uns ins Präsidium zu begleiten«, sagte Sergeant Waller. »Gestern abend gegen elf Uhr dreißig ist James Rawlins erschossen worden.«

Mich ergriff ein plötzliches, mich überwältigendes Entsetzen. Warum hatte ich nicht gestern abend noch ein Gespräch mit Madelaine herbeigeführt? Vielleicht hätte ich sie dann davon abhalten können…

Waller fuhr fort: »Als sein Anwalt heute morgen von dem Vorfall erfuhr, kam er mit einem verschlossenen Briefumschlag zu uns, den Rawlins ihm am Vorabend überreicht hatte. Wir fanden darin die Sache mit den siebenundzwanzig Dollar und fünfzig Cent, und deshalb sind wir hier.«

»Sie haben mich über meine Zulassungsnummer gefunden, nehme ich an?«

»Das war gar nicht nötig. Donald Rawlins hat uns gesagt, wo Sie zu finden sind.«

»Ich kann den Brief erklären«, sagte ich. »Ich bin kein Berufskiller. Nicht mal ein Amateur, um genau zu sein.«

»Vielleicht nicht«, sagte Waller unverbindlich, »aber darüber reden wir im Präsidium.«

Ich räusperte mich. »Ich kann natürlich verstehen, warum ich Tatverdächtiger bin. Haben Sie noch weitere?«

Er dachte kurz über meine Frage nach, bevor er antwortete: »Natürlich reden wir auch mit dem Jungen.«

»Absolut lächerlich«, sagte ich. »Der würde keiner Fliege was zuleide tun.« Ich bemühte mich, die nächste Frage beiläufig klingen zu lassen. »Sonst noch irgendwelche Tatverdächtige, ich meine außer mir und dem Jungen? Zum Beispiel ein echter Feind?«

»Noch nicht.«

Gut, dachte ich. Vielleicht war wenigstens Madelaine in Sicherheit. Ich verspürte fast so etwas wie Fröhlichkeit.

Als wir in dem neutralen Polizeiwagen saßen, sagte ich: »Also, meine Herren, ich bin noch nie wegen Mordes inhaftiert worden. Wie sieht denn nun das weitere Vorgehen aus?«

»Wir werden Ihnen ein paar Fragen stellen«, sagte Sergeant Waller, »und wenn uns Ihre Antworten nicht gefallen, dann nehmen wir Ihre Fingerabdrücke und machen einen Paraffintest.«

»Paraffintest? Ach ja, um Pulverspuren festzustellen?« Dann lachte ich unbeschwert. »Ich glaube, Sie könnten an meiner rechten Hand tatsächlich Pulverspuren finden.«

Waller sah mich an.

»Es war ein Mißgeschick«, sagte ich. »Ich bekam im Haus von Mrs. Rawlins eine Pistole in die Hand, und aus der löste sich ein Schuß. Wenn wir dort kurz halten könnten, könnte ihr Sohn alles erklären.«

»Wir brauchen dort nicht anzuhalten«, sagte Waller. »Er ist im Präsidium.«

Im Präsidium brachte mich Waller in einen Raum, in dem Madelaine und Donald warteten.

»Donald«, sagte ich, »würdest du bitte dem Sergeant hier mal erklären, wie es kommt, daß ich Pulverspuren an meiner Hand habe?«

Donalds Gesicht war ausdruckslos. »Pulverspuren? Was für Pulverspuren?«

»Die, die ich abbekam, als gestern die Pistole in eurem Wohnzimmer versehentlich losging.«

Er schüttelte nachdenklich den Kopf. »Ich kann mich nicht daran erinnern, daß so etwas passiert ist.«

Ich war bestürzt. Warum log der Junge?

»Donald«, sagte Sergeant Waller, »du *hast* doch aber Professor Weatherby siebenundzwanzig Dollar und fünfzig Cent für die Ermordung deines Onkels geboten, oder nicht?«

»Hm, ja. Aber das war eher so etwas wie ein Scherz, und ich habe ihm das auch gesagt.«

»Aber wieso hast du ihm überhaupt dieses Angebot gemacht?«

Donald blickte zu Boden. »Na ja, meine Mutter ist in einem seiner Kurse, und die Art, wie sie von ihm sprach, verriet mir, daß sie sehr beeindruckt von ihm war.«

Madelaine errötete ein wenig. »Donald!«

Er fuhr fort: »Da dachte ich mir halt, daß die beiden, wenn sie irgendwie miteinander bekannt gemacht würden... ich meine, sich miteinander unterhalten würden... also, daß die Natur dann vielleicht ihren Lauf nehmen würde und unser Problem gelöst wäre.« Er seufzte. »Ich nehme an, alles funktionierte zu schnell und zu gut, und er dachte, er täte uns einen Gefallen, wenn er Onkel James umbrächte.«

Die Tür ging auf, und ein Beamter in Zivil trat ein. »Die Jungs haben gerade beim Haus von James Rawlins eine Pistole gefunden. Es sieht ganz so aus, als wäre das die Mordwaffe, und es sind Fingerabdrücke drauf.«

Ich wollte gerade Madelaine dazu anhalten, kein Wort mehr zu sagen, bevor sie mit ihrem Anwalt gesprochen hatte, als mein Blick auf Donald fiel. Ich schloß die Augen. Die Computer-Abteilung meines Hirns ordnete säuberlich alle Fakten und lieferte eine Schlußfolgerung: Ich war in die teuflische Fallgrube eines kleinen Jungen getappt, deren Wände jetzt haarscharf senkrecht um mich herum aufragten.

Waller berührte mich an der Schulter. »Professor Weatherby, würden Sie mir bitte folgen?«

Ich unternahm einen letzten Rettungsversuch und appellierte an seine Vernunft. »Wenn ich jemanden ermordet hätte, würde ich ganz bestimmt nicht die Waffe mit meinen Fingerabdrücken darauf irgendwo leicht auffindbar in der Umgebung des Tatorts liegenlassen.«

Der Beamte in Zivil wußte die Antwort. »Rawlins' Haus ist von ein paar Morgen Wald mit dichtem Unterholz umgeben. So, wie ich das sehe, lief der Mörder, nachdem er Rawlins erschossen hatte, aus dem Haus in dieses Dickicht hinein und stolperte. Die Pistole flog ihm aus der Hand, und weil es dunkel war und der Mond nicht schien, konnte er sie nicht wiederfinden. Außerdem hatte er für eine große Suchaktion gar keine Zeit. Die Bediensteten im Haus hatten den Schuß gehört und die Polizei verständigt, weshalb er beschloß, sich schleunigst aus dem Staub zu machen. Dabei hoffte er, daß wir die Waffe vielleicht nicht finden würden oder daß sich ihm eventuell eine Möglichkeit bieten würde, später zurückzukommen und nach ihr zu suchen.«

Ich wurde in die Fingerabdruck-Abteilung gebracht und danach in einen Raum, in dem ich zusammen mit Sergeant Waller warten mußte.

Ja, das war alles recht raffiniert eingefädelt, und ich war – ich errötete – der Verschaukelte.

Donald hatte alles bedacht. Er war mit seinem phantastischen Angebot zu mir gekommen, und natürlich war der nächste logische Schritt der gewesen, daß ich seine Mutter aufgesucht hatte. Ebenso logischerweise war ich – da sie wirklich eine attraktive und intelligente Frau war – von ihr beeindruckt gewesen und hatte darauf mit dem Bemühen reagiert, ihr zu helfen. Und zwar in Form meines Besuches bei James Rawlins.

An diesem Punkt hatte Donald nicht absolut sicher sein können, was ich sagen oder tun würde, aber offensichtlich hatte er die größten Hoffnungen gehabt, und ich hatte ihn nicht enttäuscht.

Er brauchte dann nur noch dafür zu sorgen, daß meine Fingerabdrücke auf die Pistole und Pulverspuren an meine Hand kamen. Er hatte folglich die Pistole so in der Schublade verklemmt, daß sie losgehen mußte, wenn ich an ihr zog. Donald hatte dann gestern abend, als er die Pistole benutzte, um Onkel James zu töten, darauf geachtet, daß meine Fingerabdrücke nicht unnötig verwischt wurden. Als das gelungen war, hatte er die Waffe so auf dem Grundstück zurückgelassen, daß die Polizei sie finden mußte.

Ein anderer Gedanke meldete sich. War es *allein* Donalds Idee gewesen? Die Frage beunruhigte mich beinahe noch mehr als meine augenblickliche mißliche Lage. Ich hatte mich schon fast der totalen Resignation ergeben, als sich die Tür öffnete und ein Mitarbeiter des Labors erschien.

»Die Fingerabdrücke auf der Pistole sind nicht die des Professors«, verkündete er fröhlich.

Zu sagen, diese Mitteilung hätte mich überrascht, wäre eine grobe Untertreibung gewesen.

Waller runzelte die Stirn. »Aber es war doch die Mordwaffe, oder nicht?«

»Klar. Das steht einwandfrei fest. Es sind jedoch nicht die Fingerabdrücke des Professors. Eigentlich ließe sich das schon allein auf Grund der Größe feststellen. Ich würde sagen, es sind die Abdrücke einer Frau oder eines Jungen.«

Sergeant Waller gab die notwendige Anordnung. »Nehmen Sie die Fingerabdrücke der Frau und des Jungen.«

Als das getan war, gingen Waller und ich zu ihnen.

Ich fragte mich, wer nun James Rawlins umgebracht hatte. Donald? Oder Madelaine?

»Donald«, sagte ich, »meine Fingerabdrücke waren nicht auf der Pistole.«

Er seufzte. »Nicht ein einziger?«

»Nicht ein einziger.«

Er sah Waller an. »Haben Sie auch das Magazin untersucht?«

Waller nickte. »Wenn wir nach Fingerabdrücken suchen, dann lassen wir nichts aus.«

Donald blickte erneut zu Boden. »Ich hatte gehofft, daß... wer auch immer die Pistole benutzen würde... schlau genug wäre, Handschuhe anzuziehen. Dann wären einige der Fingerabdrücke des Professors noch auf der Pistole. Vor allem auf dem Magazin.«

Waller kniff die Augen zusammen. »Willst du uns etwa sagen, du hättest versucht, die Sache Professor Weatherby anzuhängen?«

Donald rieb sich den Nacken. »Ich wollte eigentlich eine Woche oder so warten… bis sein Motiv für einen Mord an Onkel James stark genug wäre, sozusagen… und dann das Verbrechen begehen. Ich hätte die Pistole mit den Fingerabdrücken des Professors dort zurückgelassen.«

Waller beugte sich vor. »Aber dann hast du beschlossen, ihn schon gestern abend zu töten? Warum?«

»Donald«, sagte ich, »sag nichts mehr! Kein einziges Wort mehr!«

Aber der Schaden war bereits angerichtet worden, und Sergeant Waller hatte ganz offensichtlich einige von Donalds Aussagen überdacht.

»Einen Augenblick mal«, wandte er sich an Donald, »du sagtest vorhin, du hättest gehofft, daß, *wer auch immer* die Pistole benutzen würde, schlau genug wäre, Handschuhe zu tragen. Soll das heißen, daß *du* deinen Onkel gar nicht erschossen hast?« Sein Blick wanderte unwiderruflich zu Madelaine.

»Donald«, sagte ich noch einmal, »kein Wort mehr, bis wir mit einem Anwalt geredet haben.«

Aber Madelaine schüttelte den Kopf. »Nein, Donald, ich möchte, daß du dem Sergeant alles sagst. Hörst du mich?«

Er schien damit einverstanden zu sein. »Ich denke, das kann ich tun, da sie ja eh die Fingerabdrücke von uns allen haben.« Er seufzte. »Es ist eine Sache, einen Mord zu planen, und es ist sogar ein großer Spaß, aber es ist eine andere, ihn tatsächlich auch zu begehen. Gestern abend überlegte ich mir die Sache noch einmal sehr gründlich und kam zu dem Schluß, daß ich es am Ende wohl doch nicht fertigbringen würde.«

Waller nickte. »Sprich weiter.«

»Als Sie zu uns kamen und uns sagten, daß Onkel James ermordet worden sei, wußte ich, daß *ich* ihn nicht umgebracht hatte, und ich war auch so gut wie sicher, daß es Professor Weatherby ebenfalls nicht getan hatte. Als ich dann in dem Schubfach des Sekretärs nachsah, in dem die Pistole üblicherweise liegt, und feststellte, daß sie fort war, nun ja, da…«

Madelaine lächelte matt. »Du dachtest, *ich* hätte Onkel James getötet? Und du hast versucht, mich dadurch zu decken, daß du Professor Weatherby in die Sache hineinzogst?«

Donald sah mich an. »Es tut mir wirklich leid. Irgendwie hab ich Sie ganz liebgewonnen, aber ich hätte es doch vorgezogen, wenn Sie ins Gefängnis gewandert wären und nicht« – er schluckte – »jemand anderes.«

Der Mitarbeiter des Labors erschien wieder. »Die Fingerabdrücke auf der Pistole stammen auch nicht von den beiden.«

Madelaine war die einzige unter uns, die nicht überrascht war. Sie lächelte. »Natürlich habe ich Onkel James nicht umgebracht. Ich glaube nämlich nicht, daß Mord die richtige Lösung für irgend etwas ist. Vor allem dann nicht, wenn man ihn selber begeht. Darin stimmen wir wohl alle überein.«

Donald war ungeheuer erleichtert, aber immer noch verwirrt. »Aber warum sollte jemand die Fingerabdrücke des Professors so sorgfältig von der Pistole abwischen… und vor allem, wie ist denn der Killer überhaupt an unsere Pistole gekommen?«

»Ich habe nicht die geringste Ahnung«, sagte ich. »Ich habe die 45er zum letzten Mal gesehen, als ich sie in eurem Wohnzimmer unter das Sofa schob.«

Sergeant Waller runzelte die Stirn. »Eine 45er? Aber die Mordwaffe ist doch eine 25er! Eine Beretta.«

»In diesem Falle, Donald«, sagte ich, »liegt deine Pistole wahrscheinlich noch unter dem Sofa und hat die ganze Zeit dort gelegen.«

Sergeant Waller betrachtete uns alle mit einem Anflug von Irritation. »Also, wenn es keiner von Ihnen dreien war, wer zum Teufel war's dann?«

Darüber dachte auch ich nach. »Es scheint mir ein bemerkenswertes Zusammentreffen zu sein, Sergeant, daß sich der Killer genau die Zeit ausgesucht hat, in der die Zulassungsnummer meines Wagens in einem mich belastenden Brief festgehalten wurde. Ganz eindeutig muß da jemand gehofft haben, daß man mir die Schuld geben würde. Wußte eigentlich sein Anwalt, was in dem Brief stand?«

»Nein. Rawlins hat ihn nur mit der Anweisung übergeben, ihn der Polizei auszuhändigen, sollte er eines gewaltsamen Todes sterben.«

Ich überlegte. »Wenn er es seinem Anwalt nicht gesagt hat, dann ist es sehr wahrscheinlich, daß er es auch keinem anderen Menschen erzählt hat, und doch...« Ich dachte darüber nach. »War der Brief vielleicht mit Maschine geschrieben, Sergeant?«

»Ja.«

»Sauber und ohne Fehler?«

»Ja.«

Ich nickte. »Rawlins war Geschäftsmann, aber ich bezweifle, daß Geschäftsleute auch gute Schreibmaschinenschreiber sind. Zweifellos hat er den Brief diktiert. Ich schlage vor, daß Sie sich mal die Fingerabdrücke seiner Sekretärin besorgen. Ich glaube, sie heißt Dora.« Ich lächelte mit gerechtfertigter Befriedigung. »Ich hoffe, *das* wird ihr eine Lehre sein, mich nie wieder fünfundvierzig Minuten warten zu lassen!« Wir konnten das Weitere am nächsten Tag der Zeitung entnehmen.

Dora war ziemlich lange in dem Glauben gehalten worden, daß *sie* die zukünftige Mrs. Rawlins sein würde. Als ihr schließlich klargeworden war, daß der Ehestand garantiert nicht auf James Rawlins' Tagesordnung stand, hatte sie Mord und Selbstmord geplant. Nach meinem Gespräch mit Rawlins war sie jedoch zu dem Schluß gelangt, daß letztendlich ein Selbstmord vielleicht doch nicht erforderlich, es vielmehr vorzuziehen sei, wenn ein Berufskiller die Schuld an seinem Tod trüge – und sie dachte, ich sei so einer.

Was Madelaine angeht, so bekam sie am Ende des Semesters für den Kurs zur Vergleichenden Literaturwissenschaft eine Eins. Es hat mir einige versteckte Vorwürfe von Mitgliedern der Fakultät eingetragen, ich hätte mich der Begünstigung schuldig gemacht, aber dem ist ganz und gar nicht so.

Meine Frau hat sich die Note redlich verdient.

Fair play

Nach einer sechzig Sekunden dauernden Werbung erschien der große Mann auf dem Bildschirm, um sein Nachwort zu sprechen. Er seufzte bedauernd. »Natürlich wurde Miss Haskins, die Teetassenmörderin, am Ende doch von der wachsamen Polizei gefaßt. Wir dachten uns, daß Sie das vielleicht gern erfahren würden, jedenfalls diejenigen von Ihnen, die es ganz und gar nicht mögen, wenn Geschichten für böse Leute glücklich enden.« Kritischer Widerwille ließ ihn kurz die Augen schließen. »Und nächste Woche bringen wir dann die seltsame…«

Ich rückte mir die Brille auf der Nase zurecht und zog unsere Fernsehzeitschrift zu Rate.

Die Stimme meiner Frau Edna bebte vor Zorn. »Dieses blöde Weibsstück! Arsen ist doch out. Es ist viel zu leicht nachzuweisen. Eine Obduktion, und schon ist man dran.«

Ich stand auf und schaltete auf einen anderen Kanal um. »Was würdest du denn nehmen, Liebes?«

Ich regulierte Helligkeit und Lautstärke und kehrte zu meinem Sessel zurück. Ungefähr eine Minute später fiel es mir auf. Edna hatte meine Frage gar nicht beantwortet!

Ich drehte den Kopf, um nach ihr zu schauen.

Ihre Hände waren eifrig am Stricken, aber ihre Augen blickten in eine Welt, die ein selbstzufriedenes Lächeln auf ihre Lippen zauberte.

Mich streifte der Zugwind des Unbehagens. »Alles in Ordnung?«

Sie erinnerte sich wieder an mich und runzelte die Stirn. »Wer behauptet denn, daß ich's mit Gift machen würde? Davon hab ich doch kein Wort gesagt.« Die Eiswürfel in ihrem Mineralwasser klimperten, als sie einen Schluck nahm.

Mein Blick kehrte zum Fernseher zurück. Ein Kriminalbeamter beschrieb gerade die elende Stadt, in der er lebte. Es war dort heiß und schwül und Dienstag und zwölf nach acht, als er das Präsidium betrat.

Ich warf Edna einen verstohlenen Blick zu. Nach fünfzehnjähriger Ehe war sie für mich noch immer Madame Defarge. Ihre Lippen bewegten sich beim Zählen der Maschen, aber ich hatte das Gefühl, sie übte einfach nur für etwas Größeres.

Ich tippte meine Fingerspitzen aneinander und sah in die Glotze. Man hatte die Leiche einer Frau entdeckt. Die Tote war brutal zusammengeschlagen worden, ihr Mann nirgends zu finden. Verdacht? Mord.

Ich beugte mich vor.

Edna sagte mit schneidender Stimme: »Kannst du nicht was anderes einstellen?«

Ich wehrte mich. »Jetzt sei mal fair, Edna. Ich glaube nicht, daß … bloß weil das Opfer diesmal eine Frau ist …«

Ihre Augen blickten kalt. »Ich sagte, ich will einen anderen Kanal. Das heißt, jetzt gleich!«

Edna ist eine große Frau, und ich bin ein kleiner Mann. Das ist mir schon seit einiger Zeit klar. Ich schaltete eine Quizsendung ein. Darin hatte ein Taxifahrer schon seinen siebenundzwanzigsten Auftritt.

»Henry«, sagte Edna nach einer Weile, »hast du in diesem Monat eigentlich schon den Beitrag für deine Lebensversicherung bezahlt?«

»Ja, Liebes. Und deinen auch.«

Sie rümpfte die Nase. »Ich halte meine Versicherung nach wie vor für Geldverschwendung.«

»Nein, das ist sie nicht, Liebes«, sagte ich geistesabwesend. »Man weiß doch nie, was alles passieren kann.«

Sie starrte mich aus schmalen Augen an.

Ich stand auf. »Ich habe keine Zigarren mehr, Liebes. Ich denke, ich geh mal runter zu Miller und hol mir welche. Bin gleich wieder da.«

Es wurde dies ein sehr nachdenklicher Gang. Ich spielte mit einem Verdacht.

Mr. Miller gab mir die Zigarren zu fünfundzwanzig Cent. »Sind Sie die Ratten losgeworden, Henry?«

Ich steckte mir eine Zigarre an. »Was für Ratten?«

»Die, von denen Ihre Frau sprach, als sie sich das Gift holte.«

Ich rollte nachdenklich die Zigarre im Mund hin und her.

Mr. Miller lachte leise. »Machen Sie sich man keine Sorgen, Henry, daß sie Sie vergiftet. Das Zeug, das ich ihr verkauft habe, ist für Hunde, Katzen und Menschen vollkommen ungefährlich.« Er hörte nicht auf zu grinsen. »Sie schien mir ein bißchen enttäuscht zu sein, als ich ihr das sagte.«

Meine Zigarre schmeckte mir jetzt irgendwie besser.

Er stützte sich auf den Ladentisch. »Außerdem, Henry, wenn sie Sie wirklich vergiften wollte, konnte sie ja wohl was viel Besseres von ihrem Bruder kriegen. Er ist doch auch Chemiker und kommt an alles mögliche Zeug ran.«

Vor meinem inneren Auge erschien Geralds fieses Gesicht. Ich hatte es täglich acht Stunden lang im Labor vor mir.

Auf dem Heimweg knirschte ich mehrfach mit den Zähnen.

Als ich das Wohnzimmer betrat, funkelten Ednas Augen. »Wenn du Hunger hast, findest du zwei Sandwiches im Kühlschrank. In Butterbrotpapier eingewickelt.«

Auf dem Weg in die Küche gingen mir allerlei Gedanken durch den Kopf. Die Sandwiches lagen im zweiten Fach.

Ich wickelte eins aus und hob die obere Brotscheibe an.

Aha! Auf dem Schweizer Käse – vor allem in seinen Löchern – entdeckte ich kleinste Körnchen eines weißen Pulvers.

Beim zweiten Sandwich war es nicht anders.

Du meine Güte, sie wollte aber auch ganz sichergehen!

Ich war auf stille Weise fuchsteufelswild und hätte fast mit dem Fuß aufgestampft.

Edna zwang mich zu schnellem Handeln.

Ich hatte eigentlich nicht vorgehabt, mich ihrer schon vor dem Ende der Woche zu entledigen.

Ich wickelte die Sandwiches wieder ein und versteckte sie in einem der oberen Fächer des Küchenschranks hinter einer Blechdose.

Ich ging wieder zum Kühlschrank. Ja, dachte ich, Sandwiches mit Salat und Tomaten. Die mochte Edna, weil sie wenig Kalorien hatten.

Ich belegte zwei und schnitt sie diagonal durch.

Ich lächelte in mich hinein und rieb mir die Hände. Und jetzt noch die Würze. Ich holte die kleine Pappschachtel herbei, die ich hinten im Flur in einem meiner Überschuhe versteckt hatte, und streute auf eines der Sandwiches eine ordentliche Portion des Pulvers. Ich hielt mich für sehr schlau. Es konnte ja sein, daß ich, sollte Edna argwöhnisch werden, das andere Brot würde essen müssen.

Ich hatte das Gift gerade wieder in seinem Versteck verstaut, als Edna in die Küche kam.

Ihr Blick huschte zu den Sandwiches. »Was machst du denn da?«

Ich lachte unbeschwert. »Ich mache gerade ein paar Sandwiches, Liebes.«

Sie betrachtete die Brote voller Mißtrauen. »Und wieso?«

»Also wirklich, Liebes«, sagte ich, »du tust so, als hätte ich noch nie Sandwiches für dich gemacht.«

»Sagen wir mal, du hast's bis jetzt nie freiwillig getan.« Sie sah mich sehr aufmerksam an. »Hast du deine gegessen?«

»Ja, Liebes.«

»Hm«, meinte sie, »ich muß schon sagen, du hast sie äußerst schnell gegessen.« Sie ließ ihre Stimme beiläufig klingen. »Wie haben sie dir geschmeckt?«

»Sie waren einfach delikat, Liebes.« Ich lächelte und hob fragend eine Braue. »Na ja... vielleicht ein ganz klein wenig metallisch?«

»Mach dich nicht lächerlich«, sagte sie barsch. »Ich hab dir doch gesagt, daß nur ein Narr...« Sie runzelte die Stirn und ging zu dem Treteimer für den Müll. »Wie ich sehe, hast du das Butterbrotpapier gleich mitgegessen.«

Sie kam zum Küchentisch zurück und stemmte die Arme in die Hüften. Sie nahm ein Sandwich vom Teller und lüftete ein dreieckiges Stückchen der oberen Brotscheibe.

Die Frau traute mir nicht!

Gleichzeitig war ich jedoch höchst zufrieden. Mein Pulver war geschmolzen und hatte keinerlei Spuren hinterlassen.

Edna betrachtete mich nachdenklich. »Warum ißt du nicht auch eins davon, Henry?«

Ich nahm ein Stück von dem ungefährlichen Sandwich, bekam es aber nicht bis zum Mund.

Ednas Hand legte sich um mein Handgelenk. »Das nehme ich.«

Sie grinste wie eine Katze, als sie das Sandwich zum Munde führte.

Ich grinste gleichfalls. Es war nur ein nervöses Grinsen, aber Edna schien das nicht so zu sehen.

Sie legte das Sandwich ungegessen wieder hin. »Ich glaube, ich habe keinen Hunger. Ich werde nur ein Glas Milch trinken.«

Edna holte die Flasche aus dem Kühlschrank und schenkte sich ein Glas ein. Sie unterbrach sich dabei und betrachtete mich forschend.

Sie ging zum Schrank und holte eine Schüssel heraus. »Oder vielleicht mache ich lieber einen Eierflip.« Ihr Lächeln war nachdrücklich. »Für uns beide. Du schaust zu, welche Zutaten ich nehme, denn du sollst ja die Hälfte davon trinken, und ich möchte nicht, daß einer von uns beiden Verdauungsbeschwerden bekommt.«

Als der Eierflip fertig war, nahm ich nur ein ganz kleines Schlückchen und wartete ab.

Edna folgte meinem Beispiel und bedeutete mir dann, daß nun ich wieder an der Reihe sei.

Wir brauchten zehn Minuten, um unsere Gläser zu leeren.

Als wir ins Wohnzimmer und vor den Fernseher zurückkehrten, waren wir beide recht zuversichtlich.

Der Inspektor, ein Mann mit Augenklappe, erklärte gerade einen interessanten Sachverhalt. »Ah!« sagte er. »Der

Grund, warum Mr. Lawrence dem Gift nicht erlag, obwohl er doch vom gleichen Tee getrunken hatte wie Sir Anthony, ist, daß er im Laufe der Monate eine Immunität dagegen entwickelt hatte. Er hatte jeden Tag ein ganz klein wenig davon zu sich genommen, bis …«

Edna erreichte die Toilette vor mir. Ich mußte hinaus in den Hinterhof.

In dieser Nacht tat ich kein Auge zu und wußte, daß auch Edna nicht schlief. Ich lag im Mondlicht da, verspürte ziemlich großen Hunger und beurteilte die Lage. Es war alles vollkommen klar. Wir waren Gegner, und nur einer von uns beiden konnte überleben. Der Schlauere.

Das war es ja, was die ganze Sache so ungewiß machte.

Ich dachte über andere Methoden nach. Ein stumpfer Gegenstand? Um Himmels willen, nein. Edna würde mir mit größter Wahrscheinlichkeit die Waffe aus der Hand winden und mir dann damit den Schädel einschlagen.

Einen Killer anheuern? Aber wo fand ich einen? Außerdem würde er wahrscheinlich viel zu teuer sein. Edna würde mir nie und nimmer das Geld geben.

Die Beseitigung der Leiche bereitete mir wenigstens keine Sorgen. Das würde sehr einfach sein. Ich würde spät am Abend hinaus aufs Land fahren, mir eine abgelegene Stelle suchen und sie dort vergraben. Ednas Verschwinden würde natürlich das Mißtrauen der Polizei erregen, aber was konnte sie ohne Leiche schon beweisen?

Das eigentliche Problem war und blieb, Edna dazu zu bringen, das Gift zu schlucken.

Um fünf Uhr morgens fiel mir die Antwort ein. Ich setzte mich, höchst zufrieden mit mir selbst, im Bett auf.

Edna stützte sich auf einen Ellbogen. »Warum, zum Henker, schläfst du nicht endlich?«

Der Tonfall ihrer Stimme machte mich froh. Ihr war offensichtlich noch nichts eingefallen!

Ich stand um sieben auf und ging nach unten. Edna hatte mir in vierzehn Jahren nicht ein einziges Mal das Frühstück gemacht, und ich wußte, daß sie heute nicht damit anfangen würde. Nicht einmal, um mich im Auge behalten zu können.

Sie lag in ihrem Bett, lächelte wahrscheinlich vor sich hin und dachte, ich könnte von ihr aus mit Gift versetzen, was ich wollte, sie würde sich doch nicht dazu verleiten lassen, in diesem Hause noch irgend etwas zu sich zu nehmen. Vielleicht hoffte sie gar, ich würde mich endlich mit irgendwas, was sie präpariert hatte, vergiften.

Ich kicherte vor mich hin, als ich meine Lösung ansetzte und dann in die flache Schale goß.

Um halb acht verließ ich das Haus, um auf dem Weg ins Labor noch in einer Cafeteria in aller Ruhe und Sicherheit zu frühstücken.

Im Laufe dieses Tages strahlte ich Gerald zweimal an. Das erste Mal, als er einen Erlenmeyerkolben fallen ließ, und das zweite Mal, als er sich den kleinen Finger seiner linken Hand mit einer milden Salzsäurelösung verbrannte.

Als es fünf schlug, war ich schon aus meinem Laborkittel raus und auf dem Weg zum Fahrstuhl.

Zu Hause angekommen, öffnete ich mit meinem Schlüssel die Haustür und lauschte hinein.

Es herrschte Stille. Tiefe, wunderschöne Stille.

Ich betrat das Wohnzimmer aus Achtung vor der Toten auf Zehenspitzen.

Edna lag auf dem Sofa hingestreckt, ein leeres Glas befand sich auf dem Vorleger. Sie hatte die Ruhepause eingelegt, die ich vorhergesehen hatte, und dafür bezahlt. Ich bemerkte, daß sie vorsichtig gewesen war. Die große Flasche Mineralwasser auf dem Cocktailtischchen war von einer anderen Marke als die Flaschen im Kühlschrank. Sie mußte sie sich extra besorgt haben.

Ich beugte mich über sie, um mich zu vergewissern, daß sie wirklich tot war. Sie hatte noch immer etwas Furchterregendes an sich, aber es war dies nicht mehr das Furchterregende der Lebendigen.

Ich ging in die Küche und leerte alle Eiswürfelschalen in die Spüle aus. Es war Edna nicht in den Sinn gekommen, daß jeder Würfel genug Gift enthielt, um zwei oder drei Leute zu töten.

Ich fühlte mich heiter und frei.

Vielleicht war es das, was mir später am Abend die Kraft verlieh, Ednas Leiche zum Auto zu schleppen.

Wirklich – diese Frau war ungeheuer fettleibig!

Draußen auf dem Lande war die Nacht schön und sternenklar, und als ich meine Schaufel von der Erde säuberte, stand der Mond noch hoch am frühen Morgenhimmel.

Ich fuhr mit heruntergekurbelter Scheibe nach Hause und trank die erfrischende Luft.

Ich mußte natürlich alle im Hause befindlichen Lebensmittel vernichten. Alles, was eß- oder trinkbar war. Ich lächelte vor mich hin. Ich konnte nicht gut zulassen, daß mich Edna nun noch, wo sie tot war, umbrachte.

Und ich mußte ihr Verschwinden der Polizei melden. Ich würde keine ausgefeilten Überlegungen zum besten geben, sondern würde lediglich feststellen, daß sie am Vorabend mit der Absicht, ins Kino um die Ecke zu gehen, das Haus verlassen hatte und nicht zurückgekehrt war.

Ihre Abwesenheit hatte ich erst am Morgen bemerkt, weil ich früh ins Bett gegangen war.

Zu Hause angekommen, legte ich mich ins Bett und schlief, bis der Wecker klingelte. Ich sang unter der Dusche, trat dann vor den Spiegel, um mich zu rasieren.

Arme Edna. Diese Eiswürfelidee war einfach genial gewesen. Der gute alte Verstand hatte da wirklich ausgezeichnet funktioniert!

Während des Rasierens dachte ich liebevoll über Gifte nach. Über die verschiedenen Arten und Klassen, über die festen und die flüssigen.

Zum Beispiel das Curare. Es muß, um wirksam zu werden, direkt in die Blutbahn injiziert werden. Vielleicht hätte ich es mit einem der Derivate versuchen sollen, die uns im Labor zur Verfügung standen.

Ich träufelte Jod auf einen winzigen Schnitt am Kinn.

Dieses Zeug war so stark, daß es, selbst wenn man es verdünnte...

Ich starrte mein Spiegelbild an, und meine Hand fuhr zu dem Schnitt an meinem Kinn.

»Aber ehrlich, Edna«, sagte ich laut, »das ist eine Hundsgemeinheit!«

Ich schüttelte angesichts dieser Niedertracht den Kopf.

»Das ist wirklich... und wahrhaftig... ein ganz hinterhältiger...«

Mein Spiel – meine Regeln

Sie dachten, sie hätten genug gesagt, aber für meinen Geschmack hatten sie gerade erst angefangen.

»Ich muß mehr wissen«, sagte ich. »Vor allem zum Warum.«

Der Mann im grauen Nadelstreifenanzug ergriff das Wort. »Ich glaube nicht, daß das erforderlich ist«, meinte er.

»Ich habe noch nicht gesagt, daß ich den Job übernehme«, rief ich ihm ins Gedächtnis zurück.

Die drei rutschten auf ihren Stühlen herum und versuchten, mit Blicken zu einer Einigung zu gelangen – der im Nadelstreifen, der kleine Mann mit der olivenfarbenen Haut und der große Mann, der fünfzehn Jahre lang zu gut gegessen hatte.

Ich deutete auf den Mann im Nadelstreifen. »Fangen Sie an«, sagte ich.

Sie tauschten erneut Blicke aus, dann seufzte der Angesprochene und erhob sich. Er gehörte zu den Männern, die dauernd Tischreden halten, und mußte beim Sprechen aufstehen.

»Mein Name ist Frederick Harlow«, sagte er.

Ich schüttelte den Kopf. »Nein«, hielt ich ihm entgegen, »Sie sind Marcus Whitney Adrian.«

Ihm fiel der Unterkiefer herab, und wieder mußte er die beiden anderen ansehen.

»Ich hab mal in dieser Stadt gelebt«, sagte ich. »Jedermann kennt Marcus Whitney Adrian.«

Sie dachten darüber nach, und dann sagte der Mann, der das Essen zu sehr liebte: »Sprich weiter, Adrian. Er weiß wahrscheinlich sowieso Bescheid. Ich dachte doch, mir käme sein Gesicht bekannt vor.«

Das war Sergeant Matt Hogan vom 6. Revier. Vor ein paar Jahren war er noch Polizeichef Hogan gewesen.

Adrian zuckte die Achseln. »Na schön. Wie Sie sagen, mich kennen alle.« Er runzelte die Stirn, suchte nach einem Anfang. »Dies hier war immer eine saubere Stadt...«

Hogan schlug schwere Augenlider auf. »Vergiß den ganzen Quatsch und komm zur Sache.«

»In Ordnung«, sagte Adrian gereizt, »zur Sache. Die Sache, das ist Bull Moberg.«

Der olivenhäutige Mann, der die ganze Zeit still vor sich hin lächelte, war Gino Cosmo. »Der gute alte Bull Moberg«, sagte er.

Adrian ignorierte ihn. »Moberg ist ein ungebildeter Flegel aus schlechtem Milieu, wie es immer so schön heißt.«

»Adrian's Row«, sagte Cosmo freundlich. »Miese Schuppen, Mietskasernen, keine Kultur, hohe Mieten.«

Adrian drehte sich ärgerlich zu ihm um. »Die Höhe der Mieten entspricht der Höhe der Aufwendungen, und die Häuser sind vollkommen in Ordnung. Mit Sicherheit besser als das, was diese Balkanesen und Tagedie... als das, was diese Einwanderer da drüben hatten, wo sie herkommen.«

Hogan rührte sich. »Hör auf, Cosmo. Du machst Adrian ganz nervös, und du weißt doch, daß er sich nicht auf zwei Dinge gleichzeitig konzentrieren kann.« Er steckte sich eine dicke Zigarre an. »Worauf Adrian hinaus will, ist, daß ihm ein Großteil des Grund und Bodens gehört, auf dem diese Stadt steht. Und Moberg kassiert von ihm zweihundert Riesen als Schutzgeld.«

Adrian zitterte jetzt vor Empörung. »Moberg hat damit gedroht«, sagte er, »meine Häuser für unbewohnbar erklären und abreißen zu lassen, wenn ich nicht bereit bin, ihm das zu zahlen, was er einen Prozentsatz nennt.«

Er zog ein Taschentuch hervor und wischte sich die Handflächen ab. »Am Anfang verweigerte ich die Zahlung. Ich hab noch immer ein paar Freunde bei der Justiz. Aber dann gerieten plötzlich eine Menge Häuser in Brand, und die Feuerwehrautos hatten immer platte Reifen oder kamen irgendwie zu spät hin. Seitdem hab ich lieber geblecht.«

Ich sah zu Gino Cosmo hinüber, der nach wie vor in sich hinein lächelte. »Und wo liegt *Ihr* Problem, Cosmo?« fragte ich.

»Wie ich sehe, kennen Sie mich auch«, sagte er. Er zog ein silbernes Zigarettenetui aus der Tasche und entnahm ihm eine King-size. »Dann wissen Sie wahrscheinlich auch, daß ich hier in der Stadt ein paar Lokale betreibe. Spielhallen, Kneipen… Läden dieser Art.«

Er zündete sich die Zigarette an. »Ich mochte Bull Moberg, und ich war es auch, der ihm seinen ersten Job verschafft hat. Ich steckte ihn in einen viel zu großen Smoking und setzte ihn zur Abschreckung von Leuten ein, die sich beschweren wollten.«

Er schwieg eine Weile. »Ja«, fuhr er dann nachdenklich fort, »Moberg ist schon ein eindrucksvoller Bursche. Groß und knallhart.«

Das berührte irgend etwas in Hogan. »Wenn ich noch zwanzig Jahre jünger wär, säh der gar nicht so knallhart aus! Ich hab früher Leutchen wie den ganz schön in Schach gehalten.«

Cosmo betrachtete Hogans Bauch. »Laß dich einfach auf ihn fallen. Mehr brauchst du jetzt gar nicht zu tun.«

Sie starrten sich einen Augenblick lang an, dann blies Cosmo Rauch aus seiner Nase und fuhr fort: »Bull war ein guter Junge. Er war nützlich, und er kam schnell nach oben. In nur fünf Jahren hatte er es zu meiner rechten Hand gebracht. Ein Bruder. Ja, sogar ein Freund.«

Cosmo drückte die Zigarette aus. »Und dann, eines schönen Abends, kam ich zur Arbeit, und da saß Bull auf meinem Stuhl, die Füße auf dem Mahagonitisch.«

Er dachte traurig an die Szene zurück und nahm dann sein Lächeln wieder auf. »Wie Sie sehen, lächle ich 'ne Menge«, sagte er. »Das kommt daher, daß ich gute Zähne habe. Außerdem gibt es einfach Zeiten, wo ich gar nichts anderes tun kann. Und deshalb lächelte ich, und er lächelte und ließ seine Füße dort, wo sie waren. Wir hatten eine neue Administration.«

Cosmo zeigte seine guten Zähne. »Wir sind immer noch Freunde«, sagte er milde. »Er lädt mich regelmäßig auf einen Drink in sein Hauptquartier ein, damit ich mir seine piekfeinen Möbel anseh und einen Blick oder auch zwei auf seine Herzensdame werfe.«

»Sie heißt Helen«, fuhr Cosmo nach kurzer Pause fort. Seine Augen leuchteten, und sein Lächeln war jetzt voller Neid. »Wenn diese blauen Augen mir gehörten, wären mir die fünfundsiebzig Riesen, die mich Bull jährlich kostet, egal.«

Nicht blau, dachte ich mit plötzlicher Bitterkeit. *Violett.*

Jetzt war Hogan an der Reihe. Er hielt ein brennendes Streichholz an das tote Ende seiner Zigarre und setzte sie wieder in Gang. »Wenn Sie die anderen kennen, dann kennen Sie auch mich. Also, Bull Moberg ist nur so ein Schmalspurganove, der Glück gehabt hat. Ich wußte, daß er im Kommen war, und dachte mir, ich zieh ihm eins über, wenn er zu groß wird. Aber ich bin nicht der Typ, der sich andauernd Sorgen macht, und so ließ ich's schleifen, bis es zu spät war.«

Er kaute auf seiner Zigarre herum, erinnerte sich. »Als ich sah, wie die Sache stand... als ich aufwachte und mitbekam, daß er die Verwaltung in der Tasche hatte... war ich durchaus willens, mit ihm zusammenzuarbeiten. Aber Moberg hatte andere Vorstellungen und andere Leute. Seitdem läßt er mich im 6. Revier schmoren und den ganzen Tag lang Knöllchen sortieren.«

Er nahm die Zigarre aus dem Mund. »Jetzt wissen Sie alles.«

Die drei saßen da und sahen mich erwartungsvoll an, wollten jetzt etwas von mir hören.

»Moberg hat eine ganze Organisation hinter sich«, sagte ich.

»Klar doch«, meinte Hogan. »Aber er hat sich seine eigenen Jungs gesucht und ist dabei nicht nach deren Grips gegangen. Ohne Moberg würde die Organisation keine vierundzwanzig Stunden weiterbestehen können.« Seine Augen leuchteten auf. »Die alten Zeiten werden wiederkehren! Adrian kümmert sich um das Vermögen, Cosmo hilft den Bürgern dabei, ihre Knete loszuwerden, und ich sorge dafür, daß niemand aus der Reihe tanzt. Wir haben alles unter Kontrolle, sind wie so'n dreifaches Sandwich.«

Cosmo beugte sich auf seinem Stuhl vor. »Es gibt hier in der Stadt keinen, auf den wir uns verlassen könnten. Deshalb mußten wir nach Ihnen schicken.«

Die drei Augenpaare ruhten abwartend auf mir.

Ich ließ sie noch etwas schmoren und nahm einen Schluck von meinem Drink. »In Ordnung«, sagte ich schließlich. »Ich finde Sie alle drei nett, und Sie haben mich überzeugt. Ich übernehme den Job.«

Der erste Teil meiner Arbeit besteht immer darin, mich über die Gewohnheiten eines Mannes zu informieren, sofern er welche hat. Man muß sich darauf verlassen können, daß sich ein Mann wenigstens einmal täglich an ein und demselben Ort aufhält.

Am folgenden Tag parkte ich um ein Uhr mittags ungefähr hundert Meter vom Lake Crest entfernt, wo Bull ein Penthouse bewohnte.

Dort lungerte ich dann bis etwa vier Uhr herum, bis Bull aus dem Gebäude herauskam. Er hatte zwei Muskelmänner im Schlepptau, die sich ein paar Schritte hinter ihm hielten.

Ein dunkelblauer Cadillac mit Chauffeur stoppte vor Bull, und er und seine Freunde stiegen ein. Ich startete meinen Wagen und hielt einen Sicherheitsabstand von einem Häuserblock ein.

Moberg machte während der nächsten vier Stunden fast ein dutzendmal halt. Es sah ganz so aus, als besuchte er alle seine Unternehmen, um sicherzustellen, daß die Leute zufrieden waren und zahlten.

Um halb neun holte er Helen ab. Das war mir natürlich schon seit etlichen Jahren bekannt. Es gibt immer ein paar lächelnde Freunde, die einen wissen lassen, wenn so etwas geschieht.

Die beiden aßen in aller Ruhe im ›Merrill House‹ zu Abend und fuhren dann um zehn ins ›Green Cockade‹ weiter, wo alles vom Feinsten ist.

Weil man mich zu eben diesem Zweck angeheuert hatte, widmete ich Bull einige Aufmerksamkeit. Er war schwer, gewaltig schwer, wog über zweieinhalb Zentner und hatte so viel von diesem Fett an seinen Schultern sitzen, daß es ihn nicht störte. Sein feistes Gesicht brach gern in ein dröhnendes Lachen aus und mochte Essen und Trinken.

Und weil ich sie mir nie hatte aus dem Sinn schlagen können, beobachtete ich auch Helen. Ihre Augen waren von dem erinnerten violetten Farbton, von einem schimmernden Veilchenblau. Ihr honigblondes Haar schimmerte bei jeder Bewegung.

Ich saß gerade an der Bar auf der anderen Seite des Hauptraums, als sie mich entdeckte. Unsere Blicke trafen sich für ein paar Sekunden, dann sah sie weg. Sie hielt ihre Augen lange auf ihre Hände gesenkt, bis Bull etwas einigermaßen Komisches äußerte und sie lächeln konnte.

Nach einer Weile kam sie zur Bar.

»Hallo, Johnny«, sagte sie ruhig, »ich hab mich zwar entschuldigt, kann aber nur eine Minute bleiben.«

»Das ist eine Menge«, antwortete ich. Es fiel nicht leicht, das zu sagen. Sie war zwanzig gewesen, als ich fortgegangen war, und nun war sie um vier Jahre hübscher.

Ihr Gesicht war ausdruckslos. »Bist du wegen etwas Bestimmtem zurückgekommen?« fragte sie. »Hast du vielleicht was vergessen?«

»Bin nur auf der Durchreise«, antwortete ich. »Amüsierst du dich?«

Sie sah mir in die Augen. »Und wie«, sagte sie.

»Jedenfalls ist der Lebensunterhalt gesichert«, meinte ich.

Sie biß sich auf die Unterlippe. »Ich bin jetzt unberührbar. Ist es das?«

Ich gab dem Barkeeper ein Zeichen, mir noch einen Drink einzuschenken. »Das würde ich nicht sagen«, erwiderte ich. »Versuch noch wachzubleiben, wenn Bull heute nacht gegangen ist. Vielleicht komme ich rauf, um … hallo zu sagen.«

»Ich werde zu müde sein«, sagte sie, und ihr Gesicht war jetzt sehr blaß. Sie ging schnell davon.

Bull brachte sie um halb zwei in ihr Apartment zurück. Seine beiden Gorillas warteten im Auto, bis er um vier Uhr wieder runterkam.

Ich schlief lange, aber als Bull zu seiner täglichen Runde aufbrach, wartete ich bereits im Auto auf ihn. Alles lief so ab wie am Vortag, und Bull und Helen fanden sich erneut um neun im ›Green Cockade‹ ein.

Ich saß wieder an der Bar, als sie zu mir kam.

»Ich weiß, daß du nicht *mir* folgst«, sagte sie. »Was willst du hier?«

»Ich will hier was trinken«, antwortete ich.

Sie legte ihre Hand auf meinen Arm, zog sie dann aber wieder weg. »Wenn's Bull ist, dann sieh dich vor.«

»Besorgt um mich?« fragte ich.

»Warum sollte ich es nicht sein?«

Ich sah zu dem Tisch am Ring hinüber. »Ich dachte, du hättest aufgehört, dir um mich Sorgen zu machen, nachdem du dich mit Moberg zusammengetan hattest …«

Ihr Gesicht war wieder kreidebleich. »Ich habe zwei Jahre gewartet. Du hast nicht mal geschrieben.«

Die Bitterkeit war ganz plötzlich aus meinem Inneren verschwunden, denn ich wußte, daß sie recht hatte – zumindest genauso recht wie ich. »Ich hab immer darauf gewartet, daß ich mal richtig reich werde«, sagte ich. »Das Problem ist, daß ich immer noch warte. Du gehst besser an deinen Tisch zurück.«

Sie brachen um zwei zu ihrem Apartment auf, und ich richtete mich vor dem Gebäude im Wagen häuslich ein, um die Stunden abzusitzen. Aber Bull kam schon nach zwanzig Minuten wieder raus, und nach der Art zu urteilen, wie er die Tür zuschlug, war er gar nicht glücklich. Es sah so aus, als sei Helen nicht gerade in entgegenkommendster Stimmung gewesen.

Ich wartete, bis sein Auto verschwunden war, und rauchte derweil noch eine Zigarette. Dann stieg ich aus und ging zu ihrer Wohnung hinauf.

Sie trug ein schwarzes Negligé aus Nylon, das sehr fein und durchsichtig war. Eine funkelnde diamantbesetzte Nadel hielt es über der Brust zusammen.

Sie stand in der Tür, eine Hand auf den Drehknauf gelegt. »Sollte es nur für dieses eine Mal sein, will ich dich nicht hier sehen.«

»Ich habe noch keine bestimmten Pläne«, sagte ich. »Willst du, daß ich wieder gehe?«

»Du gibst nie auch nur einen Zentimeter nach, was, Johnny? Es muß nach dir gehen, oder es geht gar nichts.«

»Ich lege die Regeln fest«, erwiderte ich. »Immer.«

Sie schwieg, sah mir ins Gesicht. Dann drehte sie sich um, ging in die Wohnung zurück und ließ die Tür offen. »Nein«, sagte sie ruhig, »ich möchte nicht, daß du gehst.«

Sie wartete auf mich, und ich legte die Arme um sie. Ihre Lippen waren warm vor Hunger, und sie drückte mich fest an sich. Meine Hände wanderten über ihren Körper, und als ich sie losließ, löste sie die Diamantspange, der feine Stoff glitt von ihren Schultern und bildete am Boden zu ihren Füßen einen schwarzen Nebel.

Hier und in diesem Augenblick gehörte sie mir – und ich wußte, daß sie es nie anders hatte haben wollen.

Am Morgen fuhr ich zu Bull Mobergs Hotel und ging zu Fuß bis zum Eingang. Dort blieb ich stehen und blickte die Straße hinauf und hinunter, bis ich gefunden hatte, was ich suchte.

Es stand am Ende der Häuserzeile auf der gegenüberliegenden Straßenseite – ein rotes, fünfgeschossiges Klinkergebäude, das ein Hotel war und den Namen ›Cary House‹ trug.

Ich übersiedelte von meinem Hotel dorthin. Ich nahm ein Zimmer im 3. Stock mit Blick auf Bulls Hotel. Ich ließ meinen Koffer nach oben bringen, während ich im Grill-Restaurant zu Mittag aß. Daraufhin schlug ich die Zeit in der Bar tot, bis es ungefähr zwanzig vor vier war.

Dann ging ich nach oben in mein Zimmer, legte den Koffer aufs Bett und öffnete ihn.

Nun bereitete ich mich auf das vor, was ich nach dem Willen der drei, die mich angeheuert hatten, tun sollte.

Ich baute den Karabiner zusammen und schraubte den Schalldämpfer auf. Ich öffnete das Fenster, zündete mir eine Zigarette an und stützte die Ellbogen auf das Fensterbrett.

Der Cadillac hielt vor dem Hotel. Bull ging darauf zu.

Ich drückte den Abzug. Das Gewehr machte nicht mehr Lärm als ein Gummiband, das gegen eine Wand schnipst.

Bull Moberg tat noch einen Schritt, dann fiel er zu Boden.

Ich schloß das Fenster und wischte meine Fingerabdrücke überall weg. Ich zerlegte den Karabiner in seine Einzelteile und packte diese in den Koffer zurück.

Ich setzte meinen Hut auf, nahm den Koffer in die Hand, blieb an der Tür stehen, um den Drehknauf mit dem Taschentuch abzuwischen, und trat dann auf den Flur hinaus.

Drei Minuten nachdem Bull gestorben war, saß ich in meinem hinter dem Hotel geparkten Wagen. In weiteren zwanzig Minuten war ich aus der Stadt hinaus und entspannte mich für die zweistündige Rückfahrt nach Chicago.

Ich fragte mich, was für Auseinandersetzungen meinen Klienten jetzt wohl bevorstehen mochten. Ich fragte mich, ob sie wirklich zu ihrem Dreifachsandwich zurückkehren würden oder ob einer von ihnen stark genug wäre, Bulls Nachfolge anzutreten.

Adrian nicht. Er hatte nicht den Mumm dazu, und außerdem war sein Geschäft eher seriöser Natur – Mietwucher, Ausbeutung der Slumbewohner, solche Sachen.

Matt Hogan kam ebenfalls nicht in Frage. Das ganze Fett – das war nicht nur sein Bauch! Und er wurde alt. Zum Bullen, der krumme Dinger drehte, reichte es noch, aber zu mehr auch nicht.

Noch am ehesten kam Cosmo in Betracht, aber die Idealbesetzung war er auch nicht. Er hatte was auf dem Kasten, aber dieses ewige Lächeln stand ihm im Weg. Es machte ihn nur allzu leicht zum guten Verlierer.

Nein, eigentlich hatte keiner von ihnen das Zeug dazu. Es hatte schon sie alle drei gebraucht, um genügend Wagemut zusammenzubringen, mich anzuheuern.

Ich dachte an meinen Lohn im Koffer, und ich lächelte – bis mir Besseres in den Sinn kam.

Ich dachte an die fünfundsiebzig Riesen, die Bull Cosmo abgeknöpft hatte, und an die zweihundert Riesen, denen Adrian Jahr für Jahr nachweinte.

Ich dachte an diese Dinge, und ich dachte an veilchenblaue Augen und an honigblondes Haar.

Bull war nun nicht mehr, und seine gesamte Organisation würde in sich zusammenbrechen, weil niemand da war, der stark genug war, sie zu übernehmen.

Macht, Geld und weiches Blondhaar.

Ich verlangsamte die Fahrt, bis der Wagen nur noch dahinkroch, und wartete auf eine Lücke in der Leitplanke des Mittelstreifens.

Als ich eine gefunden hatte, wendete ich und fuhr zurück.

Wohin der Finger zeigt

Wir ließen die Verlesung des Testaments über uns ergehen, und dann legte James Watson das Dokument vor sich auf den Tisch. »Ihr Onkel hat dieses Haus sehr geliebt... diesen ganzen Besitz. Er hegte die Hoffnung, daß, wenn seine Neffen aufgefordert würden, sich ein Jahr lang hier aufzuhalten, einer von ihnen sich möglicherweise dazu entschließen könnte, zu bleiben und das Anwesen in seinem gegenwärtigen Zustand zu erhalten.«

Orville Crawford runzelte die Stirn. »Wir drei ein Jahr lang zusammen in diesem Haus? Unmöglich!«

Freddie pflichtete ihm bei: »Wir verabscheuen einander. Das wußte Onkel Benthany auch ganz genau. Wir würden uns wahrscheinlich noch vor Ablauf des Jahres gegenseitig umbringen.«

»Gleichwohl«, sagte Watson. »Das Testament verfügt, daß Sie alle ein Jahr lang in diesem Haus wohnen. Wenn einer dieser Anforderung nicht gerecht wird, soll sein Anteil an dem Besitz am Ende des Jahres zu gleichen Teilen an die Überlebenden« – er korrigierte sich schnell – »an die Übriggebliebenen gehen.«

Da gab es noch einen interessanten Zusatz, und Watson legte Wert darauf, ihn zu wiederholen: »Und natürlich soll, wenn keiner von Ihnen die Bedingung erfüllt und ein Jahr lang hier wohnt, der gesamte Besitz Amantha Desfountaines zufallen.«

Natürlich starrten wir bei diesem Punkt Amantha wieder wütend an.

Sie war dunkelhaarig und überdurchschnittlich groß, und sie verzog keine Miene, als wir sie alle so anstarrten. Sie hatte bei meinem Onkel die letzten vier Monate vor seinem Tod als Haushälterin gearbeitet. Es war schwer, ihr Alter abzuschätzen, aber ich hielt Anfang Dreißig für einigermaßen zutreffend. Und ich meinte, das Funkeln eines Lächelns in ihren pechschwarzen Augen entdecken zu können.

Ich wandte mich an Watson. »Wie ich hörte, wurde nach dem Tode meines Onkels eine Obduktion vorgenommen?«

Das Eingeständnis kam nur zögernd: »Ja.«

»Ist es in einer so abgelegenen und rückständigen Gegend wie der hiesigen üblich, bei ganz normalen Sterbefällen eine Leichenöffnung vorzunehmen?«

Sein Blick huschte kurz zu Amantha hin und dann wieder zu mir zurück. »Nein. Ihr Onkel hat jedoch Anweisungen des Inhalts hinterlassen, daß nach seinem Ableben eine Obduktion vorzunehmen sei.«

»Und das Ergebnis dieser Obduktion?«

»Ein *natürlicher* Tod«, sagte Watson mit Entschiedenheit. »*Absolut* natürlich. Der Coroner, ein ganz hervorragender Mediziner, ist sich da vollkommen sicher.«

Ich blickte zu Amantha hinüber. Ja, ein verstecktes Lächeln!

Freddie, Orville und ich sind nur sehr weitläufig miteinander verwandt, und unsere gemeinsame Wurzel ist eigentlich nur dieser Onkel Benthany. Wir sind nicht Brüder, nicht einmal Cousins ersten Grades, und es ist überhaupt nur Orville, der den Namen Crawford trägt.

Sein glattes Haar wird dünn, und er ist Direktor einer

Firma in New Orleans, die auf die Eintreibung zweifelhafter Forderungen spezialisiert ist. Er findet an seiner Arbeit ein geradezu gieriges Vergnügen und ist während seiner Lehrjahre des öfteren von Hunden gebissen worden.

Freddie Meridith trägt Sportsakkos mit Fliege und ist Kunsterzieher an einem nicht sehr großen Mädchen-College. Nur wenige Menschen wissen, daß unglücklicherweise seine beiden Frauen durch einen elektrischen Schlag in der Badewanne starben.

Ich bin vor kurzem vierzig geworden – obwohl mich neuere Bekannte für älter halten. Vielleicht ist es die Art, wie ich mich gebe. Ich habe von meinem Vater ein bißchen was geerbt, was die Notwendigkeit ausschließt, arbeiten zu müssen, und Muße für die Ausbildung der Verstandeskräfte bietet. Ich bekenne mich zu einem gewissen Egoismus, der aber nur ein Ergebnis des objektiven Vergleichs ist. Wenn ich über meinen Gartenzaun hinausschaue, will mir alles, was ich sehe, höchst unbefriedigend erscheinen.

Orville putzte seine Hornbrille. »Ich sehe nicht, wie ich ein Jahr lang von der Firma fernbleiben kann.«

Freddie sekundierte mit seinem Einwand: »Wie soll ich denn erreichen, daß ich für ein Jahr beurlaubt werde? Wahrscheinlich würde man mich eher entlassen. Außerdem scheint eine meiner Schülerinnen höchst empfänglich für…« Er seufzte.

Aber das waren die üblichen Protestbekundungen, und ich machte mir nicht die Mühe, sie zu einer Trilogie zu vervollständigen. Für ein Drittel von drei Millionen Dollar kann man wohl mal das Geschäft, die neueste potentielle Ehefrau oder auch die eigene Freiheit hintanstellen.

Ich richtete das Wort an Amantha. »Edgerton und ich nehmen die Wohnung im Obergeschoß des Ostflügels.«

Als sie gegangen war, um Vorkehrungen zu treffen, wandte sich Freddie indigniert an Watson: »Was hat denn Onkel Benthany dazu veranlaßt, *sie* in sein Testament aufzunehmen? Schließlich ist sie doch nur ganze vier Monate hier gewesen. Glauben Sie, daß die beiden…?«

»Ich weiß es nicht«, antwortete Watson.

Und ich glaubte es nicht. Onkel Benthany war – nach allem, was ich von ihm wußte – zu vielem fähig. Ich hatte gleichwohl das Gefühl, daß sich Amantha nicht an einem Arrangement dieser Art beteiligt hätte.

»Wer ist diese Amantha Desfountaines eigentlich?« verlangte Orville zu wissen.

Watson steckte die Dokumente in einen braunen Briefumschlag zurück und verschnürte diesen wieder. Dann betrachtete er sein Werk. Schließlich räusperte er sich. »Sie ist eine auf Bewährung aus der Haft entlassene Mörderin.«

Watson erläuterte diese Aussage ein wenig genauer: »Soweit mir bekannt ist, wurde Mrs. Desfountaines – sie will den Namen ihres von ihr ermordeten Gatten beibehalten – im Alter von siebzehn Jahren verheiratet. Mr. Desfountaines war erheblich älter als sie… schon über Fünfzig, meine ich. Er starb drei Monate nach der Hochzeit. Seine Verwandten bestanden auf einer Obduktion, und man stellte fest, daß er vergiftet worden war. Ins Verhör genommen, gab Mrs. Desfountaines zu, ihm die tödliche Dosis verabreicht zu haben.« Watson nahm seinen Hut auf. »Sie verbrachte vierzehn Jahre im Gefängnis und wurde vor acht Monaten auf Bewährung entlassen.«

Orville mochte es nicht glauben. »Onkel Benthany hat sie eingestellt? Wußte er denn nicht, was sie war?«

»Doch… sicher. Ich hatte sogar den Eindruck… daß

er… ich meine… äh… so jemanden wie sie gesucht hat. Gewissermaßen.«

Ich gratulierte Onkel Benthany und seinem regen kleinen Köpfchen. Wo immer sich der Onkel jetzt aufhalten mochte – und vorausgesetzt, daß er sich eingelebt hatte –, kicherte er sicherlich still in sich hinein.

Onkel Benthany hatte uns überhaupt nicht gemocht – und dies vielleicht aus keinem geringeren Grund, als daß er reich und boshaft genug gewesen war, um alle Welt zu verabscheuen. Er hätte sein Geld, wenn ihm danach zumute gewesen wäre, auch Wohltätigkeitsvereinen zukommen lassen können – mal angenommen, er hätte gewußt, daß es so etwas gab. Aber Testamente solcher Art werden nur gemacht, damit gegen ihre Verfügungen verstoßen wird, weshalb mir schien, Onkel Benthany habe sich dem Unvermeidlichen gefügt, jedoch nicht ohne es mit der entsprechenden Würze zu versehen.

Freddie war blaß. »Wollen Sie damit sagen, daß wir… hier *essen* müssen? Daß *diese* Frau für uns *kocht*?«

Watson meinte begütigend: »Mrs. Desfountaines ist nicht für die eigentliche Zubereitung der Speisen zuständig. Dafür gibt es Bedienstete. Ihr obliegt lediglich die Überwachung und die Führung des Haushalts. Selbstverständlich werde ich jedoch, sollte es irgendwelche… äh, widrigen… Umstände geben, auf einer Obduktion bestehen.«

»Ich werde sie auf der Stelle entlassen«, verkündete Orville entschlossen.

Watson lächelte. »Aber das können Sie nicht. Das Testament verfügt, daß sie hier ein volles Jahr als Haushälterin beschäftigt bleiben soll. Andernfalls werden Sie alle enterbt.«

Als er gegangen war, begab ich mich hinauf in meine Suite. Amantha beaufsichtigte dort zwei Dienstmädchen, die gerade dabei waren, ihre Säuberungsaktion abzuschließen.

Ich wandte mich an Amantha: »Ich möchte Sie davon in Kenntnis setzen, daß ich es vorziehe, in meinen Räumen zu frühstücken. Edgerton wird allmorgendlich herunterkommen und das Frühstück holen.«

»Ich kann es Ihnen hinaufbringen lassen.«

»Danke, aber nur Edgerton versteht es, den Kaffee nach meinem Geschmack zuzubereiten, und er wird deshalb in jedem Falle in der Küche sein.«

Wir sahen einander prüfend an und versuchten auch nicht, es zu verbergen.

Sie lächelte schwach. »Ist Edgerton Ihr Vorkoster?«

Was mich betraf, so fand ich es schwierig, sie zu beschreiben. Hübsch besagte zuwenig, schön zuviel. Körper und Geist schienen bei ihr in gleichem Maße bedacht worden zu sein – eine ziemlich seltene Verbindung.

»Von der Zubereitung des Kaffees abgesehen«, sagte ich, »überlasse ich alles weitere Ihnen – unter folgenden Vorbehalten: Wenn es Schinkenspeck oder Schinken gibt, bevorzuge ich Tomatensaft, sonst ist mir Orangensaft durchaus recht. Fisch zur ersten Mahlzeit des Tages kann ich ganz und gar nicht ausstehen.«

Beim Essen an diesem Abend wollte ich gerade den ersten Löffel Chicken Gombo zum Munde führen, als mich Orville daran hinderte.

»Einen Augenblick mal, Charles«, sagte er.

»Bitte?« Ich bemerkte, daß weder Orville noch Freddie die Absicht zu haben schienen, etwas zu sich zu nehmen.

Orville machte eine Handbewegung über den Tisch hin.

»Woher wissen wir denn, daß dies alles hier... *sicher* ist?«

Ich betrachtete ein paar Okrastückchen auf meinem Löffel. »Ich glaube kaum, daß uns Amantha gleich am ersten Abend vergiften würde.«

Orville teilte diesen Optimismus nicht. »Ich weiß nicht. Ich habe den starken Verdacht, daß alle Mörderinnen ein bißchen irrational handeln. Freddie und ich haben uns darüber unterhalten und uns was ausgedacht. Eine Sicherheitsvorkehrung.«

In diesem Augenblick kam Amantha herein und warf einen prüfenden Blick auf die Tafel. »Ich hoffe, es ist alles zu Ihrer Zufriedenheit?«

Orville lächelte. »Gerade wollten wir nach Ihnen schicken. Wir haben etwas Wichtiges zu besprechen.«

»Ja?«

Orville wählte seine Worte mit Sorgfalt. »Mrs. Desfountaines, meinen Sie nicht auch, daß hundertfünfzigtausend Dollar in der Hand weit besser sind als die Aussicht auf Gefängnis?«

»Was Orville meint«, sagte Freddie, »ist folgendes: Warum gibt Ihnen nicht jeder, also Orville, Charles und ich, am Ende des Jahres fünfzigtausend Dollar ab?«

Orville rieb sich die Hände. »Schließlich sind Sie... äh... vier ganze Monate lang... Onkel Benthany eine loyale und zuverlässige Haushälterin gewesen, und da meinen wir, daß Ihnen ein kleines Zeichen unserer Dankbarkeit zuteil werden sollte.«

Amantha lächelte kaum merklich.

Orville fuhr fort: »Lassen Sie uns den Tatsachen ins Gesicht sehen, Mrs. Desfountaines. Wenn wir alle... oder auch nur *einer* von uns... das Jahr überleben, erhalten Sie von Onkel Benthanys Vermögen gar nichts. Nicht einen Pfennig. Das aber erscheint uns nicht fair.«

Amanthas Augen lachten.

Orville nickte ernst. »Die hundertfünfzigtausend Dollar gehören Ihnen. Ohne Abzug, ohne Auflagen.«

»Wenn nun all dieses Geld auf Sie wartet«, sagte Freddie glücklich, »werden Sie doch wohl nicht mehr versucht sein, den... elektrischen Stuhl dadurch zu riskieren, daß Sie... etwas Unbedachtes tun?«

Amantha lächelte. »Sie wollen mir also fünfzigtausend Dollar geben, Mr. Crawford?«

»Sie können sich darauf verlassen«, antwortete Orville.

Sie wandte sich an Freddie. »Und Sie?«

»Gewiß doch. Auch ich möchte nicht vergiftet werden.«

Und dann sah sie mich an.

»Nein«, sagte ich. »Und wenn jetzt niemand etwas dagegen einzuwenden hat, dann möchte ich endlich essen.«

Freddie runzelte die Stirn. »Na schön, Charles. *Du* kannst es ja riskieren. Aber erwarte von Orville und mir kein Mitgefühl, wenn du dann japsend und dich windend auf dem Teppich liegst.«

Amantha wollte gehen.

»Einen Augenblick noch«, sagte Orville. Er zeigte auf den Tisch. »Sie möchten davon... äh... nichts in die Küche zurücktragen, oder doch? Ich meine, vielleicht ist da ja irgendwas im... im *Salat*... das uns vielleicht nicht so gut bekommt?«

»Sie können alles essen, Sir.«

In Freddies Kopf zündete der Funke einer Eingebung. »Warum essen Sie eigentlich nicht mit uns zusammen, Mrs. Desfountaines? Immer. Alles, was wir auch essen. Wir sind doch keine Snobs, oder, Charles?«

Amanthas Lippen zuckten. »Haben Sie irgendwelche Einwände, Mr. Wicker?«

»Durchaus nicht«, sagte ich. »Bitte, setzen Sie sich doch zu uns.«

Und von da an aß Amantha mit uns.

Im Laufe der folgenden Woche übersiedelten Orville, Freddie und ich mit unserem Hab und Gut in das Haus. Wir richteten uns in unseren jeweiligen Wohnungen häuslich ein und bereiteten uns – jeder auf seine Weise – auf das Jahr vor.

Es war an einem regnerischen Abend ungefähr einen Monat später, als sich Freddie aus seinen horizontalen Meditationsübungen auf der Couch aufrichtete. »Wußtet ihr, daß in dieser Gegend der Voodoo-Kult *grassiert*?«

Orville knurrte: »Ein gebildeter Mensch glaubt nicht an solchen Unfug.« Dann wurde er angesichts meines milden Blickes ärgerlich. »Ich habe einen Abschluß im Fach Rechnungswesen«, sagte er zur Auffrischung meines Gedächtnisses.

Freddie hievte sich in eine sitzende Stellung. »Wenn so ein *uanga* mit dem Finger auf einen zeigt, dann stirbt man bei Sonnenuntergang.« Er zeigte etwa dorthin, wo Orville saß.

Orville bewegte sich unbehaglich in seinem Sessel. »Ich dachte gerade, daß Amantha vielleicht gar nicht die einzige ist, über die ich... über die *wir* uns Gedanken machen müssen.«

Freddie betrachtete nachdenklich seinen Zeigefinger. »Wie meinst du das?«

»Ich meine, daß vielleicht einer von uns nicht mit seinem Anteil an dem Erbe zufrieden ist.«

Freddie sah nicht auf. »Mir sind eine Million Dollar vollkommen genug.«

Orville sah ihn bedeutungsvoll an. »Mord kann zur Gewohnheit werden.«

Freddie lächelte. »Es war beide Male ein Unfall. Die Guten haben beide beim Baden gern Musik gehört, und ihnen beiden ist das Radio in die Wanne gefallen.« Er seufzte. »Sie haben mich *belogen*. Mir nichts hinterlassen, absolut gar nichts.«

Am Spätnachmittag des folgenden Tages betrat Orville bleich und schwer atmend das Wohnzimmer. Er ging zur Hausbar und goß sich zitternd Whiskey in ein Glas. Nach einem stärkenden Schluck drehte er sich zu Freddie und mir um. »Sie hat mit dem Finger auf mich gezeigt!«

Ich blickte über den Rand meiner Zeitschrift. »Wer? Amantha?«

»Nein, eine alte, eine sehr alte Frau. Ich machte einen Spaziergang durch den Park und sah sie unter den Weiden am Teich. Sie sprach kein Wort. Starrte mich bloß an und zeigte mit dem Finger. Ich glaube, es war eine von diesen elenden *uangas*.«

Freddie blickte zur Uhr auf dem Kaminsims. »Es ist ungefähr eine Stunde vor Sonnenuntergang. Möchtest du vielleicht noch irgendwelche letzten Worte von dir geben?«

»Hast du mit ihr gesprochen?« fragte ich Orville.

Er schüttelte den Kopf. »Um Gottes willen, nein! Ich bin nur fortgera... fortgegangen.«

»Es ist völlig schmerzlos«, sagte Freddie. »Ein schneller Tod.« Er schnipste mit den Fingern.

»Aber Orville«, sagte ich, »wie jedermann weiß, der ein bißchen was von Voodoo und derartigen Dingen versteht, kann alles, was getan wurde, ungetan gemacht werden. Sie hat wahrscheinlich aus sehr handfestem Grund auf dich gezeigt. Zehn Dollar, würde ich mal sagen. Warum gibst du ihr nicht zwanzig Dollar, damit sie den Fluch wieder von dir nimmt, und noch einmal zwanzig, damit sie dir sagt, wer sie auf diese Idee gebracht hat?«

Orville griff diesen Vorschlag begierig auf. »Glaubst du, daß es funktionieren wird?«

»Gewiß doch. Wie, meinst du wohl, kommen die Anhänger des Voodoo zum größeren Teil ihrer Einkünfte?«

Orville stellte sein Glas ab. »Leute in dem Alter können nicht sehr schnell gehen. Ich werde sie bestimmt finden.«

Orville kehrte eine halbe Stunde nach Sonnenuntergang zurück. Seine Schuhe und Hosenbeine waren voller Schlamm, und sein Gesicht zeigte eine Mischung aus Grün und Weiß. »Ich konnte sie nirgends finden.« Er warf wilde Blicke um sich. »Ich bin verloren!«

»Orville«, sagte ich geduldig, »in diesem Moment bist du doch am Leben, oder etwa nicht?«

Er stimmte mir zu.

»Und es ist nach Sonnenuntergang, nicht wahr?«

Er war verblüfft und dachte dann scharf nach. »Gott, ja, es ist nach Sonnenuntergang, und ich bin noch am Leben.« Er wischte sich den Schweiß von Stirn und Brille und sah uns selbstgefällig an. »Ich habe euch doch gesagt, daß der gebildete Mensch für Voodoo nicht empfänglich ist.«

Ich zog mich an diesem Abend um zehn Uhr in mein Zimmer zurück und nahm mir aus der Bibliothek einen Band Tennyson mit. Ich hatte Tennyson nicht mehr gelesen, seit ich sechzehn gewesen war und zur Träumerei geneigt hatte.

Um zehn nach elf holte mich etwas aus der Welt der weißen Schlösser und edlen Jungfrauen zurück.

Es war nicht ganz ein Schrei. Es war etwas Rauhes und Drängendes und schien von irgendwo draußen vor meinem offenen Fenster zu kommen.

Ich legte das Buch beiseite. Ein zunehmender Mond hinter federartig sich ausbreitenden Wölkchen spendete genügend Licht, um den Rasen bis hin zu den Bäumen in Weiß zu tauchen, aber ich sah nichts.

Nun blickte ich aus meinem Fenster im ersten Stock direkt nach unten. Ein Viereck aus Licht, das aus dem Fenster unter mir stammte, lag auf dem Schatten des Hauses. Es war Orvilles Zimmer.

Ich starrte erneut auf den Rasen hinaus und zu den Bäumen hinüber. War es irgendein Tier gewesen?

Schließlich zuckte ich die Achseln und ließ die Sache auf sich beruhen. Aber ich blieb noch am Fenster stehen. Es war eine schöne Nacht, und ein leichter, nach Orangenblüten duftender Windhauch flüsterte im Dunkeln.

Meine Aufmerksamkeit wurde einmal mehr von dem Rechteck aus Licht unter mir angezogen. Eine Silhouette, aber nicht die von Orville. Und dann hoben sich ihre Arme, und sie zog die Vorhänge zu.

Ich kehrte zu meinem Sessel zurück und warf Tennyson in den Papierkorb. Ich holte mir eine Flasche aus dem Schrank. Samuel Johnson hat einmal gesagt, man solle nur trinken, wenn man glücklich ist. Sam Johnson war ein Idiot.

Die Uhr tickte vor sich hin, und ich saß mit meinem zweiten Glas und meinen Phantasien im Sessel, als ich den schwachen, gedämpften Knall hörte. Ein Schuß? War das Geräusch von unten gekommen oder von meiner Etage?

Ich runzelte nachdenklich die Stirn. Auf diesem Stockwerk war ich – abgesehen von Edgerton – der einzige Bewohner. Unter mir hatte Orville sein Zimmer. Und nach hinten hinaus … Amantha.

Ich ging zu Edgertons Tür und horchte. Er schlief ganz offensichtlich und erfreute sich guter nasaler Gesundheit.

Unten klopfte ich leise an Orvilles Tür und wartete eine halbe Minute. Ich klopfte noch einmal und drehte dann den Türknauf.

Orville lag auf dem Bettvorleger, das Gesicht der Tür zugewandt. Wenige Zentimeter von seiner rechten Hand entfernt lag eine Pistole.

Ich kniete neben ihm nieder. Er war tot. Er war ins Herz getroffen worden, aber es war bemerkenswert wenig Blut zu sehen.

Ich erhob mich wieder und rief die Polizei an.

Mit der uniformierten Polizei kam ein Sergeant Pouchet, dem sich dann noch die entsprechenden medizinischen und technischen Experten zugesellten. Man befragte uns bis in die frühen Morgenstunden hinein, und erst dann gönnte man uns eine Ruhepause.

Pouchet kam mittags wieder, offensichtlich des Schlafs bedürftig, aber entschlossen, unsere Aussagen noch einmal durchzugehen.

»Mr. Wicker«, sagte er, »folgt man Ihrer Aussage, so hörten Sie den Schuß und gingen dann nach unten. War es so?«

Ich nickte.

»Haben Sie noch etwas anderes bemerkt … oder irgend etwas gehört, bevor der Schuß fiel?«

»Nein«, antwortete ich. »Überhaupt nichts. Absolut gar nichts.«

Er wandte sich Amantha zu. »Und Sie behaupten, Sie hätten den Schuß *nicht* gehört. Ihr Zimmer liegt im gleichen Flur wie das von Mr. Crawford, nicht wahr?«

Sie war blaß. »Ich habe geschlafen und nichts gehört.«

»Mein Fenster stand offen«, sagte ich, »und ich war noch wach.«

Freddie unterbrach uns. »Wird es eine Obduktion geben?«

»Wir haben die Kugel herausgeholt«, antwortete Pouchet. »Sie paßt zu der Pistole, die neben ihm gefunden wurde.« Sein Blick wanderte über uns hin. »So, wie das alles aussieht, könnte man meinen, daß es sich um einen Selbstmord handelt.«

Freddie rümpfte die Nase. »Entspricht das Ihren eigenen Ansichten?«

Pouchet lächelte schwach. »Also, warum sollte ein Mann, der im Begriff steht, eine Million Dollar zu erben, Selbstmord begehen?«

Ich nannte ein mögliches Motiv. »Vielleicht war Orville krank?«

Pouchet schüttelte den Kopf. »Wir haben seinen Arzt kontaktiert. Orville Crawford war in ausgezeichneter körperlicher Verfassung. Er war erst vor einem Monat zu einer gründlichen Untersuchung bei ihm gewesen.«

»Er könnte deprimiert gewesen sein«, sagte ich. »Oder Angst gehabt haben. Schließlich hat gestern abend eine *uanga* auf ihn gezeigt. Wenn ein Mensch Angst vor dem Tod hat, versucht er doch oft, dieser Furcht dadurch zu entgehen, daß er sich selbst umbringt.«

»Wir haben die *uanga* gefunden«, sagte Pouchet. »Tantchen Beljame. Sie ist die einzige hier in der Gegend, die sich noch mit Voodoo abgibt. Tantchen bekommt Sozialhilfe, aber ab und zu braucht sie ein bißchen was extra für Tabak.«

»Wer hat sie bezahlt?« fragte ich.

»Sie weiß es nicht. Sie bekam einen getippten Brief ohne Unterschrift und zwanzig Dollar mit der Post zugeschickt. In dem Brief war der Mann beschrieben, auf den sie zeigen sollte, und sein Name genannt.« Er betrachtete mich nachdenklich. »Aber Tantchen Beljame sieht nicht mehr sonderlich gut. Und sie mußte zwei Stunden lang da draußen warten. Die Feuchtigkeit kroch ihr in die Knochen, und das machte sie gereizt. Schließlich wartete sie nur noch so lange, bis *irgend jemand* aus dem Haus kam, und zeigte auf ihn. Dann ging sie nach Hause.«

Pouchet lächelte wieder. »Sie hat auf den falschen Mann gezeigt. Eigentlich sollte sie auf Sie zeigen, Mr. Wicker.«

An diesem Abend erhielt ich das erste Gummipüppchen – so eines mit einer durch den Kopf gebohrten Nadel.

Am nächsten Morgen setzte ich mich in meiner Wohnung mit einem Seufzen zum Frühstück nieder.

»Was ist, Sir?« erkundigte sich Edgerton.

»Mein Fuß«, antwortete ich. »Ich habe einen merkwürdigen Schmerz im Knöchel meines rechten Fußes.«

»Darf ich vorschlagen, ihn einzureiben?« Nachdem er mir die Kaffeesahne gereicht hatte, blieb er noch. »Sir, wenn Sie diese Million… beziehungsweise diese anderthalb Millionen Dollar… bekämen, würden Sie dann Ihren Lebensstil ändern?«

»Nein, im großen und ganzen nicht.«

»Dann *brauchen* Sie das Geld eigentlich gar nicht, nicht wahr, Sir?«

»Wahrscheinlich nicht. Gleichwohl vermittelt es einem ein gewisses Gefühl der Wärme, wenn man weiß, daß man's hat.«

Als ich mein Frühstück beendet hatte, erschien Edgerton wieder, um das Tablett abzuholen.

»Edgerton«, sagte ich, »der Kaffee schmeckte irgendwie bitter.«

Er wurde blaß. »Sie haben ihn getrunken, Sir?«

»Natürlich habe ich ihn getrunken.«

»Aber Sir, angenommen, er war *vergiftet*?«

»Unsinn«, sagte ich, fühlte mich dabei aber ein ganz klein wenig unbehaglich. »Sie haben doch heute morgen den Kaffee zubereitet, oder nicht?«

»Ja, Sir.« Er dachte eine Weile über den Kaffee nach, und dann erhellte sich sein Gesicht. »Jetzt erinnere ich mich wieder! Ich fürchte, ich habe ihn viel zu lange ziehen lassen. Die Köchin und ich waren in eine Diskussion vertieft.«

»Was kann das denn für eine Diskussion gewesen sein, die Sie dazu gebracht hat, meinen Kaffee zu vernachlässigen?«

»Wir sprachen über Voodoo, Sir. Die Köchin glaubt vorbehaltlos daran.«

»Das ist zweifellos der Grund dafür, daß sie Köchin ist und nicht Kaiserin.«

Edgerton ging mit dem Tablett zur Flurtür, und ich öffnete sie ihm.

Ein längliches Päckchen baumelte wie ein Pendel außen am Türknauf.

Edgerton zog die Stirne kraus. »Was ist das, Sir?«

Ich nahm das Päckchen ab und riß die Schnur fort, die um die Pappschachtel gebunden war. Im nächsten Augenblick sah ich auf eine Gummipuppe hinab, durch deren rechtes Fußgelenk eine Nadel gebohrt war.

Edgertons Blick wanderte von der Puppe zu meinem Fuß hinunter.

»Lediglich hin und wieder mal ein stechender Schmerz«,

sagte ich schroff. »Nichts weiter.« Ich betrachtete die Puppe voller Kampfeslust. »Das ist alles völliger Blödsinn.«

»Sir, es ist *kein* Blödsinn. Glauben Sie wirklich, daß Mr. Crawford Selbstmord begangen hat?«

Ich gab keine Antwort.

»Verzeihen Sie, wenn ich das sage«, fuhr Edgerton fort, »aber Sie sind ein Idiot.«

»Edgerton!«

Es war ihm peinlich, aber er war fest entschlossen. »Ist es nicht Idiotie, wenn Sie Ihr Leben in diesem Haus... in dem ein Mörder oder eine Mörderin sein oder ihr Unwesen treibt... aufs Spiel setzen, nur um anderthalb Millionen zu erben, die Sie nicht wirklich brauchen?«

»Es gibt Zeiten, Edgerton, da bin ich schamlos dickköpfig. Ich möchte lieber in einem Weidenkorb hier rausgetragen werden, als mich Drohungen beugen.«

Am frühen Nachmittag machte ich einen Spaziergang. Nahe der Stelle, wo die Zufahrt in die ungepflasterte Landstraße einmündet, verließ ich den Pfad, um mir ein paar Farnkräuter aus der Nähe anzuschauen.

Meine Aufmerksamkeit wurde bald wieder zum Zufahrtsweg gelenkt, auf dem gerade Freddie erschien, der zum Crawfordschen Briefkasten am Rande der Straße ging. Dort steckte er einen Brief in den Metallbehälter und richtete das rote Fähnchen auf. Dann sah er sich – wie ich fand, auf ziemlich verstohlene Weise – um, entdeckte mich jedoch nicht.

Er ging auf dem gewundenen Weg Richtung Haus zurück und verschwand.

Zwei Minuten später wurde meine Tagträumerei über

das urzeitliche Wesen der Farne erneut unterbrochen – diesmal durch Edgerton, der aus dem Wald geschlichen kam und zum Postkasten eilte.

Er zog schnell den Umschlag heraus und fing an, dessen Verschlußklappe mit seinem Taschenmesser zu bearbeiten.

Ich trat aus meinem Versteck. »Was machen Sie da, Edgerton?«

Er ließ den Briefumschlag fallen und schien davonstürzen zu wollen, erkannte mich dann aber. »Oh, Sie sind's, Sir.«

Ich hob den Umschlag vom Boden auf. »Antworten Sie mir, Edgerton!«

Er fuhr sich mit der Zunge über die Lippen. »Nun ja… äh… Sir… ich dachte, daß, wenn Mr. Meridith derjenige ist, der Ihnen diese Puppen geschickt hat, ich ihn vielleicht dabei erwischen könnte… auf frischer Tat, sozusagen… wie er mit seiner Voodoo-Hexe Verbindung aufnimmt. Oder gar weitere Gummipuppen in Auftrag gibt.«

Ich besah mir den Briefumschlag. Er war an Sergeant Pouchet adressiert. »Verdächtigen Sie etwa Sergeant Pouchet, der Hersteller von Freddies Fluch- und Zaubermitteln zu sein?«

Edgerton fühlte sich natürlich gar nicht wohl in seiner Haut. »Ich habe oft gehört, daß unter der dünnen Lackschicht der Zivilisation das finstere Ungeheuer des Dschungels lauert – oder so ähnlich. Ich vermag nicht einzusehen, warum Polizisten davon ausgenommen werden sollten.«

Die Verschlußklappe des Briefumschlags war offen, und ich zog einen zusammengefalteten Bogen Papier heraus. Die Mitteilung war mit der Maschine geschrieben worden, und es fehlte eine Unterschrift.

Das Entfernen der Kugel reicht nicht aus. Warum veranlassen Sie keine ordentliche Obduktion?

Edgerton hatte, mir über die Schulter schauend, mitgelesen. »Was meint Mr. Meridith denn damit?«

Ich steckte Briefbogen und Umschlag in die Tasche.

Edgerton war ein wenig schockiert. »Wollen Sie den Brief nicht abholen lassen, Sir?«

»Nein.«

Sergeant Pouchet befragte uns an diesem und am folgenden Tag erneut. Ganz offensichtlich hatte er den Verdacht, daß Orville ermordet worden war – aber diesen interessanten Sachverhalt auch beweisen zu können, das war wohl etwas ganz anderes.

Es war bei einem weiteren nachmittäglichen Spaziergang, daß ich auf Amantha stieß. Wir gingen zusammen zum Haus zurück, wobei ich mich ihrem Schritt anpaßte. Nach dem Austausch einiger nichtssagender Worte ertappte ich mich dabei, wie ich sagte: »Man hat mir mitgeteilt, Sie hätten eine Zeitlang im Gefängnis gesessen?«

Es war dies eine direkte Frage – typisch für mich, wie ich fürchte –, und ich dachte kurz, daß sie wohl keiner Antwort würdig war.

Sie blickte zu den triefenden Weiden hin, an denen wir gerade vorbeikamen, und sagte dann: »Ja, ich habe zugegeben, meinen Mann ermordet zu haben.«

»Warum?«

Sie sah mich kalt an. »Wegen seines Geldes natürlich.«

Ich lächelte. »Das meinte ich nicht. Ich meinte, warum Sie es gestanden haben. Es will mir scheinen, daß Sie sehr wohl zu einem intelligenten Mord fähig sind. Sie würden bestimmt nicht entdeckt werden, aber selbst wenn das der Fall wäre, würden Sie mit Sicherheit nicht freiwillig ein Geständnis ablegen.«

Sie schlug ihren Mantelkragen hoch. »Es wird recht frisch.«

Ich ließ mich nicht vom Thema abbringen. »Um meine nicht zu rechtfertigende Neugier zu befriedigen: Haben Sie Ihren Mann tatsächlich vergiftet?«

»Ich habe Ihnen doch ganz unmißverständlich gesagt, daß ich ein Geständnis abgelegt habe.«

»Meine liebe Amantha, es ist Ihnen doch wohl nicht entgangen, daß ich einen deutlichen Unterschied gemacht habe. Sie haben den Mord *gestanden*. Ich aber frage Sie jetzt, ob dieses Geständnis auch der Wahrheit entsprach.«

Sie antwortete mir nicht, bis wir die Hintertür des Hauses erreicht hatten. »Wenn ich Ihnen erzählen würde, daß ich meinen Mann *nicht* vergiftet habe, würde Sie das in die Lage versetzen, Ihren Orangensaft mit größerer Unbeschwertheit zu trinken?«

»Es geht um Wichtigeres als das.«

Ihre Augen funkelten plötzlich. »Ich habe vierzehn herrliche Jahre im Gefängnis gesessen. Meinen Sie nicht auch, daß mir das Leben jetzt einen Mord schuldig ist? Oder zwei Morde? Oder drei?« Und dann lächelte sie, und ihre Zähne leuchteten weiß in der Dunkelheit. »Und ich bin intelligent genug, dieses Vorhaben erfolgreich durchzuführen, nicht wahr?«

Als ich mich am folgenden Morgen vom Frühstückstisch erhob, zuckte ich zusammen.

»Sir?« erkundigte sich Edgerton besorgt.

»Ich verspüre in meiner Patella den seltsamsten Schmerz.«

»Sir?«

»Patella«, sagte ich. »So eine Art Brennen.«

Er sammelte das Geschirr ein und stellte es auf das Tablett. »Kann ich irgend etwas für Sie tun, Sir?«

»Nein, es ist wahrscheinlich nichts.« Ich steckte mir eine Zigarre an. »Ich glaube, ich mache mal einen kleinen Spaziergang durch den Garten.«

Ich begab mich nach unten, ging dann aber nicht aus dem Haus, sondern in die Bibliothek. Sie war leer, und ich fand in einer relativ dunklen Ecke einen Stuhl. Auf den setzte ich mich und wartete.

Fünf Minuten verstrichen, und dann kam Edgerton herein und ging direkt zu dem Regal mit den Nachschlagewerken. Er begann zögernd in einem großen Band zu blättern.

»Patella«, sagte ich laut und buchstabierte dann: »P-a-t-e-l-l-a.«

Edgerton erstarrte.

Ich stand auf und ging zu ihm. »Patella. Die Kniescheibe. Und wo wir schon mal dabei sind, darf ich auch erwähnen, daß sie mir überhaupt nicht weh tut, mir nie weh getan hat.«

Ich fürchte, ich zeigte ihm meine Zähne. »Es ist mir ganz plötzlich klargeworden, Edgerton, daß ich diese vermaledeiten Puppen eigentlich immer erst nach begangener Tat erhalten habe, wenn wir diesen Ausdruck mal benutzen dürfen. Als ich über Kopfschmerzen klagte… *voilà!*… zehn Minuten später hing eine Puppe an meinem Türknauf, den Kopf von einer Nadel durchbohrt.«

Er konnte mir nicht in die Augen sehen.

»Nachdem ich darüber nachgedacht und dann die zweite Puppe erhalten hatte, neigte ich der Ansicht zu, daß es in meinen Räumen vielleicht irgendwo ein verstecktes Mikrophon geben könnte. Immer, wenn ich körperliche Beschwerden hatte und dem Ausdruck verlieh, beeilte sich jemand, der auf seinem Horchposten meine Worte mitgehört hatte, eine Puppe zu durchbohren und bei mir abzuliefern. Jetzt aber sehe ich, daß *Sie* es waren, Edgerton.«

Er ließ den Kopf hängen. »Ja, Sir.«

»Und auf Ihr Konto geht auch die *uanga*?«

»Ich fürchte ja, Sir.«

»Und was können Sie zu Ihrer Entschuldigung vorbringen, Edgerton?« verlangte ich zu wissen.

Endlich sah er mich an. »Ich fürchtete um Ihr Leben, Sir. Sie wissen doch, daß wir hier eine Mörderin und einen potentiellen Mörder unter uns haben?«

»Fahren Sie fort.«

Er machte mit der Hand eine hilflose Geste. »Sir, Sie geben zu, daß Sie diese Erbschaft nicht wirklich brauchen, und doch bestehen Sie törichterweise darauf hierzubleiben. Ich glaube nicht, daß Sie das Jahr überleben können, ohne daß irgend jemand Sie ermordet.« Er seufzte. »Ich sah ein, daß es gänzlich unmöglich war, Sie von hier durch Überredung oder Überzeugung zu vertreiben und in Sicherheit zu bringen. Deshalb griff ich auf das Übernatürliche zurück, um ebendieses Ziel zu erreichen.«

»Im Bereich des Übernatürlichen ist mir jede Furcht fremd.«

»Das ist mir inzwischen klargeworden, Sir, aber es war nun mal meine einzige Hoffnung.«

Edgerton blickte ziemlich zerknirscht drein, und so milderte ich endlich meinen wütenden Blick ab. »Also gut, Ihr Motiv war aller Ehren wert, aber von nun an nehmen Sie bitte Abstand von derlei Tun und Treiben.«

»Aber Sie *sind* doch in Gefahr, Sir!«

»Ich bin durchaus in der Lage, mich um mich selbst zu kümmern.«

Ein plötzlicher Einfall erhellte sein Gesicht. »Sir, gerade ging mir durch den Sinn, daß ja vielleicht *Sie* der Mörder sind.«

»Edgerton!«

Ihn faszinierte jedoch diese Vorstellung. »Wenn Sie es sind, können Sie mich ohne jede Gefahr an Ihrem Geheimnis teilhaben lassen. Ich werde es mit äußerster Diskretion behandeln, und es wird mir eine Beruhigung sein. Denn wenn Sie der Mörder sind, ist es doch ganz offenkundig unwahrscheinlich, daß Sie sich selbst ermorden werden. Ich brauche mir also keine Sorgen mehr zu machen. Haben Sie Mr. Crawford erschossen, Sir?«

»Jetzt ist es aber genug, Edgerton!«

Am Abend traf ich Amantha allein im Wohnzimmer an. Ich ließ mich in ihrer Nähe nieder, um zu lesen, legte aber mein Buch fast augenblicklich wieder beiseite. »Amantha«, sagte ich mit ruhiger Stimme, »ich weiß, daß Sie, kurz bevor Orville erschossen wurde, in seinem Zimmer waren.«

Sie sah mich mit ihren dunklen Augen forschend an. »Warum haben Sie das nicht Sergeant Pouchet mitgeteilt?«

»Ich hielt es nicht für... erforderlich.«

Sie wandte den Blick nicht von mir, schien aber ein wenig verwirrt zu sein.

»Amantha, *haben* Sie Orville erschossen?« fragte ich.

Nach einer Weile antwortete sie: »Ja.«

Ich starrte sie an, und es überkam mich ein frustrierender Zorn. »Warum mußten Sie mir das bloß sagen!«

»Aber Sie haben mich doch gefragt.«

»Ich weiß, aber...«

»Bringt Sie das in eine unangenehme Lage? Werden Sie es Sergeant Pouchet sagen müssen?«

»Zum Henker mit Sergeant Pouchet!« Ich fand es notwendig, im Zimmer auf und ab zu gehen. »Amantha, es ist vollkommen unnötig, daß Sie herumschleichen und Leute abmurksen. Vor allem des Geldes wegen. Schließlich können Sie doch mein ganzes... ich meine, wenn Sie's wirklich haben wol...« Ich vermochte nicht weiterzusprechen.

Sie lächelte matt. »Aber Sie wollten mir doch nicht mal lumpige fünfzigtausend Dollar geben, um sicherzustellen, daß ich Sie nicht vergifte.«

Ich winkte ab. »Millionen für die Verteidigung, nicht ein Cent, um Tribut zu zollen. Ich meine, daß Sie... nun ja, wenn *Sie* mich wirklich vergiften wollten... daß es Ihnen vollkommen freisteht...« Mein Kragen wurde mir irgendwie eng. »Ich möchte lieber von Ihnen vergiftet werden als von irgend jemandem sonst, den ich kenne...« Zufällig erblickte ich mich in einem Spiegel. Mein Gesicht war tiefrot. Wie ein Schuljunge, dachte ich wütend. »Wie dem auch sei«, fuhr ich lahm fort, »Sie brauchten ihn nicht umzubringen.«

»Aber das habe ich ja gar nicht. Ich hab ihn lediglich erschossen.«

Ich wartete darauf, daß sie mir das erklären würde.

»Ich war gerade damit fertig geworden, das Haus für die Nacht abzuschließen«, sagte Amantha, »und wollte in mein Zimmer gehen, als ich Orville Crawford im Flur liegen sah, genauer, halb im Flur und halb in seinem Zimmer, so, als habe er Hilfe herbeiholen wollen und sei dabei zusammengebrochen und gestorben. Ich wollte schon um Hilfe rufen, da...« Sie zögerte.

»Ja?«

Amantha schloß für ein oder zwei Sekunden die Augen. »Im Zimmer lag ein Glas auf dem Boden. Auf dem Tisch stand eine Whiskey-Karaffe, und als ich daran roch...«

Sie sah mich flehend an. »Verstehen Sie denn nicht? Er war vergiftet worden... und da gab es einen Giftmörder... eine Mörderin... im Haus. Ich wäre doch die gewesen, auf die als erste der Verdacht gefallen wäre und...« Schmerz stahl sich in ihren Blick. »Vierzehn Jahre im Gefängnis! Ich könnte so etwas ganz einfach nicht noch einmal ertragen. Ich zog also Mr. Crawford in sein Zimmer zurück. Dann machte ich die Vorhänge zu und entfernte die Karaffe und das Glas aus dem Zimmer.«

Sie atmete tief ein, bevor sie fortfuhr: »Ich ging zum Waffenschrank im Billardzimmer und kehrte mit einem Revolver in Mr. Crawfords Zimmer zurück. Ich schob ihm die Waffe in die Hand... und richtete sie auf sein Herz... und drückte den Abzug.«

Ich nickte bedächtig. »Ja, es würde dann so aussehen, als wäre er an einer Schußverletzung gestorben. Es bestünde keinerlei Notwendigkeit, eine Obduktion vorzunehmen. Man würde die Kugel herausholen, und das wäre alles.«

Sie blickte auf. »Werden Sie es Sergeant Pouchet sagen?«

»Ich sehe keine Notwendigkeit, ihm irgend etwas zu sagen.« Ich setzte mich neben sie. »Da ist noch was, das ich gerne wüßte. Wenn Sie Ihren Mann nicht vergiftet haben, warum haben Sie dann die Schuld auf sich genommen?«

Sie wandte den Blick ab, und als sie antwortete, klang ihre Stimme müde. »Meinem Vater stand der totale Ruin bevor. Er war hoch verschuldet. Er war es, der die Heirat einfädelte... das Arrangement. Er hoffte, mein Mann würde ihm das Geld leihen, das er brauchte.«

»Aber Ihr Mann weigerte sich?«

»Mein Mann lachte ihn aus. Er sagte, er hätte schon die ganze Zeit gewußt, warum ich ihn geheiratet hätte, und daß jetzt… wir die Dummen wären.«

Ihre Hände zitterten. »Der Giftmord war sehr ungeschickt durchgeführt worden… und mein Vater wäre ins Gefängnis gewandert…«

Ich war fassungslos. »Ihr Vater hat Ihren Mann vergiftet, und *Sie* haben die Schuld auf sich genommen? Welcher Vater würde zulassen, daß…«

Sie errötete leicht. »Er sagte mir, er habe nur noch weniger als ein Jahr zu leben… und daß er sich eher erschießen würde als ins Gefängnis zu gehen. Er bat und bettelte…« Ihre Finger umkrampften ihr Taschentuch. »Er sagte, daß ich, wenn ich die Schuld auf mich nähme, nur ein Jahr ins Gefängnis müßte. Man würde bei seinem Tod einen Brief vorfinden, der mich entlasten würde.«

»Und als er dann starb, fand sich kein solcher Brief?«

Sie fuhr mit einem Anflug von Wildheit zu mir herum. »Er ist gar nicht gestorben! Er ist noch heute am Leben! Ich fand heraus, daß er überhaupt niemals krank war.« Tränen traten ihr in die Augen. »Nach den ersten zwei Jahren machte er sich nicht einmal mehr die Mühe, mir zu schreiben.«

Ein einsames Kind, ein einsames Mädchen, eine einsame Frau. Ich berührte mit den Fingern sanft ihre Schläfen.

Edgerton trat ein. »Brauchen Sie mich heute abend noch, Sir?«

Ich erhob mich. »Edgerton, Mrs. Desfountaines hat Orville nicht ermordet.«

Sein Blick wanderte zu ihr, dann zurück zu mir. »Das freut mich, Sir.«

»Und, Edgerton, auch *ich* habe Orville nicht umgebracht.«

»Ich freue mich für Sie beide, Sir.«

Er wandte sich zum Gehen.

»Edgerton?«

»Ja, Sir?«

»Mir kommt da der Gedanke, daß *Sie* Orville ermordet haben könnten.«

Er hob eine Augenbraue. »Ich, Sir?«

»Ja, *Sie*. Mir zuliebe, natürlich. Sie sind loyal. Sie könnten doch beschlossen haben, mich dadurch zu schützen, daß Sie alle eliminieren, die mich bedrohen.«

»Nein, Sir«, erwiderte Edgerton. »Ich habe Mr. Crawford nicht getötet. Ich habe zum Zeitpunkt seines Todes nicht einmal daran gedacht.«

Ich rieb mir nachdenklich das Ohr. »Da keiner von uns dreien Orville ermordet hat, bleibt nur noch eine Person übrig.«

»Ja, Sir«, sagte Edgerton.

Ich nahm meine Wanderung durchs Zimmer wieder auf, bis ich zu einem Entschluß gelangt war. »Also gut, dann muß ich Freddie umbringen.«

»Sir …«, sagte Edgerton.

Ich hob eine Hand. »Ich lasse mich nicht davon abbringen. Ich bin fest entschlossen. Sie beide werden das natürlich für sich behalten?«

»Sir …«, sagte Edgerton.

Ich schüttelte den Kopf. »Ich denke nicht an meine Sicherheit. Aber ich weiß, daß Freddie, sollte ich sterben, versucht sein wird, Amantha zu beseitigen. Er wird sich aller Wahrscheinlichkeit nach durch ihre Gegenwart und ihren Ruf bedroht fühlen. Ich kann das nicht zulassen!«

»Charles«, sagte Amantha, »ich glaube, ich bin diejenige, die sich Mr. Meridiths annehmen sollte. Ich kann nicht zulassen, daß Sie eine Gefängnisstrafe riskieren.«

»Sir und Madam...«, sagte Edgerton.

In diesem Augenblick kam ein Schrei aus dem Obergeschoß die Treppe heruntergesprungen.

Ich blickte erstaunt auf. »Das ist Freddie! Ich erkenne die Klangfarbe der Stimme.«

»Ja, Sir«, sagte Edgerton. »Ich fürchte, ihm ist sein Radio in die Badewanne gefallen. Der arme Mann hat einen Schlag bekommen.«

Meine Augen verengten sich. »*Wir* befinden uns im Erdgeschoß, und Freddie ist im ersten Stock. Woher wissen Sie, daß das passiert ist?«

Edgertons Gesicht blieb ausdruckslos. »Nur eine Vermutung, Sir. Aber ich weiß, daß das Radio auf einem wackligen Regalbrett direkt über der Badewanne steht. Es sieht alles sehr stabil aus, aber die leichteste... äh... Erschütterung der Wand, und das Radio fällt in die Wanne.«

Ich sah Edgerton prüfend an, aber er verlor nichts von seiner glückseligen Unschuld.

Was in aller Welt sollte ich mit drei Millionen Dollar anfangen? Ich seufzte. Vielleicht würde uns dreien ja noch etwas dazu einfallen.

Mann an kurzer Leine

Ich sah auf meine Uhr und runzelte die Stirn. »Schön, ich habe zehn Minuten Zeit.«

Renolds war ein hochgewachsener Mann mit scharfen Gesichtszügen und einem gelblichbraunen Brennen in den Augen. Er behauptete, Reporter bei meiner Zeitung zu sein. *»Das Journal«,* sagte er, »spielt in der Öffentlichkeit seit seiner Gründung vor sechzig Jahren die Rolle eines Aufpassers.«

Ich zog eine Zigarette aus meinem Etui. »Das hätten Sie meinem Chefredakteur sagen sollen. Der liebt Komplimente. Kommen Sie zur Sache.«

Sein Gesicht verriet mir, daß er im Geist ein paar Absätze übersprang und einen festen Standplatz in größerer Nähe zu seinem Thema einnahm.

»Unser gesamter Verwaltungsbezirk gehört zum Einsatzbereich der Metropolitan Police«, sagte er. »Und wir haben da eine ausreichende Polizeitruppe in einer Stärke von dreitausend Mann. Und doch dulden wir nach wie vor den Anachronismus einer eigenen Abteilung für den Sheriff und seine fünfundzwanzig Leute.«

»Wenn Sie die Zeitung gelesen hätten, für die Sie angeblich tätig sind«, erwiderte ich, »dann hätten Sie darin etliche Leitartikel zu ebendieser Frage finden können.«

Renolds tat dies mit einem Achselzucken ab. »Aber die schlichte Verdopplung der polizeilichen Gewalt ist noch nicht einmal das Schlimmste an der Sache. Nein, die gesamte Abteilung des Sheriffs ist nichts als ein einziges politisches Täuschungsmanöver, ein uniformierter Protektionsbetrieb. Bei Licht besehen, behindert die Abteilung sogar die reguläre Polizei bei der Ausübung ihrer Pflicht.«

Er schlug sich mit der Faust in die offene Hand. Das verursachte ein leises Geräusch. »Wir müssen mehr tun als nur Leitartikel schreiben. Wir müssen die ganze Angelegenheit schonungslos ans Tageslicht holen.«

Sein Gesicht war so dunkelrot, als leide er unter einem Dauerfieber. »Die Abteilung des Sheriffs ist zum Beispiel für die Besserungsanstalt des Kreises zuständig, und wir wissen doch alle, was da gespielt wird.«

Ich steckte mir die Zigarette an. »Wohl möglich.«

Er nickte. »Natürlich wissen Sie's, Mr. Troy. Es ist die Privatversorgung von Sheriff Brager. Er ist finanziell an der Verpflegung beteiligt und kriegt von den Aufsehern illegale Provisionen. Ein Häftling lebt dort wie ein Hund, wenn er nicht draußen einen Freund hat, der ihm ausreichend Geld zukommen läßt, mit dem er sich dann Vergünstigungen kaufen kann. Die Aufseher sind Kretins, die ihren Job niemals aufgeben, weil er es ihnen nämlich ermöglicht, nicht nur Schmiergelder zu erpressen, sondern auch Schläge auszuteilen.«

»Vor zwei Jahren wurde eine Untersuchung durchgeführt«, sagte ich. »Sie förderte nichts zutage.«

Renolds schnaubte verächtlich. »Der Ermittlungsausschuß konnte sich doch nur an Gerüchte halten. Es gab keinerlei konkrete Fakten. Brager räumte seinen Laden ganz schnell auf und sorgte dafür, daß während des einen Monats, den er beobachtet wurde, Ordnung herrschte. Die Häftlinge hatten viel zuviel Angst, um zu reden. Brager hatte auch dafür gesorgt.«

Er ging auf und ab. »Die inoffizielle Gerichtsbarkeit blüht und gedeiht. Brager setzt die Häftlinge als seine Arbeitskräfte ein. Wenn sie nicht gerade für ihn oder an seinen Lieblingsprojekten arbeiten, verfrachtet er sie auf Lastwagen und leiht sie für vier Dollar pro Nase an die großen Farmer aus. Das Geld steckt natürlich er ein, die Häftlinge können froh sein, wenn sie eine ordentliche Mahlzeit kriegen.«

Ich lehnte mich im Stuhl zurück und beobachtete den Rauch meiner Zigarette. »Sie wollen ganz offensichtlich gegen dies alles etwas unternehmen.«

Renolds nickte eifrig. »Ich will sehen, daß ich selbst mal in Haft genommen werde.«

Ich betrachtete meine manikürten Finger. »Wohl sicher wegen Rumtreiberei. Also, Sie wollen eine Insider-Story über Ihre Erfahrungen in der Besserungsanstalt schreiben. Gut. Gehen Sie zu Frank Harrison. Er ist der Chefredakteur dieser Zeitung und der Mann, den Sie gleich hätten aufsuchen sollen. Es bestand keine Notwendigkeit, ihn zu übergehen. Ich betrachte meine Zeit als wertvoll.«

Renolds hob eine Hand. »Mr. Troy, ich habe nichts derart Simples vor. Und ich dachte mir, je weniger Leute wissen, was ich wirklich vorhabe, desto besser. Und da beziehe ich auch Mr. Harrison ein.« Ein dünnes Lächeln erschien auf seinem Gesicht. »Ein Exposé der Bedingungen würde zweifellos schon eine gute Story abgeben, aber ich habe die Absicht, den Ruf des Sheriffs und seiner Abteilung mit etwas Definitiverem, Drastischerem zu ruinieren.«

Renolds' Lächeln wirkte irgendwie so, als wollte er sich selber gratulieren. »Ich werde mich wegen Mordes inhaftieren lassen.«

»Mord an wem?« fragte ich.

Sein Lächeln wurde ein wenig breiter. »An Ihnen.«

Ich bewegte mich auf meinem Stuhl.

Renolds ließ ein leises Kichern hören. »Natürlich habe ich nicht vor, Sie tatsächlich umzubringen. Ich möchte nur, daß es so aussieht, als hätte ich's getan.«

Ich entspannte mich. »Danke«, sagte ich trocken.

»Aber für Brager soll es wie ein Mord aussehen«, sagte Renolds eifrig. »Verstehen Sie nicht, Mr. Troy? Brager und seine Abteilung haben schon seit Menschengedenken keinen größeren Fall mehr bearbeitet. Alles, was die tun, wenn sie überhaupt etwas tun, ist, ein paar Raser in Arrest zu nehmen, Rumtreiber aufzugabeln und sich bei Razzien in den Slums in der Nähe der Verschiebebahnhöfe Arbeitskräfte zu holen. Und da kommt mal eine große Sache daher und wird Brager zu Füßen gelegt. Ein bedeutender Mann wird ermordet, und Brager hat den geständigen Killer in seinem eigenen Gefängnis sitzen. Er wird das Beste daraus machen. Er wird dafür sorgen, daß sein Bild in alle Zeitungen kommt. Er wird alle Verdienste für sich in Anspruch nehmen.«

Renolds legte eine dramatische Pause ein. Schließlich fuhr er fort: »Und dann platzt die ganze Seifenblase. Plötzlich sitzt er ohne Mord und Mörder da. Er ist einem vorgetäuschten Mord und einem falschen Geständnis aufgesessen. Die Aufmerksamkeit der gesamten Öffentlichkeit wird sich auf ihn richten, und wenn das erst einmal der Fall ist, werden all die faulen Geschichten in seiner Abteilung ein hellwaches Publikum finden, welches fordert, daß etwas unternommen werden muß.«

»Vielleicht«, sagte ich. »Aber warum mich zum Mordopfer erwählen?«

»Weil Sie ein bedeutender Mann sind, Mr. Troy. Und wir brauchen soviel Publicity, wie wir nur kriegen können. Ihnen gehört diese Zeitung, die größte im gesamten Bundesstaat. Sie entstammen einer landesweit bekannten Familie. Ihr Herr Vater diente seinem Lande über dreißig Jahre lang bis zu seinem Tod vor drei Jahren als Senator. Und jetzt gehen auch Sie in die Politik, treten in seine ehrwürdigen Fußstapfen. Sie bewerben sich zwar um den Posten des Gouverneurs, aber jedermann weiß doch, daß das Gouverneursamt nur das Sprungbrett zu weitaus Größerem ist.«

»Sind Sie da sicher?« fragte ich.

»Natürlich«, antwortete er. »Ihre Zukunft kennt keine Grenzen.«

Ich drückte meine Zigarette aus. »Mit anderen Worten, Sie wollen, daß wir Brager reinlegen?«

Er schüttelte heftig den Kopf. »So würde ich das nicht nennen. Nicht, solange wir es mit einem Mann wie Brager zu tun haben. Wir erfüllen eher eine öffentliche Pflicht.«

Ich blickte einen Augenblick lang hinaus auf die Skyline der Stadt und dachte voller Müdigkeit an das halbe Dutzend kurzer Reden, die ich an diesem Tage noch halten sollte. Dann wandte ich mich wieder Renolds zu. »Wenn Sie auch nur einen Funken Verstand haben, dann muß Ihnen klar sein, daß ich unter gar keinen Umständen an einem Plan wie dem Ihren mitwirken kann.«

Renolds stützte sich mit gespreizten Fingern auf meinen Schreibtisch und beugte sich vor. »In gewissem Sinne werden Sie ja überhaupt nicht beteiligt sein. Ich bitte Sie lediglich, für drei oder vier Tage zu verschwinden. Machen Sie doch einen kleinen Jagdausflug in eine Gegend, wo es keinerlei Verbindungen zur Außenwelt gibt. Kein Radio, kein Fernsehen, keine Zeitungen. Und sorgen Sie dafür, daß niemand erfährt, wohin Sie verschwunden sind, ja nicht einmal, daß Sie sich entschlossen haben zu verschwinden.«

Seine Finger hinterließen auf meinem Schreibtisch feuchte Abdrücke. »Wenn Sie dann wieder zurückkommen, sind Sie ganz schockiert und darüber erschrocken, daß die Welt Sie für tot gehalten hat. Sie haben nicht das geringste von mir und meiner Tat gewußt. Ich bin lediglich ein Opportunist, der irgendwie mitbekommen hatte, daß Sie fort sein würden, und der sich diese Tatsache zunutze gemacht hat.«

Der ganze Plan war lächerlich, aber ich war auch ein klein wenig neugierig. »Dann lassen Sie uns mal die Einzelheiten hören.«

Vorsicht verschleierte seinen Blick. »Sind Sie einverstanden und machen mit?«

»Ich muß erst noch ein bißchen mehr darüber wissen.«

Er schüttelte den Kopf. »Ich kann Ihnen erst mehr sagen, wenn wir zu einer Einigung gelangt sind.«

Ich sah ihn prüfend an. »Sie müssen gute Gründe dafür haben, daß Sie Brager erledigen wollen. Einen stärkeren Grund jedenfalls als nur die staatsbürgerliche Pflicht.«

Er preßte die Lippen zusammen und sagte nichts.

Ich spielte ein Weilchen mit meinem glatten steinernen Briefbeschwerer und sah dann auf. »Sie müssen mir zwei Tage Bedenkzeit geben.«

Hoffnung erhellte sein Gesicht. »Aber gewiß doch, Mr. Troy. Ich komme am Mittwoch wieder.«

Als er fort war, fuhr ich mit meinem Privataufzug hinunter in die vierte Etage. Das Büro von Frank Harrison war, als ich es betrat, rappelvoll. Ich wartete fünfzehn Sekunden, bis es sich geleert hatte, und nahm mir dann einen Stuhl.

Harrison strich sich stahlgraues Haar aus der Stirn. »Alle Geschäfte ruhen, wenn der Eigner in Erscheinung tritt. Wie lange sind Sie schon nicht mehr hier unten gewesen? Zwei Wochen?«

»Wie ich höre, haben wir einen Reporter namens Renolds«, sagte ich.

Er nickte. »Was ist mit ihm?«

»Das wollte ich gerade Sie fragen.«

Er klopfte Asche aus seiner großen Pfeife. »Er ist einer meiner besten Leute. Wenn ich ihn auf etwas ansetze, dann leistet er gründliche Arbeit. Er ist unschlagbar, wenn es darum geht, verborgene Dinge ans Licht zu bringen.«

»Was hat er?«

Harrison warf mir einen kurzen, überraschten Blick zu. Dann hätte er fast mit den Achseln gezuckt. »In ihm brennt der Haß auf Brager. Wann immer er Zeit hat, arbeitet er daran. Er weiß wahrscheinlich mehr über Brager als Brager selbst.«

»Warum?«

Harrison schien zu zögern, sagte dann aber: »Renolds kam vor ungefähr einem Jahr aus San Francisco zu mir. Natürlich habe ich mich gefragt, warum solch ein erstklassiger Reporter ganz plötzlich seine Zelte abbricht und ans andere Ende des Landes zieht. Deshalb ließ ich ihn überprüfen.«

Ich wartete.

Harrison stopfte Tabak in seine Pfeife. »Im vergangenen Jahr nahm Brager an einem Sheriff-Kongreß in San Francisco teil. Für ihn ging's da allerdings nicht ums

Geschäftliche, das weiß jeder. Es war eine einzige große Sauftour. Eines Abends überfuhr und tötete sein Wagen ein vierjähriges Kind. Der kleine Junge war Renolds' Sohn.«

Harrisons Blick wanderte zu dem halben Dutzend Leute, die vor den Glaswänden seines Büros auf der Stelle traten, und dann wieder zu mir zurück. »Brager kaufte sich einen gewissenlosen Anwalt, und vielleicht bekamen ja auch noch ein paar andere Leutchen was von seinem Geld ab. Einige Zeugen sagten aus, der Junge sei zwischen zwei geparkten Autos hindurch auf die Straße gelaufen. Die gleichen Zeugen sagten auch aus, Brager sei nüchtern gewesen. Der Polizist, der Brager in Haft genommen hatte, widersprach dem zwar, aber Brager kam trotzdem ungeschoren davon.«

Er sah mir in die Augen. »Gibt es irgendeinen besonderen Grund, daß Sie sich dafür interessieren?«

»Neugier.«

Harrison zuckte die Achseln. »Was besagt, daß es mich nichts angeht.« Er faltete die Hände und sah mich an. »Ich werde einfach nicht schlau aus Ihnen.«

»Das ist auch nicht notwendig.«

Er lächelte schwach. »Ich habe so den Eindruck, daß Ihnen irgend etwas zu schaffen macht, seit Sie die Zeitung übernommen haben.«

Ich stand auf, um zu gehen.

»Ich habe fünfundzwanzig Jahre lang für den Senator gearbeitet«, sagte Harrison. »Und die vergangenen drei für Sie. Ihr Vater war ein vornehmer Mann.«

»Ja«, erwiderte ich, »das bekomme ich schon seit langer, langer Zeit zu hören.«

Sein Blick ließ mich nicht los. »Ihr Vater hatte vollkommenes Vertrauen zu mir. Er ließ mich dieses Blatt machen, ohne sich jemals einzumischen.«

»Habe ich je irgendeinen Druck auf Sie ausgeübt?«

»Nein. Aber ich bin sensibel und habe so das Gefühl, daß Sie es sehr wohl tun könnten, sollten Sie sich plötzlich für diese Zeitung interessieren. Ich bin schon ein viel zu müder Opa, um noch zu kündigen und mir einen anderen Job zu suchen.«

»Ich bin für den Rest des Tages aushäusig.«

Er paffte seine Pfeife. »Ich wünschte, das könnte ich auch mal. Es muß schön sein, Geld zu haben.«

Es war eine Fahrt von einer halben Stunde – am Seeufer entlang nach Norden. Ich fuhr durch das Tor und die gewundene Zufahrt zum Haus hinauf, das bereits seit vier Generationen in unserer Familie war. Ich erkannte den schwarzen Cadillac, der davor geparkt stand.

Brager war in der Bibliothek und machte sich einen Drink zurecht.

»Wenn Sie in meiner Hausbar die Vielfalt vermissen sollten«, sagte ich, »dann renne ich gern zur nächsten Kneipe und hole Ihnen einen Kasten Bier.«

Sein Grinsen entblößte große Zähne, die die Zigarre gepackt hielten. »Sie sind so zuvorkommend wie stets.«

»Was machen Sie hier?«

»Nichts Besonderes. Gelegentlich schaue ich mir halt gern ein paar der Sachen an, für die ich bezahle. Meine realen und meine menschlichen Besitztümer.« Er goß sich einen doppelten Brandy ein. »Und sagen Sie mir nicht wieder, ich solle auf die Dienstboten achtgeben. Ich weiß schon, daß sie untereinander tratschen, aber weiter geht es nicht. Die sind schon so lange im Dienst Ihrer Familie, daß sie weit mehr auf deren Reputation bedacht sind als Sie.«

Er trat zum Porträt meines Vaters und prostete ihm zu. »Der gute Senator. Er hat der Nation dreißig Jahre lang treu und redlich gedient und auf sein eigenes Kapital zurückgegriffen, um das tun zu können.« Er deutete auf das Porträt meines Großvaters. »Und der ehrenwerte Gesandte. Ebenfalls ein Mann von unbestrittener Ehre und Integrität und in den Hauptstädten Europas ein Gastgeber von geradezu königlicher Freigebigkeit. Auch er hat das alles aus dem Familienvermögen finanziert.«

Bragers schwere Gestalt blieb unter dem kleinen Bild meines Urgroßvaters stehen. »Und hier haben wir den spitzbärtigen Na-Sie-wissen-schon, der das alles möglich gemacht hat. Ganz der alte Sklaventreibertyp aus dem 19. Jahrhundert, der sich seine Millionen zusammengeraubt hat.«

»Ja«, sagte ich, »er gehört zu meinen Lieblingen.«

Brager sah mich an und grinste. »Das Familienvermögen war nicht mehr ganz so stattlich, als es endlich an Sie kam, und Sie sind nicht für die Armut gemacht.«

»Ich empfinde sie als unbehaglich. Aber wozu diese Rekapitulation?«

»Ich habe Sie gerade noch rechtzeitig abgefangen. Sie hatten nicht einen Pfennig Kredit mehr zu erwarten, waren praktisch schon ein Armenhäusler.«

Ich ging zur Anrichte und schenkte mir einen Drink ein.

Brager trank genüßlich von seinem Brandy. »Wir beide zusammen werden es weit bringen. Sie haben den makellosen Ruf und den Hintergrund, und ich verfüge über das Geld, um Sie zu finanzieren, und über die organisatorischen Mittel, um Sie auf den Weg zu bringen.«

Ich gab Eiswürfel in mein Glas. »Was streben Sie eigentlich letzten Endes an?« erkundigte ich mich trocken. »Das Postministerium?«

Er griente. »Zum Beispiel. Ich habe vor, meinen Namen reinzuwaschen. In zehn oder fünfzehn Jahren werden nicht mehr allzu viele Leute die Brauen heben, wenn sie mich in Ihrer Gesellschaft sehen.«

»Also, wenn Sie Ihren Stall ausmisten wollen, da haben Sie aber ordentlich zu tun.«

Er nickte friedfertig. »Sie haben ja so recht. Vielleicht fange ich mal mit der Sheriff-Abteilung an. Mache sie zu einem bewundernswerten, leuchtenden Vorbild für das ganze Land.« Er seufzte. »Irgendwie hänge ich mit einer gewissen Sentimentalität an dieser Abteilung. Dort habe ich mal angefangen, aber heute kommt ihr im Rahmen meiner Operationen nur noch geringe Bedeutung zu. Ich bin inzwischen ein reicher Mann, mein Lieber. Einer der reichsten im ganzen Bundesstaat.«

Seine gescheiten, halbverdeckten Augen beobachteten mich. »Daß ich Sie gefunden habe, war auch kein Zufall. Ich suchte nach einer Marionette, und Sie waren mein Glückstreffer. Ich habe Sie jahrelang beobachtet, bevor ich aktiv wurde.«

Sein Lachen kam tief aus seinem Inneren. Ihm machte das alles viel zuviel Spaß, als daß er jetzt hätte aufhören können. »Sie hatten alles losgeschlagen, was sich noch irgendwie zu Geld machen ließ, und sich dann auf die Zeitung gestürzt. Sie müssen gedacht haben, Sie hätten Ihre Aktien an fünfzehn verschiedene Leute verkauft, aber hinter allen Namen stand ich.« Er schwieg eine Weile.

»Jetzt gehören Sie mir, mein Lieber«, fuhr er dann fort. »Jeder einzelne Aristokratenknochen von Ihnen. Ich hab

Sie an der Leine, und wenn ich ziehe, müssen Sie parieren. Das weiß außer uns beiden niemand, und ich möchte, daß es so bleibt. Ich lasse Sie sogar all dieses häßliche Zeug über mich bringen. Das verschafft mir einen Nervenkitzel und hindert die werte Öffentlichkeit daran zu bemerken, daß wir unter einer Decke stecken.«

»Die Anerkennung für die Leitartikel gebührt nicht mir«, sagte ich. »Mein Chefredakteur ist der Kreuzritter.«

Brager betrachtete mich mit prüfendem Blick. »Eigentlich sollten Sie mir dankbar sein. Bis ich Sie mir geangelt habe, waren Sie doch nur ein Nichts mit berühmten Vorfahren. Niemand außerhalb des kleinen Zirkels, in dem Sie leben, hatte je etwas von Ihnen gehört. Sie hatten überhaupt keinen Ehrgeiz und kein Ziel. Jetzt aber sitzen Sie im Zug, mein Wertester.«

Er schüttelte den Kopf. »Ich verstehe Sie einfach nicht. Das Geld interessiert Sie nur, weil es Sie in die Lage versetzt, eine bestimmte Art von Leben zu führen. Liegt Ihnen denn gar nichts an Stellung und Macht?«

»Es wäre ja nicht meine Macht«, antwortete ich. »Und außerdem ist es mir zuwider, mich deswegen unter Leuten abrackern zu müssen, die schwitzen.«

Er dachte über das Gesagte nach, und wieder lachte er dieses tief aus seinem Körper kommende Lachen. »Und mich törnt das an. Es ist das reinste Lebenselixier für mich.«

Ich trank aus und stellte das Glas ab. »Ich habe mich gefragt, was Sie wohl von der Idee halten würden, mich zum Schwiegersohn zu bekommen.«

Er kniff die Augen zusammen. »Was soll das denn heißen?«

Ich lächelte. »Nur so ein Gedanke. Da wir ja ganz offensichtlich eine längerwährende Verbindung vor uns haben, dachte ich mir, es könnte vielleicht ganz amüsant sein, daraus eine Familienangelegenheit zu machen. Warum stellen Sie mich nicht mal Ihrer Tochter vor?«

Sein Gesicht wurde fleckig vor Wut. »Sollte ich Sie jemals in ihrer Nähe sehen, bringe ich Sie um.«

Ich hob eine Braue. »Wie fürsorglich! Aber wieso das? Möchten Sie sie denn nicht als die Frau eines Gouverneurs oder Senators oder mehr sehen?«

Er funkelte mich an. »Ich möchte, daß sie glücklich wird. Das möchte ich. Und mit Ihnen hätte sie da nicht die geringste Chance. Sie mögen allen anderen ja als der göttergleiche Saubermann erscheinen, aber ich weiß, was in Ihrer Haut drinsteckt. Für Sie gibt es nur einen Menschen, der zählt, und das sind Sie selbst.«

Ich nickte. »Wahrscheinlich haben Sie recht. Und dann ist da auch noch die Tatsache, daß meine ganze strahlende politische Karriere durch eine so offenkundige Verbindung gefährdet werden könnte.«

Ich sah, daß er nach seinem Hut griff. »Ich könnte noch einmal fünftausend gebrauchen«, sagte ich.

Sein Blick zuckte über mich hin. »Sie geben das Geld aus, als sei es gar nichts. Na schön, ich besorge Bargeld und schicke es morgen mit der Post. Aber es werden nur tausend sein, nicht fünftausend.« Er sah mich finster an. »Manchmal frage ich mich wirklich, wer hier eigentlich wen am Haken hat.«

Eine halbe Stunde nachdem er gegangen war, klingelte das Telefon. Es war wieder Ellen Brager.

»Nein«, sagte ich, »ich hab's nicht vergessen. Aber ich muß heute abend bei ein paar Versammlungen in Erscheinung treten. Ich werde versuchen, vor zehn wegzukommen.«

Ich traf mich mit ihr wie immer in dem kleinen, familiären Restaurant in der Third Ward. Sie hatte sich wie üblich an einen Tisch hinten im Lokal und in der Nähe der Küche gesetzt. Sie war etwas über einundzwanzig Jahre alt, ein bißchen farblos und fünfzehn Pfund schwerer, als es die augenblicklich herrschende Mode zuließ. Es ging mir einmal mehr durch den Sinn, daß sie, was die Intelligenz anbetraf, nach ihrer Mutter geraten sein mußte. Das gescheite Leuchten in den Augen ihres Vaters erschien in den ihren nur als ein schwacher Abglanz.

»Ich hab schon mal bestellt«, sagte sie. »Ich nehme an, ich hätte damit warten und es dich machen lassen sollen, aber sie nehmen nur bis zehn Bestellungen entgegen, und ich wollte sichergehen, daß wir noch was zu essen kriegen. Ich hab solchen Hunger.«

»Aber natürlich, die wichtigsten Dinge immer zuerst.«

»Ich hoffe, du magst Brathähnchen?«

Ich unterdrückte einen Schauder. »Sind die nicht schon seit jeher mein Lieblingsessen?«

Der Wirt brachte uns zwei Bierkrüge. Er strahlte. »Schöner Abend, ist's nicht so, Mister?«

»Wunderschön«, sagte ich. »Einfach wunderschön.«

Als er wieder gegangen war, trank Ellen einen Schluck Bier, beugte sich dann vor und stützte das Kinn in die Hand.

»Weißt du, was ich denke?«

»Im Augenblick nicht.«

»Ich denke, was es doch für ein Zufall war, daß wir uns begegnet sind.«

»Ja«, erwiderte ich, »ein bemerkenswerter Zufall. Vielleicht hat uns ja das Schicksal zusammengeführt.«

Sie nickte eifrig. »Genau. Das Schicksal. Ich hätte nie

gedacht, daß ich mal jemanden wie dich kennenlernen würde. Einen bedeutenden Mann, meine ich, und von Familie.«

Die gebratenen Hähnchen wurden gebracht und vor uns auf das karierte Tischtuch gestellt.

Nach einer Weile unterbrach sich Ellen beim Essen. »Es gibt noch so viele Dinge, was das richtige Betragen in der Öffentlichkeit angeht, die ich nicht weiß, aber ich lerne dazu. Ich lese Bücher, und ich habe gerade Mrs. Jackson angeheuert, die mir Unterricht geben soll. Sie stammt auch aus der feinen Gesellschaft. Sie sagt, sie gibt mir Unterricht, weil das ihr Hobby ist, das Geld würde sie für wohltätige Zwecke stiften, aber ich weiß nicht so recht. Ihre Kleider sehen nicht gerade sehr neu aus.«

Der Name Jackson war mir vollkommen unbekannt.

Ellen berührte leicht ihr Haar. »Wie sehe ich aus? Nicht zu aufgedonnert?«

»Ein bißchen zuviel Schmuck«, antwortete ich.

»Der ist aber echt.«

»Keine Frage, Liebe, aber darum geht's nicht.«

»Ich möchte, daß du eines Tages stolz auf mich bist.«

Ich nahm einen Schluck Bier. »Ich bin natürlich schon jetzt stolz auf dich.«

Sie seufzte. »Wie Romeo und Julia. Wir beide, meine ich. Deren Familien waren ja auch verfeindet. Du bringst all diese Artikel über meinen Vater in deiner Zeitung, und hier sitzen wir und sind ineinander verliebt.« Sie kicherte leise vor sich hin.

Ich wischte mir die Fingerspitzen an einer Papierserviette ab und tätschelte dann ihre Hand.

Ihr Gesicht wurde wieder ernst. »Vater ist in Wirklichkeit ein sehr lieber Mensch.«

»Ich hoffe sehr, ihn irgendwann einmal persönlich kennenlernen zu können.«

Sie schüttelte den Kopf. »Aber noch nicht jetzt. Ich weiß wohl, was es für deine politische Karriere bedeuten würde, wenn man dich mit meinem Vater oder auch nur mit mir zusammen sähe. Und dich jetzt mit mir zu verheiraten, das würde alles kaputtmachen. Deshalb müssen wir uns treffen wie im Augenblick. An einem abgelegenen Ort, meine ich. Jedenfalls vorläufig noch.«

Das Hähnchen war nicht ganz durchgebraten. »Aber meine Liebe«, sagte ich, »meine Karriere bedeutet mir absolut gar nichts.«

Sie lächelte mit überlegenem weiblichem Wissen. »Ich weiß wohl zu schätzen, daß du das sagst, Roger, aber einer von uns beiden muß einfach vernünftig sein. Ich weiß, daß du es im Augenblick wahrscheinlich wirklich glaubst, aber in späteren Jahren tut's dir dann leid. Ich weiß, daß du nie ein Wort darüber verlieren würdest, aber ich würde es doch merken.«

Ich tätschelte erneut ihre Hand.

Sie seufzte. »Wenn doch nur alles ganz einfach wäre, wir nur auszubüxen brauchten, um uns irgendwo trauen zu lassen. Wenn es doch bloß keine Politik gäbe. Denn selbst wenn Vater aus irgendeinem Grund nicht einverstanden sein sollte und ich keinen Penny mehr von ihm bekäme, würde das ja nichts ausmachen, denn du hast doch eh Geld wie Heu.«

»Ich denke, du hast mit allem recht.«

Sie nickte. »Wir müssen einfach Geduld haben und noch eine Weile warten. Vater erzählt mir kaum etwas über seine Arbeit, aber kürzlich sagte er mal, daß er sich nicht mehr um das Amt des Sheriffs bewerben wolle. Alles, was wir tun müssen, ist, zwei Jahre abzuwarten, denn dann werden ihn alle vergessen haben.« Blinde Loyalität verlieh ihrem Gesicht einen entschiedenen Ausdruck. »Nicht, daß Vater je irgendwas Schlimmes getan hätte, aber die Leute reden halt.«

Ich trennte mich um halb elf von ihr. Es war eine lange Stunde gewesen.

Renolds kam am Mittwoch nachmittag wieder zu mir.

Er hatte wahrscheinlich nicht allzu gut geschlafen, und seine Stimme klang angespannt. »Haben Sie sich entschieden?«

Ich spielte eine Weile mit dem steinernen Briefbeschwerer und blickte dann auf. »Ihr Sohn wurde von Bragers Wagen getötet?«

Seine Augen blitzten. »Wie haben Sie denn das herausgefunden?«

»Das tut nichts zur Sache«, antwortete ich. »Brager kam ungeschoren davon. Es war ein Unfall. Der Junge war zwischen zwei geparkten Autos hindurch auf die Straße gelaufen. Sehen Sie, Sie sind nicht der einzige, der über die Fähigkeit verfügt, Dinge auszugraben.«

Renolds schüttelte den Kopf. »Brager war betrunken und fuhr zu schnell. Viel zu schnell.«

»Sie waren dabei und haben es gesehen?«

»Nein«, sagte er kurz, »aber ich weiß es.«

Ich nahm mir eine Zigarette und dachte uber seinen Plan nach. Die ganze Geschichte war lächerlich. Und doch empfand ich so etwas wie Neugier. Ich mußte sie hören. Vielleicht konnte mir die Sache ja hilfreich sein. Wenn nicht, war es mir immer möglich, mich rauszuwinden. »Ich habe beschlossen, Ihnen zu helfen«, sagte ich endlich. »Es ist die Aufgabe ehrenwerter Bürger, Brager abzuservieren. Auf die eine oder andere Weise.«

Er beugte sich eifrig vor. »Sie brauchen eigentlich nichts anderes zu tun, als drei Tage zu verschwinden. Niemand darf wissen, wo Sie sind, oder auch nur, daß Sie die Absicht hatten zu verreisen. Bei Ihrer Rückkehr erzählen Sie einfach, Sie seien einem plötzlichen Impuls gefolgt. Sie hätten sich nur ein paar Tage von den Anstrengungen des Wahlkampfes ausruhen wollen.«

»Gut«, sagte ich. »Und was machen Sie?«

Er lächelte grimmig. »Gegen elf Uhr heute abend werde ich im Büro des Sheriffs erscheinen. Ich werde unordentlich aussehen, und meine Kleidung wird Blutflecken aufweisen. Ich werde gestehen, Sie ermordet zu haben.«

Er ließ mich kurz darüber nachdenken und fuhr dann fort: »Wenn die Leute des Sheriffs ihre Ermittlungen aufnehmen, werden sie eine Fülle von Beweisen finden, die meine Geschichte bestätigen. Hier in diesem Raum werden überall auf den Möbeln Blutflecke sein, und sie werden hier auch die angebliche Mordwaffe finden, auf der meine Fingerabdrücke sind.«

»Aber keine Leiche«, erinnerte ich ihn.

Renolds tat das mit einem Achselzucken ab. »Ich werde ihnen sagen, ich hätte sie in den Fluß geworfen. Sie werden danach suchen, sie aber nicht entdecken. Doch werden sie damit rechnen, daß sie irgendwo weiter flußabwärts auftauchen wird. Wir brauchen aber nur ein paar wenige Tage, in denen sie sich so richtig zum Narren machen können.«

Die ganze Geschichte ist ziemlich dürftig, dachte ich bei mir. Es konnte so viel schiefgehen. »Und was für ein Motiv haben Sie für den Mord an mir?«

»Dafür ist gesorgt«, antwortete er. »Ich war wegen einer

Gehaltserhöhung bei Harrison, aber der hat sie mir verweigert. Ich wußte, daß er nicht anders konnte, da ich erst vor kurzem eine bewilligt bekommen hatte. Aber den Leuten des Sheriffs werde ich erzählen, daß ich wütend wurde und beschloß, mich direkt an Sie zu wenden. Wir gerieten dann in Streit, und Sie feuerten mich. Da verlor ich die Nerven und tötete Sie.«

Es würde nicht hinhauen, dachte ich. Aber ich sah eine andere Möglichkeit und nickte. »Ich finde, es klingt überzeugend.«

»Ja«, sagte er. »Die Einzelheiten sind nicht allzu wichtig.«

Das sind sie sehr wohl, dachte ich. Sie sind der Schlüssel zum Ganzen.

»Ich werde heute abend um halb elf wieder hier sein«, sagte Renolds. »Und dann können wir die letzten Vorbereitungen treffen.«

Auf dem Plan für diesen Abend standen drei Reden, aber es gelang mir doch, fünf Minuten vor Renolds in meinem Büro zu sein.

Er setzte die Tasche mit Reißverschluß, die er bei sich hatte, auf einem Stuhl ab und öffnete sie. Er holte eine dunkle Glasflasche heraus, die ungefähr einen Liter faßte. »Das ist Blut«, sagte er.

Ich besah mir die Flasche. »Menschliches?«

Er schien schockiert zu sein. »Natürlich nicht! Wo sollte ich das denn wohl hergekriegt haben?«

Ich lächelte. »Es gibt erkennbare Unterschiede zwischen Tier- und Menschenblut.«

In seiner Stimme schwang ein Anflug von Gereiztheit mit. »Die Leute des Sheriffs werden nicht den geringsten Anlaß haben zu bezweifeln, daß es sich um menschliches

Blut handelt. Nicht, nachdem ich mein Geständnis abgelegt habe. Ich bin nicht mal sicher, ob die Abteilung überhaupt über die Möglichkeit verfügt, einen Test durchzuführen.«

Noch so eine Annahme, dachte ich. Ich seufzte. »Also schön, ich verlasse mich auf Ihr Wort.«

Er sah sich im Raum um. »Wir brauchen eine Mordwaffe.«

Ich deutete auf die beiden Schüreisen im Ständer neben dem Kamin. »Die erscheinen mir geeignet.«

Er zog einen heraus. »Ja, sie sind recht schwer.«

»Zu diesem Punkt, daß Sie blutbefleckt und unordentlich aussehen wollen«, sagte ich. »Meinen Sie nicht, daß das ein bißchen übertrieben ist? Wäre es nicht besser, einfach so, wie Sie sind, zum Büro des Sheriffs zu gehen und in aller Ruhe und ganz gelassen ein Geständnis abzulegen?«

Er sah mich an. »Meinen Sie, daß das ausreichen würde?«

»Voll und ganz.«

Er betrachtete die Möbel. »Ich denke, wir sollten jetzt die Sachen etwas durcheinanderbringen, damit es so aussieht, als hätte hier ein Kampf stattgefunden. Und natürlich müssen wir auch ein bißchen Blut verspritzen.«

»Ich werde noch mindestens eine Stunde lang hierbleiben müssen«, sagte ich. »Es gibt da noch ein paar Sachen, die ich unbedingt regeln muß, bevor ich für ein paar Tage verschwinden kann.«

Er schien Protest einlegen zu wollen.

Ich hob eine Hand. »Wenn wir den Raum jetzt in Unordnung bringen, besteht immer die Gefahr, daß in der nächsten Stunde jemand zufällig hier reinmarschiert kommt und damit unseren Plan zunichte macht. Zum Beispiel eine Reinmachefrau.«

Ich nahm ihm die Flasche aus der Hand. »Aber ich sehe nicht ein, warum Sie bis dahin hierbleiben müssen. Ich erledige das alles unmittelbar bevor ich gehe.«

Ich blickte auf meine Armbanduhr. »Stellen Sie sich in genau einer Stunde.«

Er zögerte.

»Ich bin durchaus in der Lage, mich um alles hier zu kümmern«, sagte ich entschieden. »Ich schlage vor, Sie fahren eine Stunde lang still und friedlich im Gelände herum.«

Es war schwer zu entscheiden, ob er nun erleichtert war oder sich nur ungern verabschiedete.

Fünf Minuten nach seinem Aufbruch rief ich Brager an.

Brager war innerhalb von zwanzig Minuten da. »Was gibt es denn Geheimnisvolles, das diesen Besuch unbedingt erforderlich macht?« verlangte er zu wissen. »Sollte es sich um irgendeinen Plan handeln, noch mehr Geld aus mir herauszuholen, so verschwenden Sie Ihre Zeit.«

Ich wartete, bis er sich gesetzt hatte. »Weiß irgend jemand, daß ich Sie angerufen habe?«

»Natürlich nicht«, antwortete er barsch.

Ich lehnte mich an eine Ecke meines Schreibtisches. »Sie wollen Macht, und ich will Geld. Soviel ist klar. Ich bin bereit, Ihnen zu dieser Macht zu verhelfen, aber die Bezahlung für diese Hilfe ist nicht ausreichend, und ich mag nicht immer und immer wieder um Geld bitten.«

Er grinste. »Ich weine gleich.«

»Ich brauche wenigstens zweihunderttausend pro Jahr«, sagte ich. »Und die in Form regelmäßiger Zahlungen.«

Brager lachte leise. »Ein Mann, der im Rampenlicht der Öffentlichkeit steht, darf nicht mit Geld um sich schmeißen. Die Wähler mögen so etwas nicht. Und seien Sie nicht so verbittert wegen der mickrigen Tausender, die ich Ihnen zukommen lasse. Die ergeben, zusammengenommen, immerhin auch fünfzigtausend im Jahr.«

Ich verschränkte die Arme. »Dann darf ich also davon ausgehen, daß Sie nichts zu ändern beabsichtigen?«

»Ich mag die Dinge so, wie sie jetzt sind.«

Ich seufzte. »In diesem Falle komme ich zu einer zweiten Angelegenheit. Ich hatte einmal die Möglichkeit einer Verbindung unserer beiden Familien erwähnt.«

Zorn sprang in seine Augen. »Sie wissen ja, was ich dazu zu sagen habe.«

Ich nahm einen Stoß Papiere auf. »Dann komme ich zu Punkt drei. Sehen Sie sich dies einmal an. Sie werden es interessant finden.«

Er nahm den Stapel Papiere in die Hand und besah ihn sich mit gerunzelter Stirn. »Was soll das sein?«

Ich ging zum Kamin. »Lesen Sie, und Sie werden es erfahren.«

Brager saß mit dem Rücken zu mir. »Das ist doch bloß ein Bericht über die finanzielle Situation der Zeitung«, sagte er. »Und der ist noch dazu ein Jahr alt.«

»Schlagen Sie die Seite 12 auf«, sagte ich. Ich wählte das Schüreisen, auf dem keine Fingerabdrücke von Renolds waren.

Brager saß noch immer über den Bericht gebeugt, als ich zuschlug. Als das Eisen in seinen Schädel drang, stöhnte er auf, und dann fiel er nach vorn aufs Gesicht.

Ich vergewisserte mich, daß er wirklich tot war. Daraufhin ging ich mit dem Schüreisen zum Waschbecken im Nebenraum und machte es sauber. Danach brachte ich es zum Kamin zurück und zog unter Zuhilfenahme eines Taschentuchs das andere Eisen ganz vorsichtig aus dem Ständer, darum bemüht, die Fingerabdrücke von Renolds nicht zu verwischen. Ich beschmierte das Eisen mit Bragers Blut und legte es neben seinem Kopf auf den Fußboden.

Nun drehte ich die Beleuchtung im Raum so weit herunter, daß es fast dunkel war, und zog mir dann Hut und Mantel an. Ich schob Renolds' Flasche in die Manteltasche, fuhr mit dem Lift eine Etage tiefer, wo es, wie ich wußte, einen Verbrennungsofen gab, und entledigte mich ihrer.

Daraufhin verließ ich das Gebäude, ging zu meinem Auto, das ich zwei Häuserblocks entfernt abgestellt hatte, und fuhr zu meinem Blockhaus in den Bergen.

Ich konnte fast vor mir sehen, was geschehen würde.

Wahrscheinlich würde Earl Wittig, Bragers Stellvertreter, für den Fall zuständig sein.

»Es ist doch seltsam«, würde er sagen. »Erst behauptete dieser Renolds, er hätte Sie umgebracht, aber als wir dann anfingen zu ermitteln, stellten wir fest, daß es in Wirklichkeit Brager war, der nicht mehr lebte.«

»Renolds hat den Mord gestanden?«

Wittig würde durcheinander sein. »Er änderte dann seine Geschichte ab, erzählte irgendwas Wüstes, daß Sie und er versucht hätten, Brager und die Abteilung aufs Kreuz zu legen.«

»Das ist doch lächerlich«, würde ich schroff einwerfen. »Warum sollte ich etwas derartiges tun wollen?«

Wittig würde mich mit reserviertem Blick ansehen. »Sie und Brager waren nicht gerade Busenfreunde.«

Sollten noch andere Leute im Raum sein, würde ich Wittig beiseite nehmen. »Glauben Sie immer alles, was Sie in der Zeitung lesen?«

Wittigs Gesichtsausdruck würde Verwirrtheit verraten.

Ich würde die Stimme senken. »Bragers Tochter und ich wollen heiraten.«

Vielleicht würde es ein paar Sekunden dauern, bis er diese Information richtig kapiert hatte. Wittig würde ein ganz klein wenig den Mund aufsperren.

Vielleicht würde ich ihm dann zuzwinkern. »Die Dinge sind nicht immer das, was sie, oberflächlich betrachtet, zu sein scheinen, Wittig. Ich bin sicher, daß Ihnen das nicht unbekannt ist. Brager und ich waren in Wirklichkeit die dicksten Freunde. Aber wir hielten es für … äh … passender, diese Tatsache vor der Öffentlichkeit verborgen zu halten. Zumindest bis nach der Wahl. Sie verstehen, was ich sagen will?«

Wittig würde in ein verständnisvolles Kichern ausbrechen. »Ich versteh schon, Mr. Troy.«

»Ich nehme an, daß Brager auf einen Drink zu mir kam«, würde ich sagen. »Das tat er oft spät am Abend, wenn er sicher sein konnte, daß niemand uns zusammen sehen würde. Wir sprachen dann über Geschäftliches.«

Ich würde seufzen. »Es war ein Unglück für Brager, daß ich nicht da war, wohl aber Renolds.« Ich würde ein paar Augenblicke nachdenklich schweigen. »Vielleicht war das Büro nur schwach beleuchtet und Renolds wirklich der Meinung, er brächte mich um. Oder wäre denkbar, daß er tatsächlich ein Motiv für den Mord an Brager hatte?«

»Ein sehr gutes«, würde Wittig mit Nachdruck sagen. »Das und seine Fingerabdrücke auf dem Mordwerkzeug sollten ihn wohl auf den elektrischen Stuhl bringen.«

Ich würde Wittig eine Zigarre anbieten. »Ich nehme an, daß Sie der Nachfolger Bragers werden?«

Seine Augen würden bei dem Gedanken daran aufleuchten. »Das ist richtig. Es muß ja jemand seinen Platz einnehmen.«

»Ich hoffe, wir können Freunde sein.« Ich würde lächeln. »So, wie Brager und ich es waren.«

Wittig würde grinsen. »Warum nicht?«

Ich kam um halb drei Uhr nachts bei der Hütte an und machte zunächst einmal Feuer, um die Feuchtigkeit aus ihr zu vertreiben.

Ellen war jetzt allein, überlegte ich, als ich auf die brennenden Scheite hinabschaute. Ich bezweifelte, daß es schwer sein würde, ihr Einverständnis zu einer baldigen Heirat zu erlangen. Im schlimmsten Falle würde ich ein Jahr warten müssen.

Wahrscheinlich würde ich mich trotzdem noch um das Amt des Gouverneurs bemühen müssen, und sei es nur, um ihr einen Gefallen zu tun. Ich seufzte bei dem Gedanken an die noch verbleibenden drei Wahlkampfwochen.

Mir stand der Sinn ganz und gar nicht nach einem Wahlsieg. Das Gouverneursamt würde lediglich ermüdend sein, sonst gar nichts.

Wenn ich Ellen dann geheiratet hatte, würde ich sofort Urlaub nehmen. Vielleicht könnten wir nach Afrika reisen. Ja, das war's. Dann ein Jagdunfall, und der Gouverneur würde von seinem Amt zurücktreten und nach Europa übersiedeln, um dort zu trauern und zu vergessen.

Und um sich mit den Millionen seiner verstorbenen Frau ein schönes Leben zu machen!

Zwei Tage später fand mich Wittig. Ich saß gerade auf den Stufen und reinigte mein Gewehr.

»Mr. Roger Troy?« fragte er.

Ich nickte.

Er nahm mir das Gewehr aus der Hand. »Sie sind festgenommen.«

Ich lächelte undurchsichtig. »Darf ich fragen, weshalb?«

»Wegen Mordes an Sheriff Mike Brager. Er ist tot in Ihrem Büro aufgefunden worden. Wir haben die Fingerabdrücke auf dem Tatwerkzeug in Washington überprüfen lassen. Sie stimmen mit denen überein, die Ihnen abgenommen wurden, als Sie Ihren Dienst in der Armee leisteten.«

Ich verbrannte mir ein wenig die Fingerspitzen, als ich meine Zigarette ausdrückte. Ich blickte zu Wittig auf. »Was diente denn als Tatwerkzeug?«

»Das sollten Sie doch wohl am besten wissen. Ein glatter Briefbeschwerer aus Stein.«

Die nächste Frage entfuhr mir gegen meinen Willen. »Was ist mit Renolds?«

Der Name war Wittig unbekannt. »Wer ist das denn?«

Ich holte tief Luft. »Ist schon gut, niemand.«

»Wollen Sie eine Aussage machen?«

»Nein«, antwortete ich. »Ich möchte erst mit meinem Anwalt sprechen.« In Wirklichkeit war es aber Renolds, mit dem ich sprechen wollte.

Ich wußte nicht, ob er kommen würde, wenn ich nach ihm schickte, aber vielleicht war er ja neugierig darauf zu sehen, was er angerichtet hatte.

Der Aufseher brachte ihn am folgenden Tag bis zur Tür meiner Zelle. »Möchten Sie, daß ich Sie einlasse, Mr. Renolds?« fragte er.

Renolds schüttelte den Kopf. »Nein, bis hierher und nicht weiter.«

Ich wartete, bis sich der Wärter im Korridor entfernt hatte. »Sie haben es mit der Angst bekommen und sind ausgestiegen, ist es nicht so?« verlangte ich zu wissen. »Sie sind in mein Büro zurückgekehrt und haben mich reingelegt. Sie wußten ja, daß meine Fingerabdrücke auf dem Briefbeschwerer waren.«

Er sprach ganz ruhig. »Sie haben doch auch versucht, mich aufs Kreuz zu legen, nicht wahr, Mr. Troy?«

»Ich kann Sie in diese Sache hineinziehen«, sagte ich scharf.

Sein Mund zuckte leicht. »Mit irgendeiner wüsten Geschichte? Wollen Sie verminderte Zurechnungsfähigkeit in Anspruch nehmen?« Er sah mir in die Augen. »Sie haben ihn doch umgebracht, nicht wahr?«

Ich starrte ihn an und sagte nichts.

Sein Mund zuckte erneut – vielleicht hatte das ein Lächeln sein sollen. »Ich wollte nur sichergehen. Es bestand die entfernte Möglichkeit, daß es auch ein anderer getan haben könnte.«

»Ich hatte kein Motiv«, sagte ich schroff.

»Vielleicht findet sich eins.« Jetzt stand außer Frage, daß er lächelte. »Wie ich höre, sind die umfänglichen Ermittlungen gegen Sie das Ergebnis einiger anonymer Hinweise.«

»Man wird feststellen können, daß das Mordwerkzeug ein Schüreisen war und nicht dieser Briefbeschwerer.«

Sein Blick zeigte Amüsiertheit. »Wenn sich der Mörder damit zufriedengegeben hätte, nur ein- oder zweimal zuzuschlagen, wäre es vielleicht möglich gewesen. Aber Bragers Schädel wurde total zertrümmert. Von vielleicht einem Dutzend Schlägen.«

So jedoch hatte ich Brager nicht zurückgelassen.

Der Unterton von Verzweiflung in meiner Stimme erschreckte mich. »Wenn ich ihn getötet hätte, hätte ich ihn doch wohl nicht in meinem Büro liegenlassen. Ich hätte die Leiche beiseite geschafft.«

Renolds lächelte. »Sie sind in Panik geraten und weggelaufen.« Er beobachtete mein Gesicht. »Ich wollte, daß Brager stirbt, und genau das ist geschehen. Die Sache hätte gar nicht besser laufen können, wenn ich sie so geplant hätte.«

Ich riß die Augen auf.

Renolds berührte mit dem Zeigefinger die Krempe seines Hutes. »Leben Sie wohl, Mr. Troy. Wenigstens braucht es Sie jetzt nicht mehr zu bekümmern, daß Sie so arm sind.«

Ich starrte ihn an. »Woher wissen Sie das?«

Renolds lächelte.

»Woher wissen Sie das?« wiederholte ich meine Frage.

Aber er ging wortlos davon.

Der Talentsucher

Was einer Frau am meisten Charme verleiht, ist Bildung«, sagte ich. »Sie macht die Stimme klangvoll, sie schenkt geistvolle Anmut, und vor allem entfacht sie jenen Glanz in den Augen, den die Männer für Intelligenz halten.«

Mr. Williams nickte zerstreut. Er war ein junger Mann in den Dreißigern. Sein Gesicht war leicht gerötet, was ich der Vorfreude und dem leichten Unbehagen zuschrieb.

Ich nahm einen Schluck von meinem Whiskey. »Ja, die Bildung gibt der Frau das gewisse Etwas. Sie macht sie erst vollkommen.«

Tanya schritt langsam und würdevoll die teppichbelegten Stufen herunter. Ihr pechschwarzes Haar glänzte unter dem Kristalleuchter.

Mr. Williams' Augen leuchteten auf.

Ich schüttelte den Kopf. »Nein, Mr. Williams, das ist nicht Madeleine. Bitte, noch ein wenig Geduld. Sie werden nicht enttäuscht sein.«

Tanya blieb neben mir stehen. Ich wandte mich zu ihr. »Mr. Jacobson ist jener Herr mit dem Martiniglas in der Hand neben dem Klavier.«

Sie musterte ihn kurz und ging dann mit einem strahlenden Lächeln auf ihn zu.

Ich fummelte an meinem Pi-Beta-Kappa-Anhänger herum. »Ach ja. Madeleine. Ein reizendes Mädchen. Wirklich reizend. Sie kommt gleich.«

Ich dachte an Madeleine und lächelte. Ich hatte sie vor zwei Jahren kennengelernt. Im Frühherbst, glaube ich.

Sie saß allein an einem Tisch, als ich eintrat. Es war eine ruhige kleine Bar, ganz nach meinem Geschmack. Ich haßte grellbeleuchtete, laute Lokale.

Sie hatte natürlich Angst. Ihre Augen waren groß, drückten aber Entschlossenheit aus.

Sie blickte auf, als ich zu ihr trat. »Mr. Winston?«

Ich verbeugte mich leicht und nahm neben ihr am Tisch Platz. Sie musterte mich mißtrauisch, aber fasziniert. »Ich weiß nicht recht, wie ich beginnen soll...«

Ich lächelte. »Gestatten Sie, daß ich Ihnen helfe? Helen hat mir in groben Zügen Ihr Problem erklärt. Ich gebe zu, ich war erst etwas überrascht, aber dann beschloß ich, Ihnen zu helfen.«

Ich rief den Kellner und bestellte zwei Manhattans. »Kurz und gut – Sie gehen also hier auf die Universität und müssen eine Semesterarbeit schreiben.«

Sie nickte. »Professor Wollingfords Kurs. Volkswirtschaft.«

Ich faltete meine Hände über meinem Gehstock. »Ehrlich gesagt kommt es mir etwas seltsam vor, daß ein junges Mädchen ein solches Thema für eine Semesterarbeit wählt.«

Sie wurde rot. »Ich habe es ja gar nicht gewählt. Jeder Student mußte ein Thema, das er besonders interessant fand, auf einen Zettel schreiben. Die zusammengefalteten Zettel wurden alle in Professor Wollingfords Hut geworfen und gemischt.« Ihr Gesicht war immer noch feuerrot. »Ich kam als letzte an die Reihe und mußte den Zettel ziehen, der noch übrigblieb. Wahrscheinlich hat einer der Jungen das Thema vorgeschlagen. Vielleicht Jimmy Hayes oder Clarence Watts. Sie interessieren sich für solche Sachen.«

Ich sah sie skeptisch an. »Sie können sich doch alles nötige Material in jeder Bibliothek beschaffen. Es gibt sicher viele Veröffentlichungen zu diesem Thema.«

Sie erinnerte sich an ihren Drink und nahm einen hastigen Schluck.

»Es muß eine Originalarbeit werden. Aufgrund dieser Untersuchung bekommen wir unsere Endnoten. Ich muß Leute interviewen, die... wie soll ich sagen... vom Fach sind.«

Sie sprach hastig. »Was mich interessiert, ist einzig und allein der wirtschaftliche Aspekt. Verstehen Sie? Alles andere ist mir gleichgültig.«

»Ich verstehe.«

Madeleine lachte selbstbewußt. »Zuerst hatte ich keine Ahnung, wo ich suchen sollte. Ich wußte nicht einmal, daß es so etwas in unserer Stadt gab. Ich lebe nämlich sehr zurückgezogen.«

Ich lächelte. »Das hat gewiß auch seinen Reiz.«

»Ich dachte, ich beginne einmal in den ärmeren Vierteln. Aber ich hatte solche Angst, daß ich mich gar nicht getraute, die Frauen in der ersten Bar, die ich besuchte, zu interviewen. Darum war ich so froh, als mich Helen ansprach. Sie war auch viel besser angezogen als die andern, so daß ich glaubte, sie sei bestimmt keine...«

Sie nippte an ihrem Glas. »Wir unterhielten uns ganz normal, bis ich plötzlich merkte, daß sie doch eine war...«

Madeleine seufzte ungläubig. »Na ja, und da erzählte ich ihr von meinem Problem. Zuerst mußte sie lachen, aber dann sagte sie: ›Wissen Sie was, ich glaube, Mr. Winston würde es Spaß machen, Ihnen zu helfen.‹«

Ihr Gesicht war ernst. »Verstehen Sie mich richtig, Mr. Winston, die Sache interessiert mich ausschließlich vom wissenschaftlichen Aspekt her. Ich brauche Statistiken, Zahlen und Interviews. Das ist alles.«

Ich nickte. »Ich bin völlig im Bild.«

Sie sah mich prüfend an. »Haben Sie nicht Angst, ich könnte ein Spitzel der Behörden oder des Steueramtes oder so was ähnliches sein?«

Ich tätschelte ihre Hand. »Ich habe Vertrauen in Sie, meine Liebe.«

Die nächsten zwei Wochen waren für mich ein Mordsspaß. Madeleine kam mit allen Mädchen zusammen und befragte sie. Ich glaube, daß sie sehr beeindruckt war. Ja, alles beeindruckte sie. Die Charakterstärke der Mädchen, mein großes Unternehmen, die feine Umgebung. Vermutlich hatte sie ein düsteres, schmuddliges Etablissement erwartet. Ich gab ihr die nötigen Statistiken, aber ich glaube, daß sie doch die meisten Auskünfte persönlichen Beobachtungen und Gesprächen verdankte.

Ich erinnere mich an den Abend, als sie mir die fertige Arbeit brachte, damit ich sie durchlese und auf ihre Richtigkeit hin prüfe.

Als ich fertiggelesen hatte, lächelte ich. »Meine Liebe, ich bin überzeugt, Professor Wollingford wird stolz auf sie sein. Es ist eine glänzende Arbeit.«

Sie schwieg, in Gedanken versunken. Ich vermutete, daß sie mich gar nicht gehört hatte.

Ich ging zur Theke und goß zwei Whiskeys ein. Den einen doppelt. »Wie lange dauert es noch bis zur Abschlußprüfung, Madeleine?«

»Ein ganzes Jahr«, sagte sie finster. »Ein ganzes ekelhaftes Jahr.«

Ich kam mit den Drinks zurück. »Sie wollen also Lehrerin werden, nicht wahr? Ein respektabler Beruf.«

Sie sah feindselig auf ihre Semesterarbeit. »Die Mädchen hier verdienen in einer Woche mehr, als ich in zwei Monaten mit meinem Lehrerinnengehalt verdienen werde.«

Ich blickte in die Bernsteinfarbe in meinem Glas. »Unterrichten ist ein edler Beruf. Einer der ältesten Berufe der Welt. Er genießt das Ansehen der Gesellschaft.« Ich zuckte leicht mit den Achseln. »Es stimmt, daß er schlecht bezahlt wird, aber es muß doch ein befriedigendes Gefühl sein, den kleinen lernbegierigen Köpfen Wissen beizubringen.«

Sie stürzte ihr Glas hinunter. Ich glaubte, sie würde sich verschlucken, aber ich hatte mich geirrt.

Ich ging mit ihrem leeren Glas zur Bar und füllte es wieder mit einem doppelten Whiskey.

Ihre Stimme klang schmollend. »Charlotte hat sich gestern einen neuen Jaguar gekauft.«

»Ja, Charlotte kommt gut voran. Sie ist eines der beliebtesten Mädchen hier«, sagte ich.

Madeleine sah verdrießlich vor sich hin. »Henriette hat einen wunderschönen Chinchilla.«

»Übrigens«, warf ich ein, »geben die Mädchen eine Abschiedsparty für Elena. Sie baten mich, Sie einzuladen. Elena heiratet demnächst und zieht in den Süden. Ihr Zukünftiger heißt, glaube ich, Branigan.«

Sie riß die Augen weit auf. »Sie meinen den Texas-Millionär, den ich unten traf und der glaubte, ich sei eines der Mädchen, und der versuchte, mit mir...« Sie trank den letzten Schluck Whiskey aus.

Als sie mich wieder ansah, blitzten ihre Augen. Ihr Entschluß war gefaßt. Sie lächelte sanft. Sie müsse irgendwann, irgendwo anfangen. Mit irgend jemand.

Ich fühlte mich geschmeichelt.

Mr. Williams berührte meinen Arm und holte mich in die Gegenwart zurück. Seine Augen waren auf die breite, gewundene Treppe geheftet.

Madeleine war tatsächlich ein herrliches Geschöpf. Sie hatte den Gang einer Prinzessin, einer Königin, und ihre warmen Augen blickten suchend im Zimmer umher. »Das ist Madeleine, Mr. Williams«, sagte ich.

Nachdem die beiden hinausgegangen waren, flüsterte mir eines der Mädchen etwas zu. Ich nickte und ging in mein Büro nach oben. Ich öffnete das Safe und holte tausend Dollar hervor. Die übliche Summe. Ich öffnete die Tür zum Nebenzimmer. Professor Wollingford nahm die Pfeife aus dem Mund und erhob sich. »Mr. Winston«, sagte er, »ich glaube, ich habe wieder eine Kandidatin für Sie.«

Nachweis

Jack Ritchie im Diogenes Verlag

»Eine Lektüre für Leser, die auch an sehr schwarzem Humor und überraschenden Effekten Genuß finden – beispielsweise Freunde der ARD-Krimistunde.«
Das Neue Buch, München

»An seinen Erzählungen fasziniert die Raffinesse des Vorgehens. Das Blut fließt relativ sparsam, die Fäuste fliegen nicht, es gibt keine Auto-Verfolgungsjagden. Ritchies Täter arbeiten mit dem Kopf, sie denken leise, ihnen ist kein Winkelzug unbekannt; aber auch jene, die sie zu Fall bringen, sind mit allen Wassern gewaschen. So entsteht eine Spannung, die der beim Schach ähnlich ist. Schwarzer Humor, Ironie und Intellekt sind die Substanzen, aus denen der Autor seine süffigen Geschichten braut.«
Walter Gallasch/Nürnberger Nachrichten

Der Mitternachtswürger
Geschichten. Aus dem Amerikanischen von Alfred Probst

Für alle ungezogenen Leute
Geschichten. Deutsch von Dorothee Asendorf

Gedächtnis ade
Geschichten. Deutsch von Elfriede Riegler und Dorothee Asendorf

Bei Anruf Alibi
Geschichten. Deutsch von Jobst-Christian Rojahn

Vor Redaktionsschluß Mord
Geschichten. Deutsch von Monika Elwenspoek

Einzelhaft
Geschichten. Deutsch von Bernhard Robben

Der Sparschwein-Killer
Geschichten. Deutsch von Jobst-Christian Rojahn